都挺好

阿耐 著

ALL IS WELL

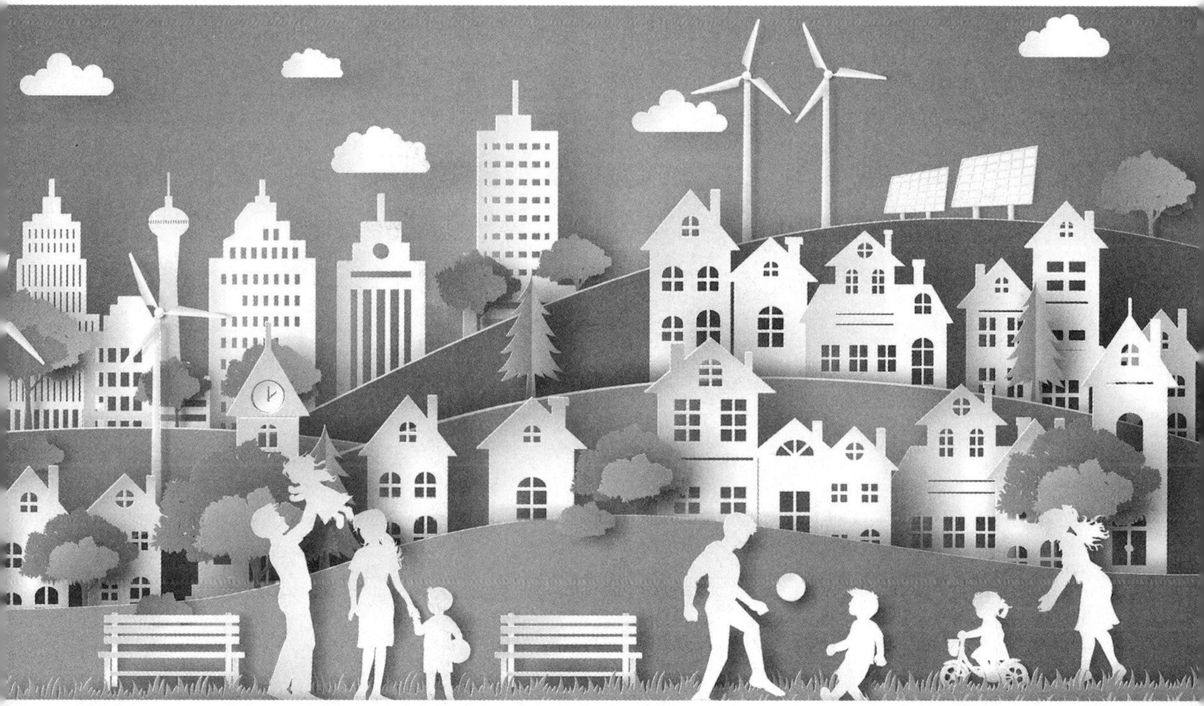

江苏凤凰文艺出版社
JIANGSU PHOENIX LITERATURE AND ART PUBLISHING, LTD

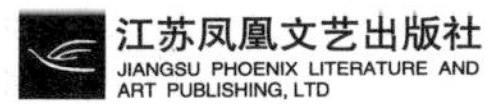

图书在版编目（CIP）数据

都挺好 / 阿耐著. — 南京：江苏凤凰文艺出版社，2018.12

ISBN 978-7-5594-2623-9

Ⅰ. ①都… Ⅱ. ①阿… Ⅲ. ①长篇小说—中国—当代 Ⅳ. ①I247.5

中国版本图书馆CIP数据核字（2018）第173260号

书　　名	都挺好
著　　者	阿　耐
责任编辑	王　青
特约编辑	李　彤
出版发行	江苏凤凰文艺出版社
出版社地址	南京市中央路165号，邮编210009
出版社网址	http://www.jswenyi.com
印　　刷	天津旭丰源印刷有限公司
开　　本	700mm × 980mm　1/16
印　　张	17.5
字　　数	280千字
版　　次	2018年12月第1版　2019年4月第4次印刷
标准书号	ISBN 978-7-5594-2623-9
定　　价	49.80元

（江苏凤凰文艺版图书凡印刷、装订错误可随时向承印厂调换）

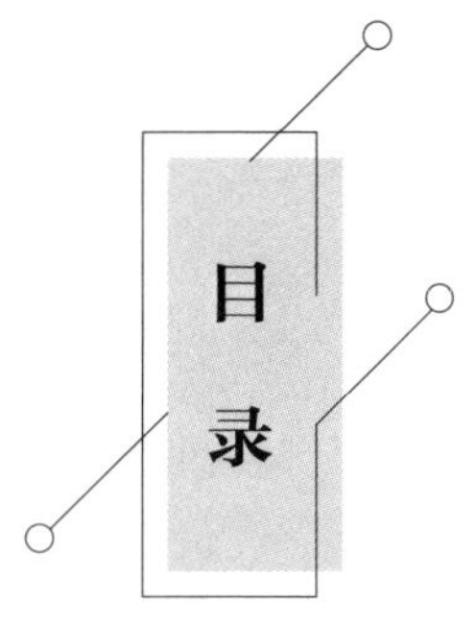

目录

一 平静生活 001

二 陌生的苏家人 005

三 老爸的去处 015

四 矛盾开端 029

五 辗转难眠 035

六 食荤者 047

七 可怜的人，都不知道生活 059

八 大哥的信 073

九 不美好的过程 085

十 天下没有十全十美的好事 097

十一 焦灼 111

十二　江南江北　123
十三　看似假寐，实则翻江倒海　137
十四　一抹玫瑰红　151
十五　委曲求全　163
十六　尸骨未寒，后院起火　175
十七　罪魁祸首　189
十八　空城计　201
十九　月亮的背面　217
二十　柔情攻势　231
二十一　春风得意马蹄疾　249
二十二　苏变变变变　263

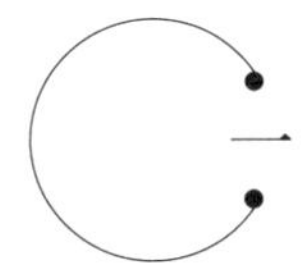

平静生活

苏家一门退休后的平静生活，被苏母在麻将桌旁的猝死打碎了。

苏母一向是个争胜好强的人，退休前是市里大医院的护士长，各色奖章取出来可以披挂全身，俨然一副金光闪闪的铠甲。苏母将工作上的风风火火带入生活，于是苏父苏大强名不副实，长年累月躲在苏母高大壮实的背影后做其小男人，在中学图书馆整理图书至退休，退休得悄无声息，走后整个学校竟无一人想起他。于是苏大强愈发没了信心，走路如铁掌水上漂，不闻一点儿动静。

苏母铁腕下养出三个出色的儿女，个个儿都是小学、初中、高中时候的尖子，年龄到了，便顺理成章进入最高学府，左邻右舍都说，咱们国家的重点大学是给苏家办的。苏母人前大声欢笑，人后愁眉苦脸，自打大儿子苏明哲考入清华大学开始，苏母便逼着苏父天天记账，过起节衣缩食的紧日子。考虑到大儿子每学期来回昂贵的火车票，苏母严令二儿子苏明成考入较近的复旦大学，二儿子一向听话，没有异议，再说复旦也不差。到小女儿苏明玉高考的时候，大儿子苏明哲却赶上自费留学大潮，虽然申请到了美国学校的奖学金，但父母总得贴出路费，置几身行头，苏家经济更是捉襟见肘。苏母与从小倔强的明玉大吵三百回合不分胜负，干脆走了直线，与明玉的班主任商定，把明玉保送到本省本城的国家重点大学。明玉满腔豪情壮志被母亲无情粉碎，不情不愿上了大学后赌气发誓，以后再不用家中一分钱。

明玉做到了。

原指望明哲出国后能汇点儿美钞回家救急，没想到明哲出国一年后换了专业，改学IT，自己尚且过得紧紧巴巴，哪里还有余钱支援家里？苏母只得继续锱铢必较，暗自勒紧自己与苏父的裤腰带，欢欢喜喜地时常给明哲寄去零食、衣物、书刊，给明成充足的花费，不让二儿子在人前没了面子。好在明玉争气，又是奖学金，又是勤工俭学，衣食住行都不用父母出钱，苏父苏母总算每周能开一次海鲜荤。但明玉心中烙下重重阴影。

等到明成毕业进入进出口公司，明哲又靠能力挣了奖学金，苏家的苦日子终于到头。六年多节衣缩食惯了，一时放不开手脚，不知道享用，手头竟是好好存下了一点儿小钱，苏大强每次看到工资发下后存折里多起来的数字，心中就美滋滋的。

但好景不长，长得高大英挺、玉树临风的明成很快交上女友朱丽。朱丽大眼小嘴，细皮嫩肉，整个一美人坯子，在家是个受尽娇宠的独女。苏母与朱丽第一次在饭店见面后，便知道儿子追这个朱丽并不容易，回家后毅然取出存折中所有的钞票，将家中的两室一厅整修一新，拆了原先摆在客厅的小床，风风光光地请朱丽来家里玩。这期间有两人吐血——苏大强叹息辛苦挣来的千金散尽；明玉发现家中竟没了她的床位，回家只能在父母房间打地铺，她干脆暑假寒假也住在了学校。

明成单位不错，在进出口公司拿的工资和奖金并不低，比辛苦多年的父母的工资加起来的总和还多。但他与朱丽都是爱玩的人，信奉拼命挣钱、拼命享乐的时代号召，挣钱未必拼命，花钱却是不落人后，稍有积蓄，便与朱丽合伙买了一辆二手汽车。车子虽旧，好歹有四个轮子。一到周末他便载着朱丽一起出去玩，花钱如流水一般。等到结婚的时候，数数手头积蓄，连按揭的头款都付不出。朱丽父母与苏家父母各自出了一笔钱，明成与朱丽才得以在三室两厅的新房结婚。为了给儿子留出装修钱，苏母不得不将两室一厅的房子换成一室一厅。

明玉毕业后自己找到一家市区大公司工作，原以为二哥搬出去结婚，婚后腾出的卧室终于可以给她来住，没想到母亲竟然还是没有考虑她的立锥之地，一颗心终于凉了。正好她们公司老总老蒙与董事会闹矛盾，拉出一帮人另起炉灶，新公司叫众诚，建在离城遥远的海边。明玉心灰意冷，又考虑到新公司好歹可以提供集体宿舍，便投靠了过去，阴差阳错成了兴旺发达的新公司的元老。明玉想挣钱，做的是来钱快的业务，其实大多时间在市区奔波，但每每过家门而不入，时间全花在工作上，与出走的老总们一起打天下，小小年纪，成了公司最年轻的中层。在明成置二手车的时候，她也开起了车子，但每年只回家三次，父母生日与春节。大家都说她冷心冷面。

明哲终于毕业，赶上IT业的末路辉煌，进好公司，挣不错的工资，工作虽然辛苦，经常没日没夜，但好歹有所回报，很快便供起一幢town house，也与一个女留学生吴非结了婚。明哲与明成不同，一向循规蹈矩，结婚后便有了一个女儿，由吴非的母亲飞过去照料。

儿女们终于个个儿有了出息，两个儿子都已成家立业，苏家父母功成身退，陆续退休，过上了安闲的好日子。

苏母是个闲不下来的人，退休后与老伴儿苏大强一起出国探了次亲回来，便迷上了麻将，经常吃饭都得苏大强送到桌边，家中所有家务都是苏大强一个人包办。没想到，没享福多久，苏母便轰然倒下了。从倒下到咽气不到一天时间，儿女都不在身边，苏母连回光返照留下几句话的机会都没有，便静静走了。苏大强一时只会缩在老伴儿床头呜咽、不知所措，主心骨儿塌了，自己以后可怎么活？苏大强两眼一抹黑，除了赶紧给儿女们打电话，都不知道做什么，连老伴儿怎么死的都没向医生问清楚。

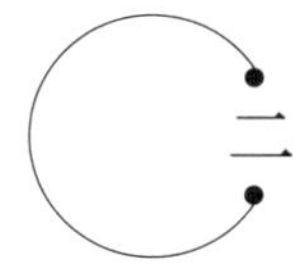

陌生的苏家人

明哲接到父亲的报丧电话的时候，正是半夜。放下电话后明哲满嘴苦涩，一个人偷偷躲进楼下洗手间好好哭了一顿。才刚有能力对父母尽孝，母亲却忽然撒手归西了，明哲只觉得一颗心被抓走了一般，空落落的，没有着落。这个家，母亲是擎天的梁柱，但凡他有什么话、出什么事打电话回家，便意味着是且只是与母亲商量，而父亲只是母亲身后淡淡的一抹影子。如今梁柱倒了，天塌下一块，明哲悚然惊醒，作为长子，此后母亲曾挑的重担得由他扛起。

但明哲心中有苦难言。目前IT业不景气，他的公司也不能免俗，正处于裁员的暴风眼。眼下，同事个个儿八仙过海，各显神通，都指望裁员名单上没有自己的名字。如果这个时候他请个长假回家奔丧，那会是什么结局？他本来不想将公司裁员的事告诉吴非的，免得吴非挂心。凭自己的能力，他有信心能渡过难关，等未来裁员结束，他才会云淡风轻地告诉吴非公司曾经发生过这么一件“小”事。他认为这是做丈夫的该有的担待。

可现在，他不得不对吴非摊牌了，他需要吴非的帮助。

吴非与明哲出国打拼，挣到今天这种相对安逸的日子，不靠天，不靠地，靠的都是他们自己的一双手。明哲可能是因为从小做惯大哥，在家任劳任怨得很，重的累的都是他自觉扛着，吴非心中高兴，终于有了依靠，独自出国打拼的她一下懒惰下来，每天心中考虑的事情屈指可数。安心的人睡觉是踏实的，吴非都没听到电话铃响，也没觉察到明哲起床，直到明哲摇她喊她，她还兴高采烈地梦到终于盼了很久的夏威夷之行，坐船出海看鲸鱼，船被硕大的鲸鱼尾巴打得直晃。

所以吴非醒来的时候还是笑嘻嘻的，眼睛都没睁开就将明哲的手拍下去，一个转身又想睡，但嘴里硬是辩称："再给我十分钟，等闹钟响了就起床。"

明哲硬是把吴非扯起来，急道："别睡了，我妈过世了，我跟你商量件事。"

"什么？"吴非惊得弹起来，一把抓了床头柜上的眼镜戴上，"你妈？怎么会？"两年前他们刚买下房子的时候苏母来过，虽然她走路带着职业性的轻柔，可谁都看得出，苏母满面红光，精神抖擞。何况她又是个护士长，应该最会保养自己，这样的人怎么可能突然就死了呢？但是，明哲哭得鼻青脸肿的，说明她没听错。

明哲连连点头："我接受不了，星期天你还提醒我打电话给妈，那时还好好的。她才六十出头，怎么会死呢？可我爸都说不清楚妈是什么病，弟弟妹妹都不在家，我得立刻回去。这俩混蛋。"

"这要是在床上躺个一年两年不能起身还好说，这事太突然了。明哲，我给你收拾行李，你赶紧订机票，怎么也得赶在火化前见你妈一面。你的签证还行吗？能请出假吗？"吴非连忙下床，起得匆忙，她感到一阵晕眩，扶床背站了会儿才稳住。

"签证没问题。但是请假……"明哲犹豫了，这话究竟要不要与吴非说？说了，吴非还能让他回国吗？

吴非不知所以，一边打开衣橱，一边说道："别担心请假，你妈去世这么大的事，你即使不去说，我迟点儿打电话过去帮你打个招呼都没事。工作实在吃重，大不了你拎着电脑随时与公司联络。哎，你查查你们家气象。"

明哲有点儿魂不守舍地打开搁在床头的笔记本电脑，心中终究是对母亲猝死的震惊与哀恸占了上风，并没太多考虑，却还是有点儿内疚地以几不可闻的声音道："非非，我们公司在裁员。"

"唔？"吴非愣住，裁员？她也是搞IT的，最近这个词听得实在太多，但怎么也没想到会轮到自己家。明哲这个时候说这话，吴非虽然脑袋还晕晕的，没全醒，可也听出了点儿什么。

"是。"明哲心中千言万语，但头绪太多，反而说不出话来。笔记本电脑开启又慢，明哲心中窝火，一拳砸在床上，跳起身来回踱了几步，又返回床沿坐下。心中似乎有一团真气在狼奔豕突，很想抓了明成、明玉来揍。这俩东西，妈出事，他们都去哪儿了？妈在医院躺了十二个小时，他们竟然都没露面，死了吗？

对于吴非来说，那个才见过两面的婆婆去世，她心中除了为丈夫担忧，为婆婆早逝惋惜外，并无太多想法，因此，她脑袋的空间很快便被明哲的工作问题占领，这才是关系到生计问题的大事。她考虑了会儿，道："明哲，你一来一去没个五天下不来，你这不等于把位置拱手让人吗？家中积蓄不多，我的收入不够开销，你不能丢工作。"说话的时候，她手上便停止了收拾，甚至有把整理出来的衣服挂回去的想法，"这个节骨眼儿上，你回去，回来怎么办？还是我回去一趟吧。我好歹没裁员的担心。"

明哲的手指神经质地滑着鼠标，急切寻找机票信息，闻言头也不回地回答："我必须回去，死的是我妈。我总得回去了解她究竟是怎么死的，我不能在妈病床前陪着，但一定要送她走完最后一程。可怜我妈去世的时候都没儿女在身边，她养三个儿女有什么用。"

吴非听明哲越说越激动，他蓬乱的头一震一震的，似是有找谁打架的感觉，吴非知道明哲这是在反驳她的话，但事关明哲的工作存留，吴非不会退让。"你的心情我理解，你妈去得那么急，儿女们又不在身边，换谁心里都不好受。但你总还得活下去吧？对父母，在世时孝敬才是最要紧的，去世后孩子们再做什么，也大多是形式主义，主要还是安慰自己的心。再说你家还有明成、明玉，他们都在国内，很快就能回家操持。你现在回去，你是尽孝了，但回来后怎么办？我们这个家该怎么支撑？"

明哲听到一半时已经"嚯"地站了起来，嘶声道："可是我都没对妈尽什么孝心，以后我想孝敬都没地方孝敬了。我只有回家看我妈最后一眼，陪她走完最后一路，我只剩这些可做。你别拦我，工作丢了可以再找，我妈火化了就再也看不见了。我必须回去。还有我爸是个没有主心骨儿的人，我得回去对他有个安排。"

吴非觉得自己有必要在明哲思维混乱的时候提醒他："关键时刻，你们公司所有人都在表现、在找门路，你倒好，反其道而行之。等你回来，大局已定，过几天裁员名单一公布，你哭都没门。我不拦你怎么行？你现在心里只想着安顿你家，你有没有考虑我们的小家？凡事都有轻重缓急，你先给活人留下生路再说。"

“别说了。”明哲大吼一声，忍无可忍，一向明理低调的吴非今天这是怎么了？一点儿道理都不讲。

吼声撕裂寂静的黑夜，将橱边的吴非惊了个趔趄，隔壁隐隐传来女儿惊悸的哭喊声。吴非愣了会儿，结婚以来，这还是她第一次看到明哲冲她红脸，她很想据理力争，但隔壁女儿的哭叫更是声声催人，她只能闭上嘴，忍气吞声跑去隔壁。

明哲垂手阴沉沉地盯着门口，那儿刚刚还有吴非的背影。他对着自己喃喃自语：“我一定要回去，否则谁能管妈的后事？明成贪玩，明玉冷漠，我不回去，老爹都会跟着妈去。”

他自言自语着，一会儿想起来收拾吴非扔下的行李，一会儿又跳到电脑边留意时刻表，抓了这头丢那头，天色渐渐发亮时，他才将所有的事情马马虎虎打点好，进洗手间用冷水冲了把脸。整个人，似乎很清醒，却又似乎很混乱，脑子里不断有新的思路出现，但又不断在想到一半的时候抛下。这时如果有人揭开明哲的头盖骨瞧瞧，准保可以看见一团乱麻。

明哲拎着箱子下去，却意外发现楼下餐厅已经灯火辉煌，餐点在桌上冒着腾腾热气。他放下箱子过去，才碰了一下厨房的门，就听吴非用做报告似的声音淡淡地道：“我查了下，估计你肯定是赶九点的那班飞机。我已经预热发动机，想早点儿送你去机场，回来还可以按时送宝宝入托。你快点儿吃饭。”

明哲冒了会儿傻气才想明白，这会儿天冷，需要早几分钟将车子发动预热起来，吴非虽然后来没进屋来搭理他，可一早就有条不紊地将他回家的事情做了安排。明哲一时说不出话来，默默坐到餐桌边吃饭。可是食不下咽，或许是因为没心情，或许是喉头因为哭过还在发涩，他只喝下一碗米粥。然后看着吴非面无表情地抱着依然熟睡的宝宝下来，抓起两片面包夹些东西，招呼他去车库。

两人在车上都没有说话，吴非一手开车，一手捏着三明治吃，心中有气，吃得没滋没味。明哲想说话，可又不知道说什么，话到嘴边，却忽然发现，忘了该说的是什么，只有干着急。他总算想到点儿什么，找出一瓶果汁打开，凑到吴非嘴边。吴非喝了一口，便拿下巴将果汁顶开。天还不是很亮，路上车子还不是很多，吴非将速度开到最高限速，她不能分心，何况还睡眠不足呢。

到了机场，吴非双眼还像开车时似的看着前面，淡淡地拿眼角瞥着明哲，道：

"我不下去送你了，抱着宝宝出去不方便。你自己一路小心。"

明哲忽然灵光闪现，伸手一把抱住吴非，像是宽慰自己，也像是宽慰妻子："没关系，我们还年轻，来日方长。"

面对明哲难得的在公众场合的拥抱，吴非这时再有气也消了一半，反而说得比明哲还肯定："是是是，车到山前必有路，天无绝人之路。什么事都等你回来再说。"

可是回来的路上，吴非不时回头看看后面的宝宝，一路叹息，有什么路啊，辛辛苦苦混到人家地盘上讨生活，好不容易苦干加巧干，拿汗水换来与人家白人相同的职业地位，现在好了，关键时刻送一个污点上门，不等于自掘坟墓吗？那帮虎视眈眈的白人能放过这个机会吗？可怜宝宝的保险还挂在明哲那边，明哲如果失了业，她得立刻将宝宝的保险转到她名下，否则那大笔的医药费谁出得起？可是，抚养宝宝需要那么多的钱，年前她还不舍得送才一周岁多的宝宝去娘家养着，这会儿如果明哲真失了业，她只有把宝宝抱给她妈去养了。否则还能如何？冲明哲今天的一根筋，她能拦得住他回家的脚步吗？

昨晚她出去哄宝宝的时候才想到，今天如果拦下明哲，往后这件事将会永远成为明哲心头的一根刺。否则那个老婆与母亲一起落水先救谁的无聊问题也不会持久不衰，因为母亲与妻子永远是跷跷板的两头，两头都重，不让明哲回家看他妈最后一眼显然有点儿不合情理。那道题没说明的是，无论问题的答案是什么，最后被救的那个人，以及救人的丈夫，往后的日子将会永远处于没被救的人的阴影下，背负沉重的十字架忏悔一生，被救未必是好事。吴非不愿背负那个永远甩不脱的十字架，只有选择再过紧日子了。

人最可悲的是明知道走下去是错，但还是得走，异常清醒地看着自己走向错误，承担后果，还得强颜欢笑走得漂亮。既然选择与明哲一起生活，既然明哲认定回家是一条必由之路，那她赴汤蹈火也只有一起陪着。往后的日子，走着瞧吧，过一天，算一天。只能这样了。在这件事上面，她别无选择。

明哲一路迷迷糊糊，飞机上坐得手脚酸软，又归心似箭，恨不得能学着孙猴子，抓一朵云团一飞十万八千里，眨眼就到家门。好不容易出关，看到迎在门口的是明玉。明哲已经记不清有多少日子没见过明玉了，他出国后就没再见到过小妹，唯一一次与吴非新婚时匆匆回国一趟，正好赶上明玉工作脱不开身回不来家。对明玉的印象，都来自过去。

春寒料峭中的明玉，穿一件黑色羊绒长大衣，一米七的个头儿，显得瘦削挺拔。这种大衣明哲认识，去年圣诞节大削价时候，吴非拉着他三顾茅庐，终究是没舍得买下，可见明玉的日子真的过得不错。九年没有见面，相对时很是陌生，但当注意到明玉的眼圈有哭过的痕迹时，明哲心下宽慰。他知道父母与明玉的关系紧张，吴非也常说他父母非常亏待明玉，幸好明玉还认她的妈。

还没等明哲招呼出声的时候，小他四岁的明玉已经落落大方地上前说话："大哥，九年没见了。"但明玉走到离明哲一米的地方停下，微微欠了欠身，冲明哲微笑。客气中有明显的疏远。明玉也在打量这个优秀的大哥，可眼前的明哲虽然有一米八多的个子，整个人给人感觉却是乱七八糟。坐飞机竟然穿西装与呢大衣，不舒服不说，十几个小时下来，都揉成抹布了。

明哲终于从昏昏沉沉中抓到一丝清新，连忙道："是，九年了，整整九年了。明玉，你长得我都快认不出来了。明成呢？还没回来吗？你能不能先带我去医院看看妈？"明哲对于明玉的印象，还停留在他上大学前的黄毛丫头上，此时蓦然看见一个俊秀妩媚兼具的大姑娘，一时非常不能适应，他也自觉地将两人之间的距离保持在一米之外。

但明哲在一团纷乱中说出的几句话，传到明玉耳朵里，却让她听出明哲自己可能都没想到的一层意思，明玉清楚，大哥心中有责怪她与明成的意思。那可真是五十步笑一百步了，没出现在妈病床前，大家都有理由，谁都不是故意不到。

但明玉并没将此话放在心上，只是不紧不慢地道："明成带着爸去郊区看墓穴了。爸不知在学校图书馆看了哪本风水专著，诸多要求，估计会用去比较多的时间。妈已经移到殡仪馆候场，我们轮到明天的场子。你放心，该做的我们一个不落全做了。"

明哲点头，拉着行李跟明玉出去，一边又追着问："妈究竟是怎么回事？爸现在好吗？身体挺得住吗？"

明玉简单扼要地道："我们通过询问妈的麻友和医生，基本上确定，妈是兴奋过度，导致大面积心肌梗死。爸眼下见谁都哭，不过身体挺好，但我暂时没收了他的自行车。我们先去殡仪馆吗？”

明哲说了声“好”。明玉便依然用她有条不紊，但仿佛有支配力的声音道：“那么，我们先去简单吃点儿中饭，然后去殡仪馆，回来再安顿你。大哥准备住哪里？宾馆，明成家，还是我家？爸现在住明成家客房，他不肯回家独住。”

明哲看着正打开一辆白色奥迪A6后车盖的很是陌生的妹妹，几乎是毫不犹豫地道：“我就住明成家，陪陪爸。”说完顿了顿，又补充一句，“中饭在飞机上吃了，你呢？”

“那就直接去看妈。”明玉没说她吃没吃中饭，因为正好一个电话进来找她。明哲看着明玉一边走向车头，一边胸有成竹地说话：“嗯，嗯，西南地区这次的推广活动远没见成效，你让老倪先别急着总结回家，必须得让他拿出一份见得了人的报告后才能回……嗯，不用……告诉老倪，如果还不见效果，让他立刻调整推广方案。你看一下他的方案需不需要调整，老倪不用直接找我……对，cc邮件给我，晚饭时候我给你答复。”

明哲放下行李，明玉为他打开副驾驶位置的车门，明哲坐了进去，然后明玉熟练而潇洒地替他关上车门，他看着从车头前走过的明玉，心想着，西南地区推广？那是多大的工作范畴啊。明玉小小一个人能做得了这些？他估计可能是自己理解错误，想等明玉坐上来问问，但没想到明玉上了车以后比他先一步开口：“大哥把怀里的包放后面吧，抱着不舒服。我给你调整一下位置，否则腿伸不开。”

听着这么体贴周到的话，明哲心中生出很强的亲近感，终归是自家人，即使多年不见，互相还是有发自天性的关怀。明哲一路紧绷的神经略微松弛，一种为人大哥的责任感与归属感油然而生。他开始当仁不让地提问，而明玉则是规规矩矩地回答，气氛俨然是十几年前的大哥与小妹，大哥还是带着那么多的权威。

“妈住院的时候你们都不在？”

“大哥，我不想回避问题，我与明成那时确实不在医院。但我必须指出三点：第一，妈作为护士长，有一定医学常识，平时身体不差，实事求是地讲，子女没有不间断在身边轮候的必要，我与明成时常出差在外，与你定居国外一样有其合理性。第二，爸方寸大乱，竟然不是叫救护车，而是自己找人扛妈到路边打出租，被拒载几次后才打到车，这是延误治疗的原因之一。第三，爸竟然直到妈咽气才通知我们，第一个还是通知你，理由是他必须在医院陪着妈，没法回家取通信录。以致我们比你还晚知妈去世的消息。其实明成就在邻市，开车回来没两个小时的路程。但非常时期，没必要责谁怪谁。我接到消息后昨天半夜才赶回，之前明成夫妇已经把所有手续办完，把妈死因搞清楚。我今天所做的只是从麻友那里再补充了解一下当时的情况和与殡仪馆讨论明天所有过场。明成今早通知了所有亲朋好友，下午他陪爸去看墓穴。你看还有什么需要安排的？”

明玉看似说得轻描淡写，但是一席话下来，明哲发现自己竟然无法应声。不错，明玉没有指责谁，看似就事论事，但是却引发明哲对自己强烈的自责。刚刚还说明成、明玉不在病床边呢，那他那时在哪里？他平时远在国外，连平日里孝敬关怀父母的机会都只有通过电话连线，他哪有资格指责已经做了那么多事的明成、明玉？明玉借着指向父亲的一句“非常时期，没必要责谁怪谁”，已经足够点醒了他。是的，他一路怨天尤人的愤怒非常对不起弟弟妹妹。明哲也清楚领教了明玉不动声色的厉害，相比刚上车时明玉对他的体贴关怀，明哲真不知道，换作是自己的话，能不能那么刚柔并济。明哲心中再也无法将眼前的明玉与十几年前梳两条扫帚辫的妹妹联系起来了。

正当明哲有点儿不知所措的时候，只听身边明玉关切地道：“大哥，一路劳累，你躺一下吧，这儿到殡仪馆还有段距离。晚上还得商量点儿事情，不可能早睡。”

这话把明哲从窘境中拖了出来，明哲忙道：“睡不着，妈去得那么急，人给震得发昏，心怎么也静不下来。”说出这些话的时候，他才想到，虽然现在觉得明玉厉害，可心里还是不由自主认她是亲人，心里话就这么自然而然说出来了，并无太多防备，“明天仪式准备怎么做？”

“这种仪式，他们殡仪馆都有套路，你不用担心。我已经与他们全部确认，不会有闪失。大哥现在还是做IT？大嫂呢？”

明哲终于找到熟悉的话题，自在下来，道：“我一直没变。你大嫂去年毕业后进一家医院做数据库管理，工作比我轻松，福利也好，我说那里是资本主义里面的共产主义。明玉，看来你工作很好，国内开这种车的应该都是有点儿成就的人吧？明成呢？听说国营外贸企业现在竞争不过私人的，他还在原单位吗？”

“我不知道明成在哪里工作，我没问他，但应该还是在做外贸。朱丽在会计师事务所，最近一阵子应该是朱丽最忙的季节。我在私营企业工作，主管长江以南地区的业务。车子是公司配给我的，我自己买的话，不会买这么好的。最近IT行业不景气，大哥那里应该没问题吧？”

明哲没想到妹妹一句话就黑虎掏心般抓住他的痛处，不由得脸皮抽了一下，避实就虚：“你大嫂吴非的工作一般不会有问题，而且可以做出绿卡。我有技术，再不景气，也会有需要我的地方，没关系。”

明玉听着，心中觉得有问题，但她当然不会问，眼前这个大哥太过陌生。她似是随口说道：“我认识几个人，以前也是在美国做软件的，现在来回两地跑。好像是在美国接了业务，拿到中国让中国的程序员做，有两个已经从游击队变成有固定办公场地了，做得不差，我常说他们剥削中国廉价劳动力。大哥有没有这种想法？那样虽然累一些，但回国机会就多了。”

明哲心中一动，心说这倒是个机会，如果回去真丢了工作，可以考虑向这个方向发展。而且以后可以经常回国，就可以照顾逐渐年迈的父亲了。“有这种事？直接在国内找个代理？这是个好主意，我回美国后看看有没有市场。”

明玉微微笑了一笑，没再说话，大哥在美国的现状已经一目了然。她的手机又响了。她的手机简直是热线，响了又响，仿佛地球少了她不会转动。明哲看着她一边通话，一边在行人车辆很不守规矩的马路上蜿蜒行驶，不觉捏了把汗，总有伸手过去扳一把方向盘的冲动。但明玉显然是习惯这样开车，一路下来，什么事都没有。终于，明玉想到了什么，找一个地方停下，翻出明成的手机号码，拨通了交给明哲，带着歉意道：“大哥，都忘了告诉明成一下你已经到了。你自己跟他说吧。”

明玉心中一直腹诽明成眼见她无处存身，却依然涎着脸摊手问父母要钱，一直到直接或者间接地把她逼出家门。因为明成做这些事的时候已经成年，不存在无知的可能，所以她无法原谅明成。当然她对明成的态度如对父母，法律上她承认有父母、二哥，道义上她承担相应责任与义务，但感情上欠奉。她是真的不知道明成在做些什么，偶尔有探究八卦的念头，但心中很快便冒出一只手将她的念头拽回去，她是有意不搭理明成。而今天接到大哥后忘记告诉明成，那倒不是她故意，而是她忽略明成习惯成自然了，机场上压根儿就没想起这个人。

明哲倒没觉得有异，只想到自己脑子糊涂了，回家这么久都没与父亲、弟弟打招呼。明成接起电话稍微寒暄几句，便将手机交给父亲苏大强。苏大强一听说是大儿子的电话，未语泪先流，叫一声“明哲”，便泣不成声，电话里只有他抽鼻子的声音。明哲眼前一下冒出白发老爹茕茕独立于凄雨冷风中的孤苦场景，忍了一天的泪又禁不住一滴滴洒上衣襟，陪着老父一起啜泣。一边断断续续地安慰：“爸，我们陪着你，别难过，还有我们，当心身体，现在你的身体最要紧。否则妈在天上看着也不安心。爸，对不起，你受苦了。”哀恸与内疚都跟着眼泪流出，明哲语不成调，干脆握着电话与苏大强对哭。耳边同时传来弟弟明成的哽咽声。

明玉不时瞟明哲两眼，但心中殊无悲伤感觉，无法加入他们哭泣的行列。他们与她，仿佛不是一个概念，她初中开始住宿在学校，家与父母对她而言，并无太特殊的象征意义。她只是有点儿奇怪，今早去殡仪馆洽谈时想顺便看一下妈的遗容，没想到蓦然看见的时候竟然悲从中来，坐着抹了好一会儿眼泪。她耸耸肩，想不明白，心中揣测，这或许是所谓的血肉连心吧，她拒绝承认感情，但她好歹是妈身上掉下的一块肉。

眼泪既然决了堤，明哲这一路哭了又哭，他心中深深歉疚，他总在想，如果他没出国的话，如果他出国后能多回来看看妈的话，妈一定会快活许多。而且如果他在国内，妈肯定会帮着带宝宝，那她哪儿还有时间搓麻将，哪有机会兴奋过度撒手西归？如今只剩下老爸一个人了，想到老爸无助的悲鸣，明哲心中暗暗发誓，一定要对爸很好很好，弥补心中对妈的歉疚。

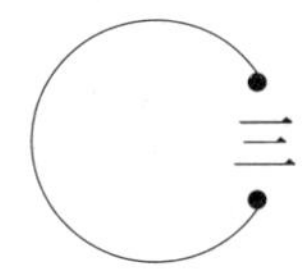

老爸的去处

从殡仪馆出来，明哲一直想对拥有同一个母亲的明玉说点儿什么，但一直未能如愿。明玉的耳朵被此起彼伏的手机铃声占得满满的，整个车厢只有明玉指挥若定的声音，不给明哲留一丝儿女情长的缝隙。明哲无趣，在座椅上辗转了几下，一天一夜未眠的疲累终于抽走他的焦躁哀伤和内疚，将他一把打入浓浓的黑甜乡。

明玉这才在红绿灯前仔细打量这个阔别多年的大哥。刚才一直觉得大哥比她平时接触的国内同龄人年轻，可细看，大哥眉梢眼角细纹、眼袋一个不缺，鬓角还有星星点点几丝白发。相比才见过的白里透红、皮肤细腻红润有光泽的明成，大哥明显老态。但是起先为什么觉得他年轻呢？明玉有点儿想不明白。

明成的家在本市一个曾经比较出名的小区，当时入住该小区的人非富即贵。但本市房产市场日新月异，才短短几年，在第一次造访明成家的明玉眼里，这个小区无论是房子外墙、楼宇布局，还是庭院绿化等方面，都已落后，唯一可取的是树已成荫，草坪浓密。

明玉转来转去摸到明成家楼下，出来给明成打了个电话，他们还在回来的路上。她不急，也没法着急，干脆站在车外打开笔记本电脑办公，免得在车内吵醒大哥。初春的风还挺冷，精灵般钻进明玉气派高耸的大衣领子，冻得明玉忍不住一个激灵，缩紧脖子。

但等看到明成车子过来的时候，明玉还是忍不住挺直腰杆冷着脸发噱。什么玩意儿，一辆北京吉普硬是搞得跟民兵拉练似的，怕人家不知道大学毕业的是预备役少尉？车身涂成斑斓的伪迷彩，在这色彩鲜艳的都市里面非常醒目。车顶拿张大网罩着一轮胎，大约小偷见了挺喜欢的，起码偷轮胎不用劳驾大力钳。车顶车头各顶四只四四方方的车灯，羞得市政见了得检讨，定是街道路灯亮度不够，害得市民不得不掏钱出力、自给自足。

被明玉叫醒的明哲揉着肿痛的眼睛出来，看见同样顶着一头乱发、红肿着两只眼睛的老父与明成，这才真切地感受到了家中哀伤的氛围。他几乎是下意识地抢上前扶住步履飘忽的老父，看着老父在风中颤抖着再次落泪，他连忙取出纸巾像伺候幼齿宝宝似的替老父擦去眼泪鼻涕，搀扶着老父上楼。明成刚要跟上，听见明玉后面一声喊，回头看见明玉从车后提出一只行李箱，估计是大哥的，只得上前接了箱子。

明玉在后面跟上，看看明成没有一丝皱纹的大衣下摆，心说这个二哥可是比大哥讲究多了，臭讲究。

明玉是第一次到明成住的小区，当然也是第一次进他的家门。走进里面趁着他们父子三个哭叙的时候，她抬眼打量四周。不错，雪白的墙壁，简单精致的几色家具，桌上也是干干净净的，并无俗艳的绢花插花，只在近阳台的茶几上放着一水晶瓶的白色百合。整个房间看上去舒适温暖，明亮开阔。明玉心想，眼光不错，不过不知道是明成的眼光，还是朱丽的眼光。

明成看到明玉在看他的房子，便友好地打个招呼："明玉你还是第一次来我这儿吧？以后常来啊。"

明玉"噢"的一声，不置可否。心里想的是能不来就不来。

明成得不到肯定回答，也没当一回事儿，这个妹妹从来对他没好脸色，那么多年看下来，早习惯了，虽然他不清楚为什么。他转向与父亲双手紧握坐在沙发上说话的大哥明哲，道："我下去快餐店拿些吃的上来，你们想吃点儿什么？"

明玉抢着道："随便。你顺便把大哥的大衣、西装带下去熨了，明天肯定还要用。"

明成觉得有理，他怎么就没想到呢？说起来明玉与妈的脾性最像，事无巨细，被她俩眼睛一扫，都没落下的。可奇怪的是，两人见面针尖对麦芒，没一次是和气分手的。

这边明成才出去，那边苏大强握着大儿子的手，仿佛抓到了老妻去世后新的依靠，絮絮叨叨地边哭边道："明哲，我该怎么办啊？你妈没了，我不知道怎么办了啊，你要替我做主啊。"

明哲轻声细语地安慰老父："爸，你还有我们三个呢，往后我们会照顾你。别哭了，你说你……"

明哲还没说出让老父提什么要求，苏大强已经飞快地偷瞧一眼明哲，又低头泣道："我一个人不敢回家了，一个人待家里，睁眼闭眼都是你妈，我一刻也不能待了。我要跟着你们住。"

明哲在车上睡了会儿，脑子清醒了很多，闻言心中凄楚，可以想像父亲一个人对着到处都留有老妻痕迹的房子会是如何的哀恸。他放缓声音道："这个没问题。你现在住明成这里还习惯吗？"说话的时候下意识地抬眼关注一下明玉在做什么。一看之下很生气，明玉没事人一样坐在阳台边聚精会神地对着电脑做事。他忍不住拉高声音，道："明玉，你过来一起听听。"

明玉对家事漠不关心已不是一天两天，遇到这种情况，苏母一般是沉下脸撇撇嘴，也不去理她。明玉没想到那么多年没见的大哥居然会以如此权威的口吻命令她，心中有点儿意外，但还是合上电脑，乖乖走过来坐到客厅中间的沙发圈里。毫不意外，她闻到父亲身上散发出的浓郁的难闻体味。

苏大强看到明玉坐到对面，不由自主地往明哲身边缩了缩，更是握紧明哲的手，像是想找什么依靠，却一眼都不敢看向明玉，就像他往常不敢正眼看老妻一样。他一直怕这个女儿，看见她就没来由地心虚发慌，虽说平时吵架都是在苏母与明玉之间发生，他从不参与，但他怕。这会儿女儿坐在他对面，他脖子都蔫儿了，垂头丧气地对明哲道："你妈在的时候，我们时常过来明成家收拾。你瞧瞧，那张藤摇椅，你妈累了喜欢坐那儿，我抬眼总能看到她。我真怕啊，昨晚一晚上都没睡着，好像你妈就在隔壁床上躺着。明成家我也不敢住。"

明玉听了心想，又没做亏心事，怕什么。明哲听着很替老父难受，老夫老妻比翼齐飞了三十多年，这么冷不丁地走了一个，那跟掏去一半心肺有什么两样，当然是处处见故人了。他还是柔声安慰："爸，今晚我陪着你，你好好睡一觉。不怕不怕，妈是我们的亲人，即使来了也不会伤害我们，她只是想我们了来看看。”

明玉旁观者清，料想父亲不会想去住她的房子，准是看中大哥美国的家了，想当初爸从美国回来，精神亢奋，一年之后遇见，依然将“美国”两个字挂在嘴边。但她还是淡淡地道：“爸不愿意回家住，也不肯住明成家。大哥家也有妈的影子，你肯定也怕。只有我家你们没去过，没有妈的一丝影子。你要住我海边公司宿舍呢，还是住城里的房子？海边宿舍比较大，独立别墅。城里房子小一点儿，但有你睡的房间。”

苏大强急着摇头：“不，不，你每天全国飞，人影子都看不到，去你那里还不如去敬老院。明哲，你说我是不是该去敬老院住了？你帮我拿主意啊。”

明哲心下恻然，儿女健在，而且个个儿活得不错，哪有叫老父住敬老院的道理。印象中，敬老院就是孤老院。“爸，你这是什么话？你说说，除了敬老院，你最想住哪里？”

苏大强又飞快地偷偷瞄了大儿子一眼，却又有点儿中气不足地道：“我给你们带孩子去吧？我要跟着你走。”

明哲一愣，没想到父亲提出住他那里。前年吴非生孩子前想请已经退休的爸妈过去帮忙，但是妈说爸耳朵得了什么病，治不好的，不能上飞机，何况是长途飞机飞美国，导致吴非妈不得不提早退休去美国照料女儿生产。难道现在爸病好了，可以乘飞机了？他都没想自己回去将面临裁员的是非局面，但爸这个时候过去显然不是好时机，只是疑惑地提醒：“爸，你耳朵……治好了吗？你肯定可以坐飞机了吗？”

“我耳朵没什么……”苏大强说到一半时忽然想起不对，当初苏母不肯去美国伺候媳妇坐月子，顺口捏造了一个病出来合理逃避，他差点儿一个不慎说漏了嘴。但苏大强本性老实，终究不是个撒谎的料，不知道怎么回答才好，干脆又抽抽搭搭地哭了起来。哭得明哲不知所措，看向明玉示意求援。一时倒忘了追问父亲耳朵的事，虽然那两只耳朵正时隐时现地浮动在他的眼皮子底下。

明玉则是盯着父亲的耳朵看，心想都没听说他们提起什么耳朵有毛病的事啊，不过也有可能，又不是住院治疗的大事，有当护士长出身的母亲看着，他们当然不会找她。但是看到明哲求援的眼神，她不得不参与这等鸡毛蒜皮的事。“别哭了，绕来绕去不是想去美国吗？早知道你喜欢住美国。那你自己说一下，签证拿到前住哪里？宾馆开房也行。”一边说一边心里奇怪，这个大哥真是自来熟得很，才见面呢，就一会儿命令她做这个，一会儿要她帮那个，没个完，好像还真当她是一家人。她可真冤，被这大哥搞得快成有责任没权利的童养媳了。

明哲听了心里不是味道：“明玉你什么态度，爸想去美国就去美国，被你说得居心叵测似的。爸，这几天你先在明成家住着办签证，不喜欢就住明玉家。儿女家就是你的家，你爱进哪道门就进哪道门。去上海办签证叫上明成或者明玉，你一个人不行。明玉，你陪着去？”

明玉傻眼，明哲有完没完，怎么今天就盯上她了？问题的关键不是她让不让老头子去住，而是老头子敢不敢心安理得去她家住，当初爸妈两个人可是信誓旦旦、毫不容情地告诉她，他们未来不会要她这个女儿养，她这个女儿也别想从他们身上揩油。爸还有脸去她家吗？她看着缩在明哲身边的老父，淡淡地道：“看时间吧，我不行就明成，明成不行，我派个人陪着去。”

明哲点点头，对这个回答表示满意，便低头对父亲道：“爸，你这儿办签证，我回去给你订机票。完了你让明成、明玉给你打好行李，送你上飞机。”

苏大强没想到大儿子居然一点儿没有追究他的耳朵，那么爽快没一点儿条件地答应他去美国，还帮他安排好去美国的所有事宜，不用他操一点儿心。他忽然感觉到有股热流从丹田涌向全身，意识到自己的身份开始金贵起来。对了，如今他是苏家硕果仅存的长辈，他是长辈，如今他说什么话都有分量。他忍不住挺直了脊梁，这辈子第一次有意识地挺直脊梁，心中有了翻身农奴当家做主人的感觉。三十多年了，他的心头还是第一次冒出这种感觉。这种感觉非常美妙，让他肺活量扩大，吐纳之间有了粗气。

这时他忽然想到什么，第一次勇敢地直视着明玉，道：“明玉，带我回家拿样东西。”

“拿什么？”明玉问了一句便起身准备当车夫。没想到苏大强惮于她的积威，被她一句话吓得又将眼神转了回来，还是看住安全的明哲，这回轻声细气地道：“拿些换洗的……”

明哲也感觉到父亲怕女儿，心中奇怪，也对明玉有点儿不满，不知道这九年中妹妹是怎么搞的，把父亲吓得看都不敢看她。他只有强压疲累，起身道：“爸，我陪你一起去，反正在这儿等着也是等着。”

明玉伸手一把拍下明哲，道：“大哥你再睡一会儿，回头多的是你的事。”说完一个眼神看向父亲，苏大强虽然没有抬眼，却早有感应，立刻乖乖跟着明玉出门，依然落脚轻盈，不出一点儿声息。

明玉领父亲下楼，正好遇见明成拎着两大包餐盒上来，后面跟着刚刚下班的朱丽。已是傍晚，楼道虽然有灯，也是昏暗，明玉只是与明成、朱丽点头打个招呼，一点儿没有减缓步速就走了。苏大强停步犹豫了一下，欲言又止，听朱丽亲亲热热叫了声“爸”，才慌忙说句“我回家一趟”，跟着明玉下去。

明玉拉着苏大强先去饭店吃了一顿饭。她吃什么都可以，白水煮青菜都能下饭，唯独不能忍受卫生问题。想到油腻黑沉的小区快餐店与来历不明的快餐盒子，她久经考验的胃会犯抽。她不明白，衣住行都极其讲究的明成与朱丽，怎么在吃的方面如此马虎。

明玉看着桌子对面的父亲埋首吃得狼吞虎咽，心中忽然联想到，对了，大哥、二哥的眼神是如此相像，怪不得最初看着大哥是如此年轻，原来大哥眼睛里闪烁的是略带天真的眼光。可以理解，大哥一路从学校到研究所，那边的环境可能相对单纯，搞得他用进废退，某些社会机能缺失，三十多岁了，目光尚余天真。至于二哥明成，他眼中的天真是躲在母亲强壮有力翅膀下培育出来的温室里的无耻的天真，不值一提。而面前的父亲，则是始终如一的老天真。一家仨天真，闹腾。她且思且吃，反而吃得没父亲多。

家中一室一厅实在是小，小得即使明玉陌生人似的站在门口，还是可以看见进屋后如鱼得水的父亲以年轻人才有的身手，“哧溜”一下钻进靠窗风水宝地上苏母床位的下面，撅着屁股一阵倒腾。待得父亲额角挂着几缕灰烬得意洋洋起身，明玉双目如电，在父亲把手中东西快速掖进裤袋前，认出他手中深红鲜红暗红的是一沓存折小本本。明玉哭笑不得，父亲急吼吼赶着来，原来是放心不下床底的存折。还说什么取换洗衣物呢，原来老鼠一样的小人物也有小狡猾。

苏大强在床底下已经数了，平时老婆让他跑银行的存折本本一个不少。他满足地自以为不易觉察地将手臂垂在裤袋旁边，无比真切地感受着小硬皮本带给他的挺括感觉，心中晕晕地想，终于掌握财权了，以后，谁敢再从他手中刮一分钱出去，他的“苏”字改写脚底下。

苏大强正轻飘飘地往门外走，耳边传来冷冷的声音：“爸，你不是说要回家取换洗衣物吗？这一件都不拿着去，怎么在你两个儿子面前圆谎？”

苏大强“呃”了一声，定定站住，一脸尴尬，忙低头转身又回卧室，撞来撞去地收拾换洗衣服，这回身段远不如钻床底灵活。明玉冷冷地看着他，忽然促狭地道：“爸，依照法律，妈去世后属于她的那一半财产，如果没有遗嘱的话，必须拿出来我们四个一起分。包括你住的这房子，还有你裤袋里的存折。按照每人四分之一来算，哎呀，我终于在这个房间可以有个合法床位啦。”

苏大强闻言，顿觉天旋地转。什么？刚刚获得的财权他得拱手出让一半不说，连小小的一室一厅住房也不能全部归他？难道他还得搬到比一居室更小的房间去住？孩子们做得出来吗？可他又是个有文化的人，退休后每天消遣乃是坐在社区老年活动中心看报，他仿佛记得法律上确实有那么一个说法。他傻了。三个孩子中明哲可能做不出来瓜分母亲遗产的事，明成肯定会，明成对从父母手里流出去的钱向来来者不拒。而明玉……苏大强瞄着灯光下明玉淡黑的影子，心中犯愁，她肯定是第一个施杀手将遗产官司闹上法庭的人，她正等着看这个家的好戏呢。

明玉笑眯眯地看着父亲愁肠百结，却不去开解，走几步拉开抽屉与衣柜一瞧，里面灰扑扑、黑沉沉的都是过时老旧的衣服，被苏大强放入旅行包里的内衣起毛的起毛，脱线的脱线，几乎没一件好的。明玉不由心想，这二老对她刻薄的同时，对他们自己也刻薄。按说一个护士长、一个教师的退休工资加起来不会少，够他们两个吃穿，但看这些内衣，简直是做拖把还得嫌它们容易脱毛呢。明玉虽然自己现在钱多，不会觊觎父亲手中的那几元钱，但还是不得不揣测，父母的钱都到哪儿去了？在父亲裤袋的存折里，还是又无声无息贴补了明成家用？

回头见父亲还在冒傻气，她歪着嘴角偷笑一下，伸出两个手指拉住父亲肩膀那儿的袖子，扯着他出来。苏大强不干了，一把抱住卧室门框，爹着胆子叫道：“你不能赶我走，你妈尸骨未寒，你怎么有脸赶我出门？”

明玉哭笑不得：“谁赶你了？走，去超市给你买衣服去。你那些衣服别拿了，这些还能穿吗？以后没妈管着你，你别刻薄自己，吃好点儿穿好点儿，别弄得跟上世纪出来的似的。”

苏大强愣了会儿，再三回味，听出明玉没想要他房子之后，心中才舒了口气，这下明哲明玉两人都不用再顾虑，只余一个明成了。他有点儿放心地放开手，但随即又紧张地捂住裤袋，道：“不用买新的，旧的穿着舒服。”

明玉一看父亲的肢体语言便知端的，没一句废话，直截了当地问：“我出钱，去不去？”

“去！”苏大强也没有废话，飞快地跟上女儿，唯恐机会转瞬即逝。

一下收获四套全新背心小裤、四套棉毛衫裤、两套毛衣毛裤、两条毛呢长裤、一件夹克、一件羽绒服，以及簇新羊毛袜子毛巾浴巾牙刷牙膏的苏大强，兴奋得满脸通红。他当即想穿上羽绒服，可明玉不让他穿，非要他晚上洗澡后才能换新的。于是四大包衣物齐刷刷放车后备厢。苏大强不时回头看看，虽然看不到什么，可心中满足。好吃好穿，谁不知道啊。他隐隐有了跟明玉过的想法，但这个想法在他脑子里打了个转，又蔫儿了回去，他哪敢啊。

明玉一边开车，一边有一句没一句地说话：“你从来没当过家，别的我不管，诸如房产证、土地证、存折、有价证券之类的东西，谁让你拿都不能拿出去，给人看都不行，知道吗？身份证也不能给人，谁问都不给，否则人家拿着你的身份证把你房产证挂失了，卖了房子你还不知道呢。记下了吗？”

“记下了。”明玉虽然说话跟训儿子似的，但苏大强不以为忤，他一向在老婆强权下俯首，已习惯成自然，反而对明玉的强硬态度容易接受。

“那好。你七大姑八大姨上门哭着问你借钱救急，你怎么说？”

“我哪有钱啊，我住的房子还没他们的大呢。”苏大强灵光闪现，脱口而出。

明玉不置可否，淡淡又问了一句：“明成问你救急呢？”

苏大强再次勇猛地脱口而出：“没有。这几年我们一半钱都给他了，还不够吗？我都记着账呢。对了，他敢问我分遗产，我要他还钱。”

明玉斜睨了苏大强一眼，心中好生奇怪。明成又不是过不下去，有房有车，吃穿用度都很小资，为什么还厚着脸皮问家里要钱？明玉想到这里，在平日看不起明成的态度上又百上加斤。她淡淡地道：“以后别那么大公无私了，自己赚的退休钱自己好吃好用。手头的钱好好存着，万一有个三长两短可以拿出来用，你那么大年纪总得有点儿积蓄。古人说，积谷防饥，现在得积钱防病，知道吗？”

苏大强连声应“是”，明玉的话都说到他心坎儿上了。当初他也曾小心翼翼地向老婆提出过类似意见，但被一一驳回。原来并不是他没理，而是老婆太大方。他下意识地又捂了一下裤袋，在有强力支持者的情况下，他更要保住他的宝贝救命钱。

两人再回明成家后，感觉与刚刚已经大不相同。一室温暖如春，原来已经开启了窗边的柜式空调。空气中氤氲着咖啡的甜香，明玉虽然自己不会伺候，却也可以辨认出，这应该是现磨现煮咖啡的香气。她又在心中莞尔，喝着现磨咖啡吃快餐，多有意思的画面啊。没办法，看到明成的时候，她不自觉地就变得刻薄。可见，明成的生活质量，一大半得归功于朱丽。只有朱丽回来了，大家才能享受到温暖芳香。

朱丽给明玉一杯咖啡，明玉没喝，怕睡不着，但很喜欢盛咖啡的杯子。她不是个慧眼能鉴别的人，生活比较粗糙，却也看得出手中的杯子是好东西。因为温暖，父亲身上的难闻体味更是烈烈蒸腾，刚刚已经在车上受够，明玉不打算再加入沙发圈，坐到稍远的藤摇椅上。没一会儿，朱丽也由原来的倚着明成而坐改为在周围游荡一圈，坐到明玉身边。看到明玉正端详着咖啡杯，她就说了一句：“这是Wedgwood。”

明玉吊了下眉梢，虽然朱丽说了，但她还是茫然。江北销售公司的负责人柳青就曾笑她是老土，只知道进去商厦看见好的穿得下的买，从不知道品牌。被一些杂牌斩了都不知道。

朱丽黑水晶一样的眼睛一看明玉的眼神就知道她不懂，但不予解释，怕被明玉误会其中有炫耀的成分。

明玉则毫不回避地打量着朱丽，不错，环境衬人，以前在父母家遇见朱丽的时候还不觉得，今天在明成他们低调又不失档次的客厅里，才发觉朱丽整个人无一处不精致。虽然已是三十岁的人，可一张脸还是如初生婴儿一般细嫩，仿佛都可以看见细细的绒毛。眉梢鬓角指甲等等，看得出也经过精心打理。朱丽整个人从头到脚似乎流淌着一种气韵，这种气韵只可用两个字概括：女人。明玉感喟，苏家养出这么个温室里的娇艳花朵，有她苏明玉被彻底牺牲的一份功劳，那得多少钱啊。

朱丽经不住明玉的无语直视，只得两害相权取其轻，忍受臭气坐到明成身边。明成坐的是单人沙发，朱丽就挤坐在扶手上，整个人趴在明成肩上。朱丽窈窕玲珑，美人如玉，靠在高大健壮的明成身上，如小鸟依人，看着都觉享受，更不用说明成的感受了。明成很自然地伸手握住朱丽搭在他臂弯的纤手。

坐在对面的明哲不自在地避开双眼，心说他与吴非从来不会当众这么亲热，他做不出来，吴非性子里也是端庄的成分居多，看来老天有眼，什么锅配什么盖。明玉看着，忍不住扭了扭自己的腰，想象不出，她有没有如此柔软的身段，也想象不出，哪个男子经得起她一米七的身材倾轧。

唯有苏大强见多不怪，翻着购物袋指点里面新买的衣服给明哲看。明成在一边看着，忽然插嘴道："这些衣服得洗了才能穿。朱丽，你帮个忙？"

朱丽微微一摆身子，"唔"了一声："你去嘛，今天咖啡是我煮的。"

明成道："要不我把衣服扔洗衣机里去，你回头把烘干的衣服叠好，我们分工合作？"

朱丽趴在明成耳边很轻很轻地道："笨瓜，这是你爸的内衣呀，我怎么方便取进取出？当然是你做啦。"

明成嘀咕一声"又没穿过"，但还是无奈起身，拎了苏大强的新内衣去洗。明哲不知道明成最后因什么话而屈服，但心说这种事如果摊到他家的话，不等他说，吴非一早拿去洗了。明成的老婆有点儿懒。但他没想到，横眉竖目的明玉却会做出给父亲买家常衣服，还有先前提醒明成为他熨大衣、西服这等温馨体贴的事情来，他想不出，明玉的性子为什么这么矛盾、古怪。

众人这才坐下来讨论明天所有的出殡事宜。明哲是当仁不让的主持，苏大强在一边唯唯诺诺，总是发表一堆废话之后再说个好。明成与明哲有商有量，朱丽也一起参与讨论，只有明玉没插嘴，但也没再去干私活儿，坐得远远的，转着滴溜溜的眼睛看着他们热闹。她主持的重大活动多了，这等小事如果由她做主，不出十分钟可以解决。但是，他们能信服她来做主吗？她又肯挑苏家的这副担子吗？答案都是不。

明成心中最觉得奇怪，今天老爹是怎么了，废话恁多。他不知道老爹今天正被明哲、明玉的孝敬鼓舞着，中气大盛。

明成唯一不奇怪的是，事情一议论完，明玉便救火一样地告辞了。这才是她一向的风格，与亲人团聚视若受刑。

苏大强被明哲关进浴室洗澡，明哲自己掐着时间打电话回家给吴非的时候，明成悄悄问朱丽：“有没有觉得爸今天特亢奋？”

“有，天南地北的事情都要扯来说说，原来他懂不少呢，英语也会说。”朱丽说话的时候忽闪着大眼睛，虽然她的眼睛因为那么爱她的婆婆去世而哭肿，可一点儿也无损她的美丽。

明成看看明哲没注意着他们，悄悄跟朱丽道：“看来爸是大器晚成。”

朱丽差点儿笑出声来，忙用手捂住，今天什么日子啊，怎么能笑？但“大器晚成”这个词用在公公身上，实在是无比滑稽。明成眼睛里也是小小火星飞舞了一下，随即收敛进去，一脸严肃，顺便干咳了一声。朱丽瞧得明白，抬腿踩了明成一脚，扭身进去主卧。两人一向打闹惯了，即使今天是非常时期，可手脚还是不听使唤。

待得明哲最后洗完澡到客房睡觉，却见父亲神情忧郁地拥着被子坐在床上，还没躺下。明哲上前关切地问：“爸，想什么呢？别担心明天的事，今晚先好好睡一觉，把精神养好了。现在你的身体最重要。”

苏大强看看明哲，又看看刚被关上的卧室门，还是忍不住跳下来走到门边，打开一条细缝往外看了看，才回来招呼明哲坐到他身边，轻声道：“你妈和我存下一点儿钱，不多，都在这里。一本活期是我的退休金卡，一本活期是你妈的，这些是国库券和定期。我不能放在明成家，会被明成拿去。你说我该放哪里才好？我总不能这几天进门出门都带着。”

明哲翻了翻里面的数字，不多，才两三万，不由得道：“明成过得不错，他会要你这些钱？爸你别把明成想得太坏，他这人大大咧咧，本质不坏。”

苏大强又看一眼门，俯身贴着儿子耳朵道：“明成毕业后一直挣得多花得更多，每个月钱花完才老实，回家来蹭饭吃，你妈见了心疼不过，肯定塞给他一千两千的救急，从没见他还过。我们这些钱是好不容易存下来的，这要被明成看见，哪天钱花完了还不得打我这些钱的主意？他这房子还是我们出钱买、出钱装修的呢。”

明哲听了真有点儿不信，但细想一下，又不能不信，爸一身破衣烂衫，明玉都看不下去给他买了新的，他们那么节约至今才存下两三万，钱能到哪儿去了呢？妈以前打电话从来都说明成花好朵好，今天送她什么明天送她什么，原来是小恩小惠，羊毛出在羊身上啊。妈是十足的报喜不报忧。他想了会儿，才问："明玉问不问你们要钱？"

苏大强道："明玉上大学后就不用家里一分钱了。但也不给家里一分钱，连家也不回，回来就跟你妈斗嘴。"

明哲沉着脸又想了会儿，道："家中怎么好好的房子换成一室一厅了？明玉回家时候，爸住客厅？她干吗与妈斗嘴？今天看明玉不像妈说的那样不讲道理啊。"想到吴非常说妈肯定亏待了明玉，他又补充一句，"妈一向不待见明玉，是不是太亏待明玉了？"

苏大强觉得这些事都是老婆出主意干的，与他无关，说出来也没什么，所以实事求是，理直气壮地说："明玉从当年你妈做手脚把她保送进那所大学读书开始，就跟你妈拧上了，不肯再用家里一分钱。后来你妈想在朱丽面前争面子，把客厅里明成的床搬进卧室，把原来明玉的床拆了，好整出一个客厅来，明玉回来没地方住，以后连回都不肯回了。后来为了给明成装修钱，我们换成一室一厅，反正明玉也不会回来住。你妈说起来很生气，她还不是为了这个家吗？你们两个读书花销已经够大了，明玉再去外面读书，我们还怎么供得起？房子不装修好，明成怎么娶得到朱丽？明玉都不知道顾点儿大局，一心只为自己考虑。我们做父母的容易吗？现在她做生意，嘴皮子练出来了，回家吵架你妈都说不过她，每次回来每次吵，还不如不回清静。"

明哲还是第一次听说家里发生过那么多事，妈从来没在信里、电话里提起过。今天听父亲简略讲来，只觉匪夷所思。如果爸说得不假，明明是妈偏心得视明玉如无物，还说明玉不顾全大局，简直是倒打一耙了。原来以前都是他听信妈的一面之词，反而是吴非旁观者清，早透过现象看本质，摸清原因了。真没想到，明成还真能伸着手问父母要钱，他得下得去手吗？

苏大强见明哲沉着张脸不语，心里害怕，也不敢说话了，偷偷挪开一些，怕明哲的怒气放射到他身上。明哲感觉到身边有动静，斜眼看了父亲一眼，看到父亲眼里的畏惧，才想起是自己把父亲吓着了，忙揉揉脸，企图缓和一下气氛，对父亲道："国内银行有没有保险箱业务？有的话明天办完事情你去做一个，把票证都放进里面去。不过这么说来，你住明成家，方便吗？他们管自己都管不过来，能管你？这儿事情一完，你赶紧去排队等签证，早点到美国去。”

“万一签证签不出呢？”

明哲叹了口气：“签证先办起来，明成这儿你也先住着。明玉那儿，我们还有脸住进去吗？爸，你真不敢回家住去？”

苏大强一说又来了眼泪，抹一把眼角，轻声道：“白天太阳晒着还好，晚上我都不敢睁眼睛，我真怕啊。家里如果有个人还好，可我们家那么小，还住得下别人吗？再委屈，也只有在明成家里蹲着了，起码晚上有人。”

明哲拿胆小的父亲没办法，只有耐心地问：“那你想叫谁来做伴？”

“我不知道，反正我不敢一个人回家。”

明哲想了想，不死心地再问：“要是换个房子你就不怕了吧？”

苏大强泪奔如瀑：“我不敢一个人，我不敢一个人……”

明哲一声叹息，看来只有另外想办法了。他出国多年，对本市行情不熟，即使再有想法，明天也得与明玉商量了再定。下意识地，他没把明成考虑进商量的人选中去。

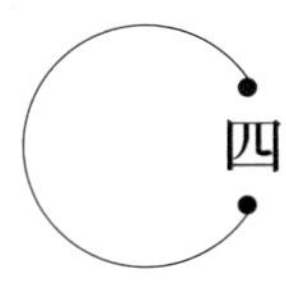

矛盾开端

仪式上，虽有苏母的姐妹妯娌哭得抑扬顿挫，成调成曲，但大家心里公认场上最有良心的是明成夫妻，小夫妻扶持着泣不成声不说，那媳妇儿还哭得站都站不稳，虽然没像老一辈哭得有板有眼，可一脸悲伤至痛，那是怎么都做不出假的。

明哲一直扶着父亲。苏大强真是形同疯狂，上来就拿头往上面撞，明哲一个人都不够，还要另一个亲戚一起抱着才行。唯有明玉双手插在大衣袋里远远站着，仿佛她参加的不是母亲的葬礼，而是帮人过来尽尽礼而已。所有亲戚朋友都说，看来这年头只有这种没良心的人才能发财。

明玉只在最后时刻脆弱了一下，但她走了出去，走到外面让冷风吹着，让发热的眼皮冷静下来，将欲流的眼泪吞回心里。这滴眼泪，她不打算流，最主要的是，她不想在众人面前，流给他们看见。她不需要用眼泪证明什么，但需要用没有眼泪证明什么。别人说人死为大，天下无不是的母亲。对，她可以因为死亡而宽宥她的母亲，但是她不会爱她的母亲，也不打算让人错会她会爱她的母亲，她在这个问题上立场坚定，旗帜鲜明。

明哲扶持着父亲送完客人，打量全场，找不到明玉，心中很是不满。而明成夫妇看着却让人心疼又敬服。一身黑的两个人坚强地站得笔挺，向每一个告别的亲朋好友欠身致谢，让所有到场的人感受到，苏母是个值得尊重的人。

四个人办完手续领了骨灰盒走出停车场，才看到明玉竖着大衣领子斜坐在车头，一手手机，一手香烟，正忙得不可开交。四人心中都很是哀恸，看到明玉如此不当回事儿，眼中不约而同露出愤怒。明哲本来还想与明玉商量如何安置父亲的事，见此无话可说，拍拍车头提醒明玉他们已经到场，然后说了句："明玉，你忙你的去，我们回家了。"

明玉没有即时回答，又对着手机说上几句，才结束通话，却对着朱丽道："你今天的姿势，让我想起一个传说中的人物，杰奎琳·肯尼迪。"

明成听明玉的口吻不无讽刺，不由怒气冲顶："你什么意思？这个时候寻我们开心，你还有良心吗？"

"我有没有良心，你没资格评论。至于寻你们开心，你配吗？"明玉冷着脸，满脸不屑一顾。当时她看着明成夫妻恸哭的样子就想，这俩人跑了一个米饭班主，如此伤心总算还是有点儿良心。

朱丽哽咽着道："何必呢，对我们有怨气，何必拿到今天来表现？很标新立异吗？"

明玉冷笑："你不觉得今天是很好的机会吗？大哥，没事我先走，你什么时候需要用车，打我手机。"

明成也是冷笑："那么，谢谢您大驾到场。"

明玉依然冷笑："苏明成还轮不到你代表苏家说这句话。"

"对，你最配。仗着有几个臭钱撑腰杆子。"明成火了，还是朱丽伸手抱住他，不让他冲动。

"很可惜，你有本事也拿出那几个臭钱来，你有种别问家里伸手要臭钱。我说你不配就是不配，论对苏家贡献，论为苏家牺牲，你排最末尾还是看在你有苏家血缘的份儿上。你敢扪心自问？"今天明玉看着明成在被他榨干的母亲面前假惺惺博取同情，眼里真是看出血，这等功力，拿去演戏多好。又偏生一副姿态好看的样子，怎么看怎么上流，她偏要揭他们的短。明玉吵起架来语速跟机关枪似的，别人插嘴都休想。那架势，让朱丽不由得想到菜市场小贩的手段。

"都少说一句行不行？回家去吵行不行？别让人看笑话行不行？"明哲终于忍不住，大吼一声介入。

明玉将烟蒂往地上一甩，冲明成冷笑："看大哥面上，放过你。"

明成顿觉一腔热血从心口冲上颅顶，挣开朱丽的阻挡冲上前去。明哲一看不好，忙将骨灰盒往车顶一放，冲上去拉住明成的大衣，顺势抱住明成，推着明成往回走。一边扭头对明玉喊："明玉，你回去，自己回去。"

明玉倒没想到明成会动武，愣了一下，打开车门钻进车里，咬牙发动车子就走。她匆忙中没看见车顶还有一个骨灰盒，朱丽却看见了，打着招呼要她停车。她压根儿就不想理朱丽，发动车子就"轰"一下加速到最快，扬长而去，将母亲的骨灰盒狠狠摔在地上，顶盖摔裂。总算骨灰还有布袋装着，没有四散飞开，但袋子掉进污泥里，这是对在场四人最大的侮辱。即便是明哲，此时也气得跳脚了。明成先冲上去，小心捧起小布袋放回摔裂的盒子里，这下他珍而重之地自己抱着，不肯再给其他人。

朱丽回城就让明成送她去事务所，她手头还有干不完的活儿要做，即使眼睛哭得红肿模糊也得去做完。苏家父子三人则回到父母家，苏大强将老婆骨灰供上，三人一起默默看着三炷清香燃尽。明哲在心中想，以后，理该是他来当这个家了。他该如何当好这个家？他在国外，管得过来吗？今天一吵，明玉与明成已经势同水火，或许他们早就势同水火，冰冻三尺非一日之寒，只是妈没让他知道而已。他是不是该从中调和？

明成则是又悲又气，独自坐在窗边呼哧呼哧的，终于明白妈以前说得有理。妈叫他避免与明玉吵架，说他不是对手，书生与泼妇吵架从来只有输。吵不过动手的话，他更占不着理，男人打女人什么时候都没理。看来这世上还真只有妈一个人治得了明玉。可是，好人不长命，祸害遗千年。

苏大强眼看清香燃尽，而两个儿子都直愣愣瞪着眼睛盯着香火不语。他只有怯生生主动开口了。他认准了明哲，昨天过来，他已经看出，明哲是个肯挑担的人。"明哲，那我……那我怎么办啊？"

明哲回过神来，但还是沉默了会儿，才问明成："明成，本市银行有没有保险箱业务？爸从来没有当过家，他那些票证还是都放进保险箱里吧。"

明成点头："有的，不过要收租费。不如放进我在银行开的保险箱里。"

苏大强连连用眼光向明哲示意此事大大不可。明哲道："还是单独开吧，取进取出也自在一点儿。租费我来付，天还早，我陪爸去做一下。明成，你有没有什么要忙的？先去忙吧，晚上再去找你。”

明成想起在停车场装作很忙的明玉，心头火起，道：“再忙也不在这一时，今天什么日子啊。我载你们去银行。大哥你什么时候走，机票什么的有没有落实？今天一起办了吧。”

明哲听得出明成话里有话，但当作没听见，起身道：“事不宜迟，一起去吧。明成，爸拿出签证之前，需要你照顾他了。爸……”明哲睨了父亲一眼，还是没好意思说爸有点儿糊涂，含含糊糊地道，“你多担待着点儿。今时不比以往，妈不在了，我们做儿子的该挑起担子。”

明成点头。不知为什么，接到母亲死讯，听到老父哭哭啼啼声音的那一刻起，除了悲伤，他心中也生出一种强烈的责任感，觉得自己有责任有义务为苏家做点儿什么。听着明哲这么说，他很有共鸣：“哥，你放心，这儿的事有我。我会多用心的，爸签证拿到前住在我家，我会照顾好他。”

明哲听着明成这么实心实意的话，一下放心了很多。人都是一步步长大的，希望明成能成熟。而且他也只能将爸暂时托付给明成了，明玉那儿，他更加不敢托付。今天一见，他心中都寒，明玉翻脸起来，他们几个人没一个是她对手，她什么狠的、绝的都说得出口。骨灰盒被她无意甩飞到地上那一幕尤其让人寒心。爸放明玉那儿，估计只有唯命是从的份儿了。其实他心中最希望爸一个人住，这两个弟弟妹妹都不像是很能托付的人，无奈这个当爸的实在扶不起，只能择木而栖。

明玉从殡仪馆回来时经过市区，看到一家“食荤者汤煲店”，明玉找地方停车下去见识。对于这家“食荤者汤煲店”的老板，网名叫“食荤者”的人，明玉说熟悉也熟悉，说不熟悉也不熟悉。说熟悉，她自从四年前为了应酬需要上本地美食网搜寻特色饭店始，便认识了这个食荤者。这个食荤者估计是个大男孩，爱美食，爱旅游，爱热闹，因为烧得一手好菜，走的地方又多，吃的眼界非常开阔，极受本市饕餮追捧。一来二去，去年自己出手开了这家“食荤者汤煲店”，成为很多网友聚餐的首选之地。说不熟悉，因为明玉从来不参加网友聚会，所以从来就没见过那个食荤者，虽然从聚会照片上常见此人惊鸿一现。

“食荤者汤煲店”店面不大，一上一下，下面除了几个快餐店似的单双人位置，几乎满满的都是洗得雪白的汤煲，热腾腾地从盖子里透出蒸气。这一点明玉看了先自喜欢，干净。再看汤煲种类，并不是她寻常应酬常见的什么虫草洋参燕窝雪蛤，而是非常家常的黄豆猪脚、萝卜牛腩、扁尖老鸭、杂菌小排等没噱头难出挑考功夫的老实汤煲。难怪整个店堂里弥漫的是浓浓的纯正的肉香。明玉一一看来，几乎每个汤她都想尝试，也见有人拎着盒子进来，买一个汤带走。看来生意很好。

明玉叫了一个萝卜牛腩，配两个小巧玉米窝窝头，一个黝黑脸膛、高大身材的年轻男子满满盛了递给她。外面天很冷，风很大，明玉从停车场过来小店，吃了一肚子西北风，而且她还带着从殡仪馆带出来的一肚子晦气。当高大男孩挂着坦率的笑容将满满一碗浓香四溢看似非常温暖的萝卜牛腩端来放到她面前时，她心中竟莫名生出一种被抚慰的感动，她的心也似乎温暖起来，她忍不住冲这个陌生的男孩感激地微笑，她认出这就是食荤者。她原以为这等爱吃的人一定肥胖，没想到是个高大结实、充满活力的大男孩。明玉忽然想起，对了，此人还是个旅游爱好者。反而是食荤者觉得眼前这个女孩好怪异，为什么对他这么特别，他不由得进出时留意起来。

明玉吃饱喝足，整个人仿佛才回到现实，而不再想起她不愿想起的苏家和苏家所有人。这个小店的环境实在温暖，尤其是食荤者坦率的笑容让人安心，她喜欢上这家小店。她想以后没饭吃时就来这儿蹲点儿。

走出饭店，她便点上一根香烟，深深呼吸，这一口气呼得异乎寻常的长，仿佛要把心头积郁的闷气全数吐出。她舒畅地想笑一笑，但她知道，她肯定没法笑得如食荤者般坦率，因为她没有坦率阳光的内心，所以她才稀罕食荤者的笑。

她方向盘一转就去了公司，一直忙碌到深夜。全公司职员没人知道她刚参加完她母亲的葬礼，她也不以为葬礼后该去哪儿蹲着缅怀，除了工作，她不知道还有什么事可以占据她的大块时间。

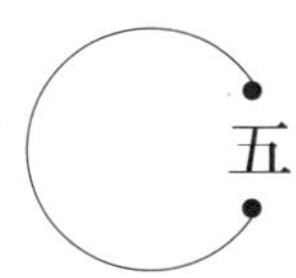

辗转难眠

明哲带着对父亲拿到签证前生活的不安心，忐忑不安地踏上回家之路。但是，等他高飞在碧波浩渺的太平洋上空时，他又开始担心起他回家后将没有着落的生活。从电话里得知，吴非已经开始着手准备他可能失业后的生活，他有点儿犯难，将怎么同吴非说，他一口答应父亲来美国与他们一起过日子。且不说未来过日子的费用，光是父亲来的那一张机票，不用说，肯定得是他们支出。如果他失业，岂不是暂时将生活的重担全压在吴非身上了？而且父亲过来就见他失业，心中未必会舒服吧？让已经为老年丧妻而悲哀的老父为他难过，让柔弱的妻子为生活加倍奔波，让一岁多的孩子降低生活质量，老天，他真是枉为男子汉大丈夫了。

明哲在逼仄的飞机座位上翻来覆去，难以入眠。他不知道以何颜面向吴非说明，也不知道该做何等努力挽回他的工作。他从小按部就班地读书升级，即使到美国后也是按部就班地读书、毕业、存钱、结婚、买房，什么都顺着笔直的轨道顺利前行，从没像今天这样，千头万绪，纷至沓来，都须考验他为男人的责任感。而他，竟在生活的考验面前，将答案做得颠三倒四，毫无头绪，这是他参加的最没把握的考试。

下飞机出关后，他在机场等了会儿，才被下班后赶着过来的吴非接上。看见吴非，明哲不知从哪儿冒出一大堆感受，亲热、依赖、熟悉甚至懒散、疲倦，一起涌上心头，他毫不犹豫就扔下行李，紧紧拥抱看上去同样疲倦焦躁的吴非。

吴非大吃一惊，但很快便从丈夫的紧紧拥抱中感受到他翻腾无措的内心，心中长叹一声，伸出手轻轻抚摸明哲的头发，温柔地道："慢慢告诉我，发生了什么。我们回家吧，还得顺路去领宝宝。"

明哲又将脸贴着吴非待了会儿，才将手放开，这时候他忽然觉得，吴非是他心中最亲密的人，也是最了解他的人。以前，似乎是母亲与吴非平分秋色。他一手拎着行李，一手揽着吴非的肩膀出去。其实他自己也觉得不习惯，但他还是坚持了，他也看出吴非脸上的不以为然，可没多久，走到他们车子面前的时候，他发现吴非已经将头倚在他的肩膀上。明哲真希望这一刻的温馨可以长久。

上车后，明哲先拣愉快的说："明成跟朱丽送你一条羊绒披肩，送我一条领带，送宝宝一套衣服。明玉送你一套海水珍珠首饰。回去我拿给你看。"

吴非听着有点儿不好意思："他们怎么都那么大方，你回去什么都没带，我们多不好意思。"他们送的东西，吴非一听，就可以大致知道价值不菲。

明哲道："明玉事业做得很好，是他们集团公司下面一个销售公司的总经理，负责长江以南所有地区的销售。但很忙，忙到开车都讲电话。明成和朱丽两个看来应该是中上收入，明成懒一点儿，朱丽工作很辛苦，朱丽现在已经是注册会计师、注册审计师，还有个什么师的，据明成说，朱丽的收入比他高。但这两人花得也厉害，什么都要用国际名牌，是个彻底的月光族，爸说，妈在的时候有时还接济他们。这几天，爸就跟着他们过。"

吴非听着明哲的话只会吃惊，想不到明玉会做得这么好，更想不到明成他们居然有时还要公婆接济。但是且慢，有个最重要的问题得先问清楚："你爸很受打击吧？身体还挺得住吗？"

明哲有点儿难堪地顿了下，道："爸身体倒是没什么影响，饭量不差，睡觉也好。就是胆子一如既往的小，老说看见妈在这里在那里的，不敢一个人住。"

吴非一边开车，一边道："你爸年纪不大，又有固定退休工资，房子也有，其实如果一个人住的话，还自由一些。明成与朱丽工作辛苦，未必照顾得过来，还不如自己住，请个保姆帮忙。费用我们来出就是。"

明哲听了不由叹了口气："我何尝不是这个意思。但是一来爸不敢回去住，一直说怕；二来当初为了明成结婚买房装修，他们把房子换成一室一厅，保姆来了没地方住。爸说想过来跟我们住，我让他先办签证吧。”

吴非听了一愣，随即心中冷笑，还真是被她妈说中了。前两天明哲走后，她打电话给家里报说婆婆去世的事，当时她妈提醒她可能她公公会跟过来住，她当时说不可能，公公耳水失衡，据说不能坐飞机。但她妈说，这事难说得很，当初他们借口不能坐飞机而逃避来美国伺候孕妇，也不是没有可能。吴非只当笑话听，心说即使当时为了逃避，公公现在应不会有脸赖掉当初说过的话，厚着脸皮过来吧？可没想到，老人家有智慧，还真被她妈猜到了。如果换作从前，这事她睁只眼闭只眼，公公来就来了，家中不是没地方住。但是，现在是非常时期，连宝宝都有可能要送回妈妈家去养了，怎么还能来一个公公？接来美国养与寄钱去国内养，这完全是两码事。老年人身体三长两短多，万一病了怎么办，哪来的钱医治？明哲怎么能如此轻易答应，他不知道他自己的职位也正岌岌可危吗？

吴非真想张嘴骂不要脸的公公，但是，今天她清醒得很，不会那么管不住嘴，她闭着嘴胸口一起一伏了好久才道：“明哲，这事你做差了。你爸不清楚，你怎么也跟着不清楚？你爸有耳水失衡的毛病，还是从我们这儿回去后落下的，你还内疚很久呢。你妈是护士长，她最清楚，早已说过你爸不能乘飞机，尤其是长途飞机。这事还是慎重为好，你妈刚去，你们再不能对你爸掉以轻心了，老年人脆弱得很。最起码，你爸来之前，得做彻底的身体检查，看这病好扎实了没有。然后，你爸上回耳水失衡发作是因为乘长途飞机回去闹的，这回过来，怎么也得有专人陪着，一路盯着，不能让他一个人说来就来。我们得为他身体负责。”

明哲听着心里很是尴尬，但他还是实说：“非非，从这几天我爸回避我这个问题时的态度，我怀疑他们以前说我爸有什么耳朵问题，这其中有假。这事说起来挺对不起你妈。”

吴非听着心中温暖，明哲没有向她回避他父母的过错。但是这事可以既往不咎，老爷子来了怎么办才是问题关键中的关键。她只能咬紧牙关抓住这个问题不放：“明哲，我说句不恭敬的话，你爸有点儿老顽童脾气。他喜欢来美国，或者会隐瞒病情都难说，毕竟他对疾病的后果认识不会太清楚。你还是小心一点儿，我们担责任事小，你爸身体要紧。还是查查吧，否则要是真有什么，我们知错犯错，罪加一等，别说得被你弟弟妹妹怪一辈子，我们也得内疚死。”

明哲有点儿无言以对，其实他从父亲老鼠般逃避的眼神上看出，当初的所谓耳水失衡肯定是妈逃避来美伺候月子的谎言，但是这话怎么对吴非说？吴非妈当初千辛万苦才办的内退，经济上面损失惨重，但她们母女什么都没说，吴非后来也没提出什么补偿她妈之类的话，人家是母女亲情，明哲心里清楚。而今他们孩子生了，父亲却推翻前言又要来美国了。父亲厚着脸皮赖得掉，可他心里明白，换他咽得下这口气？怨不得吴非口口声声拿大道理回绝。可是，他又怎么放心得下父亲待在明成那里？他只有叹息：“我爸他们是自作自受。”心里却知，父亲可以一阵嬉笑过去，为难的是他这个儿子，他现在被孝心与责任心逼迫成了一只风箱里的老鼠。

吴非也知道，明哲这人传统，重面子重感情，让他说出不让他父亲过来的话，那真是比登天还难。可她总得表明自己的态度吧。不，她还有进一步的态度需要表明，那就是对未来生活的态度：“明哲，我前天跟我们老板提了把宝宝的保险移到我名下的事。但是如果未来……未来……的话，宝宝只有送回国内给妈去养了。唉。”

明哲愣住，为了经济问题，不得不把宝宝送回国内养？那么小的孩子与父母分离，他如何忍心？吴非又得受多大委屈？她当初就是舍不得孩子才咬牙自己养，不让她母亲带回去的，可他却要把父亲扛过来替换宝宝。这笔账又该怎么算？可是，答应父亲的话已是覆水难收，难道他现在打电话给明成，说让爸暂缓来美？而且，老父那一头颤抖的花白的头发啊……

明哲闷了半天才道：“非非，公司裁员未必会轮到我头上，这不还没公布呢。”

吴非叹气：“今时不比以往，IT人才已经不是香饽饽。你看我们医院，早我几年进门的人，一来就拿六万年薪，还合同约定年年涨工资，到我找工作的时候，才四万多年薪，合同也没那么多福利，还多少人抢着要。如今的老板都是一副腔调，你不做，行，好多人排队等着呢。这种时候，得夹着尾巴做人，而不是任性。”

明哲知道吴非说的是他不顾眼下职业危机还赶着回家的事。但事情做都已经做了，而且，冲明成和明玉的对立，他能不回去吗？只有现在弥补了。而且，回去后看到，明成不足托付，明玉不能托付，他作为长子，将父亲的下半辈子挑到他肩上，那是义不容辞也无可奈何的事，为此他有必要忍受委屈。但是他现在不得不考虑，凭父亲的退休工资，足以在家里过得丰衣足食，但是如果来美国……不，他得先确定一下他的工作。

明哲问吴非要了手机，给一个华裔同事打电话，那人与他在同一楼层同一部门。但是手机接通，那边一直没人接。明哲只能挂断电话，心中已知有些反常了。他们这些人，都是随时开着手机，也恨不得开着电脑等待公司召唤的。开机而无人接，后面的可能性太多。

紧张和未知，让明哲紧紧捏着吴非的手机，像表忠心一样地贴在胸口。吴非瞥他一眼，没吱声，但心里也是突突地跳，虽然已经做好最坏的打算，但当最坏结果步步逼近的时候，谁都无法做到坦然接受。她这时候不知道怎么安慰明哲，她自己心里也一团乱，考虑到未来真正少了一份收入的生活，那种像四肢去其二的生活，她连方向盘都有点儿扶不稳。她很想在路边停下车好好缓解心跳，但是没办法，宝宝等着去接。这人啊，怎么有那么多不得不做的事啊。

车子在沉默中飞驰出去很远，忽然一声手机铃声传入。原来是刚才没接电话的明哲的同事。那位同事带来的消息虽把明哲心中担忧多日的阴霾一把抓走，但换来的不是和风丽日，却是阴风阵阵的黑洞。原来，就在昨天，公司宣布把整个研发部门裁了，以后，技术工作以外包或者在人工费用低廉地区设立新的研发机构代替。

连努力的机会都没有，所有侥幸的念头都湮灭，现实的无情就在于，它能坏到比你设想的更坏，永无止境。

看着丈夫握着手机的手颓然垂下，吴非不用问都能知道结果。她将车开得跌跌撞撞地接了宝宝，但是小宝宝即使坐在后面也能体会到车厢里弥漫着的阴郁低沉，她一上来就哭了，哭得撕心裂肺，明哲怎么哄都不肯止声。吴非终于也忍不住，将车拐到一边停下，趴在方向盘上流泪。

明哲也终于无力再开腔哄宝宝，他何尝不累？母亲猝死，工作丧失，生活无着，把他一个做男人的底气彻底抽空，现在他心中只有满满的无力感。以往如火警般重要的宝宝哭声仿佛很是遥远，明哲置若罔闻地将脸耷拉向另一边，对着黑洞洞的窗外，两眼也满是空洞。

不幸中有大幸，因为明哲丢去工作，吴非获得老板的极大同情。都是女人，遇到共同的有关孩子的话题时，很容易心灵相通。宝宝的保险以最快速度转移到吴非名下，没有平日里人事工作的拖拉。但吴非并不以为喜，明哲最近一直没有表态说拒绝父亲来美，如果他父亲过来，即使宝宝有了完善的保险又能如何？她一人的工资养不活四口，宝宝只有送到她父母家里。吴非很想操刀子逼明哲打越洋电话拒绝，但是面对失业后焦头烂额的明哲，她只能叹息。

明哲也是无奈地叹息，他觉得这些都是他无能造成的。这两天，他几乎是憋着一口气，机械似的回公司办理手续，同时上网遍找招聘广告，开始拉网般散发简历。总算有失业救济，有公司的补偿，生活并无太大变化。但是，在心里，明哲已经将此视为极大打击了。他一路顺风顺水，当年还宁舍保送非要自己考入清华，以示自己的能力。而后毕业工作，那时也是单位捧着合同找上门来，主动邀请他加入。他以前从没想过会有失业的一天，即使公司整体裁员并不是他的错，他还是无法从裁员的打击中拔出泥腿。

有时候他真不敢回家，他做人如此失败，可这个时候吴非却对他那么好，比以往更加辛苦地包揽了家务，变着法子做出美味佳肴打开他无力的胃口。当他独坐烦闷的时候，吴非会走到他身边，将他的头抱进怀里，轻轻抚摸他的鬓角耳朵，让他的心得以平静。他觉得他有愧于吴非对他的好。

但是明哲始终不肯把自己在美国这边的变故打电话回去告诉弟弟妹妹，更别说请他们帮忙，暂时收养父亲一段时间，等他找到工作后再送父亲过来。明哲从小到大都是弟弟妹妹学习的榜样，无论是成绩还是操守。在学校里，因为他成绩好，人又听话，从小学开始，手臂上一向是挂三道杠。在家里，因为母亲忙，父亲没用，他很早就挑起家务的担子，帮着母亲照料弟弟妹妹。弟弟妹妹们做错事时，母亲都没其他的话，只要一句“看你们大哥怎么做”，弟弟妹妹们心中就有了明确的方向。所以长年累月下来，明哲都是端正着自己的身姿以备随时给弟弟妹妹们效仿，心中不知不觉地把自己当成弟弟妹妹们的权威，辈分上似乎是比明成、明玉大了半辈，他觉得这是他的责任与义务。

现在，他能放得下身段向弟弟妹妹求助，用自己的失败现实求得他们施以援手吗？他做不到。尤其是这会儿在他自信心极端动摇的时候，他只求天高皇帝远，这种事永远也不要让功成名就的明玉和生活舒适安逸的明成知道。他也告诫吴非，此事千万别跟弟弟妹妹说，也别跟她父母说，免得让大洋彼岸的老人操心。他逼迫自己，必须尽快找到工作。

幸好，他的学历、他的经历、他的能力，让他很快就在发出简历后收到面试信函。

明哲走后，苏大强已经在明成家住了三天。整个人跟行尸走肉似的，仿佛老伴儿的死，抽去了他的灵魂。没人跟他说话的时候，他就耷拉着一个脑袋，呆呆地对着电视坐着。两只眼睛似是看着电视，又似是闭目假寐，只偶尔长长叹出一口气，提醒大家他还活着。

明成与朱丽别说是不敢得罪他，连说话都得思量再三，怕一个不好，触动了父亲脆弱的神经，对不起死去的老母。虽然苏大强有体臭，但明成与朱丽两个人推来推去，谁都不敢上前一步强迫苏大强去洗澡。婉转要求一下，苏大强就很阴郁、很沉重地说："我冬天一向一周才洗一次。再说现在心里难受，每天想起你妈心里就挂着坠子似的，我怕在浴室里出事情。"明成一听就不敢强迫了，任由父亲臭成一团，连钟点工阿姨进来打扫都避着他走。明成和朱丽从来不知道父亲的体臭是如此可怕。

天还没开始热，朱丽回家的时候不喜欢多穿衣服，喜欢把客厅空调开得与办公室里似的热。明成倒是无所谓，所以往往朱丽回家才开客厅大空调。明成原指望父亲跟在老家里一样节省，以前人一离开房间，就急着关掉身后的电灯，怕多用一度电。没想到父亲住到他家里，不知道是傻了还是大方了，他们不在的时候，他照旧关紧门窗打开空调。他还喜欢坐在客厅里，开着那台两匹半的大空调。不说天天白日飞升的电费，房子一天闷下来，回家开门，扑面就是苏大强浓浓的体臭味儿。

朱丽这几天天天加班，也是有意识地加班，不敢回家第一个闻那臭气。她与明成商量了一个妙招，让明成先回家，然后带着他爸去吃快餐。趁此机会，打开所有门窗透气。吃完饭，明成孝敬地陪父亲在小区散步一周，回来便力劝父亲早点儿睡觉。等苏大强睡了，朱丽才敢回家。家，又重新成为他们两人的天下。刚开始的时候，两人虽然觉得挺麻烦，但又有一种偷偷摸摸做地下工作似的小刺激，而且还都觉得自己为"孝敬"这个古老神圣的名词牺牲挺大。

但到第四天，周五晚上的时候，两个人不约而同地开始感觉到，家中多出一个人，实在是太影响生活质量了。以往，周五是他们最快乐的时节，现在就算是时间不对，没心情出去玩乐，可总得夫妻一起共进晚餐吧，但是，朱丽怎能与全身膻气散发的公公同席？他们家天天温暖的空调，让冬天每周才肯洗一次澡的苏大强生人勿近。

朱丽干脆加班，她在单位本来表现就好，这下更是好到彻底，本周顶着婆婆过世的悲痛，天天加班至八九点才回家，工作自然是做得非常出色。东山不亮西山亮，与明成没了卿卿我我，却获得了领导的大力赞扬。

但朱丽毕竟不是跟明玉似的只有工作没有生活，生活就是吃饭睡觉的工作狂人。周五的时候，她还是想与明成在一起，随便哪儿吃点儿饭，然后手拉手逛逛街，或者看看电影，下个酒吧，半夜才回。但是，今天明成要陪着他爸，不得不陪着他可怜的爸，朱丽没法扯他出来逛街。朱丽一个人在街上游荡着，无聊地进KFC吃了两个蛋挞，然后便不知道做什么，没人陪着做什么都无趣。还是回父母家陪自己父母看电视去。

偏生周五那天苏大强一直不肯早早睡觉，直到快十点了，明成才抽出身来去丈母娘家接朱丽。

朱丽是家中的独生女，父母疼得不行。本来朱家父母以为女儿是在女婿那儿受气了回家，但见女儿板着脸都不敢问，都心中忐忑地陪着女儿将电视频道乱转，等着女婿上门上演好戏。没想到女婿一到，女儿就飞进了女婿怀里，立刻眉开眼笑了，老两口看着挺憋气的，看着夺了他们女儿的明成不顺眼，但只要女儿与女婿没事，他们也就放心了。

明成这人比较好玩，又成天笑眯眯的，上来与朱丽父母说了会儿话，两个老人早自觉地赶小两口回家，不妨碍他们亲热去。明成拉着朱丽出家门，朱丽父母将门刚关上，朱丽就在明成身后一跳一跳地要明成背下楼。明成忙走下两个台阶让朱丽趴上来，两人笑嘻嘻地一起下去。但是今天朱丽趴在明成肩上却有别样感受，笑了会儿便笑不出来了，贴着明成耳朵说了句："明成，我心烦。本来每天狗一般的打工过后可以看见阳光般的你，生活才变得美好。可现在……我们都跟偷情一样，天晚了才敢偷偷回家。我今天都没劲儿逛街了。"

明成将小巧的朱丽捧入高高的吉普车里，帮她关上车门，像猩猩似的伸出拳头擂了几下自己的胸口，恨不得对着夜空“嗷嗷”叫上几声，这几天下来，他何尝不烦。转到自己的座位坐下，他才真的“嗷嗷”叫了出来：“朱丽，我也烦死了。咱们一起想个办法，怎么让老头儿活起来。他现在这个样子，我都不敢上银行交钱拿签证表格，否则轮到他了，他那样子怎么通得过？要是给打回来的话，那就麻烦了。”

朱丽无奈地道：“我早就在想了，可是都不知道你爸喜欢什么。我这几天才发现，以前去你家，你爸像隐形人一样，我都没怎么注意到他。你知道你爸喜欢什么吗？趁明天休息带他出去玩玩？”

明成摇摇头，暂时不发动车子，准备先将这个问题搞清楚，“我也不大知道，今天问了爸，他也说不上来。要不我明天带他去逛动物园？我只记得小时候他和妈挺喜欢带我们去动物园。总不能带他去游乐园坐云霄飞车吧？”

朱丽道：“试试吧，怎么都得试试。你爸总这么发呆不是办法。还有，你怎么也得说服你爸洗澡，让他去动物园骑一次骆驼吧，回来正好有借口劝他洗澡。只要他肯洗澡，我们再带他上网玩游戏，看能不能把他培养成网虫。”

明成苦笑道：“骆驼臭还是我爸臭，这还是个问题。这几天我恨不得感冒鼻塞闻不到那味儿。”

“恭喜恭喜，往后横穿沙漠没法洗澡时你的鼻子免疫了。”

明成这个大快活难得地叹了声气：“唉，希望签证快点儿出来，快点儿交给大哥。大哥的话，老头子还是比较听得进去的。”

朱丽轻声嘀咕：“其实你爸最听明玉的话，明玉都不用说话，你爸就会照着做。”

明成摇头：“明玉这哪是对自己的爸啊，简直跟对手下打扫卫生的阿姨一样不客气。她那种态度，我学不来，我虽然不是大哥那样的传统人，可也没想拿爸当孙子对待。看她那天将妈的骨灰盒摔到地上，我这辈子都不会原谅她。”

朱丽叹道：“别说是你，我也很生气。你妈对我很好，以前我多喜欢去你妈家，那个温馨的小小的家。每次去，你妈都给我留着我爱喝的抹茶酸奶。我都不敢说什么菜好吃，只要说了，你妈下次肯定会花精力烧好等着我们回。你妈那么好的人，唉……明玉就这么待她。开车吧，早点儿回去睡觉，我这几天加班加得都快散架了。”

明成探身过去亲亲朱丽的脸：“去吃个消夜吧，我们好久没一起吃了。”

“真想，可是真累。早两个小时听见这句话就好了。”朱丽长长的叹息融入车子发动的声音了，“明成，我累，不去。”

明成只得作罢。朱丽是真的累，她的工作看似不用奔走，只是趴在办公桌边，但是会计师的性质决定了他们的工作出不得一丝丝差错，她又好强，不肯敷衍塞责，所以整天上班都绷紧着神经。每天最开心的时候是明成开着车来接她，看见笑嘻嘻、胖乎乎的明成，一整天的心情都会好起来。可是今天，她又累又倦，从心里面倦出来，连到家后明成的亲热都拒绝，一转身就睡着了。她也三十岁了，哪里经得起太多折腾。

明成看着熟睡的朱丽很无奈，压抑一晚上了，连这点儿快乐都无法满足，这几天为了照顾父亲，他自动调整了工作量，工作相对轻松、精力比较旺盛的明成对着天花板发了好一阵呆才睡着。明成只想为了母亲安排好父亲去美国前那么几天的日子。只要父亲拿到签证，他第一时间将父亲打包出国。反正父亲也是最喜欢去美国的，他那么做不算没道理。

不曾想，去猴山、熊山溜达一圈，骑着马儿、骑着骆驼绕圈儿几周的苏大强回来还真焕发了精神，都不用明成做思想工作，他自己抱着衣服就钻进客卫哗哗洗澡。明成大喜，连忙打电话向正在加班的朱丽汇报，让朱丽准备着，晚上接她一起吃饭。朱丽在电话那头听着乐不可支，乌云终于镶金边了。朱丽当机立断，明天周日不加班了，首先得好好睡上一觉，然后得好好与明成玩上一天，带上公公也行。

几乎是明成才打完电话，苏大强就已经穿戴整齐从浴室出来。就这么一点点时间，猫舔胡子都不够，明成对父亲的洗澡干净度表示深刻的怀疑。果然，都不用他眼尖，便一眼看到父亲鬓角还挂着一串玻璃葡萄似的泡沫。明成毫不犹豫就把父亲推回浴室，回锅重洗。而明成这回不敢怠慢，坐在门口很没气质地大声指挥：“耳朵后面淋到没有？……胳窝打两遍肥皂……手指一根一根地洗，拿废牙刷刷刷指甲缝……全身搓，对，要我给你搓背吗？”

答案是“要”。明成只能走进去，拿起那块明玉买的，但已经被父亲用了好几天的毛巾，屏住呼吸以隔绝毛巾带给他指尖的滑腻感受，大力在快憋不住呼吸之前完成搓背运动，飞快逃出气味混杂的浴室，长长呼吸一口新鲜空气。他真是不明白，父亲怎么用的毛巾，竟能把一条簇新的毛巾用得跟泥鳅似的滑腻。回想起来就恶心。难怪朱丽坚持毛巾天天换洗，钟点工阿姨还笑他们毛巾浴巾用得勤。

再次从浴室出来的苏大强头发花白，肤色粉嫩，脸上带着满足的笑容。浑身散发着WALCH药皂的香味，终于暂时没了体臭。明成将他领到电脑面前，手把手教他上网，教他打传奇，打CS，但是一直退步到打企鹅，苏大强都没法对游戏提起兴趣。明成气馁，退到百度，问父亲最想要玩什么。苏大强对于占用这个老伴儿最喜欢的儿子那么多时间已经感到诚惶诚恐了，见问忙说想找一本书，叫作《东周列国志》，并解释说他小时候一直想看全它，但由于种种原因一直没有看全。

明成输入书名，一按百度搜索，从此苏大强老鼠跳进白米缸。这个做了一辈子学校图书馆管理员的人，在一次次打入自己心仪的书名，一次次得到满意的搜索结果后，发现了一片崭新天地，原来网络可以提供比他管理的图书馆更多更丰富的书籍，而且，他想看某本书的话，都不用战战兢兢地填表看领导脸色，让领导审批去新华书店进货，现在他想看什么就看什么，只要稍稍移动一下鼠标。苏大强从此认准了现代化武器——电脑。其实他在学校图书馆的时候已经用上电脑了，但是电脑没有联网，就像人缺了腿脚，再活络也是有限。

苏大强在明成的指导下制作表单，以他在学校图书馆的经验，把他所寻找到的书按他所编拟的序号，分门别类地存入他的虚拟图书馆里。这一切，都不用跑上跑下，辛苦搬运，只要转换一个个窗口，按几下键盘，点几下鼠标，轻松快捷，方便实用。尤其是明成鼓励他大胆操作，说键盘上的操作不会损伤电脑，他就更来了劲，钻在电脑面前挪不开窝，从此宣布成为新生代网虫。整个下午，苏大强都在电脑面前忙碌着，愉快地忙碌着，找到一本他认为绝版的书时，他甚至会发出一声响亮的笑。在网络浩渺无际的海洋里，苏人强如鱼得水，晚饭都是经明成三催四促，才不情不愿地让明成关了电脑。

三个人的晚餐安排在一家环境高雅的五星级大酒店的自助餐厅。朱丽穿着一件墨绿天鹅绒衫，胸口是明成不知哪年送的一颗璀璨夺目的施华洛斯奇的水晶心，用一根黑缎带系在脖子上。她虽然是从办公室直接被明成接来，但来前重施朱粉，一张笑脸明艳不可方物。她从来就最适应这样的环境。

明成去停车场放车的时候，看见明玉的车子，上来便说给朱丽听。两人边吃边找，没在这个餐厅看到明玉，他们也不想看到明玉。阿弥陀佛，但愿她在其他餐厅应酬愉快，永不相见。

都好几天没一起吃饭了，明成与朱丽有说不完的话。吃饭的时候苏大强从来不敢插嘴，那是苏母多年来定下的规矩。他只管闷着头吃。他喜欢上了生蚝，他曾在法国小说中见过生蚝的丽影，今天才得见真容，他以对待巴尔扎克的虔诚对待生蚝，不知不觉就多吃了几个。

而明玉其实并没有在这个大酒店用餐。她将车子停在酒店停车场后，便施施然穿过大街来到对面，到“食荤者汤煲店”叫了一客牛尾巴汤。这回是食荤者亲自替她将汤端到桌上，还附送一盘甜酸青瓜条，说是营养要全面，不能光食荤。明玉微笑致谢，原来食荤者已经注意到她这个汤煲店的常客。但是，明玉微微有点儿不满，她并不是很想被她正在瞩目的人所瞩目。

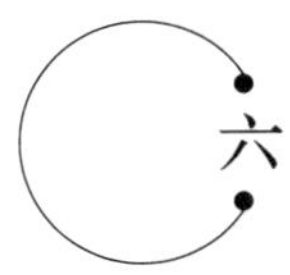

食莘者

明成可以在周一便到美国领事馆指定银行交款取表格的美梦，与朱丽周日可以好睡好玩的非常踏实的美梦，都还没隔夜，便被半夜激烈的敲门声撞碎。苏大强提着裤腰，佝偻着身子，看见明成开门，便眼前一黑，软软倒地。

明成夫妇吓傻了，不会刚急急去了一个老妈，这下就轮到老爸了吧？明成当即速速背起老爹，下楼上车，飞驰去医院抢救。在医院里，苏大强一边打吊针，一边继续拉肚子，拉得脸色蜡黄，跟前不久刚见最后一面的苏母的脸色似的。明成与朱丽惊吓过度，手忙脚乱。幸好医院有专门的护理人员，护理人员虽然被从梦中叫醒，但训练有素，帮着明成、朱丽渡过难关。

医生说苏大强是食物中毒，但是明成与朱丽不信，一桌吃的饭，虽然分餐，但是那家饭店的菜会出错吗？两人都回忆不起来，老父晚餐究竟吃了什么，当时他们两人光顾着自己聊天了。朱丽不由感慨，不知道当年婆婆是怎么管公公的，那么多年下来一点儿没事。怎么才到他们手里，就那么多事呢？公公简直跟小孩子似的，一个不慎，便进了医院。

到了凌晨，苏大强才止了腹泻。明成使出软磨硬泡的功夫，硬是把勤快的护理一起请回家，再照顾他父亲一天。回家的时候，苏家三口个个儿面无人色。

但是，没完。苏大强需要吃粥，护理也不能饿着。明成与朱丽一向是拿烤面包夹奶酪，配着热牛奶打发早餐，可现在不能简略了。护理见他们俩在厨房里手足无措，便热心地帮他们烧了一锅粥。但是，这双才端了苏大强屎尿的手做出来的东西，明成和朱丽都不敢吃。等苏大强入睡后，护理告辞，明成与朱丽才睡眼惺忪各自抓了一片面包吃下，回头睡觉。谁都不敢说烦，但是朱丽说了一句“一地鸡毛”，明成一声叹息。

六十几岁的年纪，就目前社会来说，虽然不能算是太年老，但是苏大强刚刚丧妻，本来精神已经饱受打击。再这么一拉肚子，简直是伤筋动骨，就这么又一蹶不振了一周。这一周，他蔫蔫儿地只能躺在床上。幸好他发现了网络，他让明成从网络上打印《东周列国志》给他看。明成说买一本书不就得了？他说不行，书上面的字小，而且《东周列国志》那么厚一本书，捧着看没半小时就手酸，他现在可是躺床上的病人呢。

朱丽听了，觉得苏大强说得有道理，老年人眼力不济，喜欢看大字。而眼下公公身体虚弱，双臂不能承重太久。她二话没说，便自己动手，从网上把《东周列国志》打印下来。用的是四号字，正反两面打印，十张纸装订成一小本，用红笔标出一二三顺序。先打印了二十小本，等公公看完了再说。

朱丽以其在办公室做事的细致、耐心和周到，先将网络上的文件转换成WORD文件，然后仔细调整行距字距，打印出来的文章漂亮整洁，即使不看内容，端在手里看着也舒服。明成在边上看着不以为然，笑说弄这么美观做什么，又不是拿去争取出版，还得拿页面整洁博取编辑的良好印象。朱丽觉得，要么不做，要做便要做得尽善尽美。整个周日，本来想着好好消闲一下的朱丽，结果除睡眠不足之外，为了打印苏大强的文章，更是比上班还忙。

忙于找工作的明哲接到明成的电邮，吓了一跳，脑子里冒出与明成看到软软倒下的父亲时一样的想法：妈已经去了，爸可千万别再有事了啊。他心下忐忑地等了一个白天，等算准国内是上午八点的时候，连忙打明成的手机。

“明成，爸怎么样了？恢复点儿了没有？究竟是怎么回事？”明哲很快又加上一句，“你们两个辛苦了。”

明成心里确实在叫苦连天，但是听大哥那么理解地表扬一句，他就开心了，觉得辛苦点儿也算值得："大哥，昨晚上终于帮着爸一起回忆出来了，肯定是生蚝吃多了。我们前天带爸去酒店吃自助餐，本来想着挺开心一件事，哪晓得爸会吃出问题来。现在没事儿，脸色好多了，能自己起床上卫生间，比我们起得还早。"

"那就好，那就好。明成，年纪大的人是老小孩，越老越小孩，有时你得看紧点儿。这几天，就别让爸吃快餐了吧，每餐喝点儿粥，可以吗？"

明成听了没觉得多怪异，觉得理所当然："大哥你放心，朱丽昨天已经吩咐钟点工早点儿过来熬粥，中午再过来一趟给爸弄点儿清淡的吃，她就住我们这个小区附近。晚上我跟爸一起吃。你放心啦，我们不是小孩子。"

明哲听了也笑，一半是放心了，一半是被弟弟的直爽打动："这几天你们最辛苦，爸这个时候精神、身体都最脆弱，身体状况最容易出现起伏，你们得多费点儿心思。"

"行，大哥这么客气干什么，这是我们应该做的。"明成放下电话的时候突然想到，大哥好像没提起老爸签证的事。但再一想就释然了，大哥今天的电话是专门为父亲的病情而来，而且签证的事早在他赴美前就已经说得清清楚楚，再提不是太啰唆了吗？

明哲放下电话后刚走上三步，也忽然想到，哎呀不对，刚刚忘了问明成父亲签证的进度。不过问了也白问，爸这个时候是肯定不可能去上海办签证的。他在原地站了会儿，吴非看见了问他："怎么那么严肃？你爸好了没？"

明哲回身道："好点儿了，原来是到高档场所吃饭给吃坏肚子了。明成他们两个家中不开火，爸只好跟着他们到处打游击，这样总不是办法。"

吴非听了不由笑道："你爸家猫做久了，缺点儿流浪猫的智慧。好点儿了就好。哎，明哲，要不要跟你妹说一下，让她过去看看你爸？你说她跟家里不亲，或者你爸生病是个机会，让她……家人也要多走动走动的。"

"对，但不知明成说了没有。"明哲立刻回身，给明玉打去电话。虽然心中没底，不知道明玉肯不肯去看爸，但他总得跟明玉说。不管妈以前怎么对待明玉，如今他当家了，他总不希望明玉继续游离在家之外，怎么都是一家人。

这个时候，明玉早已经在办公室召集中层开早会。接到大哥的电话，她有点儿吃惊。自工作以来，这还是她第一次在上班时间毫无防备地接到家人的电话。她转开脸轻轻问了一句“大哥什么事”。这话出来，周围人听着都大惊，什么，这个工作狂还有其他家人？前一阵她母亲去世，大家才知道她原来不是石头里蹦出来的孙猴子，今天居然又冒出一个大哥来。

明哲听明玉的声音有异，忙道：“你在忙？我长话短说。爸前天吃坏肚子送急诊，现在虽然好点儿，但你能过去看看他吗？”

明玉几乎没有犹豫地回答：“我开完会就要飞成都去，没办法。对不起。”

明哲只得怏怏放下电话，对正与宝宝玩的吴非道：“明玉没法去看爸，她是大忙人。”

吴非笑道：“鲁迅先生说，他是用别人喝咖啡的时间来写文章。明玉年纪轻轻成就斐然，肯定也是挤出别的女孩子回家冲父母撒娇的时间来上进的。”

明哲走过去与吴非一起坐在地上：“自从我回来跟你说了明玉自力更生的事情以后，你一直向着明玉。”

吴非道：“明玉不容易，女孩子这么小就自己养自己，尤其不容易。我独自出来留学，还拿着奖学金呢，回家都哭天喊地的，委屈得不得了。我们宝宝以后绝不能这么吃苦，女儿是拿来宝贝的，女儿得像花儿一样用温室养着才好。”

明哲低头想了会儿，笑道：“以后你长嫂抵母，多多关心明玉。还是你们女人细心，照顾爸的事，也是朱丽在那儿拿主意。明成从小就粗心，看来没什么变化。”

吴非低着头笑，还长嫂抵母呢，大家隔山隔海的，彼此连认都不认识。那么泼辣的明玉能认她这个不相干的女人抵什么母？明玉能认她是亲戚她已经觉得不容易了。

明玉放下明哲的电话，便呼啦一下把电话里的事全抛到脑后，继续瞥着笔记本，飞快分派任务。数据经她嘴里出来，似乎都不用从大脑转弯，好像都是整整齐齐排队等在她嘴角，只等着她开闸放数字。直到去机场的车上，她还在拎着手机冲客户蹦数据，不过蹦的时候和颜悦色了很多。

直到进了机场安检，明玉才又想起刚刚明哲来的电话。好嘛，老爹的病情非得去美国绕一圈，才出口转内销让她知道。合着她本来就不是苏家人。姓苏又怎么了，苏州也姓苏，苏联还不想姓苏呢。她坐在位置上将口袋里的手机拨拉了三圈，才将手机从口袋里抽出，查找地址。

一会儿，一个电话打到“食荤者汤煲店”，“你好，请找食荤者。”明玉的声音是惯常的低沉。

“我就是，你哪位？”食荤者的声音则是一贯的高昂，仿佛时时散发着蓬勃朝气。

“我是……那个经常一个人到你们店里吃饭，对着墙坐的那个……我想问问你们能不能送外卖。”明玉说话的时候，那只空着的手不由自主地手指舞动做着手势，脸上有点儿不自然。这还是她第一次主动对食荤者说话，但是她有把握，食荤者应该知道她是哪个。

食荤者毫不犹豫地回答：“我知道你。你点什么汤？需要送到哪里？”话里还稍稍有兴奋。

明玉道：“我有两个不情之请，一个是我想请教你，吃坏肚子的老年男子最好喝什么汤，就请你送这个外卖。第二个是结账请等我回来，由我来结，我赊账，不知道行不行。如果不行，我让人立刻过去你那里付款。如果你们不送外卖，我让来人拎过去。”

食荤者在电话那头朗声大笑：“你值得为区区几块钱放弃我这儿你还没吃遍的好汤吗？尽管放心，我替你安排菜单，老人家如果中午吃了觉得好，我晚上再送。反正你付账。”

明玉忙将明成家地址交给食荤者，然后非常娴熟地道了谢，听着非常真诚，这是她一贯的做法，也是她的社会学导师董事长老蒙教给她要她牢记的，说这是抓住回头客的根本。

放下电话，明玉却扪心自问，她这么做，主要目的究竟是关心一下父亲，还是为了与食荤者攀上一点儿交情。听着食荤者一口答应赊账送外卖，明玉心中揣测，他是不是生意做得太热情了点儿？这样赊账又外卖的生意，多了，他那儿还不打乱仗？但是，不，明玉坚决不以为食荤者做她这单生意与她本人有关，人与人之间的交情还不至于可以凌驾到生意之上，人与人之间的关系，还是彼此以利益维系最为稳妥。食荤者一定看出她是个忠诚度极高的回头客，他是个有眼光的生意人。

至于明成夫妇看到她送汤送水会怎么想，明玉才不去考虑。

明成快下班的时候，照惯例先给朱丽打电话。等获知朱丽需要加班，不能回家吃饭，不需要他接送后，他才自个儿回家，路上拎了朱丽嫌弃的KFC炸鸡翅和薯条，他总是在没陪着朱丽吃饭的时候擅自吃他的鸡翅。他想回家勾引一下这两天被淡出鸟来的白粥折磨着的老爸，看他能不能也吃鸡翅，所以他多买了两对。他才不信奉生病时需要吃粥喝汤的教条，他觉得生病时更应该多吃多喝，这样身体才有力气抵抗疾病。两对不多，老爸即使吃不了，他也会自己包销。两对四只，不多不多。

明成跟着一辆墨绿的农夫车进了小区，又跟着那辆农夫车一起停到自家楼前，看着从农夫车里跳下一个黑里透红的大汉，但大汉手中却很不搭调地拎着一只保温壶，而不是长矛短枪。那个大汉长腿一撩，一步便迈上第二级台阶，而后便跳跃着上楼。看得明成好胜心起，也两级两级地上，她突然想起来，这好像是高中时才有的欢快劲儿。那时如果被妈看见，妈肯定未语先笑，虽然吆喝着要他留意别摔跤，可笑眯眯地从不阻止他，但事后总会埋怨，说老二的鞋子最容易磨穿，都不知这猢狲怎么穿的。

明成想到他妈，心中难过，脚下便慢了下来，再看现在自己的脚，穿的早不再是以前的跑鞋，而是朱丽精挑细选的薄底系带皮鞋，有点儿古旧，但朱丽说这是格调，明成自己也喜欢这种低调的与众不同。抬头，却意外发现那个黑里透红大汉站在他家门口敲门。明成自己也高大，两人一站，整个楼道便窄了。明成疑惑地问大汉：“你找谁？确定没敲错？”他不认识这个人。

来人正是食荤者。食荤者看看高大略胖、养尊处优的明成，脸上虽然带笑，眼神却带有审视。他将手中的保温壶提高一点儿，道：“没敲错，我来送餐，中午已经来过一次。这个地址没错，接受的是位吃坏肚子的老先生，也没错。”

明成想可能是朱丽叫来的，但奇怪朱丽又没与他提起。他继续疑惑，打开门，见父亲已经慢吞吞下床走出来，便跨步上前一手扶住，但是那手势旁人看着类似于拎。苏大强看见门口的食荤者，开心地笑起来：“明成，是朱丽让送的外卖吗？中午的鸡粥真好吃，我从来没吃过这么好吃的鸡粥，我早早就等着晚饭了。石同志请进请进。”

食荤者这才进门，他刚刚在门口有点儿踌躇，心中有点儿打不定主意该不该进门。但他没像中午进门时候那样的自来熟，而是简单扼要地说了句“中午的是鸡粥，晚上的是牛肉粥。请给我一只大碗”。

明成一边心中犯嘀咕，一边连忙“哦”了一声，转身进厨房去拿碗。他一向十指不沾阳春水，不知道厨房里的黑暗，拈起一只一尺来直径的大碗看看，心说用得了这么大的吗？爸又不是拿粥洗脸美容。但余下的好像都是小碗，还有酱油碟，他只能拿着汤碗出来。食荤者一见这么大的汤碗，又不带一双筷子或是勺子，忍不住一笑。中午是个钟点工阿姨给他拿的碗，拿来的尺寸正好，可见眼前这个男子是个不干家务的主儿。他也无所谓，就那么哗啦哗啦将粥倒进大汤碗。苏大强早就眉开眼笑地坐到餐桌边。食荤者关心地叮嘱一句：“当心烫，得拿个勺子吧？”

食荤者看向屋中的另一个男主人，却见明成正打电话：“……鸡粥、牛肉粥不是你订的？但人家地址什么的说得一丝不差，连爸拉肚子都知道……好，我问问。”明成放下电话的时候心说，现在的骗术不会那么高明了吧，来人会不会胡诌个人参燕窝粥漫天开价？如此一个赳赳大汉真要耍起蛮来，倒也比较头疼。回头见食荤者看着他，心中一个咯噔，但见来人面带笑容，而且那笑容似乎并不奸诈，但，他心中还是无法放心。他彬彬有礼地问：“石先生是吗？我了解了一下，我们家没有人订过餐，不知道石先生是不是送错地方了。能请问是谁订的吗？”

食荤者一听也是惊异，他与订餐的人只有一句话的交情，都不知道她的底细，难道真会是她弄错地址了？现在看来，她不是这间房子的女主人，对这点，食荤者放下刚刚的忧心。他只能取出纸条，交给明成，道：“订餐人没说名字，但说送给这个地址的苏大强先生，经中午核对无误。”

“雷锋叔叔？”明成翻看纸条，心中一片茫然，“我把账结了吧，谢谢你，石先生。”

食荤者好奇了，他们怎么都想不到让他送外卖的人是谁呢？他想了想，认为订餐的人可能是不想让他们知道，所以就没留下名字。既然如此，他当然也不会说。“那位雷锋小姐自己结账。请给苏老先生调羹喝粥，否则粥凉了不好。”

明成追问食荤者订餐人的长相特征，食荤者一边微笑着拒绝，一边就往外走了。送走食荤者，明成回来对着肉香四溢的牛肉粥垂涎，有比较才有差距，他打包回来的KFC鸡翅相形见绌。如果父亲没病，他一早就想去拿出一只小碗与父亲分而食之了，但现在只能咽咽唾沫啃他的鸡翅，啃得食不甘味。

“可是，会是谁送来的呢？”明成一边吃一边自言自语。他忽然想到，难道是哪个暗恋自己的女孩子？不可能吧，单位里还有这样深藏不露的女人？现在的女孩子还能如此含蓄？明成一笑否认。但又一想，不好，那个姓石的不会是暗恋朱丽的人吧？暗恋朱丽的人可太多了，个个儿都变着法子向她孔雀开屏，时刻无视他这个朱丽丈夫的存在，妈早年就时常提醒他必须留意抓住老婆，常抓不懈。那个姓石的既不收他的钱，又笑眯眯拒不透露是谁让他送餐，这其中肯定大有问题。而且，最让人起疑的是，这年头难道送外卖的生意这么好了，居然开着车子送外卖？

明成越想，越觉其中蹊跷，渐渐地，他的耳根热得发烫：“爸，中午那个姓石的送粥来的时候，有没有提起朱丽？两只眼睛有没有到处看我们的房间？”

苏大强偏着脸苦想，他一向记性很好，但这几天给拉肚子闹得脑袋有点儿飘：“有，有，小石中午进来的时候虽然没到处走动，两只眼睛却到处看。我中午问他是谁让送的粥，他说是个文静高雅的女孩子，我本来还以为是朱丽呢。”

父子俩都没想到会是明玉。即使明玉的影子最先在明成心中闪现，此刻也被苏大强口中那“文静高雅”四个字打了回去。明玉高而不雅，不文不静，在明成心中是个十足的蛮婆，她送气上门还有可能，送粥？还是饶了她吧，问她肯定被她取笑回来。只能是朱丽了。

天杀的，都找上门来了。怪不得对老爸客气对他不客气，明成又不是看不出这个姓石的眼中的探究，那种充满雄性挑战的探究谁看不出来？姓石的一定以为他老爸是朱丽的老爸了，而他则是当然的情敌。

“爸，明天那小子再上门的话，你不能开门。他的粥你不能吃。”

苏大强咂咂粥的滋味，不舍：“挺好吃的，怎么不能吃？你吃吃看。”

明成一脸严肃地道：“我说不能吃就是不能吃。那小子打朱丽的主意，都欺负上门来了，我们不能让他再次得逞。爸，你得替我争口气，明天我让钟点工阿姨也煮鸡粥给你吃。”

苏大强犹豫了一小会儿，弱弱地做出自己的反抗：“可是钟点工烧的没他的糯，我吃着不舒服。”

明成正为朱丽被人觊觎的事焦躁，闻言不耐烦地道：“君子不吃嗟来之食，知道吗？做人有点儿气节行吗？”说话的时候明成的手机响了起来，明成一看显示的号码，便道："路厂长好，正吃饭呢。"

那边路厂长都没客气寒暄，看来是急了，直接道："苏经理，你说这事……你什么时候过来……"

明成都不等他说完，就急急插话："我这几天是真抽不出时间，我都跟你说原因了。你放心，广交会之前我肯定给你解决。"

"还拖到广交会？我这儿东西都压着啊，仓库都快满了。春天雨水多，我又不能放露天。你给个确切时间吧。"

明成正好一眼看到老爹跌跌撞撞走向厨房，心中一急，忙过去扯住，怕他摔了。所以想快快结束通话，几乎是不经大脑就道："路厂长你放心，广交会之前，一定。如果没做成，我广交会不去了都得给你办成。"

"你的意思是还可能拖到广交会之后？"路厂长声音高了。

明成看看手中的老爹，无奈地道："路厂长，请给我时间，很快，很……"话还没说完，那边将电话重重挂了。明成皱眉，但是他这个时候能出差吗？在老爹能自己走路之前他去出差，朱丽照顾得过来吗？他还能不挨朱丽的花拳绣腿？唉，对方这个路厂长又是个出了名的急性子……

而苏大强却在明成温暖大手的扶持和鼓励下，又想起一件差点儿遗忘的大事。对了，他现在是苏家如假包换、说一不二的家长了，难道连喝口粥都不能自主吗？钟点工那种将米烧成饭，将饭在水里煮开，跟泡饭一样的东西能叫粥吗？不，他坚决不吃，他要吃小石送来的鸡粥、牛肉粥。他顾影自怜地想，他都病得送急诊了，难道连要求吃口好粥的权利都要被剥夺吗？他壮起胆子，但不敢看着明成，学着以前领导教育他时语重心长的口吻，道："明成啊，你跟朱丽的事情自己解决，你俩的事不能总让我们做父母的帮你撑着啦。我这口粥是一定要喝的，我需要吃东西养病。"在苏大强的心里，已经把明天能不能喝粥上升到原则问题。喝粥，说明他是家长；喝不了粥，说明他还处于水深火热中。

明成正想着工作的事，老爸的话只听进去一半，还是后半截。他满脸不耐烦，道："吃就吃吧，随便你。我扶你到床上去。"

苏大强见果然只要摆出家长架势便能旗开得胜，心中大喜，忍不住又提出一点儿要求："刚吃完，我先坐坐，等下再上床。"

明成只能随他，将他搀到餐椅上，便想找稍远的座机打电话跟路厂长解释。但才走出一步，连忙刹住，回头叮嘱老爹："我没扶着你，你别起身乱走，摔着你。"得到苏大强点头肯定后他才走开。可是，拨打路厂长手机，不接。看来路厂长不肯听他解释。

朱丽被人觊觎，老爹又啰里啰唆个没完，工作都没心思做，明成一肚子的恼火。这个时候他最想的是妈，妈其实也帮不了他什么，但只要他在满心焦躁、里外火烧的时候找到妈，妈只要说一句"一件一件解决"，就是那么神，他就会安下心来一件一件地将问题解决了。可是，妈的话只能成追忆，而爸，他只会添麻烦。

明成继续拨路厂长的电话，路厂长继续不接。再过一会儿，路厂长干脆关闭手机，彻底断绝明成解释的念头。明成只能坐在沙发上发愣，要命了，好不容易勾引上手的路厂长若是就这么断交的话，他的生意在短期内得葬送半壁江山。这个时候，有且只有一个办法，那就是连夜赶过去，明天一早上门负荆请罪。但是……明成将眼睛瞟向若无其事坐在餐椅上的爸，今晚他走得了吗？

明成像热锅上蚂蚁似的在客厅踱步，苏大强在一边看得头晕，扭过脸去不看。苏大强想到，若换作以前，明成早高一声低一声地到他妈面前叫唤去了。他心中有点儿兴奋地想，现在他是苏家长老了，明成会不会也找他讨主意来？如果那样的话，他将如何正襟危坐以对？但随即又将脖子一缩，将这等匪夷所思的念头拉了回去，明成若真找他讨教，他怎么回答得出来？还是别惹事为妙，不，甚至得将自己隐藏至无形，让明成看不到他。在明成对着窗外凝神思考的时候，他悄悄扶墙回了房间。

明成是被朱丽唤回神的。朱丽动作轻灵优雅，进门不带声音，但是进了门就开始笑嘻嘻唱怨气："早知道不结婚了，现在上下班没人接送，花没人送了，饭在家吃了，咖啡自己做了，西饼店的小饼干N年没吃了。"

明成连忙辩解："我下班时候不是问你要不要接送吗？"

"那不一样，你以前会骑着自行车到我最喜欢的档口买个茶叶蛋焐在怀里送来给我吃，现在只会顺路，顺路的接送，待遇大不一样了。"朱丽笑嘻嘻走进来，到客房门口一拐，与公公打个招呼，问一下冷暖，才出来又面对明成。面对朱丽的时候，苏大强还是有点儿不适应自己这个新得的家长头衔，还是与往常一样，只会笑，不会招呼。

明成正心烦着，但看见朱丽还是没脾气，可暂时也笑不起来：“还送花呢，有人都送粥上门来讨好了。你说又是哪个不长眼的混球？”

朱丽奇道：“我不是跟你说了，我没叫人送粥。外卖郎很帅？”

“帅什么，黑炭头一个。朱丽，那人说了，是为一个高雅文静的女孩而送，不是你是谁？他还知道爸的名字，这调查工作做得够彻底啊。”明成悻悻的，现在的苍蝇怎么都有向苍鹰发展的趋势啊，招数一个比一个猛。

朱丽“切”的一声：“这年头的男人，长胡子的像人弹，没胡子的像太监，都没看得上眼的，还是我们明成最帅。”说到最后，声音轻不可闻，她是踮起脚尖钻在明成耳朵边亲密呢喃，说完还警觉地看看客房，怕被公公听见了不方便。

明成也往客房看了一眼，但手上早使了劲儿，将娇小的朱丽抱进主卧，踢上门将老爹关在门外。这个时候，明成的脑袋瓜才冷静一点儿，又将牛肉粥的前因后果想了一下：“那男的真够狠的，连我爸的名字都打听出来了，还能不知道我是你丈夫？明天中午我回家等着，他再敢来，我打断他的腿。”

朱丽一笑，不去搭理，去主卫卸妆。她从小受多了男孩子的殷勤，早不以为意了，但看到明成如此吃醋，她心里还是开心。

明成看看娇生生的朱丽，瞄瞄窗外乌沉沉不见底的天，想想床上需人伺候的老爹，还有明天可能又送粥来的石小子，终于没迈出负荆请罪之路，以孝敬老父之名，赖在了温柔乡里。

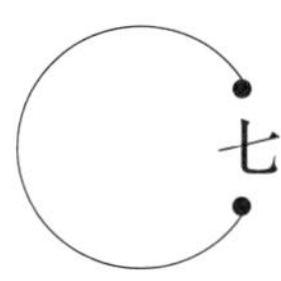

可怜的人，都不知道生活

明玉出差两天回来，案头是堆积如山的文件，等她把主要的处理完毕，已经是晚上八点多。抱着侥幸的心理，她来到食荤者汤煲店，希望能喝到一口温暖的汤水，安慰一下被酒精漂洗两天的胃。当然，不出所料，一楼那平日里碎珠似排列的汤煲，今天只剩一只，后面挂的牌子是苦瓜黑鱼汤，不是明玉喜欢喝的。

抬头，见食荤者从里面走出来，神情有点儿说不出的味道，似是踯躅不前。明玉装作没看见，微笑道："生意简直好到人神共愤，看来没的吃了。我把外卖的账结一下吧。"

食荤者几乎是毫不犹豫地道："有，怎么会没有，你等我十分钟。"

因为身居高位，手中抓权，明玉已经习惯了别人对她特别优待，只要对方别优待得过分，一般她就是笑纳。面对很可能是食荤者给予的特殊优待，她大方地说声"谢谢"，便坐到老位置等待。她并不是个闲得下来的人，坐下，便下意识地抽出一份她分管的江南销售公司与总公司分厂的协调会议纪要来看。这种例会她现在爱理不理，集团公司规矩严格，出不了大事，如果有大事的话，会议现场他们就会打电话向她告状。但纪要还是要看看的，以防万一。

纪要由文员草拟，肯定是不温不火，如实反映。审批由双方与会负责人签阅，往往签阅时候，各自会加入会上没有说清或者不便说明的只字片言，而那小小几个字的加入，往往指点各自人心走向。明玉要找的就是那几个意味深长的字。除此，通篇都是废话。

一个个字地看下来，不出所料，在三分之二位置处，看到三个字。明玉抿嘴一笑，取出自动铅笔，“嗒嗒嗒”揿出笔芯，在那三个字周围淡淡画了个圈。一看就知道是她狡猾的人精手下们干的好事，悄没声地在纪要上埋下小小伏笔，以后出事便找不到他们，他们尽可以偷个小懒，但是总公司分厂的人可能到时得吃个哑巴亏。她可不能让干了好事的手下放心睡懒觉，明天早会她得点明一下，收收他们的筋骨。

此时明玉的笑容绝不文静也不高雅，食荤者看在眼里，只觉狡猾。他心中咯噔一下，酸酸的味道冲向脑门，但还是强自抑制了，告诉自己才认识这个女子没几天呢，怎么可能有太多感觉。他将手中的菠菜牛肉丸子汤放到明玉手边，故作若无其事地道：“十分钟，不多不少。”

明玉抬头微微一笑，顺手将手头会议纪要放回包里，看着一碗碧绿清脆、浓香扑鼻的汤满足得只会叹气：“老板亲自出手，果然不凡。谢谢你，可以坐一会儿，跟你打听些事吗？”

食荤者长腿一收，坐到明玉旁边的位置上，微笑道：“是不是想问苏老先生的事？你出差回来还没回过家吗？”

明玉不想跟任何人说明她家的情况，只含糊其辞地“唔”了一声，便转个弯子从另一方向争取了主动：“看来是你亲自送去的？哎呀，真感谢。”

食荤者没有作态，实事求是地道：“前天中午苏老先生走路还需要人扶着，晚上自己可以走路，不过走得不是很稳。看来康复得挺快。但他们都猜不出是你叫的外卖。”

“这很正常。”除非是出老妈去世那样的大事，否则他们不会想到通知她苏明玉。不正常的是大哥。但明玉心里却又分明知晓自己好像还挺欢迎大哥发来的通知，这人真是有点儿犯贱了，没事儿找事儿。“没想到你还真送了晚餐，看来我父亲挺喜欢你送的午餐，谢谢你。他吃了什么？”

食荤者略微犹豫了下，道：“你父亲中午吃的是鸡粥，晚上吃的是牛肉粥，好像都挺喜欢。本来我想昨天再送过去，但被你先生拒绝了。”

“我先生？”明玉愣了一下，随即道，“跟你差不多高，有点儿胖的人？”见食荤者点头，她不由得笑道，“是我兄弟。”心里则冷冷地想，明成太狭隘了，她不过是送口汤水上去，有必要这么拒绝吗？

食荤者闻言，眼睛里两朵焰火“砰”地散放出来，映亮了他整张黑里透红的脸，一张脸顿时喜气洋洋，哈哈大笑。他原来的判断没错，一个经常独自在外就餐的人，肯定是个单身：“哈，那你兄弟肯定是误会了，他口口声声让我不许打他太太的主意，拒绝我送餐上门。我还说……”

“是啊，太混了，想哪儿去了。”明玉一边随口答应着，一边心说，明成没想到是她出面送的餐倒也罢了，怎么能异想天开想到食荤者是他老婆的追求者？难道是食荤者在苏大强面前表现得太过殷勤？明玉心中警觉，不对，送外卖哪有老板亲自出马的道理，而且，她点的只是他们店的出品——汤，而食荤者却非常体贴地送上最合适的粥，这其中带有太多暧昧色彩，难怪有个漂亮老婆的明成会心生怀疑。她掩饰住心中的狐疑，微笑道：“我兄弟娶了个人见人爱的太太，所以他大天警钟长鸣，真对不起你。”

这时一个小二走过来，跟食荤者道：“大哥，楼上客人走光了，我们清理好关灯了。”

食荤者手一挥：“回家吧，早点儿休息。”

话音一落，男男女女的小二们都冒出来与食荤者击掌，响亮一掌之后，才各自开开心心地下班回家。明玉在旁边看着觉得新鲜，如此融洽的上下级关系，她的公司只有在尾牙时候，她豁出去被手下们痛灌一遭让他们泄愤时才会有，大家呼啸着击掌道别。平时大家虽然嘻嘻哈哈，做销售的不可能太正经得起来，但气氛没食荤者这边融洽。

明玉在一边赶紧加油吃，不好意思耽误食荤者的下班时间。但等人都走光了，她还是好奇地问一句：“我兄弟有没有跟你打起来？他好像护老婆护得很紧。”

食荤者回头看着明玉大笑道：“看那样子，你兄弟很想跟我打架，但我先退了。”当时他听明成口口声声说他骚扰人家的太太，心中愤慨，他才不是那种男人，知道人家罗敷有夫，他才不会上门骚扰。所以扭头就走，使明成准备抗击来敌的决心落空。

明玉被食荤者的目光看得有点儿不自然起来，别的男子拿各种目光看她，她都能应对，却对食荤者的目光有点儿无所适从，干脆低头喝汤。但被人如此看着，喝汤也别扭。她甚至不想去深想昨天明成与食荤者对立的原因，那太突然，她没有准备。

但食荤者似乎是打定主意不让她有所准备，递来一张名片，道："我网名是食荤者，真名姓石，石头的石，叫天冬。石天冬。我怎么称呼你？下次打电话来订餐，我们省得说明，啊，我是常来坐一楼一个人对着墙的那个，哈哈。"

生意场上，明玉最擅长的是在觥筹交错间快速与客户培养感情，加深联络，但是面对石天冬的热络，她颇不适应。她不喜欢与人私交过密，对于如此快速的亲密自然更生抗拒。她当然不会掏出名片交换，她只是技巧地反问一句："你说我姓什么？"

石天冬拊掌大笑："我怎么犯浑了，你当然姓苏，你是苏老先生的女儿。"

明玉搁下调羹，笑道："可不是？我吃完了，石先生，我们结账。你别客气，我先算给你听。鸡粥、牛肉粥按鸡汤、牛肉汤计价，但因为粥是特制，价格翻倍，算七十元。虽然是老板亲自送餐，但是这个我不管。我按照平时外卖附加费付费给你，两次，合计九十块。再加今晚的特制牛肉丸子汤，也按牛肉汤翻倍计算，总共是一百三十块整。你找我二十块。"

石天冬抽走五十块，将一百块推了回去："没你这样算的，本店向来优惠常客，为常客做些事是应该的。"

明玉料想石天冬也不会多收，但他只收五十块真是太少，简直是意思意思了。可这个时候与他争论应该收多少可能会引出一些有的没的的私话，还是免了。她收回钱，便自觉将笑容变回职业，说话间若有若无地与石天冬拉开距离："多谢，那我就不客气了。不过你这么优惠，常客会愧疚得以后不敢上门再占便宜。"

石天冬愣了一下，才道："朋友间帮个忙总有的吧，不能事事用钱来结算。我想认识你这个朋友，感觉应该会很投缘。"

明玉起身，将手伸给石天冬，礼节性地微笑道："很高兴认识一个美食家朋友。"

石天冬被迫着明玉握手，但从明玉的笑容里，他感受到说不出的冷漠，知道人家在敷衍他。他有点儿沮丧地放开明玉的手，可还是使劲儿说出一句话："我送你回家吧，天很晚，一个人回去不安全。你稍等片刻，我关灯关门。”

明玉想说不用，但话到嘴边却被冒上来的一个主意打断。石天冬太热情，她有办法让石天冬对她退避三舍，但她依然可以来此喝美味炖汤。是，她放不下这等美味享受。明玉这样告诉自己。

石天冬出来，拉下铁门。看到静静等在一边的明玉，心中欢喜，她总算让他送。他忙指着一边道：“我车子放在那里，你在这儿等着，我开过来。”

明玉将手指向对面，淡定地微笑道：“我车子在对面，我过去取一下。”

石天冬愣了一下，今天怎么事事出他意料。他忙说“我陪你过去”，大步跟上。明玉人高腿长，走路飞快，石天冬也不示弱，两人如同竞走。

一起走到一辆白色奥迪车前，明玉打开车门，才又矜持地对石天冬道：“需不需要我送你？”

石天冬忙道：“不用不用，你早点儿回家。”

明玉这才拿出名片递给石天冬，用她平时肯定手下工作的语气客气婉转地道：“你店里的汤煲都很好吃，以后还要经常光顾。”等石天冬接了名片，她便回身钻进车里，降下车窗说了声“再见”，便娴熟地擦着石天冬将车开了出去。

她欣赏这个石天冬，但是他太主动、太热情、太急切，让人不习惯。她从小习惯没人关注地活着，不习惯被人迫得太近。她只有拉高姿态，拿出态度，亮出身份将石天冬推开。石天冬如果是个知道分寸的，应该不会再黏糊上来；如果不是，那她以后只有放弃好喝的汤煲了。那真是太可惜了。

石天冬看着明玉雪白的车尾亮着鲜红的尾灯扬长而去，心中有说不出的失落。他感觉得出这位苏小姐喜欢他店里的汤煲，但似乎并不因此而喜欢与他交朋友。刚刚谁都能察觉得到苏小姐的疏远，何况石天冬并不是个笨人，他不过是一厢情愿地想认识她而已，所以才面对人家的疏远不管不顾，有点儿自作多情。

但是，她一个人孤独地坐在一楼大厅吃饭的时候，那模样多让人疼惜啊。她长得高，但不肯俯首狂喝，总是多要一只小碗，将大碗里的汤盛到小碗里端着喝。她好像总是在别处饿得发慌，到他店里，进门就急迫地穿梭于汤煲阵前，盯着小二盛出来，然后一声不响地飞快吃完，自己跑倒账台结账，然后很快走人，从不与人多说一句废话。她好像很忙，所以她吃得大荤大油，却依然高瘦。有时候石天冬都怀疑她有没有吃出汤的味道。但从她一而再再而三回头来看，她应该是喜欢他这儿汤的味道。

她总是行色匆匆的样子，究竟是什么工作让她如此繁忙？而且，她叫苏什么，她终于肯告诉他。石天冬虽然从明玉那儿受了冷遇，但还是非常想了解明玉名片上面写的是些什么。他兴冲冲走到灯光亮堂处，仔细一瞧，不由“咦”了一声出来。苏明玉，很普通的名字，但石天冬从中看出婉约柔媚清丽，他就有这种法眼，多贴切的名字。然后，是苏明玉的单位——让石天冬惊异的是明玉的单位。众诚集团如今在本市呼风唤雨，势头强劲，大家都知道，他们的产品高端、管理先进、利税骄人、福利优厚。石天冬接触的网友中，有人就是那家集团公司丽水人职员。网友说起集团公司下属江北江南两家销售公司的年轻老总，戏称他们是“北乔峰，南慕容”，两个都是老板的心腹爱将，能力超群。石天冬没想到这个传说中的“南慕容”居然就是经常到他店里吃饭的苏明玉。

石天冬这下有点儿理解为什么刚刚苏明玉无视他的殷勤，人家一叱咤风云的大女子，怎么看得上跟他这样一个小饭店老板做朋友啊，想与她做朋友的人多了去了。她不过是喜欢到他的小店喝口汤，饱个肚，他以为来多了便是朋友，还真有点儿想入非非。而且，他居然还以为她婉约娇柔呢，她这样的人怎么可能娇柔？她娇柔了，手下的人肯听她的？凭常识想都知道不可能。

但石天冬很想推翻常识。他脑子里的苏明玉是那个孤独清冷独自对着墙壁吃饭的瘦弱女子。她的肩膀窄狭，她的纤腰不盈一握，她细长脖子上顶着的短发脑袋并不硕大，而那小小脸上，有闪亮的大眼，她总是以微笑说明她想说的事。石天冬想象不出苏明玉如何运筹帷幄，那么纤弱的一个人，怎么挑起如此沉重的担子？难怪如此消瘦，她肯定在超负荷运转。难怪她永远是行色匆匆，比如今晚，肯定又是忙到废寝忘食，这么晚才来吃饭吧。

可怜的人，都不知道生活。

石天冬心中差点儿被吓退的怜惜卷土重来。他瞥一眼给他提供照明的灯火辉煌的五星级饭店——那家明成与朱丽最喜欢过来吃西餐的五星级饭店——吹着口哨走了。口哨的调子是《桑塔露琪亚》。

宾馆一个按摩房的包厢里，轻轻回旋的背景音乐也是《桑塔露琪亚》。床上俯躺着两个男子，因为俯躺，肥凸的肚子被挤向两边，软软地摊在床上，肥而且白。从上面看去，这两人似乎虎背熊腰。其中一个挥手让已经做好服务的闲杂人等出去，对着另一个闭目养神的轻道："蒙总，您今天让我来，是为南北销售公司的事吧？"

另一个正是明玉社会学的启蒙老师，集团董事长兼总裁老蒙。他闻言并没有睁开眼睛，只简单吐出几个字："你说说。"

那人小心翼翼地研究了一下蒙总的神色，没看出什么山水，心中有点儿没底，但还是不得不说，因为他面对的是蒙总："鉴于公司内部不断有传闻，说江南江北两大销售总经理可能被人挖墙角，然后与我们集团对立，我想到，我们集团公司对销售的依赖非常之大，这点蒙总应该最清楚，当初您拉大部分销售人员从旧集团出来开创新事业，失去强有力销售人员的旧集团从此一蹶不振，这是前车之鉴。所以我就此问题小小做了调查。"

蒙总依旧闭着眼睛，但用一声"唔"，表明他正听着。

那人才继续道："经了解，挖江北与挖江南的不是同一家，挖江北的集团公司是女性当家，挖人的目的公私两便，但因为行业相异，不会成为公司未来的竞争对手。江北与对方女性当家最近频频接触，也可说成是出双入对。"

蒙总的一声"唔"尾音吊了上去，忽然"嘿"的一笑："招赘啊，那得先问问我。继续。"

那人见看到效果，脸色放松下来，继续道："反观江南，与对方公司几乎看不出有什么接触，对方公司就是隔壁省的鎏金集团。但是据江南公司的人员反应，江南通过此次进军西南行动，大刀阔斧架空原本从总公司分离出去的元老骨干，大力重用、培育亲信，逐步形成少数亲信掌握绝大部分资源，而其他人等游离于江南公司边缘的局面。照此下去，如果江南在某天一举率亲信投靠鎏金，我公司所有长江以南市场将全军覆没。江南才是最大变数。"

随着重重的一声"唔"，蒙总才拨开核桃般的厚重眼敛，两只小小的眼睛盯了对面床上的人看了一会儿，双手一撑，肥胖的身体滚下按摩床，飞速穿上衣服，签单就走。汇报的那人连忙跟上，两个胖子旋风一样走出酒店，一起上了一辆奥迪A8。但蒙总却对跟上来的那人道："你自己回家，我找江南了解情况。"

那人连忙下车。公司里高层都用“江南”“江北”称呼江南江北销售公司的老总，这最先还是蒙总的发明。江南、江北做生意魄力惊人，做人所不敢想的事，行人所不敢行的道，一向为也喜欢兵行险着的蒙总看重。但这样的人，手下刀子也锋利。蒙总找江南正面对决的时候，外人谁敢向那暴风眼接近一步？除非是江北。

明玉才到家门，才换上宽大毛衣，刚打开电脑不久，就听手机铃声召唤。看了眼显示，她便道：“蒙总，我上哪里找你？”

蒙总也没废话：“开车出来，我很快到你们小区。有事情问你。”

明玉关了电脑，也没再换职业装，抓起钥匙便冲下楼去。这个蒙总，非常心急，有次心急时竟抓着旁边人的领子一把将其拖走。他有事找你的时候，如果你有本事，最好是腾云驾雾赶到他身边。

明玉紧赶慢赶开车到小区门口时，正好看到蒙总下车，她将车趟过去接上。当然，她下车为蒙总打开车门，有马屁成分，但更多是对这个实干家发自内心的敬重。

蒙总开门见山：“传说鎏金全力挖你过去？”

明玉奇怪他怎么会知道，便也直说：“不止鎏金，还有两家，都是通过猎头公司找我。”

“另外两家是谁？”

明玉笑道：“这是道上的规矩，我与猎头公司之间信守君子协议，彼此都不对外透露是谁挖我。除非我对收入不满，想拿着别人的开价要挟蒙总。我目前还不想要挟蒙总，不说。蒙总去哪里？”

蒙总听了忍不住一笑，道：“车上说完，说完就送我回家。”

明玉想了想：“有人向蒙总说我坏话了吧？怎么半年前鎏金联系我的事，这几天才给搬出来中伤我？我最近砍了几个老臣，早就在等人告发我了。”

“怎么回事？”

“老倪他们几个一直埋怨不受重用，这回开拓西南市场，我放手让他们去干。结果老倪带领三个他的老兄弟过去折腾了近一个月，推广经费问我报销了三十多万，只给我带来一百多万的短期业务，还不如原来两广地区每月销向西南的量，反而引得鎏金他们几家发现动向，也开始向西南进军。时不我待，大前天我只能亲自过去撤了老倪，换上新人。我不过去，老倪拒绝移交，多么嚣张。”

蒙总点头，这就是了。近期一直听到有关江南、江北两员大将的传闻，听得他心烦气躁。公司其他人反水，只要不是集体造反，他都不在意，唯独这两个人如果同时反水，他将蒙受重大损失，这种损失的滋味，他以前曾送给旧公司品尝，旧公司至今无法重振。所以他今天才找了专人过来问话。说到江北的时候，他信，心中已在悲叹他得失去一个爱将。说到江南的时候，他本来也信，鎏金最近正有一资金雄厚的股东加盟，他们蓄势待发，最佳捷径便是从他身边挖人，而且是连根一窝端。他们会找到江南，他一点儿不觉奇怪。所以他才心惊。

但是，当他从来人口中听到江南谋反的步骤时，反而心头一块大石落地。江南、江北都是他亲手带出，他熟悉他们两个，甚至超过熟悉他的亲生儿子。犹如他了解江北喜欢风格独特的风韵女子，所以惋叹将失一员大将一般，他也清楚江南虽然给人泼辣热情的感觉，但其实此人面热心冷，整个公司能真正走进她小圈子的只有他与江北。所谓她组织亲信形成小团体的言传，一听便知是谎言，江南没有亲信。她的手下，谁做得好，谁得到相应的地位收入；谁做得不好，谁被置换位置，她不会对谁格外留情。至此蒙总才恍然醒悟，看来有其他暗流掩藏于江南江北危机之下。

他稍微思索了会儿，又问："江北究竟怎么回事？我本来看好你们两个。"

明玉听了不由笑出声来："江北，这臭小子，我会要他这个花心大少？他看着孙副总不顺眼，硬是抛媚眼发短信，把孙副总抛妻别子追求来的女朋友追到手了。他这会儿正后悔呢，那女子不是轻易甩得脱的，女老板有的是手段。"

蒙总听了也笑，他手下两大弟子，一冷一热，江北表面上是个冷面小生，可私底下说起话来能笑死人，是个最热情活泼的。但蒙总才笑出几声，便戛然而止，自喉咙底下滚出一声自言自语："原来如此。"

明玉见是有异，便闭住嘴不再出声。看情形，蒙总好像发现了什么重大问题。

她默默开车，到蒙总在市区的住宅前时，见蒙总依然凝神想着心事，就自作主张又将车开了出去，干脆上外环线绕圈。

过了很久，蒙总才道："看来有人已经里应外合开始着手蓄意搞乱公司了。苏明玉你听着，只要你与江北两个不动，公司出不了大事。但你们得给我看住下面的人，不能放过任何细微动向。任何有关我将对你们两个不利的传言，你们都不能信，即使我有行动对你们不利，那也是做给人看，你们暂且忍耐。你答应我。”

明玉没有立刻答应，只是细细想了想，才道：“对了，我说鎏金挖我的事怎么会流传出来，看来是他们自己放出来的风啊。真够狠。蒙总你不如直接找孙副总摊牌，擒贼先擒王，免得公司内部因为政治斗争而人心惶惶。”

蒙总阴恻恻地道：“用得着你说？你这就送我去孙副总家，我今晚就找他谈话。”

明玉立刻飞着眉毛笑道：“大佬，我最佩服你的当机立断。我愿意毛遂自荐做保镖。”

蒙总非常不屑地瞄瞄明玉竹篙子一样的身材，鼻子里“哼”出一声：“唯恐天下不乱。”顿了顿又觉还没说尽兴，又补充一句，“好好找个老公嫁了，省得没人管饭。”

明玉笑了笑，不知不觉想到可以管饭的石天冬。可是一个人管了她的胃，肯定也想管住她的心；走进她的厨房，就想走进她的心房。人与人之间太过接近，难道不觉得累得慌？到时对方诸多要求，诸多需索，她真是连扯下面具放任自由的些许时间都得被剥夺了。这等生意，着实太不划算。不如淡淡如君子之交，还可以闲暇时候稍微聊上几句，给生活添上一朵灿烂小花。

明哲站在餐厅落地大玻璃门前，对着门外灿烂的春天发呆。刚刚接到明成的邮件，说父亲身体已经康复，白天可以独自下楼去小区中庭散步。他们已经在上海领事馆预约，下周二带父亲去上海办签证。因为父亲已经去过一次美国，估计这回通过问题不大。

面对明成信心十足的邮件，明哲却欲哭无泪。他回美国已近三周，面对的事情从失业到找工作无着，没一件让人顺心，每一件都需要他打起十二分精力。渐渐地，母亲去世的打击与激动自动从他心中退位，让位给目前不得不面对的柴米油盐。他也渐渐意识到自己回国时犯的一个重大错误，他拿什么来养来美国的父亲？让父亲一起受苦吗？或者真让宝宝回国，接父亲来美国？

为了节省开支，现在明哲已经自己在家带宝宝了，只有在他出去面试时才将宝宝托给专人看护。他们也在其他方面计算。两人一起出去的时候，改用吴非的日本车，功率比较小一点儿。原先他们经常上附近的韩国店购买属于乡味的新鲜菜蔬、特色调料，聊慰思乡的胃，而今只好忍痛放弃，徜徉于千年不变的几色蔬菜中间，愁眉苦脸地考虑如何变着法儿调动胃口。生活质量直线下降。

明哲现在最大的梦想是，在父亲来美国前，他的工作能够落实。他非常不愿意在充满期盼的父亲拿出签证之后，他却发邮件过去让他将行程推后，那时，他必然得说明原因，他难以启齿。自从出国，他听到的是国内亲戚朋友带着向往的眼神羡慕他在美国赚美钞、赚大钱的话语，从来是天之骄子的他，如何敢自己出言打破别人加给他的光环？即便是为了好强的母亲的面子，他也不敢。所以刚工作时与吴非新婚回国一趟，他为了这个光环而打肿脸充胖子，带去无数很拿得出手的礼物，博得亲友一致艳羡。难道现在要他自己出脚将自己踩回尘埃？而且他怀疑如果他向明成说出他目前失业，请父亲推迟来美的话，明成会不会怀疑他在撒谎——目的在于不肯赡养父亲。他唯有寄希望于发出去的一封封求职函了。而希望，总是与实际之间有一段不可测量的距离。

事已至此，吴非反而不再就苏父过来的问题发表意见了。艰难的生活已经摆在面前，冷静下来的明哲已经深处其中。她坚决不肯将命根子似的宝宝送回国内，她受不得骨肉分离之苦，这一点，她已经向明哲摊牌，而且她再次婉转地向明哲指出，这个时候请他父亲过来，显然不合适。但是，多的她就不说了，再说就有落井下石之嫌。明哲此时不好过，她心里清楚。就让明哲自己去做决定吧。未来的生活，走一步是一步。先等着希望，实在不行，事到临头再做决定。

而明哲这时候反而希望吴非像他接到母亲噩耗那天一样，激越地提出自己的想法。他看到自己心中有个小小的魔鬼在蠢动，需要有外力牵引一把，让他可以对着父亲说不，或者是提出一个折中的办法。但是，吴非就是不再主动提起了。明哲被自己的理智逼迫着一点儿一点儿地承认自己当初答应父亲来美国这个决定是鲁莽的。可以说，父亲过来美国，谁都不好过，包括父亲。但最可怜的不是他苏明哲，而是吴非。她一个人上班挣钱养家，已经非常不容易了，她还要面对有可能为留住父亲而不得不送宝宝回国的生离局面，这让吴非如何承受？

明哲委决不下，慢慢走到宝宝的床头，现在该是宝宝起床的时间了。小小的宝宝双手握着小拳头，嘟着嘴睡得正香，周身围绕着甜甜的奶香。忽然，她不知道想到什么，小小的眉头皱了起来，一张小脸慢慢急出红晕，双手双脚也跟着不耐烦地舞动，将毯子踢得盖不住身子。舞了会儿，小手往脸上一抓，两只清澈闪亮的眼睛便睁了开来。一看到恭候在床边的爸爸，她的小脸立刻多云转晴，小拳头支在嘴边对着明哲笑，嘴巴里含含糊糊地欢呼着“papa”的声音，那是她在叫“爸爸”。

听着宝宝的笑声，明哲刚刚烦恼缠身的心情立刻轻松起来，他长一声短一声地叫着“宝宝、宝宝”，想抱起宝宝给她穿衣服。可是宝宝早就像小虫子一样拱起来爬开，不让明哲碰到。明哲也不急着抓宝宝，只是伸出手指这边抓抓，那边抓抓，逗得宝宝咯咯笑着满床乱爬。因为有宝宝的笑声，有宝宝做伴，失业在家的时间才过得轻松一些。明哲黯然想到，吴非最近难道就不心焦了吗？但因为回家有宝宝的笑容，所以能够暂时忽略这些烦恼。两个大人，竟都需要小小宝宝的安慰。如果……如果送宝宝回国？明哲忽然想到一件事，他若提出送宝宝回国，吴非会不会以离婚回应？毕竟，作为他的妻子，虽然吴非有共同供养他父亲的责任，但是，他能把她逼急了吗？

他不能总把压力往吴非肩上压啊。

明哲不得不做出选择。在事态进一步向前推进的时候，他必须做出决定，再不能鸵鸟政策，等待火烧眉毛。

明哲一只眼睛留意着在地毯上时爬时走的宝宝，一只眼睛看着电脑，开始书写他有生以来最艰难的一封邮件。这封邮件同时传给明成与明玉。如果这时是与两人面对面说话，明哲一定会避开眼睛，不敢直视。他难以启齿。但是，面子不得不向现实屈从。

这个时间，明成、明玉那儿正是深夜，他们暂时都收不到他发出的电邮，明哲有种被判死缓的感觉。按下“发送”后，明哲不敢查看邮件，其他邮件也不想看了，大手一操，抱起宝宝出门闲逛。

门外繁花似锦，小鸟们、松鼠们在树枝间跳跃嬉戏。明哲专心地逗宝宝玩。举起她看树杈上的鸟窝，窝里探出好几只丑陋的小鸟头冲宝宝尖叫。他抱着宝宝追逐一只小松鼠，宝宝笑得“嘎嘎嘎”的。他又翻过一个小山包，看一汪湖水上面游动的野鸭子。到社区图书馆，他带宝宝看好看的立体书。宝宝一路高兴，小小人玩疯了。回来的时候早累得睡在爸爸温暖的怀抱里，身上还裹着爸爸的外套。

明哲这才安静下来，抱着宝宝穿越小山包上的小路大步回家。天色已经暗了下来，口袋里给宝宝准备着的饼干牛奶早空空如也，明哲自己却不觉得饿。他们确实走出太远了，回来竟走了好长时间。回到家门口，里面已经亮了灯。门口，是吊颈等候的吴非。

吴非几乎是一看见明哲就冲了下来，抢一样地接过他手中的宝宝，气急败坏地控诉："你出门怎么都不带着手机，字条也不留一张。吓死我了，宝宝没事……宝宝睡着了？还好还好，我真是急死了。你起码……"

"非非，我今天发邮件给明成、明玉了。"明哲的声音有点儿空洞，看到吴非，他憋了半天的力气终于松弛下来，与宝宝玩了半天，整个人说不出的累。"我让他们自己商量着赡养我爸，暂时别送我爸过来，我这儿现在没有赡养条件。"

吴非闻言吃惊，将眼睛从宝宝脸上转移到丈夫脸上，但是丈夫的脸早垂到胸前，廊灯下模糊不清。她怎么也想不到明哲会自动发函阻止他父亲来美，虽然她一心不想公公此时来美，但是……她知道，要明哲发出这份邮件有多难。这也是她后来没再出声阻止的原因，她太了解明哲。

吴非愣了会儿，叹了口气，上前贴到丈夫身边，禁不住默默垂泪。为明哲，也为眼前这不可测的暗。贫贱夫妻百事哀。

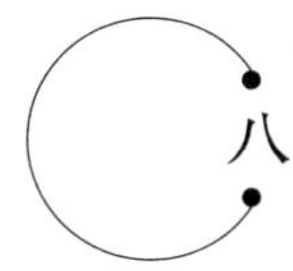

大哥的信

明成并不是不想做个孝敬的儿子。但是“孝敬”这两个字，知易行难。这一阵他忍受着父亲的不良生活恶习，常常与父亲同进同出；忍受着父亲的无聊无知，陪着父亲大声地聊着无聊的天。明成觉得自己尽力了。反正父亲很快就会到大哥那儿去，他和朱丽都说，咬碎钢牙，也要忍过这么几天，让爸在他家过得高兴，绝不能让妈在天之灵着急。

想到父亲下周就要去上海领馆办理签证，而且中签率可能比较高，明成与朱丽无法不偷偷儿地，又自知很不应该地、有点儿理亏地高兴。所以虽然曙光还在前头，但两个人心理上已经放下包袱，在梦想提前享受过往的两人生活。尤其是朱丽，这几天工作虽累，可周六时总得睡个痛快，就算加班也得迟点儿才出门。她一早关了闹钟，打算今天睡到自然醒。

当清晨第一线微弱的光穿过主卧的窗户，穿过银光闪闪的遮光帘，穿过粉黄的窗帘，穿过粉白的细纱帘，微微照亮地板一线的时候，一束雄浑的长啸也穿透重重阻碍，撕破清晨的寂静，飞向酣梦的床头。这声音，如怒河奔腾，如松涛翻涌，浩浩荡荡，绵延不绝，犹如非洲雄狮傲立山头，向苍穹仰天示威。

明成毫不意外地被吵醒，艰难地睁开眼睛，见面前是同样瞪着眼睛一脸恼火的朱丽。而长啸声依然回响，声声不绝。明成怒道：“打鸡血了吗？谁大清早这么亢奋了？”

朱丽嘀咕一声“神经病”，扯上被子遮住耳朵继续睡。但是春天薄薄的被子怎么挡得住魔音穿耳？明成支起身子支棱着耳朵听了会儿，想辨别声音来自哪儿，但终究是懒得下床打开窗户，听了会儿，等人家呼啸痛快了，他才“扑通”一下摔在床上继续睡。但是睡得好好的人硬是被魔音唤醒，满心都是暴躁，再睡下容易，再入睡难。

明成倒也罢了，翻了几个身，喃喃咒骂几句，便又睡了过去。朱丽不行，朱丽本来就睡得浅，这一被吵醒，心头无数细碎的事情立即涌上脑袋。她做的本就是极其琐碎的会计活儿，清晨四周一片安静的时候不由得想起单位里的活儿，一想起来，她就再也睡不着，闭着眼睛，数字在脑海里面飘。可偏又无法考虑得仔细，就是东一榔头西一棒槌地乱敲，敲来敲去满脑子的乱麻。她睡又睡不着，起又起不来，体温陡然升高，如卧针毡。终于躺不下去，只得悻悻地起床，坐在客厅阳台对着晨曦未开的外面发了半天的呆。也懒得去管公公苏大强轻轻地在客房走进走出，一会儿倒温水喝，一会儿洗漱，非常健康。苏大强也不去招惹二儿媳妇，他虽然做家长了，可是长年累月被老伴儿教育惯了，老伴儿让他对二儿媳妇十二分的客气，没事少招人家烦。

上三十的女人，一旦没睡舒服，一张脸立刻反映出来。皱纹，色斑，皮肤顶着散粉不肯服帖。朱丽看着镜子中的自己，简直连生气的力气都没有。走出洗手间，见明成倒是没心没肺地又睡着了，一点儿不知道她有多难受，可是她又不好推醒明成也不让他睡。她坐在床边漫无边际地生了会儿闷气，又不知道明成会什么时候起来，出来随便做了份面包夹奶酪，给苏大强也准备了一份，然后拿了一盒牛奶喝着出门。

明成好不容易才起床，起床的时候，太阳已经透过没拉严实的遮光帘，将房间照得透亮。他看看空空的另一只枕头，过了好一会儿才想到，朱丽又加班去了。她现在怎么没完没了地加班？明成有点儿抱怨。但是想到父亲就要去美国，恢复两人世界的朱丽肯定不会再这么勤快地加班，明成的情绪很快便好了起来。

他也随便地烤了片面包吃。一边吃一边打开电脑，接收邮件。看到老爸脚步轻飘飘地在身后出现，便问了一句：“今天我休息，你想去哪儿玩？”

相比明成的睡眼惺忪，苏大强则是红光满面，精神焕发。他笑嘻嘻地一迭声地道："随便，随便。"

"别总是随便随便让我来想，你也动动脑筋啊。"明成一手捏着面包，一手移动着鼠标。

苏大强有点儿讨好地笑道："要不去郊外钓鱼？你们小的时候我常去钓鱼。"

明成看到信箱里有几封信，便坐了下来，一边顺口道："行啊，有家鱼塘……咦，大哥的信？"

苏大强一听是明哲的来信，立刻双眼闪光地靠过来，看着明成点开这封信，两人一起阅读。但是，几行看下来，两人的脸都转为沉重。整篇看完，明成发了会儿呆，又将信看上一遍，才一只手抓啊抓啊，从桌上抓到电话，他得立刻与朱丽商量。

但是，明成回头一眼看到了满面失望的父亲，心中叹息一声，搁下已经抓起的电话，想到手机还在卧室门背后的裤袋里。他不忙着起身了，手中的面包也食之无味，被他扔到桌上。见父亲忧心忡忡倒退着坐到沙发上，他才问道："爸，怎么办？大哥那里看来是去不成了。"

苏大强一手扶着把手，一手老老实实放在膝盖上，好好坐在沙发上却不靠着沙发背，模样跟以前四类分子做检讨时一样凄惶，当然眼睛也是看着地面的。因为要出国，要跟着大儿子，苏大强这几天跟打了强心针一样地恢复体质。闲时明成不在，他上网搜索美国地图，寻找明哲家附近的旅游景点。其实在明哲家即使不出去旅游，单纯坐在他家回廊上面对着绿草如茵、鸟语花香喝茶发呆也舒服。他几十年来一直是一个人待在学校图书馆安安静静地度过晨昏，早就习惯了，人多时他反而不适应、不喜欢，甚至有点儿害怕。他喜欢明哲安静的家。但是，他去不成了吗？

"明哲那么聪明，又是博士，会很快找到工作的吧，再说这回被裁又不是他的错，招聘单位会谅解的。你跟他说说，我们还是去把签证办了吧。"

明成心里其实也是这么想，失业只是暂时性的，但是谁能知道明哲什么时候就业呢？明哲自己也不知道。他们怎么好意思去问明哲要个确切时间？他皱眉想了会儿，有点儿不耐烦地对父亲道："目前美国IT行业就业形势不好，大哥即使水平再好，也得看有没有空位置给他。大哥现在没工作自己也心浮气躁着，我们自家人别再去问他工作的事了。爸的签证还是拖后吧，签证是有时效的，你现在签了，万一这个时段内你没法过去，不是作废了吗？作废的话，会影响以后签证的。爸，你还是考虑下一步准备怎么办吧。”

苏大强此生从来都是他老伴儿帮他出主意，眼下，当明成将神圣的决定权拱手送到他面前的时候，他忽然茫然了。明哲那儿暂时不能去了，那么他将何去何从？继续留在明成家？回家住？换地方一个人住？还有其他选择吗？似乎有很多的选择，但是那些选择又都不是他想要的，他最想去明哲家。他也不知道选哪个好，考虑半天，扶着沙发背缓缓起身，闷声不响回自己房间去。

明成目瞪口呆地看着父亲不发一言就走，愣怔片刻，赶在父亲关门之前，大声问了一句：“爸你到底怎么想的？”

“你们决定吧。”苏大强说完就关上了门，坐到窗边飞快地拿起一本书来看，以小说来逃避外界，这是他一贯的做法。

明成只能呆呆地看着那扇关闭的门，两颊越鼓越高，憋得久了，才“噗”地吐出一声长气，哭笑不得。难怪平时回家总听不到爸的声音，原来压根儿是他自己不想发出声音啊。但是爸不发表意见，不意味着他苏明成也可以不声不响地将事情撂下，他还得将最终决定向大哥汇报呢。

他也进去自己的房间，关上门用手机给朱丽打电话。

朱丽已经到了办公室，刚冲了一杯速溶咖啡吊精神。在办公室里没有煮咖啡的设备，讲究不起来。

听到明成的电话，朱丽再迷糊也醒了：“什么？你爸得在我们家长住？明成明成，你答应了没？”

明成对着朱丽坦白道：“我没法答应。爸还不老，有手有脚，而且腿脚都还利落。一个人住，大家都自由；跟我们住，大家都不自由。短期住我们家行，长期不行。可是我问他怎么想的，他又蔫不拉几地不表态，我没法跟他沟通。”

朱丽松了口气，道：“对，就是这么说。你爸与我们的生活习惯不一样，他早睡早起，我们晚睡晚起，还有饮食习惯等。大家互相迁就，时间长了肯定出怨气，反而影响团结。其实理智点儿考虑，他还是自管自地住，我们三家各贴若干钱给他请一个保姆照顾他的生活，专门照顾他一个人，他吃得也可以顺心一点儿。再不行，你大哥现在困难，保姆费用我们出三分之二。你看呢？”

明成抓抓头皮，道：“我也是这么想，但不知道怎么说出口。这话说出来好像是我光顾着自己舒服，把老爸往外扔似的，不知道他会不会想岔了。唉，其实他怎么说都好，别一声不吭钻进他房间里去。对了，朱丽，这里面还有明玉的份儿，可她收到大哥邮件后还没给我回话。”

朱丽听到“明玉”两个字，不由微笑道：“明成，照常规，你妹肯定不肯管你爸的事，最后你爸肯定是让我们背着的。我们背着养爸的责任没事，但是我们做决定的时候还是得通知她，让她参与讨论，起码她得给个说法，以后有什么事大家才没话说。别我们都管了，到时还没落下个好。她不给你回话，你做二哥的给她打电话要求她参与讨论啊。”

明成禁不住点头：“对，我等下给她打电话，就怕她不来。朱丽，你说爸去不成美国，会不会另外找个风景好的，比如明玉的海边别墅去住？如果爸这么提出来，明玉不知道怎么回绝。”说出来明成自己也诡笑，可能性不是没有，他想象着明玉该如何拒绝。

朱丽微笑，她想得更多：“明玉拒绝或是其他，都是她的态度，我们只要看到她拿出态度就行了。这么多年了，你难道还指望她拿出行动来？反正最后事肯定是我们在做，我们只要她的态度就行，免得有事的时候啰唆。”

明成道：“你是怕万一爸有个七病八痛的，她指责上我们？”

朱丽道：“是，有个防备。我们能者多劳可以，但我们没法避免做多错多，我们得为自己打好预防针啊。你和明玉约时间吧，这事尽早解决。现在带你爸出去玩玩吧，别吓着他。你爸老了，大事还是我们替他担着吧。”

明成听了笑道：“贤妻，听侬的。”

明成打电话与明玉约时间。其实他是很不愿意与明玉通话的，不知为什么，这个妹妹见了他总没好气，好像他是八辈子的仇人。他不知道他哪儿惹她了。惹不起，躲得起，免得自讨苦吃，但今天的事，明玉非参与不可。爸也是她的爸，她不能不管。起码，如朱丽所说，她得给个态度。态度是好是坏不论，只要她拿出态度，他与朱丽以后也方便办事。

明玉接到明成电话的时候，已经在办公室里上了两个多小时的班。趁周末大多数人休息，她得把近期的销售情况做一下分析，包括产品分类、地区分类、产品数量等的变化，她必须每周总结一次，如有情况，方便下周立刻调整销售策略。市场风云瞬息万变，平日里每天都有一份手下做的分析报告给她，但她还是喜欢周末自己看着那些会说话的数据亲手做一份分析总结。

大哥的邮件她早就看到了，当即便回了一个，说大哥如果有回国工作的打算，她可以帮忙。本来想给明成打电话的，但是想到老爹在明成手里，明成只会比她着急得多，她便安心等明成的电话上门。果然不出所料。她也没多余的话，三言两语与明成约了晚饭后在父母老家会谈，让朱丽也到场，方便问题一次性解决。

明成答应。虽然父亲是苏家的，但是往后由他来赡养父亲，肯定需要朱丽出一半的力，讨论时，朱丽当然得在场。

明玉扔下电话，便心无旁骛地继续她的总结，也只有周末时才有如此安静的氛围，可以让她独自深入地思考。

专心工作时候，时间过得飞快。完成总结后明玉伸一个懒腰，已经是午饭时间了。她打一个电话给江北：“柳青，有没有空，我知道有家汤煲店，味道极好。”

江北柳青长叹一口气：“是不是想安慰我？请我吃鲍鱼吧，我最近迷这个。”

明玉笑一声：“我最近也需要安慰。家里人居然想到苏家还有个女儿名叫苏明玉，频频来电来邮提示我姓苏，搞得我无所适从，需要有人帮我宽解。你请我吃饭吧。”

柳青闷哼一声，道：“等着，我来接你。”

柳青，靠抛媚眼发短信勾引了孙副总的女友，自然有他与众不同的风流态度。当他一手随意拎着灰色西装，穿着一身黑衬衫灰裤子与明玉一起出现在“食荤者汤煲店”的时候，获得了里面老少女子们的一致瞩目。食荤者石天冬自然也看到了柳青，看到难得一笑的苏明玉与柳青在一起语笑嫣嫣，看到两人气质风度如此接近，不由心痛，避进厨房做无视状。

明玉进门没看到石天冬，便与柳青各自点了个汤。今天她上了二楼，一楼的单人位容纳不下两个人。

柳青进门后便东张西望，他很好奇明玉竟会来这种店里用餐，记得她从来都去比较上档次的酒店用餐的，她怕小店不干净。但看了几眼汤煲店里面的陈设，果然挺干净，只是不知道明玉是怎么找到这里的。但他今天没心情说别的，坐下就跟明玉道：“老蒙想怎么发落我们？跟你通气了没有？”

明玉知道柳青生气，她今天找他出来就是为这个。她将那晚与蒙总的谈话与柳青简单说了下：“孙副总现在说不走了，大概老蒙答应了他什么条件。所以老蒙总得给你点儿颜色瞧瞧，让孙副总顺气。”

柳青皱眉想了会儿，不以为然。掏出香烟给了明玉一根，又帮明玉将烟点上，才点燃了自己的烟，深吸一口，道：“给我颜色，为什么连你一起发落？你考虑过没有？”

明玉点头：“考虑过。我想过两个可能。一个是老蒙不方便拿你抢老孙女友作借口处理你，短时间内又抓不住你其他错处，只好寻个销售布局方面的借口给你点儿颜色，让老孙看着舒心，但顺便不得不把我也处理了，他事先跟我打过招呼，料想以后也会补偿。另一个可能是我有点儿小人之心，不排除经过这件事之后，老蒙忽然警觉我们两人在公司所占比重太大，他不得不考虑，万一哪天我们两人翅膀硬了端了他的位置，把他以前端旧单位台子的旧事重演一遍，所以他得借这个机会找借口分我们的权。”

柳青斜睨着明玉，看到她神色平静，非常不明白，道：“你是经我提醒才想明白的，还是早就想明白的？我看老蒙两种想法都有，所以我才生气。这么几年下来，我都拿他当自己长辈了，他却还提防着我，背后下黑手削我的权。不，还削你的权。你别没事人一样，在我面前戴假面就不够兄弟了。”说话时他不由得看向明玉背后，他看到有个高大健壮的男子出现在明玉身后，一副欲言又止的样子。

明玉看到柳青脸色有异，回头看去，见石天冬站在她身后。她便微笑一下，道：“石老板这会儿有空？”

“苏小姐好几天没来了。”说话时，石天冬不由自主地看看明玉手中的香烟，他怎么也没想到明玉会吸烟，明玉娴熟的抽烟姿势再一次颠覆了她在他心中高雅文静的形象。而且刚才看她与桌子对面男子说话时的神态，也与他平时所见全然不同，完全一副指点江山的中性态度。让石天冬不自觉地就将后面的话咽了下去。

明玉感觉石天冬有什么话要说，但她没鼓励石天冬说出来，只吐出一口烟，微笑道：“这几天忙，没法过来吃饭。我与同事谈点儿事，石老板你忙你的。”

此话一出，石天冬再无法厚着脸皮搭话，只好讪讪地走了。柳青在一边饶有兴致地看着这一幕，等石天冬走得看不见了，才笑道：“苏明玉你走桃花运了，难得难得。”

明玉轻叱一声：“废话少说，不可能的事。柳青，当周二老蒙不是做出别的举动，也没一脚踢走孙副总，却快速在我们两个公司安插监理的时候，我就已经感觉到了。我也有点儿失望，但是再一想，从他的角度来说，走出这一步是必然的，他迟早得改变原来凭信任管理我们的状态，而是用制度有效约束我们。换位思考，换成你我，坐到他这位置了，也会这么做。所以，我就安心接受这一变动吧。”

柳青坦然道：“我无法接受。如果老蒙跟我明讲他需要引入制度化的监管机制，我无话可说，这是公司管理，不是朋友间玩闹。但是老蒙冲我们玩弄权术就不对了。我们一起这么多年，有什么话不能直说？他那样做，太见外。让我不得不反思我们之间的关系。”

明玉吸完一根烟，自动从柳青那里再拿一根，自己点上，不由自主看了几眼“叮”的一声响得极其纯正柔和的打火机，微笑着打了句岔：“你拿出来的东西总是高档。”

柳青没好气，道：“回到正题，告诉我你怎么看老蒙这次的权术。别玩打火机了，你又看不出里面的好处。”

明玉一笑，丢开柳青的打火机，确实，她只用住宾馆吃饭店时候随手拿的，好用多用几次，直到将里面的气体用完；不好用就丢开。她抽屉里有几只别人送的高档打火机，但欣赏过后便被她遗弃角落，常用的还是一次性打火机。

“老蒙对我，怎么说呢？没有老蒙，就没有我的今天。当年老蒙像对待自己女儿一样对我，对你也一样，把自己一身销售甚至做人的本领倾囊传授。我每次犯错误，看到老蒙痛心疾首比我还难受的样子，我真是无地自容，他对我是真的关心。我长这么大，老蒙是第一个真心指点我关心我提携我的人，我对他感恩戴德。说实话，我生活简单，没你消费高，我业务做得好，并不单纯是为了奖金那些刺激，主要还是想对得起老蒙对我的好，不敢让他失望。我今天这一切是老蒙给我的，他想拿回去的话，我没有怨言。他那么做，肯定有他自己的考虑与苦衷，我支持他便是。”

柳青盯着明玉将话说话，但越听越不耐烦，等明玉说完，他将手中的打火机往桌上一拍，手指抬起指了一下明玉，又觉得不妥，愤愤收回手，撑着桌沿道：

“苏明玉，你想标榜自己是吃苦耐劳忍辱负重的传统中国妇女，是不是？你有没有想过，凭你一流的数字记忆，凭你一流的宏观分析，坐到今天的位置，只是迟早的事。老蒙对我们确实不错，但他只是引领我们入门的人，而不是给我们一切的人，我们的天下是我们自己出力打下来的。我们之间是平等关系，他不是上帝，不是他想拿回去就拿回去这么简单。我们帮老蒙打开市场，通吃全国，难道不是对老蒙最好的报答？苏明玉你的观念不对，现在即使是父子关系，也得讲究个公平合理，难道你还想仿效什么卧冰求鲤彩衣娱亲之类的老套故事？我还是那句话，老蒙不该使暗手。老蒙的暗手说明一个问题，在他心目中我们与他的关系并不如我们心中设定的亲厚，我们在自作多情。”

柳青一边说，明玉一边喊“冷静”，好不容易柳青歇一口气，明玉才道：“老蒙做事，常出人意表。他准备引入监管机制，我想没错，但有关他的动机，我心中跟你一样疑问很多。我想他不是傻瓜，为了一个老孙把他两个亲手拉扯起来的亲信惹毛了，不值得。他应该还有其他的考虑，我们拭目以待吧。”

柳青翻了个白眼儿，道：“废话，你不如直说，你就是信任老蒙，被他卖了你还给他数钱。苏明玉，你不是没分析能力的人，用脑袋想想好不好？我现在算是看清了，老蒙知道我是肯定要走的，所以怎么对我下手结果都一样；知道你是肯定愚忠的，所以怎么折腾你都没后果。”

苏明玉“嗳”了声，不得不承认柳青说得有理，凭蒙总对他们两个的了解，肯定算得出两人遇到压迫各自会产生什么反应，本来她心中还有一个疑问，想蒙总把他们逼急了有什么好处，现在看来，其实一切都在蒙总算计之中。她不得不再三玩味柳青的这句话：“知道你是肯定愚忠的，所以怎么折腾你都没后果。”然后她一声叹息，“柳青，无论如何，我准备愚忠到底了。蒙总是第一个真心善待我的人，在有次他被我气得拔出拳头想敲我一顿，但最终重重砸在桌上敲疼他自己的那一刻起，我心里就把他当成我的父辈了。猜疑归猜疑，委屈归委屈，我都要报答蒙总对我的真心对待。随便他怎么对待我。”

柳青听了也恨不得拔出拳头一拳敲过去。本来以为苏明玉是挺潇洒的一个人，没想到这么想不开，“听着，人对人好，都是有前提的。如果不是因为你优秀，谁会善待你？怎么没见老蒙善待别人？别一副小鬼没见过大馒头的样子，我最见不得人没道理地愚忠，对我愚忠也不行。”

明玉叹道：“柳青你不知道，现在我成大鬼了，很多人千方百计想接近我，我已不稀罕。但是那时只有老蒙和你对我好，那时我还是黄毛丫头，你们无缘无故地善待我，你不知道我多珍惜你们两个。看着你这几天公然发脾气，我替你们两个难受，唉，我真不想看到对我最重要的两个人生分。”

柳青瞥了明玉一眼，他大致知道她家的事，知道她在家是个不得宠的孩子，但今天这样的话，还是第一次听她说。他是个从小受尽宠爱的独子，没想到不受宠爱的孩子长大后心理会与他那么不同，甚至，苏明玉对待蒙总的心态有点儿扭曲。一直以为她外表随和，内心冷漠，没想到在她冷漠的冰核下，还有一颗那么敏感、那么渴望被爱的心。因为蒙总曾经真心对待她，她竟然血性报答。想想，柳青都觉得不可思议，起码他自己做不到。他不由嘀咕道：“可惜我跟你熟得已经浪漫不起来，否则就下手娶了你，多一个会挣钱的老妈子也不错。”

“嘿，嘿，吃起我的豆腐来了。告诉你抢来的女朋友去。对了，你非走不可吗？”

“本来我一直在犹豫，说实话，以人家丈夫或者男友的身份挤入她家公司的决策层，即使我原来有多大的能耐放在这儿，多少还是让人有点儿看不起的，有吃软饭的嫌疑。但是老蒙的作为让我寒心。他好像看出我是个不稳定因素，干脆逼我早走早了。我毕竟已经跟了他那么多年，他怎么一点儿情分都没有，只有赤裸裸的利益考虑。你看，我只有走了。”

“我总感觉其中有误会。柳青，看在我的面上，再坚持三个月如何？我们都找老蒙谈谈。其实你与你女友还没领证，现在就离开公司，对你不利。你总得有点儿讨价还价的资本吧？而且我不赞成把感情与事业捆绑在一起，那会让你行为被动。”

柳青闻言，沉默了许久，忽然伸出手，一定要与明玉握手。握手后，他才道：“你拿我当自家兄弟，才会说出不怕我害臊的话来。可是你没觉得我现在是被老蒙逼得骑虎难下了吗？我现在还有退路吗？”

明玉愣了下：“你还是没打算对你的女老板女友认真？”

“本来想认真的，可现在两人的关系牵涉到太多利益，越想越没意思。感情与事业捆在一起，可能最后不得不为了事业经营感情，那样子我还是男人吗？可是，利益的诱惑又非常大，这边老蒙又在身后逼着我。苏明玉，我很矛盾，我最近脾气很大。”

明玉看着眼前这个忧郁的英俊小生，柳青的烦恼，是因为他又想功利，又想纯粹，所以难以取舍。她考虑了会儿，道：“柳青，我坚持人格独立。”

“可是老蒙逼我。”

“老蒙有没有逼你还难以确认，但是你肯定在逼你自己。你别都赖老蒙身上。”

“你偏心老蒙，为老蒙做说客。”

“一个是我长辈，一个是我兄弟，我偏心谁？我建议你先别浮躁，安定下来，以不变应万变，好好想想。”

“三个月，我答应你再待三个月。这三个月里面，老蒙即使骑到我头上我都不会吱一声。”

“行，但愿三个月后会出现转机。你不许赖。”

柳青点头。决定下来三个月不变，他心中的浮躁果然消退不少。他忽然道：“苏明玉，公司上下很多人怕你，你太坚强太冷静，绝对的不近人情。好好找个人谈一场恋爱吧，把自己搞得有点儿人味儿。”

明玉不解：“谈恋爱与人味儿有什么必然联系？我现在不好吗？博爱，慈悲。要不我三天不洗澡，保证人味儿十足。”

“博爱、慈悲是拿来形容没温度的菩萨的，你是人，女人。明天开始我给你介绍男人，你答应我一定要参加相亲宴，否则我不答应你的三个月。”

明玉笑道：“饶了我吧。又不是没人向我示意，是我暂时没时间应付这些。你别给我安排相亲，否则我跟你断交。”

柳青一笑，不答应，“刚才那个石老板对你有意思。”

明玉翻个白眼儿，不去理柳青，这才注意到周围吃饭的人早变得稀稀拉拉，原来他们说话说了太多时间，“快点儿吃，别光顾着说话。”

柳青搅搅冷透了的汤，起身道：“我下去叫点儿吃的来。汤冷了没法吃。”

明玉不理他，只自己啃汤里面的嫩玉米。冷就冷了嘛，又不是冷到没法吃，柳青就是臭讲究多。

没想到柳青再回来，亲手端了一盆白底虎皮纹的蒸食上来。她伸出勺子就来一口，甘甜润泽，口味一流，果然是食荤者出品：“这什么东西？”

“你那个石老板送的体己菜，好像是枣泥蒸山药泥。”柳青有点儿挤眉弄眼。

明玉一听，想争口气不去吃。但是又忍不住，尤其是看到柳青狼吞虎咽地侵吞山药泥，眼看被他通吃，她忍无可忍，只得投降。虽然她不明白自己争的是什么气，而且，既然争气，还来这儿吃饭干什么。

下来见到石天冬。石天冬只是在厨房门口远远地跟她挥别，她觉得心里有点儿不舒服，好像石天冬慢待了她似的。

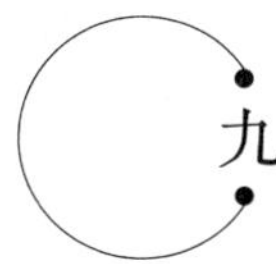

不美好的过程

明玉是踩着约定的钟点敲响父母家门的。她想，早了，她没父母家钥匙，只有无聊地等；晚，则不是她的习惯。来开门的是明成，因为上次在殡仪馆停车场的激烈争吵，两人面无表情。

朱丽工作的单位是知识分子密集的地方，会计的职业又让大多数人谨小慎微，小心敏感，说话很容易被人惦记到秋后算账。朱丽本来是个粗心的人，但天长日久下来，也知道收起羽翼，待人客气却有保留，说话讲分寸而留有余地。所以她看见明玉的时候，反而微笑招呼，起身让座。

明玉道了谢，坐下。因为没有大哥在场，她又很不想搭理明成夫妇，只想速战速决解决问题便走，所以便如在公司一般，一上来就采取主动，直接问她父亲：“爸了解大哥家的事了？你什么想法？”

苏大强依然垂首坐着，他压根儿就不想参与这样的讨论，更不想来这阴气十足的老屋，但是饭后被明成拉来这儿，他身不由己：“你们讨论吧，讨论完了，让我去哪里我就去哪里住。”

明玉没想到上回讨论的时候父亲还积极要求去大哥家，这回却如此消极，一下被打了个措手不及，愣愣地看了父亲会儿。再看明成、朱丽，一副了然的样子，显然两人早已与父亲有了交流，但也没问出结果。她想了一下，道：“这样吧，我看有三种选择，爸你自己挑喜欢的。第一是住我家。你去不去？”

苏大强闻言立刻将身子往后一缩，清清楚楚说了两个字：“不去。”明成与朱丽都没想到明玉会把去她家作为第一条提出，一时相顾哑然。她的态度够明确、够大方，不要去的是苏父，而不是她不让去，所以她一下撇清了自己。

明玉看着苏大强道：“看来爸还记得你和妈一起发的誓，很好。那么第二条……”

明成看了朱丽一眼，立刻打断明玉的话：“既然你与爸妈之间早有协商，那你让爸住你家列为第一条，有点儿做戏给我们看的成分了吧？我不清楚你们的协商，既然今天大家一起商量赡养父亲的事，而协商又与这件事有关，你把协商内容公布一下吧，我们都有知情权。”

明玉看了明成一眼，心中冷笑，他可真是给脸不要脸了。但她还是转头对父亲道：“爸，我说，你补充吧。是这么回事，当初爸妈准备将二室一厅置换成一室一厅，差价给你们结婚买房装修的时候，我不同意。”

明成道：“慢着，爸妈置换房子是因为原来的房子临近小学，以前上班时还不觉得，退休后白天在家天天听学生吵得烦，他们才考虑搬迁。不是因为我，这个因果要搞清楚。”

明玉对苏大强道：“爸，你说吧，最好把你历年的记账本拿出来，看来老二今天要与你算账。”

苏大强对于撒谎这点技巧掌握得不好，也不大会考虑利害关系，听到明玉点名，他便道：“你妈明说是被小学生吵得烦，其实主要目的还是看我们手中存款只够给你买房，不够你装修婚房。她怕你没婚房结不了婚，老婆跟人跑了，你自己手里又没一点儿积蓄，我们只有换小房子拿差价贴你了。”

明成听了很吃惊，有点儿不信，不由习惯性地看向朱丽，却见朱丽瞪大了眼睛也愣愣地看着他，一脸不解。

明玉看了他们两眼，道：“我当时激烈反对。爸妈说这是他们自己的财产，怎么处理我管不着。我说我在家里连放一张床的位置都没有了，你们还拿不拿我当女儿。妈当时说女儿是给别人家养的，养到十八岁已经尽够责任义务，反正以后他们也不靠我养，我不上门也无所谓。再吵架，他们发誓死也不会踏入我的家门要我赡养，要我不许多管家里的闲事。就是这么一回事，你们没有异议吧？这算不得我与父母私下签订的不合理协议吧？”

朱丽张嘴想说什么，但终究没说。虽然事情看来与她有那么点儿关系，但毕竟那是小姑与公婆之间的矛盾，她做儿媳妇的不便参与。明成当然与朱丽不同，他发了会儿呆之后，有点儿息事宁人地道：“明玉，这点我得劝你。我们做孩子的与父母拌个嘴也是有的，但哪有当真的道理，你怎么能把吵架的话看作爸妈对你的誓言呢？”

明玉不客气地道：“你别站着说话不腰疼。事实是，我想不当真，所以才会拿住我家作为第一方案提出，但是爸记得很清楚，说明他们两个是当真的。而且照惯例来看，爸妈一直把与我吵架的话当真。比如最明显的，你也了解的一件事，就是我大学的学杂费。因为妈擅自把我保送进我不想进的大学，吵架时我说再不用家里一分钱。直到我去报到，妈真没给过我一分钱。之后四年，我没主动问家里要过钱，家里也没主动给过我钱。这点，爸有记录。我记得爸将家中所有开支全部记录在案，小至一毛钱。对不对，爸？你说实话。你要给我证明，你们跟我吵架时说的话句句都是当真。包括你，明成，你工作后也没主动给过我一分钱，当然你也没这义务。”

苏大强低下头不敢说话。明玉这个时候的口气太像她妈了，空气中都是她的声音，正义强大的声音，没有别人插嘴的余地。朱丽也是凝神屏息地看着公公，她对明玉的话将信将疑，怀疑明玉有趁婆婆不在秋后算账的意思。明成确实清清楚楚地知道，明玉真没用家中一分钱。但他当时还挺为明玉骄傲的，好样的，能耐不小，大学里就能赚钱养自己。可今天这件事经明玉的嘴说出来，怎么味道都变了呢？变得他们一家都这么不是东西，置小明玉的死活于不顾呢？他偷偷瞧一眼朱丽，见朱丽没看着他，两只眼睛只盯住他爸，神色非常凝重。明成忽然觉得一阵心虚。

明玉说出话后，等了半天，却是一片寂静。她只能盯住父亲再问：“爸，你不用回避，事实就是事实，直说吧。或者拿出你的记账本，这儿有专业会计师在。今天说清楚了也好，免得说我无理取闹。”

苏大强一听可以不用他说话，如蒙大赦，立刻进去里面卧室翻箱倒柜地找账本。很快，他拿来薄薄的一沓小本子。所谓账本，都是拿他儿女们用剩的作业本撕下来自己装订的白皮书，纸张有大有小，颜色是深浅不一的老黄。他将本子摞火球似的撂给明玉，自己又老老实实摆出一副接受审讯的坐姿。

苏大强的账记得清晰明了，虽然没有什么专业的进销存，只是原始地记录一笔笔支出与收入，后面是备注，说明钱的去处，但是明玉看着觉得非常说明问题。她拿了先翻下来，翻完一本交给明成一本，看到最后，简直有将本子摔明成脸上的冲动。看完后便冷冷瞅着明成夫妇两个的反应。她到今天才又知道一层，原来父母经常接济给明成的家用数量不小。虽然明成时常还钱，但是她心中粗略计算了一下，父母收入的一半进了明成口袋。不知朱丽这个注册会计师看不看得出这一点。

朱丽最先是搬了椅子与明成一起看，但她看得慢，后来变成明成看完的交给她看。

苏大强将账记得极细致，即使烧菜时临时跑出去买包酱油、米醋之类的几毛钱也记在账上。饶是如此细碎，他们两人的支出还是有限得很，常常一页纸不到便是一个月的进出。

记账是从明成读书开始，朱丽做惯审计，善于从数字与说明中发现问题总结问题。第一年、第二年的看下来，平淡无奇，但看得出这家手头比较拮据，每月几乎都没有结余。到了第三年，也就是明玉上大学那年起，她留意了，果然，里面没一笔明玉的开销，而每月给明成的生活费却不少，朱丽记得以前读大学的时候，她差不多也只有那么点儿钱做零用。便是连春节到时，给明玉买衣服之类的开销也一笔都无，却有给明成买衣服、给明哲买礼物寄邮件的花费。而每月开始有几十元几百元的结余，也都悉数被存进了银行。

第五年开始结余多了，对了，明成毕业了。有几笔大的开销，是装修房子的。朱丽略一思索，便已想到，那时候她与明成谈恋爱，他们花钱装饰门面。所以算起来，这笔开销应该记在明成头上。然后隔三岔五的，都有一笔比较大的菜篮子支出，朱丽不由心虚地想，好像那是公婆为应付她到明成家玩的吃喝支出。

而后，她看到婆婆不断地在1号到10号间给明成钱，明成发工资的时间在每月的10号，可见他每月都花光了钱问家里要。但明成有还钱，还了又借，好像是借多还少。朱丽也不大记得清楚，准备回头好好累计一下这笔账。

至于明玉说起的大房换小房的那笔差价，果然一分不少地打进明成的账户。同时打入的还有一笔存款，注明是给明成买房用的。朱丽心中一回忆，正好是当时明成拿出的购房款。那时做按揭还得付十万头款，明成拿出六万，她从家里借了四万，而账本记载打入的存款正好是六万。后来她将钱还了父母，从后面的账目来看，好像明成没还。而他们的装修，则大多是用大房换小房的差价了。朱丽顿时感觉背后冷汗“刷”的一下冒出来，冷津津地刺入心头。

后面的账，大同小异，果然这个家没明玉什么事，所有的花费大多堆在明成身上，而小部分给明哲与两老对分。她相信这本账，但这本账推翻了她心中固有的概念。她是个靠数字吃饭、以数字为据的人，这本账上面的数字，让她透过往日苏家和煦温暖的场景，看到截然不同的婆婆、公公和丈夫。

她看向自己的丈夫，这时候竟觉得他有点儿陌生。他这是傻了还是蠢了，那么多年，竟没看到家中如此的不公？他这个既得利益者于心何安？可是如果婆婆没有去世，不出现需要赡养公公这么个波折的话，这种假象还会继续下去吧？那她也会一如既往地来婆婆家喝婆婆专为她准备的抹茶酸奶，吃婆婆专为她烧的好菜好饭。她也是个无耻的既得利益者，这个认知让她羞愧。

明玉见朱丽也终于看完，才继续前面的话题：“刚才说了第一条，爸来我家住，被爸否决。我的第二条是……”

朱丽忽然打断明玉的话：“不用第二、第三了，爸的生活我们照顾，明玉你没义务。”

明玉与明成都吃惊地看向朱丽，但朱丽还是坚决地重复了一遍：“明玉，你没义务。你不用再参加讨论。”

明玉注视朱丽良久，才起身道：“好，那我先走。再见。”她将手伸给朱丽，与神思不属的朱丽握了下手，但是没搭理明成和父亲，径直打开门走了。

关于赡养父亲的事，明玉想得很明白。父亲如果有胆敢跟她住，她的两幢房子，父亲住甲，她就住乙，有怨气的两个人没必要在一个屋檐下百忍成钢。她会出钱请保姆照顾父亲，因为她不缺钱。但除此之外，她无心也无力，她甚至懒得跟明成他们解释。明成这样的惫懒人，解释了，他知道了，有用吗？有用又怎样？只是没想到朱丽透过现象看到了本质，这么爽快就做出让她不必承担义务的决定，这倒让明玉对朱丽这个佼佼女有点儿刮目相看。

苏大强看见明玉走了，感觉头顶的压力消失大半。他稍稍扭了扭肩膀，不起眼地移动了一下屁股，坐直了。才刚坐直，只听明成问了一句：“爸，我问你们借得多，还是还得多？”

朱丽没想到明成居然会问出这么一句没心没肺的话，忍不住冷冷道：“自己拿账本加加减减算一算不就得了？”

明成这才注意到朱丽的脸色铁青，忙走过来笑道：“怎么了？好，好，我算，我算。”

朱丽看到明成坐到桌边，拉开架势，她看着心烦，走过去一把拿过账本，掏出纸、笔、计算机，一边计算，一边记录。苏大强的原始数据在她训练有素的手指下面，迅速变成整齐可观的表单。但是，朱丽的脸色却随着数据的不断列出，而更加深沉。看着最后得出的数字，她将计算机推给明成：“我们两个人的收入一个月合计有两万，但是我们平均每个月还向你拿退休工资的父母伸手拿一千五到两千。而你父母支持我们婚房的六万与装修的六万，合计十二万，我们至今没还。我们真做得出来。”

苏大强听着这话，感觉风向有异，忙又补充一句：“你们妈每天搓麻将，虽然有输有赢，但输少赢多。每天几十块进账是有的，都没入我的账。但我知道大多进了明成的腰包。”

明成迷惘地看看计算机，再看看老爹，自言自语道：“我都没想到问家里拿了那么多，还以为都还了呢。每次还钱，妈还说还那么多干吗，两人有退休金，不用儿女出钱养老。我从来都没算过这笔账。”

朱丽则想到每次到公婆家来，吃了还拿，婆婆总是装了时令吃食让他们带回家，如今家中冰箱里还有一盒年前婆婆做的芝麻核桃阿胶膏呢。可是他们两个又吃又拿，吃的拿的是谁的东西？公婆退休收入固定，被他们吃了拿了，公婆的生活质量必然会下降，当然，明玉更是得不到一点儿好处了。可是，以前，她还以为公婆家与同等收入的她父母家一样，生活小康，吃喝不愁，以为他们到公婆家看到的便是公婆平日里的生活。看了账目才知道，原来，公婆只维持了最基本的生活水平，他们的脂膏，被她和明成恃爱之名搜刮光了。

苏大强等了好久，见儿子儿媳两个一起发呆，忍不住问了一句：“那我现在怎么办呢？”

朱丽看一眼明成，明成道：“爸喜欢跟我们回去住呢，还是自己在家里住？”

苏大强认真地道：“我跟你们说过啦，我一个人住这里害怕。只有跟你们回去了。”

明成无奈地道：“那我们回去吧。回头我发个邮件跟大哥说一下，一切照旧。”

朱丽犹豫了一下，问：“要不要跟你大哥说明一下让明玉退出的原因？”

明成搔了搔头皮，讨好地笑道：“别了吧，我们自己知道原因，以后把事做好就行，否则大哥得把我架烤炉里烤了。”

朱丽没看明成，低头想了会儿，叹了声气，转身朝外走。今天的账本太让她感到意外了，到现在她还没缓过气来。她从来聪明好学，争胜要强，追求的是自强独立潇洒。没想到，不知不觉，跟着明成做了啃老族。她甚至怀疑，婆婆的过早去世，会不会与钱被他们啃光，婆婆生活环境不良，无心医治有关。虽然知道这种猜测有点儿勉强，可现在她就是感到内疚。

明成则看着朱丽不敢吱声，他知道朱丽肯定在生气，生他的气，更生她自己的气。他自己也奇怪，没想到会欠下父母这么多钱。可是妈为什么从来都不与他明说，他要给妈钱时妈还拒绝呢？为什么？

一路无话，直到苏大强回家后睡下了，明成与朱丽才走进卧室，召开闭门会议。

明成知道朱丽肯定会提起，所以还不如自己从实招来：“朱丽，我真不知道计算下来我竟然拿了家里这么多钱。我还一直以为有借有还，外加经常回家带东西上去，已经够好了呢。”

“可是……你从来没跟我提起过你问你家要钱。对我们来说，钱并不多，省省就出来了，对你爸妈来说可是活命钱啊。而且，我们买房、装修房子的钱你都还没还你爸妈呢。怪不得你爸穿得那么旧，明玉还要给他买衣服。”

“买房子的钱，还有装修的钱，我妈说了，孩子结婚，大人总要支援一些的。我们没办酒席，我妈就把钱共在房子上。她说不要我们还。”

“明成你是真傻还是假傻啊，你到今天还看不出，你爸妈这笔钱是哪里来的吗？是从他们自己牙齿缝里省下来，再从明玉头皮上刮来的啊。如果不是把钱给了你，你爸妈还好好住着两室一厅，明玉与家里的关系也不会那么糟。我们说起来是罪魁祸首啊。”

明成见朱丽皱着眉头一脸想不开的样子，很是心疼，不忍心她总是自责，强笑道："朱丽，你别把屎盆子都往自己身上扣啊，我们不知者不怪。你想，我是妈的儿子，妈对我又那么好，我不信她的话可能吗？所以妈说什么我信什么，都懒得用脑子来想一想。这事儿跟你更没关系，我都没跟你提起问妈借钱的事。"

朱丽本来就因为早上没睡好，心情浮躁，又遇上账本的事儿，心里已经憋了一肚子闷气。现在见明成不求自责，却口口声声为自己辩护，一时忍不住，气话冲口而出，"你别总是你妈说、你妈说好不好？又不是幼儿园小朋友，每天嘴边总挂着我妈说、我爹说，你自己不会用脑袋想想？你那么高那么大一个人，问你妈伸手借钱，好意思吗？"

明成觉得委屈，他又不是故意的，他不是有意要刮父母的钱："朱丽，你别不讲道理，就事论事，别意气用事。我不是故意的，我是存心想对不起爸妈的人吗？你没见我们三兄妹里面，谁常在哄爸妈开心？谁最常回家看他们？那不都是我吗？因为这个我妈喜欢我，多偏着我点儿，这是人之常情。有时我没问妈借钱，是她看我钱包瘪下去，自己要塞给我救急用，我推不掉。而且我也是有还的，只不过我粗心一点儿，没记清楚数字，妈说够了就够了。我也没想到我欠着爸妈的钱啊，我难道想欠吗？我认错，我粗心。可你也别把问题扩大化，别一会儿说我幼儿园孩子，一会儿说我傻，行吗？"

朱丽听了明成的话，差点儿尖叫："苏明成，你还不知道你错在哪里吗？你拿着你妈的十二万块有没有想过还钱？你压根儿认为你妈偏心你，所以你可以揩你爸妈的油。你别告诉我你是无意的，你是无辜的。错就错了，别找理由。"

"我已经认错了，你还要我怎么认错？你难道还要我到妈妈灵前跪拜认错？难道还想深挖我的思想根源吗？难道要我承认我本性贪婪才罢休？你今天怎么这么不讲道理？"明成也火了。朱丽有完没完？都已经错了，再追究有什么用？

"你有点儿担当好不好？错了，就别为自己找理由，再有理由也是错了，后果已经造成了。我还知道叫明玉不必再承担赡养义务，你有吗？你连知错就改都没有，你这算是知错了吗？"

"那是你嘴快早说了一步。我如果反对也不会让明玉走了……"

"你还在找理由，你都不敢面对问题。"

“朱丽你客观一点儿，要明玉参与讨论赡养是你提出来的，要明玉退出赡养也是你说的，我什么时候反对过？你怎么正面反面都是理，而我左右不是人了呢？话都让你说了好不好？我反正说什么都是在找理由。我不说了。”明成说完，甩掉外套，踢掉裤子，一甩手进去洗手间，关上门真不说了。

苏大强还没熟睡，听见隔壁传来吵架摔门的声音，心中猜测肯定跟他有关。非常想起床钻出来偷听，但又怕被明成他俩抓住，只有将被子一拉盖住头挡开声音，干脆不听不问。没多久，他便愉快地睡着了。反正儿女们没有丢开他的道理。

朱丽看着关得严严实实的洗手间的门直咽气：“说的是你家的事啊，你倒先躲起来了。你说你怎么养你爸吧。”

“反正你说了算，我说的都是强词夺理。你决定，大家都听你的。”

朱丽听见这无赖话，气得都不顾了风度，一脚踢了出气，却忘了前面是门，她穿着软拖鞋的脚结结实实踢在门板上，痛得她闷哼一声，蹲了下去。一时又气又委屈，眼泪前赴后继地涌了出来。但她硬是争口气，不哭出声来，挣扎着起身往床上拖去。

明成只听见门一声闷响后便没了声音，在脸盆前举着牙刷和牙膏发了会儿愣，听外面不再有别的声音，心中不由担心朱丽会不会出走。他冲着镜子做了个坚决的鬼脸，暗道：“不，坚决不妥协，她还以为她有理了。”但将牙膏挤出来后，终于还是不放心，偷偷打开一条门缝来瞧，却见朱丽姿势怪异地坐在床尾，肩膀微微耸动，似乎在哭。

明成连忙放下牙刷，跑到朱丽身边想看仔细了，但朱丽当然不给他机会，一扭身给了他一个后背，但已让明成看到她在抚摩脚趾。明成略一想便明白出了什么问题，心疼得不得了，再不敢倔强，上去低声下气赔不是。

这一晚，两人终究没再讨论苏大强的赡养问题，一个赔不是，一个不哭了，才闷闷地睡觉。朱丽好一会儿睡不着，心里好一阵憋闷，躺床上又将婚前婚后的事情想了很多。可是明成妈对她是真的好，她又不能怪她婆婆太偏心，弄得苏家兄妹现在闹成这种局面。其实也不能太责怪明成，他就是那大大咧咧的懒虫脾气，什么事情没到火烧眉毛就不能让他认真起来。这不，一晚上又吵又闹，他现在还能睡得好好的，这会儿呼吸均匀悠长，不知道做什么好梦了呢。可是朱丽就是觉得内疚，虽然不是杀人放火，可她和明成总归是害了人。别说是对不起明玉，也对不起对她那么好的婆婆，还有公公。

朱丽在床上辗转反侧半宿才睡着。

可似乎都没睡稳，耳边又响起松涛巨浪般的长啸。她气不打一处来，挣扎着起身，猛地拉开窗户。外面天才蒙蒙亮，清凉的风拂面吹来，是吹面不寒的杨柳风。但朱丽无法欣赏，她稍一凝神，便听出嘹亮的呼啸声传自隔壁，她家客房，她的公公。

朱丽真是欲哭无泪，双手抓着窗台等苏大强舒展胸臆结束，才一脸似笑非笑地回身。真看不出，每天走路不见声响，整个如影子漂水的人，却有如许的肺活量。

这边明成也被惊醒，睡眼蒙眬地问："究竟哪个打鸡血的？端盆水泼下去。"

"你爹。"朱丽也不回床上了，直接过去洗手间。可人虽醒了，脚底却跟踩棉花似的，走起来踉踉跄跄，不小心撞了额头才又清醒一些。可又举着牙刷在镜子面前发了好一阵呆才发觉没有挤上牙膏。洗完脸更是乱了顺序，化妆水倒得满手都是，眼霜擦在脸上，离开镜子才想到脸上还什么都没擦。

可她又睡不着，一颗心突突突地跳，满脑袋都是乱糟糟没头绪的事，怎么都静不下心来。煮咖啡的时候，不出所料烫了手。

朱丽看着飘进飘出忙着洗漱、偶尔对她灿烂一笑的苏大强，心想这日子可怎么过哦。

而此刻苏大强却是本能地清醒，比一向机灵的朱丽清醒得多。他已经看出，这个家，说话有分量的是儿媳。所以，每次看见朱丽的时候，他本能地冲朱丽展开的笑容，一如他退休前在幽暗的学校图书馆里面对学校每一个大小领导展开的笑容，灿烂而带着点儿天真，绝少城府。这种笑容，提示对方他是个打不还手，骂不还口，毫不设防的单纯老人，谁想往笑容里面加点儿什么的时候，都得好好想一想，是不是胜之不武？或者，会不会在别人面前落下恃强凌弱的不良口实？

就像大自然某些拥有保护色的动物一样，苏大强的保护色是"不设防"。他的"不设防"，钻了人类社会文明表象的空子，安然无恙地度过烽火连天，稍微有点儿委屈，却平平安安地活到现在。他的保护色已经习惯成自然，其实他自己都没意识到他有保护色。他从小第一次展示保护色的时候，只是无心，但因为好用，便并无刻意地一直用到现在，活到老，用到老。

苏大强就这么在二儿子明成家住下了。除了明成家充足完备的家用电器和小区外优美的绿化，其他的他都并不觉得太好。这个小区大多是年轻人和中年人，一到白天，“呼啦”一下都开着车走了，他下楼逛上一遭，都没见几个人，见到的也是不熟悉的，那感觉就跟他在明哲家的时候一样，看着窗外半小时才能看到一个人走过。但明哲家门外有不怕人的小鸟、松鼠，下雨天还有鸭妈妈领着一群小鸭子大摇大摆地走过，而明成家的白天一片寂静，寂静得让他这个享受寂静的人都觉得难受。

他只能打开明成的电脑上网。他热爱百度，因为只要是他想得到的，输入进去，几乎都有答案。通过百度，他在网络里海阔天空。他甚至拿儿子、女儿的名字上网搜索，没想到，里面竟然有很多条有关明玉的内容。他一条条都读了下来，觉得非常新奇。有些内容，他看得懂每个字，但不很明白这些字连在一起的意思。明玉似乎很神秘。明成、明哲的几乎没有。明哲的名字出现在校友录中，明成的名字出现在一条小广告上。

大多数的时间，苏大强还是从网上下载喜欢的书籍，打印出来看。他已经在朱丽的指导下学会熟练使用文字编排。他喜欢拿到自己住的客房半躺着看。所以，虽然明成家的房子那么大，他的活动范围还是只有一个厨房、一个卫生间、一个卧室、一个客厅，与老家一样。

每天上午，钟点工会过来。最先，苏大强还与她搭讪几句。但是几天下来，他发现这个钟点工的嘴是极厉害的，似乎总想从他嘴里挖掘出点什么，又总希望通过他向明成与朱丽传达什么信息。而他如果没传达到，钟点工的脸色就很不好看。他后来就不敢搭讪了。钟点工来的时候，他就下楼散步，算好时间了才回来。刮风下雨的时候他就去社区活动中心看报纸。

饶是苏大强进出如影子，但对于明成与朱丽两人的生活而言，还是带来不小的烦恼。尤其是天渐渐热了起来，这年头四月天有时都能热得人汗流浃背。最郁闷的是朱丽。因为公公在家，她总不能穿得太随便，早上起床不能穿着睡衣就到客厅做咖啡，很是拘束。但最大的麻烦还是因为家中有了这么个老人，他们又不想慢待他，所以晚上能回来与父亲一起吃饭就尽量回来。除非是真正因为忙于工作。本来，明成、朱丽是常去外面浪漫就餐过夜生活的，但现在丢下父亲两个人去玩总有点儿于心不忍，不习惯。可带上父亲的话，即使吃饭，也少了情调。于是两人回家就餐的时间多了起来。钞票省下不少，乐趣也打了折扣。

为此明成与朱丽曾经私下商量，不如给爸换一套房子，两室一厅的，地段好一点儿，生活方便一点儿，请个保姆照顾着。这样对两方都好。但是，换大房子的钱呢？如今房价飞涨，多十几平方米的实用面积，就是十来万的支出。他们暂时没有储蓄。他们也不敢问大哥拿钱，本来，苏家两老大房换小房，钱都是用到老二头上的，如今他们怎么好意思在换回大房时要明哲明玉分摊？尤其是不敢问明玉要。

没钱，就只好拖着，先住一起挤着，先每月存下一点儿积蓄。为此，朱丽在电脑上建立了一本账本，让明成也学着开始记账。但他们两个的记账与苏大强一瓶醋、一瓶酱油的记账略有不同。他们只记录超过一百元的支出。

但是，明成很快就开赴广交会，朱丽只得接下记账的重任。每天在单位已经受够那些账目，回家再面对那些数字组合，朱丽真是审美疲劳。但是有什么办法？为了美好生活，人总得忍受不美好的过程。

好在，在明成的阻止下，清晨苏大强终于不再仰天长啸了。

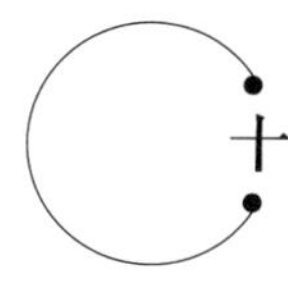

天下没有十全十美的好事

进商场买衣服，如果原本心理价位设定在两百，上上下下一圈逛下来，心理设定没有不偏离原轨道的，三百四百的衣服也会买下，现金不够，刷卡。

但找工作却不同。明哲本来是想以原来的工作报酬为基数，更上一层楼。但是，随着一次次被拒，随着时间一天天地过去，他的心理价位开始一点点地下调。离家远一点儿可以考虑了，工作强度高一些可以考虑了，出差时间多可以考虑了，甚至工资比原来低一点儿也可以考虑了。这头减一些，那头削一点儿，不知不觉，早已经偏离明哲原来的期望值。

随着门前一树苹果花开罢，天日渐渐变长。吴非下班开车到家时，已经不再是黑天黑地。今天回家，远远的，早就看见身形高大、穿着深蓝长袖T恤的明哲抱着宝宝候在路口。看着宝宝懂事地向她的车子挥起小胖手，吴非顿觉一天的辛苦全都没了，恨不得给车子插上翅膀，一秒也不能拖地飞到宝宝和明哲身边。

下车，宝宝落入吴非的怀里，她落入明哲的怀里，一家人抱成一团往屋里走。自从明哲那次赴母丧回来，在机场公开场合抱了她，从此仿佛开了窍，不再忌讳什么公众场合，反而吴非最先还东张西望，颇有点儿不好意思。但几次下来，也已习惯，觉得这样子非常温馨受用。

走进家门，两人几乎是同时说话：“今天……”发现撞车，才笑着谦让，“你说，你先说。”明哲笑道，“你肯定问我今天的面试。我也正好要跟你说这个。”

吴非笑道：“没错，当务之急嘛。看苏兄面带春色，莫非是有什么大好消息？”

明哲笑道：“我现在早死猪不怕开水烫了，咱喜怒不形于色。今天这份是鸡肋工，我犹豫不决。因为鸡肋，所以我开工资时没一点儿客气，不怕得罪他，没想到对方稍与我扯皮几下，就答应了。现在是这样，公司比原来更大更稳，报酬比原来涨三分之一，但四分之三的时间得驻上海做技术支持。我很矛盾。我离开的话，你和宝宝怎么办？而且，我不想一年四分之三的时间见不到你和宝宝。可是……”说到可是的时候，明哲有点儿犹豫，尴尬地笑了。

“可是什么？”吴非从宝宝花儿一样的小脸上抽出三秒钟瞥一眼欲言又止的明哲，略一思索，便恍然大悟，“有数了，你可以回去照顾你爹了。”吴非笑得跟狐狸似的，“可惜忠孝不能两全啊。”

明哲在一旁摊着手嘿嘿地笑，吴非真是他肚子里的蛔虫，“他们给我三天时间考虑。我还想到一层——到上海的话，正好可以照顾你父母。你不也常担心弟弟常去北京，家中没人照料吗？”

吴非闻言动容，情不自禁地“耶”了一声，愣愣看住明哲。这下宝宝不干了，伸手挡住她的眼睛不让看，一边又扭头看爸爸的反应，看他有没有生气。吴非被蒙住眼睛，透过宝宝手臂缝隙艰难说话：“看来还真是鸡肋了，本来我都没认真考虑这份工作。可是你如果真长驻上海的话，我肯定得把爸妈请过来帮助照顾宝宝，那你回去了也照顾不到我爸妈。不过你一直不放心明成他们照顾你爹，回去倒是每周都可以去看看了。真难决定哦，还真是忠孝不能两全。”

明哲推着吴非进餐厅，桌上是他已经烧好的饭菜。他一边关掉小火，将汤盛出来，一边笑道：“我考虑了一下午，还有个大胆的想法，但怕说出来挨你这个女权分子揍。”

吴非愣了一下，随即明白：“你想让我辞职，抱着宝宝跟你一起来去？”

“是，我们以前商量过，你说，我年薪超过十万的话，你回归家庭，专心生孩子、养孩子。这回我如果答应这个职位，年薪就会超过十万。你就回家吧，省得在外面风风雨雨。我们一起去上海，一家人在一起才好。像这几天看着你独自挣钱养家，我很难过。家，还是应该由我做男人的撑着才好。”明哲走过来，帮吴非一起把宝宝圈进餐椅。

吴非听着，不知怎么鼻子直发酸，她其实并不觉得女人挣钱养家有多委屈，可怎么被明哲一说就变味了呢？她怎么感到好像委屈起来了呢？幸好宝宝拍着桌子抗议被圈禁，吴非才回过神来对付宝宝。可她不免还是将心思转到明哲的工作上面去。

“如果我辞职跟过去的话，那你这份工作就不是鸡肋了。”

“是啊。每年回来三个月到总部工作，接受培训和休假，两头都可以照顾得挺好。但你的工作实在是资本主义里面的共产主义，辞了可惜。两个人都工作，总是多一份保障，比如说这回，有你的工资撑着，我们才能安然渡过难关。所以我很犹豫，如果你不愿意，我另外再找。没关系。”

“但你再找的话，工资不会这么高。”吴非心里补充一句，“还不知道什么时候能找到，你又得忧郁好一阵。”处理好宝宝，她才看向桌上的菜，见是黄澄澄的油煎龙利鱼，碧油油的水煮毛豆，另一碗碧油油的是韭菜炒蛤蜊肉，汤居然是久违的鸡毛菜小蹄髈汤。这一看，吴非心中明白了三分。明哲心中其实很想要这个工作，已经有志在必得的心思了。所以今天才会破费，去韩国店买这些精细蔬菜，提前结束财政危机高压下的非常生活。吴非一时有点儿哭笑不得，这家伙其实本质上还是个大孩子呢。

“是啊。我一下午想了很多。还有，拿美国的工资在上海生活，费用应该不会比这边高，我们可以存下不少钱，来抵御以后可能的风险。”明哲有点儿眼巴巴地看着吴非。他心里早就认可了这份工作，无论如何，终于可以结束他无所事事的失业生活了。之前那么多天，他心里一直空得发慌，总有一种紧迫感紧追着他，让他无所适从，他迫切需要事做。但他必须取得吴非的认可，一家人，一人一票。等宝宝长大，宝宝也可以投一票。他不喜欢以前家中老妈压得爸爸连话都没有，他一定要让自己的家充满民主。

“不如这样，工作不等人，你先过去。我在这里支撑一下看看，如果一个人撑着太累，立刻打包去你那里。我不是舍不得工作，但我等了那么多年的绿卡再有半年就可以轮到，不能放弃。而且，你去上海的话，我们车子得处理掉一辆，我的工作也不是说走就可以走。肯定不可能与你同步走。”

两个大人说话，宝宝得其所哉，终于没人盯着她吃饭饭了。

“可是你一个人带着宝宝会不会太辛苦？要不我带宝宝过去，托你妈养上一阵。”这会儿，要不要这份工作已经不是议题。

“不，不，不，我舍不得宝宝，有什么事我找朋友帮忙。你答应那个工作吧，看来可行。”

明哲忍不住吃醋：“你舍不得宝宝，就舍得我一个人去上海？”

吴非装得比明哲还可怜：“你为了事业和两家爹妈舍弃我们母女，你好狠心。”

明哲不得不笑。但两人都在心里想，天下没有十全十美的好事，顾此就得失彼，为了生活，只有取舍妥协。

明玉这几天烟抽得越来越凶。整个办公室笼罩在烟雾腾腾里，也笼罩在她的愤懑气氛里。她一向擅长克制，此刻也不想失了分寸，所以只有借吐出烟圈时呼出一口长气，让闷在胸口的浑浊之气稍微减压。

开会宣布引入监理机制后，蒙总雷厉风行地派下来两队人马进驻江南、江北公司。两队人马都知道江南、江北不是好惹的人，所以做事一点儿不敢行差踏错，仿佛是商量好的似的，两边都几乎一板一眼地照规章来，不敢有一点儿变通。但销售工作是最需要灵活的，有时半夜一个电话过来，都得有应对措施。这些，销售人员都已经做熟。但忽然，规矩变了。半夜客户来电，他们除了安排货运，居然还得找出熟睡的监理仔细审核，敲章签字批出库单。一来一去，拖延了时间，客户将火气都撒到销售人员头上，有些客户见程序如此烦琐，连呼头疼，另觅供货商。整个销售公司怨声载道。

江北柳青比明玉暴躁，拉上明玉到集团公司与蒙总协商，但蒙总不答应撤销监理，只答应两方协商，建立快捷有效的监理机制。柳青因为答应了明玉，三个月内不得撂担子，只得协商。明玉因为答应了蒙总，无论遇到什么事，都帮他顶着不动摇，也只有协商。协商会上，监理人员哪是用嘴皮子吃饭的两个销售老总的对手，面对江南江北的双剑合璧，他们被训得狗血喷头，没有招架之力。最关键的是，凭他们监理人员对销售行业的粗浅认识，怎么可能批驳江南、江北的修改意见？结果，会议拿出来的纪要一边倒，呈上去被蒙总扔回来，让重新协商。

第二次，强硬的柳青还是坚持一边倒，明玉虽然想协助蒙总将监理机制扎根发芽，但是她有底线，原则性的、影响到销售的条框坚决反对。于是，第二次的会议纪要依然被驳回。

拿到被蒙总打上一个力透纸背的大叉子的会议纪要，柳青立刻传真给明玉，下面批语：协商只是烟幕弹，蒙根本没有协商的善意。我们除非放弃一世英名，无视市场逐渐流失，违心同意配合监理机制，否则只有离开。我还要不要坚持对你的誓言？

明玉一个电话给柳青："我约老蒙晚上谈话，你参与不参与？"

柳青赌气道："不参与，该说的我都说了。江湖上已经在流传说老蒙老糊涂，我参与只有跟他对拍桌子，还是你跟他和风细雨吧，或者还能以柔克刚。如果不行，我真要对不起你老姐妹了，你说这是人做事的地方吗？我要违约。"

明玉叹息："等我与老蒙谈了再说。实在不行，我不拦你。但在位时把事情做好。"

"知道。就算不给你面子，我还得给自己留点儿英名。"

石天冬晚上打烊后出来，到对面宾馆停车场取车。心中似乎是有什么在召唤着他，他反常地蓦然回首，看到宾馆靠窗宽大的沙发上，孤零零地坐着苏明玉。石天冬一喜，心说怎么会这么巧。他拔脚就想进去找她，但又止步了。那天晚上，苏明玉已经用语气、用肢体语言暗示过他，他们两个人的地位身份，一个是这璀璨高贵的五星级大酒店，一个却是路边小小门面的一家汤煲店，两者可以隔路相望，但不得有其他妄想。

于是石天冬就隔着透明的玻璃看着里面的苏明玉。她还是一贯严谨的黑色职业装，石天冬似乎都没看到过她穿休闲装的样子。沙发很矮，她的腿长长地伸展着，膝盖上放着一台电脑，她非常认真地处理着电脑上的什么，神情很是淡漠。但时不时地，她抬头看看大门，眼睛里满是落寞。看来，她是在等着谁。石天冬虽然知道私窥别人是很不上路的一件事，可他忍不住，他想看看苏明玉等的究竟是何许人也，谁能让她在这么晚的时候依然如此耐心等候。

而明玉心里清楚，自己的耐心已经到极限了。自她七点钟坐到这张沙发上，每隔一个小时，蒙总给她一个电话，告诉她约见时间推迟，但推迟到何时，他又一再用后面一个电话否定。明玉隐隐开始怀疑，蒙总今晚究竟有没有会谈的诚意。也同时庆幸，幸亏柳青没来，否则他与蒙总的关系将雪上加霜。

外面石天冬依然恋恋不舍，不肯离去。他索性退回到车上，坐在车里，远远陪着苏明玉等人。有制服笔挺的保安过来问询，石天冬当然知道这与他的车子不入流有关。但他还是配合地指指里面孤寂而坐的苏明玉，道一声“我等她”。保安这才悻悻离去。

里面明玉心急火燎，只觉得时间慢如凝滞，似乎做了许多事情，但看电脑右下角的时间，却分明才走了五分钟。她举首看向门口的频率越来越高，看的时间越来越长，可始终没有蒙总胖大的身影。她不是柳青，她还是等。

外面的石天冬却还嫌时间过得飞快，他虽然与苏明玉隔着车子，隔着玻璃墙，可他的眼睛好，今天终于有机会可以静静地、不受打扰地看他喜欢的人。他看到苏明玉坐久了的时候不时伸手捏捏颈部关节，似乎她的颈椎不是很好。石天冬心中一下涌出很多汤谱，从中甄选可以治疗颈椎的几种，决定以后有机会推荐给她。但是，她已经好几天没来店里吃饭了，不知道是因为忙，还是有意回避。

终于，石天冬看到苏明玉在频繁的低头抬头后，盈盈站了起来，她等的人到了。石天冬紧张地将头探出车窗，不由自主地也站了起来，不想把脖子给撞了。但他不觉得疼，两只眼睛只是紧紧盯着里面。终于看到有个高大肥胖的人大踏步地冲苏明玉走过来，走得非常急，隔着玻璃墙，石天冬似乎都能听到那人“呼哧呼哧”的喘息。这个人，石天冬认识，偶尔在电视报纸上看到过，这副身材实在有特点，令人过目不忘，他应该是苏明玉的老板。想到苏明玉等的是她的上司，石天冬心中一块石头“咚”的一声落地。但他不急着走，他很想多了解一点儿苏明玉，所以想看看她如何对待老板。他看到她在她老板坐下后才落座，显然很是恭谨有礼。

石天冬情人眼里出西施，他是不愿也不会想到，那可能是苏明玉对老板拍马屁。

里面的蒙总果然是“呼哧呼哧”的，坐到沙发上喘了会儿粗气，才端起明玉给他斟的茶水一饮而尽。那是放凉了的菊花茶，没有加糖，最适合他饮用。放下杯子，他看着给她续水的那只手，点头道：“我儿子从来不会想到给我倒好菊花茶等着，除非他想问我拿钱，会泡好浓浓的龙井茶想烫死我。”

“这是柳青告诉我的。我对吃穿方面没什么讲究，不大看得出来蒙总喜欢吃什么喝什么。”

明玉没像别人一样喜欢居功，但蒙总也并不以为意，只问了一句："江北呢？这小子敢先走？"

"江北有点儿事，没法过来，不过该说的由我来说也一样。时间不早了，我长话短说吧……"

蒙总大掌一挥，道："是不是还是监理机制的事？这件事我两个态度。一个是监理机制迟早得引入，希望你和江北的态度尽早由抵制转为配合。二是凡事都有磨合期，监理机制才施行几天？你们现在就反对为时过早，你们的情绪是多年习惯被打破后的反抗，不理智。你那里还有你压着，江北那里不得了，江北第一个跳出来发难，下面的还不都一个个儿跟着反？这件事没有商量的余地，必须一竿子插到底，你和江北一定得配合。"

明玉不慌不忙道："我早知道是这个答案，在第二份会议纪要被打回的时候我已经料到。我想跟你谈的是监理机制实施后已经出现的问题，与将会出现的问题。还有江北的心态。"

"你说。"蒙总说着挥手叫服务员过来，要了一份炸薯条、一份三明治。薯条是给明玉的，三明治他自己吃，两人相处久了，就跟明玉会提前给他叫了菊花茶放着让他可以喝凉茶一样，都知己知彼。

"先说说我的江南公司。"明玉对自己公司的经营成竹在胸，都不用打开电脑，数着手指，便一二三四地向蒙总汇报主要问题。而蒙总，本来就是销售出身，真假好坏，他一目了然，何况，他也不认为明玉会欺骗他。对于江北公司的情况，明玉是转述，但那是经过她脑子之后的转述，删滤掉了一些柳青的气话。

石天冬在外面看得出神，他很希望自己也能坐到苏明玉身边听她滔滔不绝，或者，希望哪一天她也能对着他讲那么多的话。他相信苏明玉能有今天不是偶然，肯定与她的能力很有关系。看着她有时屈伸手指如神机妙算，有时一掌如刀将空气一分为二，那份精明、那份果断，又与前一阵在他汤煲店里见的有所不同。与跟他说话时候的不同，更是不可以道里计。

明玉不知道隔墙有眼，反正在前辈面前，她实事求是，讲完了便静静看着蒙总的反应，不做赘述。

蒙总低头无话，闷着头啃他面前四块小小的三明治，其实不过是一口一个的小玩意儿。他吃完才向明玉一伸手："给我支烟，我的被他们分完了。"

明玉一掏，才想起她的也已经被吸完，只得问服务生要了一包。这几天香烟消耗量大增，以前两天多一包，这几天几乎一天一包。自己都闻得到全身一股子焦油味。

蒙总点上烟深深抽了一口，才道："你说的这些，都在我预料范围之内。我对你们的不适应期早有心理准备。你说说江北想怎么样。"

明玉听蒙总如此轻描淡写地一说，心中失望，她与江北真是皇帝不急太监急了。但她还是忍不住问了一句："蒙总对未来一个月的损失有心理准备了吗？我已经大致计算了一下数字，请你过目。"

说着，明玉调出电脑上今天算了一下午的文件，放大字体后交给蒙总过目。肥胖的蒙总虽然弯腰看低矮茶几上的电脑很费劲，但还是看得很仔细。边看，边提出问题，诸如这个数据是如何得出，那个数据如此估算是不是过于保守等。明玉暗想，看来蒙总并不是传说的老糊涂了或者发热昏。

蒙总看完，闭目沉思了会儿，道："损失虽然巨大，但可以承受。尤其是你说的可能被鎏金夺去的市场，我对你有信心。你说说江北。"

听了这话，明玉再次失望。这又不是喊口号就能解决问题的年代，信心有什么用，信心能让那个死板的监理机制活络起来吗？蒙总是不是老得开始教条了？她不得不反问："蒙总不提对江北有信心，是不是准备放弃江北，将他往女朋友怀里推了？其实江北不想放弃现在的工作，他对公司有感情，对你有感情。而且，江北是个心高气傲的人，他很在意可能会被人误会为吃软饭，他不肯去女友的公司。"明玉很想对蒙总说：可是蒙总，你的那帮监理人员如果依然墨守成规地束缚江南江北公司上下人员的手脚，到时真的会出现你和江北都遗憾的局面。但她素知蒙总的脾气，吃软不吃硬，这种话说出去，很可能会被蒙总视为威胁，效果适得其反。

蒙总沉默了会儿，道："你们两个的心情我可以理解，你们也是求好心切，急于维持原来的销售霸主地位。但是，我不得不指出，你们看问题的眼光不够长远，你们只看到眼前的一亩三分地，忽略公司长远发展的制度设立。你们没法看到，公司因为制度不明确，内部办事需要说好话看脸色，容易滋生各种利益小团体。目前已经出现如果一人造反，影响波及全公司的不良局面。"

明玉毫不犹豫地道："这点我早有建议，江南公司一向奉行制度化，人员也是能上能下，没有任人唯亲现象。而且，对于销售人员的监管制度，我一直没有放松。不得不说，这回蒙总派下来的监理人员，与其说是监理整个销售系统，不如说是监理我这个当头儿的。但是我并不反对，对于我的监理，是很有必要的，一方面是制度，另一方面，我自己也可以从此更加大方做人，不用瞻前顾后怕人误解。但是目前的监理制度管住了脚却没管住头，搞得销售行为举步维艰，我却依然有大量空子可以徇私舞弊。我不想否认蒙总制度的合理性，但它确实不管用。"

"你为什么不早提出？"蒙总也没客气。

"蒙总不给我和江北讲话的机会，而这些话显然不适合在协调会上与那些监理人员讲。"

蒙总挥挥手，满脸的不认同："我总算明白为什么这次监理制度的推行会这么难，原来是因为你和江北两个没把监理人员放在眼里。一个没得到你们认同的监理机构，怎么可能顺利行使他们的职权？"

明玉差点儿被口水呛死，但不得不承认，她确实没把监理人员提升至蒙总想要的高度。但问题是如果照着蒙总说的做了，那不成古老年代的书记、厂长日月争辉了吗？"但是……"

明玉才说两个字，便被蒙总胖手一举打断："没有但是，监理制度非贯彻下去不可。江南，我知道你会想不通，这个不急，慢慢想，我给你时间。你进公司以来几乎没有休息时间，更没有充电时间，你的有些想法已经跟不上现在经济发展，我看你的思想还停留在过去小打小闹的个体户想法上，没有大兵团作战观念。你应该接受一点儿新思想。我看好你，以后还会继续重用你，我不会对你涸泽而渔，你应该接受培训。我这里有名额，本来我准备自己去，现在让给你吧，明天我让秘书送资料给你，后天你出发去北京培训两个月，顺便把周边地区好好玩个遍。等你学成回来，你继续给我稳守最紧要的部门。"

明玉被蒙总一顿子的话打晕了。但还没等她说话，蒙总又大手一摆，道："后天开始让江北接手江南公司的日常管理事务。你太忙，可那家伙太闲才到处给我惹事。好了，我今天忙了一晚上，估计血压又高了，我得立刻回家睡觉。你也早点儿回去休息。"说着，双手一撑便起身走了。

明玉目瞪口呆地看着蒙总，连“再见”都忘了说。蒙总走后，明玉几乎是跌坐回沙发，想了好久，才非常悲凉地从蒙总的话里面得出一条结论，在蒙总的心目中，因为她和江北的阻挠，所以导致监理制度无法贯彻。如今蒙总借培训的名义把她调虎离山，让江北管理两家销售公司以致没精力没时间与监理人员作对，蒙总的监理制度终将依照他的设定强力推行。

对于柳青，他将独揽销售系统，这是重用，柳青当意气风发，再无意气用事的可能。而对于她苏明玉，蒙总真是太了解她了，知道她不会造反，所以杯酒释兵权而无后顾之忧。蒙总一举便搬走政策调整中的两块大石。谁说他发热昏、老糊涂了？他清醒得很，他对损失有心理准备，他不过是抓大放小，为的是一劳永逸。

也难怪他，这次差点儿闹事的孙副总等人，都是他从旧公司带出来的亲信，谁说亲信不会造反？亲信的造反才是最有杀伤力的。所以，蒙总才会雷厉风行地推行监理制度。因为制度的约束优于道德亲情的约束。

可是……蒙总真会拣软柿子捏啊。

明玉呆坐半天，摸了摸口袋，没烟，原来刚刚叫的一包烟让蒙总带走了。她失望地抓着包，依然回不过气，连墙外的石天冬都看出大事不妙。石天冬稍微犹豫了一下，还是决定进门安慰。但没等他打开车门，明玉开始缓缓收拾东西，又待了会儿，起身大步往外走。走几步，被服务生拦住结账。石天冬看到，这时候的苏明玉已经恢复往常状态，提起笔飞快签了单，走了出来。

石天冬忙跳出车门迎上去，但低头快走的苏明玉直到快撞上他，才醒悟到前路有人挡道。石天冬看着明玉强打出来的笑颜，一时说不出其他的话，愣是只吐出几个字：“我送你回家吧。”

明玉正心事重重，都没听清楚石天冬在说什么，只随口说了句：“啊，你下班了。”

石天冬取出手机，打开给明玉看：“都快十二点了，我下班怎么会这么晚？我来这儿取车看见你，我送你回家吧，我看你精神不集中，开车怕出事。你放心。”

明玉魂不守舍地看了会儿石天冬的手机，等手机上的光消失了，才忽然回答一句：“我放心什么？”

石天冬顿时哑口无言。他心中是想让明玉放心，虽然黑天黑地，但他不会做出侵犯明玉的事，而且也不会打蛇随棍上，送人家到家便想进人家闺房。原以为明玉这么机灵一听就懂，没想到她会提问，这话如果真回答出来，两人就尴尬了。他只觉得两只耳朵热腾腾的，奇怪了，按说他也是个脸皮比较厚的人，怎么见了这个苏明玉就害羞如十七八黄须小儿了呢？他期期艾艾了半天才顾左右而言他：“我车龄不短，帮你开车回家，不会损坏你的车。你今天心事太重，不适宜开车。”

明玉心中只觉得这个石天冬可以信任，打开包便将车钥匙交给他。交出车钥匙的时候，不由暗想，明天去公司与柳青办移交，估计还得交出车钥匙吧。明天之后，不知这车子属于谁。她无奈地低头笑了笑，心说先去培训吧，也不知这次培训是蒙总早就想好的，还是临时起意让她走，她反正领情。看样子蒙总有点儿要她走的意思。她只是不明白，她做得不错，蒙总为什么会要她走？反抗监理就真的如此十恶不赦？也或者是蒙总拿她这个目前最亲信的人开刀，以杀鸡儆猴？如果真的如此，蒙总心中总是歉疚，她领了培训的情，算是两下里扯平吧，起码让蒙总心里好过一点儿。那么，等培训回来，她自觉找理由辞职。

石天冬看着苏明玉闷着头往马路上走，不得不伸手拉住她的胳膊，发现苏明玉的胳膊真是细得与她的身高不符，也与她的一双肉手不符。“走错地方了，那里不是停车场。”

虽然石天冬拉一下就放了手，明玉还是尴尬了一下，掩饰地笑道：“谢谢，谢谢。”

石天冬笑道：“谢什么，你肯让我送，我高兴都来不及。”

明玉唯唯诺诺，不肯应声，却想起给柳青电话打岔，因为知道柳青是个夜猫子，此时肯定不会睡觉。果然，柳青很快就接起电话：“苏明玉？跟老蒙才谈好？你们谈了很久啊。”

明玉苦笑：“总共才谈了一个小时不到，大多时间都是我在恭候大驾。柳青啊，结果出来了……”

“我过去找你吧。”

“不用，电话说一下就行。蒙总让我明天把江南公司暂时移交给你管理，我去北京接受高级管理人员培训两个月。我明天准备不过去公司了，你让蒙总秘书送培训资料到我家，顺便把车钥匙拿回去给你。”

“老蒙什么意思？你等在家门口，我去找你。”

“算了，别过来了，让我脑子静静。而且你不方便过来，有人送我回家。”明玉说这话时不由心虚地看看石天冬，只有利用他一下了。她现在脑子很乱，这时候如果见柳青的话，很可能将柳青的火气撩拨起来，于事无补不说，可能更坏事。既然蒙总拿培训作阶梯让她下台，她就安安静静地走吧，别挑得柳青一起为难蒙总。

“男朋友？”

“是。”答应的时候，明玉都不好意思看石天冬，石天冬此时正为她打开车门。

“哦，算了。晚安。”

“晚安。”明玉坐进车子，石天冬替她将车门关上，才绕到驾驶位。石天冬从明玉的电话中大致听出发生了什么，他又不笨，但是两人交情不深，他不便打探，把她送回家才是第一要务。

石天冬坐进封闭的车厢，明玉便闻到一股浑浊的厨房味道。平时都在饭店里见面，并不觉得。此刻来到狭窄的小环境里，这股味道并不让人愉快，何况明玉是个有点儿洁癖的人。但人家好心送她，她当然不会说，只顺手将车窗打开。

石天冬问了明玉地址，便不再出声，默默将车开了出去，他看得出苏明玉不想被人打扰。

夜风清凉温柔，但明玉只觉得无力。她想与石天冬搭讪几句，免得冷场，太对不起人家，可是提不起劲儿。她脑子里都是失望，为蒙总如此对待她而失望。但她不想埋怨什么，更不会给蒙总难堪，唯一能做的，只有静静离开一条路了。人是很健忘的，她培训两个月后回来，料想客户和属下都不会再记得她。所以她还是不见柳青了吧，等适当时候，柳青坐稳江南、江北两家公司了，再跟他谈谈她的打算。否则柳青要是索性与她共进退的话，公司的销售将会崩溃。所以，看来她还真不能不去培训，蒙总真是事事算得周到。

但是，让明玉没料到的是，车到小区门口，却见到柳青的车子。她几乎是想都没想，就对石天冬道：“石老板，停车，请陪我一起下去见个人。”

“叫我石天冬。”石天冬停车，出来帮待在里面等着他开门的明玉开门。从刚才明玉的通话里，他好像听出一点儿她想拿他做挡箭牌的意思。既然是她想要的，他就帮她，很简单。

这时柳青已经走出来，头发凌乱，有点儿衣衫不整，但不掩他出众的风华。明玉故作笑颜，道："柳青，我会被你女友骂死。没什么大事，让我休息两个月也好，我毕业后好像从没好好休息过。"

"少在黄连树下唱高调。老蒙究竟什么意思？"柳青说话时眯眼看看石天冬，认出这是那家小饭店的老板。这下心里有点儿相信明玉与小老板的关系了。

明玉知道三言两语说不清楚，只得强打精神，挺直腰杆，道："柳青你帮我看住江南公司，等我两个月后杀回来。我们中间只要有一个在，就没什么大不了的。"

柳青听着这才有点儿放心，既然明玉会杀回来，那么，小子们，等着，有你们好看。

明玉不敢多说，怕在精明的柳青面前露馅儿，只得再借用石天冬，请他送她进去。柳青一见，便一笑离开，还以为这家伙终于开窍了，只是找的人不对，哪天找时间开导开导她。

明玉估摸着柳青已走，等石天冬停好车，她不等石天冬过来开门，就跳下去等在外面，等石天冬出来将钥匙递给她，就道："石老板，多谢，今天你帮了我很大的忙。很晚了，不请你喝茶了。"

石天冬看看路灯下的苏明玉，总觉得她很柔弱，不由得温言道："心里想什么，别一个人背着，说出来也没什么。想开一点儿，回家早点儿睡。有需要我帮忙的地方，来个电话说一声。"

明玉强打微笑，但刚才对柳青的几句话，已经耗尽她的真气，她听了石天冬的话只会微笑点头。但那笑，并不比哭好看。

石天冬看着难过，让他怎么能放心离开："晚上空气很清爽，我陪你在小区里面走走？你可以什么都不说，只散步散心。"

明玉闭上眼睛，身体微微晃了几下，还是决定拒绝石天冬的好意，虽然她很想找个人在夜色中乱走，发散胸口积累的闷气。但是，让她如何敢轻易接受陌生人的好意？她还是强笑着，道："我上去了，你回吧。"便转身走了。

此刻，她危机重重，哪还有精力应付石天冬？那不是给自己找麻烦吗？石天冬要的是什么，她还能看不出来？但是，她心力交瘁，此时哪有力气打点儿自己，拿最美丽一面呈现给追求者看？她并不想示弱于男人，而且，感情这东西，可信吗？靠两性冲动维持起来的感情，能比血缘亲情持久或者美丽吗？连父母之爱尚且靠不住，明玉更不相信什么男女之间的爱情有多可信。她现在没精力去经营这种为生活锦上添花的小游戏。

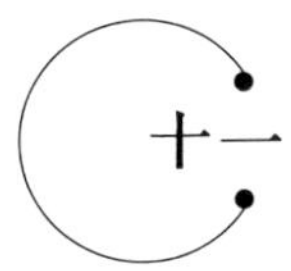

焦灼

明玉去了北京。蒙总打点得非常周到，机票、北京的宾馆，还有送她去机场的车，热烈得就像是欢送。

很多电话问询。他们闪闪烁烁地向明玉打听真实原委，而明玉则通过他们了解到公司乱如汤粥。但又一想，这些还了解来干吗？人家都已经不要她参与游戏了，她还自作多情干什么？她干脆关了手机。到了北京，有柳青安排的客户单位接机，也是非常周到，反而让一贯独行侠一般的明玉颇不适应。

明玉前脚离开这个城市，明哲后脚携妻带子来到这个城市。这是个周六的早晨。吴非不放心明哲一个人回国，非得请出年假过来帮着明哲安顿好了才能放心。所幸，他们来前卖掉了明哲当年比较烧包时买的SUV，反正以后明哲回去也未必会用得到它，放着只有折旧，所以他们现在手头略微宽裕。

与大多数回国探亲的人一样，明哲一行一回国便享受到亲人无微不至的关怀。吴非的弟弟特意从北京赶来等在机场，在姐姐一行上明成的车子之前与姐姐共叙几分钟的天伦。吴非没想到弟弟会来，只能把手中又累又困哭得声嘶力竭的宝宝交给明哲，与弟弟说了几句。可是事出仓促，她带来的礼物没法开箱交给弟弟，很是尴尬，觉得对不起弟弟兴师动众到机场迎候的盛情。

苏大强非要跟着明成一起来上海迎接儿子。可真见了明哲，他又保持一贯的态度没有话说，只在旁边搓着手嘿嘿地笑。对于第一次见面的他的第一个第三代，他看了都不敢接近，怕哭叫不停的小孩子会伤在他手里。吴非自然也不肯将孩子交给公公去抱，尤其是她早就知道苏大强手上生有灰指甲。当年苏家两老在美国的时候，即使公公客气地帮她洗碗，等他们睡下后她都要悄悄将碗重洗。她怎敢让公公的灰指甲碰到宝宝娇嫩不设防的皮肤？

上了车后，宝宝依然时不时地哭叫，不哭的时候就闭着眼睛养精蓄锐。如果有谁在她睡觉时说话，她便睁开眼睛继续哭。搞得整辆车子的大人没一个敢说话。本来大家准备先到明成家吃个中饭说几句话，再去明成给明哲订的宾馆，现在只有先把吴非母子放宾馆里睡觉，明哲跟着明成他们回家。

明成家里，朱丽早指挥着钟点工打扫出房子，花瓶里插上春天里自然开放的花。一大束最普通的嫩黄剑兰插在阳台旁的水晶玻璃直身瓶里，居然也非常好看。一束小小蔷薇花球插在圆圆的彩陶罐里，也是相映生辉。公公入住后，她既因为工作忙，又因为回家的吸引力不是最大，不知不觉加班时间大增，这等布置家居的爱好好久不曾拿出来操练，今天去小区附近的花店，老板说都快不认识她了。

但是，她能不操心工作吗？记账后发觉，明成这个月的收入大减。问他原因，他说因为母丧，因为要照顾父亲，所以得罪了最大的客户，业务提成大大降低。一家收入重心极度偏向朱丽。可是，上月的电费单子却令人吃惊，还有其他零碎支出，比如公公急诊、房子月供之类，而且，他们还计划每月存下一笔钱为公公换房用。又不曾想雪上加霜，朱丽的手机被偷了，不得不买一个新的。虽然她精打细算地考虑，可到了手机店一圈逛下来，还是买了最心水的，自然也是相对比较贵的。于是，未到月底，手头现金已经亮出红灯，若再不拘起手脚，本月准备用于储蓄换房的数字将被挪用。可朱丽与明成都大手大脚惯了，明成不会因此退回家自己做饭吃，朱丽休息下来还是会去花店买几束花装饰房间，多年的生活习惯岂是那么容易被打破的？

朱丽只有加班工作，以增加收入来维持家庭收支平衡。但朱丽当然不会忘记催促明成收起懒筋，好好寻找业务机会。以前，这等督促明成使劲儿加油的工作都是苏母暗暗在做，现在换成了朱丽。朱丽偶尔会想，怎么她就不用别人督促？明成为什么就可以像个没责任心的小孩？但据说丈夫都是需要妻子好好教导成才的，每个成功男人的身后都有一个女人撑着，朱丽便隔三岔五地抓住明成好好询问他的工作进展。但时不时地，明成要埋怨朱丽一句，说她太争胜好强，太追求完美。

但朱丽并不觉得追求完美有什么错，她有这能力、有这财力，为什么不可以追求相应的享受？而且，她是个爱面子的人，就如今天，大哥虽然不是第一次来她家，但她还是尽力将家布置得美丽精致，就如同她平日里严谨地护理她美丽的脸一样。

客人终于到来。明哲因为工作有了着落，虽然一路辛苦，但脸上没了上回奔丧时的阴郁恍惚，整个人神清气爽，与开朗随和的明成站在一起，一时瑜亮。

当然，中饭还是在外面吃。苏大强已经习惯了跟着下馆子，走进饭店不再缩手缩脚，但看见服务生们看他的时候，他还是客气地赔笑。明成与朱丽早就看得习惯，明哲却恨不得揪直父亲那看似总在打躬作揖的背脊。

坐下点菜罢，明哲便转入正题："明成、朱丽，这回幸亏有你们两个支撑着这个家，谢谢你们。"

朱丽听着微笑，明成立刻道："大哥怎么谢我们来？我们都是苏家人，多做一些有什么？"

明哲笑道："前阵子我工作没着落的时候，与吴非说起家里的事，都说幸好家里有你们，但不能总辛苦你们。本来想拉明玉一起再来商量一下爸的事，前天明玉来邮件说她去北京培训，让我们讨论后知会她一下就行。我与吴非商量了一下，有个方案，也想听听你们的意见。主要是听听爸愿不愿意。"

明成与朱丽心中都不约而同地想到那次与明玉的讨论，那次的讨论结果，他们已经发邮件给大哥，不过讨论的过程没说。但看来大哥不肯置身事外。明成不由问道："大哥是想把爸接到上海去？"

明哲忙道："在上海我暂时住公司提供的公寓，比较小，而且不是长期住，经常需要回美国。爸住过去不实际。以前爸妈在家，都是你和朱丽在照料，我们最多只有一个电话。你们做了很多，让我们在国外没有后顾之忧。不过这种局面暂时还没法变化，明成、朱丽，主要还是靠你们照顾爸，明玉……先不考虑明玉。我和吴非商量了一下，爸一直住在你们家不是办法，考虑到爸还不是很老，我们想，爸自己住，请个保姆照料，应该比较合适。"

苏大强立刻插话："我不能一个人回去住，我害怕。"

明哲道："我们知道。我们想由我们出钱给爸换所大一点儿的房子，保姆可以有地方住，我们偶尔回来也可以住家里。我带来五千美元，往后每个月拿来三千美元，但还是得请你们俩出力帮爸买下房子，按揭可以吗？保姆的费用也由我来出。爸你看这样行不行？明成、朱丽，你们呢？"这话说出来，明哲感觉前一阵因为失业而拒绝父亲签证赴美的那份内疚终于可以放下。

当诱惑摆在面前，而且这诱惑又正是眼下面临的最大困难的唯一解决办法，有几人能抵御？朱丽心中翻江倒海地做着思想斗争，明成心中一样翻江倒海。反而是苏大强毫不犹豫地反对："老年人还是跟着儿女住比较好，从来大家都这么说、这么做。"

明哲没想到第一个反对的是父亲："爸，你年纪大了，该好好享受生活了。跟儿女住一起，吃穿住行都没自己住着方便，作息时间也不同，大家都拘束。你现在身体健康，自己单住，想吃什么就吃什么，想怎么安排时间就怎么安排，多自由。再给你请个保姆照顾你，你独自享福有什么不好？"

明哲简直说出了明成、朱丽的心里话，两人心里清楚明哲是真心体谅他们两个照料老人的辛苦，而不是光在嘴巴上说说"你们辛苦了"之类的话，不由得在一边连连点头称是。但苏大强还是有意见："可是现在报纸上说有很多恶保姆，请一个保姆进门等于请小偷进门，丢性命的人都有。"

明成忍不住道："爸，你还有儿子帮你盯着呢，怕什么？我会帮你找保姆，一直找到你满意为止。"

明哲笑道："爸，你看明成都会替你扛着的，你别担心。那就这么定吧。一步到位买有三间卧室的房子，最好是能立刻搬进去住的二手房，省得你们还得为装修操心。明成你去打听一下政策，以爸的名义能不能办理按揭？一次性拿出所有的钱，我有点儿力不从心。那间一室一厅的老房子先放一放，等买下新房了再说。"明哲估计老爸肯定还会提出反对意见，他不能再让老爸继续了，否则没完没了。他们是照道理说话，而老爸则是只顾他自己的感受，照老规矩说话，两下里怎么能说到一起？明哲开始理解以前妈为什么总不给老爸发言权，因为爸说的东西都不是他自己真心想要的，更别说是涉及旁人的。行使民主有时也得考虑一下面对的是谁。

明成刚回了个“行，我去……”，腿上便着了一脚，显然是来自朱丽。明成略一停滞，立刻醒悟，忙改了话头，“大哥，买房子的钱，我们一起出吧。其他我都会办好。”朱丽在旁边一听，不由轻轻“呜”了一声，心里满是失望。

明哲听了笑道：“以往我不在家，爸妈都是靠你们两个照料看顾着，你们从无怨言，这回也让我来尽点儿力。你们出力我出钱，跑腿的事还是需要明成来做。再说给爸买的新房里还有我回来要住的房间，难道也要你们拿钱？明成你不用与我争，回头你开始找房子，找到了就通知我付钱。不够的话，我会问明玉先借一些。”

明成想着也对，大哥说得合情合理。所以他不再看向朱丽，笑道：“这样吧，大哥，我们本来也存着给爸换大房子的打算，已经开始存钱了。既然大哥也有这想法，那我们一起来吧，我能出多少就出多少，一点儿不出我心里会内疚。”明成一言既出，朱丽终于忍不住一个白眼儿飞了过去，他这是什么话啊，他难道忘记了拿着父母亲的十二万元和后面陆续“借”的几万元钱了吗？他脸皮够厚。但此时苏家人一起讨论苏家事，她好像不方便插嘴，而且，插嘴的话，她怎么说呢？把事实透露给明哲？她暂时没这个胆量。

明哲上回来的时候从父亲嘴里听到明成没有积蓄，吃光用光，有时还问父母拿钱，本来就没指望明成能为父亲换房出力，没想到现在明成也会存钱给父亲买房，看来，明成也成熟了。他不由扭头高兴地对父亲道：“爸，你看，你的儿女们都很不错，你晚年好好享福。”

苏大强没敢掉以轻心，买房子的钱、保姆的好坏，哪是说好就好的？但儿子们既然这么决定了，他只有答应，可他殊无欢颜，反而沉重。离开明成家，他往后一个人可怎么过？

但明成还是问了一句：“明玉肯借钱给你吗？嗬，我还是先打听了二手房政策再说。”

“先这么打算。”明哲道，“明玉是我们的小妹，以后不能再让她游离于苏家之外。我会慢慢找她谈话。”

明成忽然心虚，但还没等他说话，他的手机响起——是他上司，一个四十来岁的精明女子周经理。

“小苏你还睡懒觉呢？快点儿过来，我们跟沈厂长吃饭，正商量合作的事。好事。”

明成笑道：“周经理有偏见吧，我都从上海接大哥回来了。我大哥从美国来，我们正吃饭，我就不过去了。对了，我们跟沈厂长有什么合作的事吗？”

“你来就知道了，不来我也懒得说。我们部门就你不来，我们过时不候。”

周经理虽然说话时候笑嘻嘻的，但明成知道她说不候就是不候，往往干脆得让人吐血。明成只得赔笑道：“周经理不要这样嘛，我吃完饭就到。你就悄悄透露一下，究竟是什么好事。”

周经理笑嘻嘻地道：“对你小苏我总是硬不下心肠。告诉你吧，沈厂长把他工厂旁边的厂房吃下来了，听说是现成的厂房，我们今天下午就去看看。他有意上新生产线，设备早已经定下，但资金不够，一直没法取来安装，这才想与我们合作。我提出我们就私人合作吧，以后产品归我们包销。你们一起过来跟沈厂长谈，人多力量大，三个臭皮匠凑成一个诸葛亮，我们一起剥老沈的皮。你看，我吃肉时候总不会忘记你们几个。”

明成连忙道：“那还用说，周经理一向是最照顾我们兄弟们的。好，我一定赶过来。”

放下电话，明成心中高兴，脸上的笑容怎么都掩饰不住。这个沈厂长，他有接触，农民一样，一向都是周经理自己在拿他的货，已经打了好几年交道。估计如果不是生产线价格太高的话，周经理肯定自己独吞这块肥肉，她才不是大公无私的人。但既然她吞不下，只有做个好事，部门里面熟人一起分享，好过与别的不知根底的人合作。现成的厂房、现成的技术、现成的管理人员，还有现成的销路保证，从目前的市道看，这简直是现成的赚钱机会。

朱丽旁边听见问了一句：“什么事？那么要紧？”

明成笑道：“周经理想整个部门几个人私下凑钱投资老沈厂里的一条新生产线，让我们一起过去商量。”

“我们哪有钱？”朱丽微喟，看起来存些钱还是有必要的，现在到哪儿都需要钱。

明哲听见了跟明成道：“明成，既然是正经事，你就过去吧，别耽误了。我们自家人，不用拘礼。”

明成略微犹豫，这毕竟是大哥从遥远的美国过来后的第一顿家宴，走了好像很不好。但是，那边的谈判是如此诱人，而他现在正急于寻找赚钱机会。这时朱丽轻声道：“你去吧，大哥说了，别耽误事。晚上赶回来陪大哥，晚上大嫂也该醒了，大家再聚。”

明成这才与大哥和父亲道了别，先行离去。

明哲吃了饭直接回宾馆。打开门，里面静悄悄、暗沉沉的，只有空调通风的声音回旋在空间里，母女俩各自睡在床上。但等明哲轻轻走进房间脱下衣服挂上，再出来，吴非已经翻身睁开眼睛看向他。他不由想起以前他们俩打趣时说的话，有了宝宝后，吴非就成了母老虎，宝宝身边略有风吹草动，吴非立刻一跃而起亮出爪牙。

明哲轻轻走到远离宝宝的那一侧，坐到吴非床头边地毯上，吴非也移过来面对明哲，听明哲悄声说起在饭桌上的讨论。吴非听着听着，终于忍不住问：“你说的是每月三千元美金还是三千元人民币？你确定？我们当初讨论的不是两千元美金吗？”

明哲有点儿心虚地看着吴非笑道：“我忽然心疼起爸的老房子来，想把那套一室一厅先放放，以后再说。我想我在国内节约一些，尽快将房款付清了。”

吴非看着明哲，心头一股火焰腾腾燃起：“你的工资，扣去杂七杂八的税，再扣去你在国内的开支和给你爸的保姆费，留给我们母女的是多少？不到一千。我一个人在美国带着宝宝支撑不住时请我妈过来照顾，靠我的工资加你给的不到一千，怎么够应付？天哪，你还要我辞了职跟你回国呢，我若是辞职，我们不得喝西北风？”

明哲道：“非非，你别心急，这只是暂时，两年不到可以付清全部款项。而且我考虑的是全部用我们的钱，房子写我们的名字，虽然是让我爸住着，可这也算是投资不是？”

吴非冷静地道：“明哲，你喜欢充好汉，相信你今天中饭时大方说出你负担房子费用的那一刻，你一定很爽，一洗前阵因为失业不得不拒绝父亲赴美的尴尬。不错，你是大哥，应该多承担一些责任。但是，你现在所做的是拿我们小家陷入温饱困境来换取你父亲中等偏上的生活层次。现在你的弟弟妹妹们哪个生活不是处于中上或者上层的？而我们，才开始起步进入中产。我们出于种种考虑为你父亲提供优裕的生活环境，但你不能牺牲我们母女啊，你何苦打肿脸充胖子？谁不知道我们在国外不过是个打工的？”

明哲被吴非数落得非常尴尬，不由自主地避开脸去，想起身坐到凳子上，但动了动屁股，终于还是没挪窝，“非非，我怎么会牺牲你们母女来充胖子呢？实在是明成不争气，只有我们这边咬紧牙关了。这样吧，我问明玉借点儿钱，到时我慢慢还她。”

“这话更离谱了，你爸妈当初都没出钱供明玉上大学，这会儿养老倒想到她了？换我是明玉，连你这糊涂大哥一并骂了。还有个问题，你让明成帮你看房买房，明成可靠吗？他精打细算能用你的钱？万一给你找个豪华地段的高价房，不说我们苦不出头，未来物业费都咬死你。我说，我们别要什么面子，还是维持原来的讨论，把你爸妈的老房子卖了，差不多地段买个两室一厅，保姆来了方便住，我们自己过来住宾馆就行了。房产也不要签我们的名字进去，就算送给你父亲。这儿的房产，即使投资了，我们以后也不会来住。最要紧的是，你必须自己操作买房。钱交给你们家明玉，我放心，一个女人赤手空拳打下高层地位，她有本事，做事不会离谱。交给明成，我坚决反对。”

明哲终于受不了，起身走开几步，但碍于宝宝好不容易睡着，不得不又走回来，但没坐下，弯腰轻道：“我都已经跟明成谈好了，难道你要我做出尔反尔的小人？买房子的事，明成帮我们找，我也会在网上看价钱、看地段，又不会撒手全交给他，你怎么这么小气？”

“咦，这话说的，怎么成我小气了？我摊着手问别人拿钱才是大方？你倒是给我算算……”吴非说得激动，不知不觉声音就高了，旁边床上传来宝宝“嗯嗯”的响声，吴非立刻刹车，连舞起的手都凝固在半空不动了。等了好久，见宝宝舞动几下小手又安睡了，她才放心，但已经没了斗志，懒洋洋地道：“你就生生良心让我们母女过得稍微宽裕一些吧，别总让我们挣扎在温饱线上。”说完便拉上毛毯继续睡觉，不想再与明哲争辩。他要面子，她难道就肯拉下面子与他争吵？

明哲看着吴非留给他的背影，心中生气，他难道不是为着这个家吗？他将喉管间的气流压抑再压抑，换成涓涓细流轻声而出："我还不是想着长痛不如短痛，快点儿结束父亲的房贷，我们自己可以全心全意过生活。我们辛苦一两年，很快就会到头。"

"有的窟窿是没底的，今天是买房子，明天还指不定有什么呢，谁知道。我本来还以为今天讨论大家总会有句客气话，伸一把援手，好嘛，原来这些都是我们应该做的。"吴非说话时都不肯转身。

明哲忙道："我爸一向都不能独立，有什么办法？年纪这么大了，还能训练得出来？而且明成也说他想分担，但他不是没积蓄吗？"

"谁有积蓄？谁不是牙缝子里省出来的？我们能省明成不能省？他们经济又不差。本来还以为一室一厅换两室一厅，我们最多拿出十来万，你倒好，狮子大开口，一下来个四五十万。我反对，坚决反对。这件事，原则问题，关系到我们的温饱，你不肯说，我会跟你弟弟妹妹们说。"

明哲急道："你不能跟他们说。"

"为什么不能？兔子急了还咬人呢。谁也别想降低宝宝的生活质量。"吴非的话虽轻，但掷地有声。

明哲无奈，长叹一声，坐到窗户边的椅子上，半天才说了一句："你逼着我去出尔反尔。"

吴非不肯示弱："是你逼着我逼你。"

两人都陷入沉默，知道再吵下去只会拉长火线，将问题扩大化。

明成晚饭还是没回来，晚饭是朱丽带着公公去明哲他们住的宾馆吃的。朱丽很喜欢宝宝，奇怪的是宝宝也喜欢她，一大一小都顾不得吃饭，絮絮叨叨地说话。吴非虽然因为明哲买房的事而对明成起反感，但见朱丽这么喜欢宝宝，她立刻对朱丽刮目相看。席间她问朱丽这么喜欢孩子，为什么不自己养一个。朱丽感叹说工作紧张，天天干不完的活儿，又不甘落后，只有将生孩子的事搁置。两人说起来还挺有同感。反而吴非对明成淡淡的。

但朱丽心中并不快乐，她心里只想到中饭时明成再一次推卸责任。犹如愧对明玉一样，她现在又愧对明哲夫妇了。

饭桌上，吴非闲闲地问起国内的所得税，然后又闲闲地将美国的个人所得税详详细细告诉朱丽。朱丽最先听着有趣，还职业性地多问了几句，但很快，她将吴非闲闲透露的明哲夫妇的收入心算一遍之后，联想到今天中午明哲提出的购房方案。如果减去这笔支出，他们一家三口的生活费折算成人民币，不是与她和明成一个月的花销差不多持平了吗？而他们是在美国花钱啊，还两地分居。可是他们却拿出全部的钱给公公换大房子。他们不知，他们为谁辛苦为谁忙，他们在为明成填补对父母的亏欠。

一向好强的朱丽沉默了，除了与宝宝玩，她后来几乎没说几句话。反而是苏大强高兴得很，引经据典地评论吴非给宝宝起的名字。苏大强说话口无遮拦，好好坏坏一起说。吴非维持着微笑，反感但不予置评。在明哲的圆场下，一顿饭终于不尴不尬地结束。

明成回来时微微有点儿酒气，他这点挺好，即使在外面应酬，也不会多喝酒，更不会吸烟，回家到浴缸里浸一下，全身恢复清爽。他进洗手间洗漱了出来，猫到朱丽身边，兴奋地道："你知道我们一行今天做了多少事吗？先去沈厂长工厂看场地，果然已经具备所有的基础配套，什么都是现成的。周经理这个老狐狸还不放心，追着老沈打开保险柜看了所有文件才罢休。然后老沈带我们去隔壁市的设备生产厂。他们的设备都已经造好了，看见老沈就骂他还不拿钱过来取货，老沈低头哈腰请了一顿晚饭。然后，我们回市里一起商量合作办法。现在基本上这么定下来，房屋和水电配套都是沈厂长已有的，设备费用我们六个出，周经理出大头，百分之五十，我们下面的每个人出百分之十。利润分配，老沈拿百分之二十，我们六个拿百分之八十。我们不怕老沈不分配利润，他的产品都拿来出口，出口都是我们抓在手里，他没有滑头可耍。刚才我们和老沈签下意向，等明天周经理把意向给她的律师朋友过目了，我们再签合同。"

朱丽这个专业人士一句话便直奔本质："第一笔投入的时间和数量是多少？有没有追加投入的可能？年回报是多少？我们短期内可以拿出三万块钱，再多的就没有了。"

明成笑道："一说到投入支出，你这职业病就犯了，最近你犯职业病的机会特别多。我拿出百分之十，是二十六万。大家都说家里的钱又不是拿麻袋捆着塞床底，都要求给两周时间筹备。我们自己能拿出来的现金是三万吧？别的要么去借借，我明天就开始打电话。不行的话，我把车卖了，这种装饰的车值十万多。”

朱丽忽然想到，这事，如果明成的妈还没去世，会不会把仅有的一室一厅当了，支持儿子的投资？想到这个，她不由得心中一阵无力，看明成说得多轻易啊，二十六万，哪那么容易借到？又不是问他妈去借。“明成，多大脑袋戴多大帽子，投资的事算了吧。我们还是存钱给爸把房子换了，别让你大哥出钱。他们在国外不过是拿工资过日子，拿点儿钱出来不容易。”

明成笑道：“你别两眼只盯着眼前，我们要用发展的眼光去还爸妈的钱。我这不是在大力寻找发财的机会吗？有投资才有产出，否则单纯靠从工资里面省，得省到什么时候？我不能看着你吃苦啊。”

朱丽摇头道：“除了垄断行业，其他行业的投入产出比都维持在正常高度，尤其是工厂的利润都不是很高。大家都是靠着细水长流辛辛苦苦赚钱。你拿着不高的回报，又要付给借给你钱人的高额利息，留下给你的还有多少？如果我们自己手头有闲钱，那投资你说的生产线是不错的一件事，总比存银行强。但我们现在手头没钱，而且当务之急还是给你爸房子，拖着人家的钱不还是很不好受的一件事。你说你可以把车子卖了，我倒是想到了，不如把你的车子卖了，也差不多够给你爸换两室一厅。你早点儿换好，省得要你大哥出钱，否则以后只要明玉一句话，我们还有脸出去见人？这辆车子我们也玩腻了，正好过几个月我们存钱下来换新的。你说呢？”

明成听了，脸上的表情僵了好久，才又笑道：“这就是男女之间的区别了。男人喜欢以进攻作为积极的防守，女人喜欢消极地防守。”

“少打岔，这话跟明玉去说，人家非打你一个大嘴巴。这跟女人男人有什么关系？你明天就跟周经理说，你的钱都吃光用光了，没钱投资，请她另寻高明。再多多道歉，表示你的诚意。弄不好周经理还高兴呢，这百分之十也可以给她吞了。别怕没面子，大家都拿一样的收入，都知道根底。我们还是把车卖了，给你爸换好房子是正经。”

明成看了朱丽会儿，心中不快，但也不便去否认她的话，免得这么晚了大家还闹不快，只不痛不痒地道：“这样吧，我明天问问沈厂长，新设备上马之后，会怎么产生利润。回头再和周经理他们商量一下。周经理他们也都精着呢，不肯做亏本生意。”

朱丽听得出明成阳奉阴违，但她不是妥协的人，抓住想慢慢滑下去睡觉的明成道：“明成，你别睡，你听我说完。我认了吧，我是好面子的人，我们一天不还你爸妈的钱，我一天抬不起头来做人。今天中饭你大哥勒着自家裤腰带说要给你爸供房的时候，我真是无地自容了，希望你跳出来自己承认拿了你爸妈的钱，你会设法把爸的房子问题解决。我们即使不承认，但我们走快一步把事情解决了也行啊，起码我们表明态度。我们不能再拖了。既然你肯卖你的宝贝车，我们就开始看房给你爸买吧，早一天是一天，我们也可以正常做人。”

朱丽一边说，一边推着明成不让他睡。明成被她念得烦死，终于粗了声音：“朱丽，我从一大早接大哥回来到现在，都开了一天车了，你让我休息好不好？你再不让我睡，我会过劳死。”

朱丽听了不由一愣，只得放手。两人一时都想到了苏母。换作以前，遇到这种大事，明成早就已经给他妈打电话商量了，他妈肯定会有个旗帜鲜明的意见。那样的话，他、朱丽、母亲三个人一人一张票，二比一或者一比二，干净利落，哪用得着像今天一样，一比一处于胶着状态？而朱丽想到，以前这种时候，她只要打个电话给婆婆表示对明成的不满，明成第二天就乖乖换了脑子，哪像现在这样冥顽不化？

两人到今天才隐约体会到，苏母在他们两人中间的重要位置。

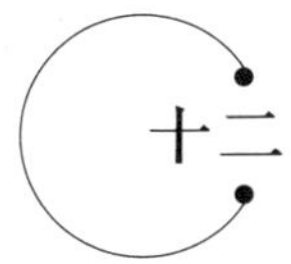

江南江北

明玉虽然只是本省重点大学出身，但因为学的是经济管理，所以在培训课堂上始终可以保证歹毒的鉴别能力，从头到尾清醒，没有被讲台上教授天花乱坠的课程电倒。花了那么大价钱，她除了深刻重温一遍大学教材外，最感兴趣的还是教授吹嘘的参与国家某某决策制定之类的过程。起码，这些吹嘘还有点儿实际内容在里面。

比起课程，明玉对班上的二十几个同学更感兴趣。同学们非正总即副总，个个儿都是三四十岁的男性精英，大多挺着标志性的啤酒肚。但这不是重点，重点是大家都是久经沙场的人，说到管理，每个人都有自己的一套。大家最先还有点儿正襟危坐，不敢在教授面前太过放肆，但渐渐地都听出了门道。这些人大多老奸巨猾，不大会在课堂上举手反驳，搞得教授下不了台。也或许教授们都是吃这碗饭的，会引经据典，用大量国际实例来驳斥他们抱残守缺的国内顽固思想，搞得没理论驳斥回去的自己下不了台。但课间时候大家都活跃了，做管理的哪个不是好口才？于是大家就自己的管理经验，对课堂上的内容七嘴八舌地展开讨论。这些讨论，都是思想的碰撞，智慧的闪光，全班二十几个人没一个肯落后的，踊跃地从课间讨论到课后，从课后讨论到饭桌。于是这帮人每天吃饭就在学校餐厅包两大桌，明玉在其中受益匪浅。

但大家都是做事的人，吃完饭便各自回去处理白天上课耽误的工作，大约只有明玉是没事做的。柳青接手了明玉的工作，虽然两人的工作有很多共同点，但两人业务的覆盖面一南一北，没有任何交集。遇到手下拿着单子上来审批的时候，柳青没有二话，拨出电话就给明玉要她立刻答复。第二天的时候，柳青干脆把需要审批的单子扫描打包发送到明玉的电子邮箱，他振振有词的理论是：“我答应你坚守三个月，我还替你挑了重担，所以你也别想打滑溜走，大家同甘共苦，你的事情还是你自己扛着。”明玉无话可说，上课回来第一件事就是先打开电脑处理工作。

但毕竟柳青承揽了江南公司的大部分事务，用柳青的话来说，他现在焦头烂额，没有风流的时间。明玉当然清楚这其中有表功的成分，但又能体会柳青的忙碌。鎏金公司地处江南，业务也主攻江南，她在的时候已经为此到处查漏补缺，料想柳青也绝不肯让出那一大部分市场给鎏金。明玉虽然帮忙，但毕竟帮不了全部，她闲下来，便有时间冷眼旁观自己原来做的那一大摊子。

周四时，柳青再次江湖告急：“苏明玉，鎏金那帮孙子欺负到我地盘上来，昨天跟客户吃饭，他们也在，他们竟敢公然叫嚣我是三脚猫。我被气得一夜没睡，早起还得处理你江南公司的大摊子。周末你给我回来两天，我有大量工作要交给你做。”

“我周末得去上海见我大哥大嫂，没办法回去。柳青，我这几天酝酿了一个想法，还是听一个培训班同学的话后想到的。我在想，与其悄无声息地走，不如跟老蒙翻脸，我坚持我的销售路线，强力或者暴力把那些狗屁监理隔绝在外，起码，在我手里，公司的销售不倒。我用实绩对得起老蒙，而不是以听话对得起老蒙。”这个想法是明玉昨晚深思熟虑所得，但必须柳青配合。

柳青却听出话中有话：“苏明玉你这个没良心的，你骗我帮你镇守，把我忙得跟死狗一样，原来你自己倒是打了撤退的主意。既然早想到撤退，你应该早告诉我，我一准溜得比你还快。”

明玉不得不猛地咳一声，讪讪地道：“不要看过程，要看结局，我这不是要揭竿而起了吗？而且我隔绝了那些狗屁监理，还不是给你松绑？你答应不答应？如果答应，说一声，我们讨论后面怎么做。”

柳青还是很激动，但已经不是被骗上当的激动，“你提醒我了。即使为自己的江湖名声考虑，与其听老蒙的话，被砍成三脚猫、两脚猫越做越差，成为销售烂手，不如做得一片辉煌，被老蒙恼羞成怒扫地出门。苏明玉，这事非我们联手不可。我的江北公司全体人员我可以控制，江南公司只有你出马。我们造反，把老蒙架空，把鎏金那帮孙子揍瘪。”

“对对对，柳青，我与你的思路一样，你现场操作，我遥控操作，我们分工协作。另外，为防止才揭竿就被老蒙扑杀，我们得做好成品仓库的工作。还有，为名正言顺，以免落人口实，被老蒙用抗拒监理埋藏私心来打压我们，我们必须引入全新的切实有效的监理机制。你看对不对？”

柳青想了想，道：“行，仓库方面我今晚就请吃消夜。监理制度交给你制定，今明两天拿出初稿。”

明玉断然道：“今晚就交出初稿，你明天给我修改意见。成交了？”

“成交，五分钟后打开信箱接收一个邮件。”

明玉当下便打开电脑草拟监理制度。五分钟后，打开邮箱，果然有一只带有附件的邮件。打开邮件，里面赫然是一只扫描出来的柳青大掌。明玉一愣之下，随即哈哈大笑。伸出自己的手交叉盖住电脑屏幕上柳青的大掌上，用手机拍了一张照，传给柳青。

击掌成交！

虽然明玉与柳青密切配合，紧锣密鼓，没日没夜地布局，但他们心中还是不敢有一丝一毫大意。因为他们面对的是公司资产持有人老蒙，是历经风雨的老江湖老蒙，是带他们出山彼此知根知底的导师老蒙。他们必须持有足以胁迫老蒙噤声、迫使老蒙接受事实、让老蒙放弃一意孤行想法的重磅炸弹，又必须时刻关注，保证重点人员不被老蒙收买倒戈。明玉与柳青都轮流着睡觉，睡觉时也时刻打开手机，预防紧急情况发生。

周五夜，柳青用手机短信一段一段地给老蒙发去造反“檄文”，口号相当明确，作为一个有职业道德的职业经理人，他们有义务有责任为公司利益考虑，扶持公司不倒。但没有列举老蒙如果采取行动，他们会使出的招数，他们料想，这种招数老蒙都心里有数。而明玉为了保证信息畅通，不敢乘飞机，以免出现两个小时电信真空，她改坐从北京到上海的夕发朝至列车，一晚上与柳青沟通信息。但是奇怪的是，接到信息后的老蒙居然没有声响。

究竟是于无声处响惊雷，还是老蒙就此接受威胁？明玉与柳青都不敢大意，他们了解的老蒙并不是甘于雌伏的人，这个人，一向喜欢占据主导。他肯定是被打懵后，开始紧锣密鼓地采取行动。两人严阵以待。

所以，明玉也不知被出租车司机绕了几圈，最后被送到明哲他们住的公寓的时候，有点儿神思恍惚。夜行火车带来的疲惫并没有表现在眼睛里，但打乱了她的头发，苍白了她的脸色。

明玉还是第一次看见大嫂，她甚至从没见过大嫂的照片。给她开门的人是个脚边绊着个小孩的女子，该是大嫂吧？一个与明艳娇俏的与朱丽完全不同的温柔女子，白皙的脸上有几颗淡淡的雀斑，可深深的嘴角却总是挂着笑意。但是大嫂眼镜片后面不大不小的眼睛却告诉明玉，这是个聪明坚强的女子。明玉相信自己看人的眼光不会出错。

吴非也是第一次看见明玉，她对明玉，除了作为大嫂的好奇，还有作为女人的好奇。但她没想到，出现在眼前的是一个有些憔悴的高瘦女子，短发，唯有一双眼睛炯炯有神，神情很是温和。最没想到的是明玉的装扮，一件深蓝短袖衬衫、一条淡灰七分裤、一只硕大拎包，全身上下全无珠钗，简单得不像是有钱人。

明玉抢先道："我是苏明玉，你是大嫂吧？"吴非忙将明玉往里面请，一边笑道："没想到你那么早来，快里面请。你大哥出去买菜了，他说想给你做他最拿手的香辣炸鱼块。为了不砸他大厨的牌子，他一定要买当天的活鱼来做。"

明玉笑了笑，有点儿不敢置信，他们苏家人似乎从来没有为她特意做什么菜的先例，不知大哥在香辣鱼块之后会端出什么出人意表的大餐。她不想就此事议论，没必要假惺惺地嘻嘻哈哈，就岔开话题，笑嘻嘻道："我刚上来时候还在想，如果大哥不在，我要不要先摸出身份证让大嫂核实一下。不知道怎么称呼小宝宝？"明玉一边说，一边弯下腰去，拉拉宝宝的手，算是握手。宝宝不赏脸，小手收回去，使劲儿在衣服上擦了几下，躲到妈妈身后，探出两只大眼睛警惕又好奇地打量这个陌生人。

吴非却听出明玉的笑话里面含有很深的讽刺，一家人，却相见不相识，这又不是夜雨寄北的年代。不过，这与她无关，这种现象又不是她吴非造成的。吴非抱起宝宝，教宝宝叫"姑姑"，明玉这才知道这个已经一周岁多的侄女儿的小名。

明玉进去里面洗把脸出来，见吴非已经给她倒了茶水。明玉坐下，微笑道：“大哥未来就住在这里吗？一个人住的话，还行。”

吴非也坐下：“差不多有一室一厅那么大，厨房虽然简单一点儿，大概只准备做个三明治，不过可以因陋就简。一家人在小屋子里撞来撞去的，反而挺亲热。明玉你吃早餐了吗？”

“吃了，下火车时在对面新亚喝的豆浆吃的油条。大嫂，我打算今晚上乘火车回去，不会太紧吧？”

吴非忙道：“不会，不会，本来就没什么大事。是你大哥一定要让我回美国前跟你见上一面，说我都跟他结婚三四年了，家里人还没见全，多不好意思……”吴非还想继续说，但明玉的手机响起。她看着明玉神情严肃地接听电话，然后又打出两个口气严厉的电话，虽然言简意赅，一个电话没两三分钟，但想到今天还是周六呢，看来这个小姑是真的忙，人家小小年纪坐上位不是没有理由。而宝宝看了陌生姑姑的严肃样儿，自觉退避三舍。

明玉放下电话，略微考虑了会儿，才抬头对吴非道：“对不起，公司里有点儿事。”

吴非忽然觉得有点儿没什么话可说，这个小姑，虽然看似和蔼，但并不可亲，令她不敢生出拉着小姑的手问长问短的念头。她想了想，还是起身去取出送给明玉的礼物。明玉道谢接了一看，是EL的化妆品。明玉不像朱丽，她看见宝宝这么柔嫩的小东西，只会回避，以免伤到孩子。但她看着吴非与呷呷笑着的宝宝互相扯皮，还是觉得好玩，坐一边笑吟吟地看着，觉得吴非的耐心好得不可思议。吴非回头见明玉没有不耐烦，便笑道：“你看，有了孩子，做妈的就给捆死了。略略眼错不见，这小家伙就被你摔得鼻青脸肿。”

明玉微笑道：“孩子从这么小长起来，爸妈多关心少关心，二十年后看上去都是囫囵一个大人。区别在于……宝宝长大后一定是个心里充满阳光的孩子。有大嫂这么尽心的妈妈给她挡风挡雨，宝宝可以一直天真地笑到成年。”

吴非对这个从小心灵受过创伤的小姑有点儿敏感，怕自己言语上刺激到她什么。听明玉这话也不知道她是不是有所指，她不便询问，也不接这个话茬儿，转了个弯有意识地帮自己丈夫说话。“以前总以为大人与孩子间是单向的联系，只有大人关心爱护宝宝。等我们有了宝宝才知道，其实宝宝教了我们很多。你知道的，你大哥以前性子很急很躁，想事情脑子不大会转弯，观察问题不仔细，自己想怎么就怎么。宝宝出生后，面对着这块不讲道理、轻不得重不得的肉团，他现在变得……嘻嘻，非常细致啰唆，还挺有责任感了，知道要担起养家糊口的重担。只是我现在最见不得他到处倾销他的责任感，有点儿没轻重缓急了。”

明玉听了也是嬉笑，忽然想到，这回大哥说周末要带一家老小到北京看她，搞得她过意不去自己南下来上海看大嫂和宝宝，是不是因为大哥现在责任感大盛，很有做大哥的样子了？原来还是被出生的女儿给教育好的。以前可不，以前的大哥两耳不闻书外事。她笑道：“大哥以前性格确实急躁，明成挺怕他。”

“你呢？”吴非随口问出后便觉得不妥。因为从婆婆他们去美国住半年大家说话来看，苏家人都挺忽视明玉的，不知道她这个问题会勾出明玉什么样的回忆。

明玉倒是没觉得什么，只是有点儿不习惯与不大熟悉的人讲她的过去。“我跟大哥年龄差距大，大哥才不会把我这小不点放在眼里，他们大孩子跟大孩子玩。等我小学毕业有力气打架了，我又住到学校宿舍，大家平时不大见面，打不起来。”

吴非放心，觉得自己可能多心了。如果小姑是个很小气、爱记仇的人，料想也不会有今天的地位。她又开始替丈夫说话：“怪不得，你大哥以前不大提起你，原来是你们从小接触少。上回奔丧回国后，他就每天明玉明玉不离口了。他被裁员那一阵心情挺不好，后来你给他电邮，说如果他想在国内找工作，就跟你说一声，你会帮忙，当时我们看了都挺感动的，到底是自家人。你大哥把你的邮件保存在文件夹里，时常冲我炫耀。”

明玉被这突如其来、如天外飞仙般不可思议的亲情弄得不知所措，对吴非的话将信将疑。幸好宝宝羁绊住了吴非，她才有发呆的机会。但没容她多发呆，明哲回来了，拎回来两大包东西。明哲看见明玉，寒暄了后，便提起手中的包，道：“明玉你肯定常在外面饭店吃饭，我今天做几个家常小菜给你吃。”

明玉再次被意外打倒，看着这样不熟悉的大哥，她宁愿面对冷冰冰的明成来得习惯。但她是个应酬话说惯的人，还是微笑着道：“大概除了早餐，我基本上是在外面吃饭。大哥现在会做菜了？”

明哲笑道：“出国后被逼着学会做菜。看来你跟明成他们一样，他们家的厨房也是摆设。可惜这儿厨房设备简陋，我只能将就着做一些。但国内超市的材料太丰富了，我每次进去都恨不得多拎点儿回来。你看，这只童子鸡，我准备做栗子炖鸡，这条鱼做香辣鱼块，活虾就白灼了事，还有些蔬菜。你喜欢什么尽管点，我们冰箱里还有。”

明玉站在厨房门口看着大哥啰里啰唆地清点购物袋里面的东西给她看，她这个久经沙场的老手竟然不知道两只手往哪里放，这种气氛，她太不熟悉，很不知该如何应付。她勉强才找到话头：“我认识一个人，开着一家饭店，我常去他那里吃饭。看来大哥的厨艺也可以开一家饭店了。”

吴非在后面应声道：“饭店吃多了，会想家里的私房菜。饭店的菜里面都有一种说不出的相似味道，多吃会腻。这次回来一直吃饭店，直到来到公寓看见这么小一个转身都难的厨房，我们简直如大旱逢甘霖，当晚就做了榨菜肉丝汤下饭，第二天去超市搬东西，把冰箱塞得密不透风。明哲，蚝油生菜我来做，你总是做得太熟。”

明玉忽然想到石天冬身上的一股厨房味，对了，进哪家饭店，即使再高级，通风换气再好，也都有这种陈年累月积下来的挥之不去的油烟味，“但是我自己不会做，只好吃饭店了。好在我吃什么都没关系。”明玉还是不习惯这种氛围，觉得浑身不自在。若是在陌生人家里倒也罢了，偏偏好像大哥大嫂一个劲儿地非要拿她当亲妹妹看待，可她就是没有这种认同感，只好主动出声将气氛调转，“大哥这次回来，已经回过家了吧？”

“是啊，我们先去家里看了一下。明成挺忙，可还是开车把我们送回上海，否则我们那么多行李都该不知道怎么办了。四个大箱子，其中一个半是宝宝的东西。”

明玉看向吴非，笑道：“大嫂一个人带宝宝回家，路上可就辛苦了。”

吴非笑道：“回去只有一个箱子。宝宝这几天把尿不湿、奶粉、小罐头都用光，我回去就轻松了。不过宝宝回去看不见爸爸会跟我急。”

“我看到不少海龟两夫妻一起回来。”

吴非有意说道：“等等吧，我们先替爸换好大房子，等明后年手头宽裕了我再辞去工作。”

明玉闻言意外，又意外见大哥使眼色、做手势阻止大嫂说话，她才恍然大悟，原来吴非刚才说的大哥到处倾销责任感这句话指的是大哥给爸买房子的事。她沉吟一下，问了一句："大哥知道眼下国内房价很高吗？"

"知道，但房子该买还是要买的。爸等着住啊。"明哲不想就此继续讨论，他被吴非说了后也觉得挺对，不该问明玉借钱。所以干脆就不跟明玉说，免得她为难。

但明玉没想就此罢休："上回明成不是说由他出钱买吗？怎么换成大哥买了？"

吴非当然不是个肯不说话的人，再听明玉问得蹊跷，立刻回答："明成也出钱，他说他尽能力出钱。他已经在存钱了。"

明玉毫不掩饰地给了个"呃"，但不再多说。她找借口拿出手机去窗边打个电话，逃避继续讨论苏家的话题。她不想插手家里的事，大哥、二哥爱怎样就怎样，她以前管不着，现在不想管。

没想到宝宝却对她产生了兴趣，蹒跚着走到她身边，小手使劲儿拉她裤脚上的纽扣，明玉又不敢跟她使劲，只好被宝宝拖着走。吴非正因为明玉那声含意丰富的"呃"与明哲面面相觑，拿眼神交流看法，没有看见宝宝折腾姑姑。明玉就这样被宝宝四两拨千斤地拖了好几步，只好结束与柳青的通话，蹲下抱起宝宝。但她从没抱过孩子，软软的宝宝在她手中略微一动，她立刻严阵以待，双手上下包抄，生怕宝宝从她怀里摔下去。

宝宝扭动了半天没效果，但她又是个有骨气的宝宝，不肯以哭叫换得自由，她两只大眼睛一转，决定软化这个姑姑。她张开两只小手，一把扯来姑姑的两只耳朵，迫使姑姑低头，她就笑嘻嘻地"啪"一声亲了上去。这种软化手段到哪儿都见效，在爸爸妈妈面前所向披靡，所以她也用到姑姑身上。糖衣炮弹之后，她明确指出："宝宝，走。"

但是，青蛙被公主一吻变为王子，明玉被宝宝一吻变成了傻子，她整颗铜墙铁壁的心软化在宝宝香香软软的一吻里，根本就不在意宝宝还扭着她的两只耳朵，将她的耳朵暴力地往外拉。因为宝宝愤怒了，怎么这个姑姑软硬不吃？

吴非见宝宝好久没动静，不由得回头看了一眼，没想到宝宝正对她姑姑实施暴力，她忙严厉喊了句："宝宝，放开姑姑。"

宝宝连忙听话地放下姑姑的耳朵，但小孩子也会察言观色，见姑姑不生气，而妈妈却瞪着眼睛很生气的样子，她立刻头一缩，身子一蜷，钻进姑姑怀里躲开妈妈的眼睛。明玉被宝宝扭来扭去的小身体搞得手忙脚乱，战战兢兢地端着宝宝的小屁股，又怕宝宝摔了，又怕捏痛宝宝，这小祖宗简直比一辆车子都难伺候。但是，可真好玩。

吴非见了明玉这副不熟练的架势，心中好笑，忙过来把宝宝接了过去。明玉虽然得以脱身，但心中挺留恋这个香香软软的感觉，看见宝宝躲进妈妈怀里后伸着舌头冲她做鬼脸，她也忍不住就把鬼脸转了回去。宝宝就将小脸皱成一团装猪头，明玉跟着她做，旁边吴非看着，虽然心中牵挂着明成与房子的事，还是不由得笑了出来。明玉这才想到自己在做什么，有点儿不好意思，但还是两只眼睛看着宝宝笑。

明哲在里面热火朝天地洗菜做菜，很快，厨房里便飘出鸡肉汤的香气。栗子的甜香混合着鸡肉的鲜香，竟是一种魔术般的组合。明玉虽然一直觉得食荤者的汤煲好喝，可今天有了对比，才知道饭店里的汤哪有家里慢火炖出来的汤纯粹。即使食荤者的也是慢火汤煲，但是，那里面有股饭店特有的气味。或许，这才是家的味道？

明玉恍惚想起还很小的时候，家里冬天炖排骨汤，氽进去一些大白菜就是一大碗。大碗上桌，一帮子小孩跟恶狼似的，但都被妈妈一个眼色阻止，妈妈出手分了大碗里的肉。大哥、二哥每人两块，她和妈妈一块，如果有剩，爸爸也可以吃块最小的。这么一想才想起，其实爸爸也一直受压抑。

但明玉没过去厨房慰问一下大哥，她还是坐在沙发上，与挣扎下地后扑过来的宝宝玩。她伸出她的长腿让宝宝玩滑梯，吴非也在一旁扶着怕宝宝摔着。因为有个宝宝，整个房间充满欢声笑语。但吴非不敢出声正面或侧面向明玉打听有关明成的事，这个小姑不是普通人，她不想说，估计别人休想套出话来。

明哲心中其实也觉得挺怪异的，对这个妹妹很是陌生，但人已经被他请来了，他只有制造家的气氛，可他也看得出明玉不是很投入，所以他越来越缩手缩脚，干脆躲在厨房里热火朝天地烧菜。听着外面宝宝带着两个大人欢笑，他偶尔有间隙时就倚门微笑，却不大找得到话来说。刚才进门时为渲染热情已经耗尽他的真气。

吃饭时，又是两个大人与宝宝的斗争，明玉在旁边看着笑。幸好有宝宝，否则一屋子三个大人相对，都不知道说什么好。

明玉本来还想着大哥准备率妻女去北京看她是为商量什么事，考虑到他们拖儿带女的不方便，所以她抽身南下，等着大哥温情小菜之后端出伦理大餐。可是，一直到饭罢，大哥大嫂什么敏感问题都没提起。宝宝因为时差还没转过来，吃饭时已经哈欠连天，所以一放下饭碗大家便安排她睡觉。可宝宝愣是在半梦半醒时伸出手拉住爸爸，让爸爸抱着她睡。明玉这时告辞，她不知道宝宝睡了之后，她怎么与两个大人安静相处。

明哲没法送她，又不敢大声说话，只能抱着宝宝送到门口。吴非送出来，但到电梯旁边时候，明玉请她留步，打开包取出一沓钱要交给吴非，笑着说："我真是太喜欢宝宝了。但我今天来得急，这几天几乎一直是日以继夜地做事，没时间出去给宝宝买礼物，这些钱请大嫂帮我给宝宝挑些她喜欢的，算是我的一些心意。"

吴非把钱退回去，也笑道："你那么喜欢宝宝，我看着不知道多开心。钱你收回去，下次我们回国时候，请你多来看看宝宝。如果方便，也请你帮我照顾你大哥，他一个人在这里，我很不放心。"

"那么谁来照顾你？你一个人，还带着一个精力如此旺盛的宝宝，吃得消吗？"明玉相信，自己绝对是看在宝宝面上问这句话的，如果没有宝宝，她不会太在意大哥的家庭生活。

吴非犹豫了好一会儿，才道："你大哥想在这两年内尽快给你爸买套房子，我们这几天上网查看了一下房价，价格都不低。看来我不能放弃我的工作跟过来。辛苦呢，就咬咬牙挺过去吧。白天我上班时，宝宝就放到类似国内托儿所的地方去。"电梯上来，两人一起进去。

明玉忍不住问了句："你舍得宝宝待托儿所？"

"但我更舍不得宝宝离开我。"

"换我也不舍得那么好的宝宝，看见她什么心事都可以抛开。"

"是啊，再累，我也要自己带着宝宝，她是我的女儿。"吴非叹息，明玉都已经看出她未来的苦累，但明哲虽然同意从三室一厅降为两室一厅，却依然没有卖掉原来一室一厅的打算。

原来还有这样爱孩子的母亲，明玉感慨。她几乎没有犹豫，只为了这个好妈妈，她有点儿不自然地做了回多管闲事的人："大嫂，买房子的事，你们好好追问一下明成、朱丽和爸，问问他们跟我讨论时究竟讨论出什么结论，你们别自作多情。明成造的孽不该让宝宝承担。夫妻两地分居不是件好事，尤其是对于一个高薪男海龟而言。希望宝宝能一直快快乐乐。"

吴非见明玉虽然一口一个宝宝，但说的都是大人们的事，她是聪明人，立刻明白明玉话里的意思，也明白明玉的态度。她忙道：“我替宝宝谢谢姑姑。等我回到美国，我想经常寄宝宝的照片给那么喜欢她的姑姑，行吗？”

“真好，最好给我一张大的，我拿来做桌面。还有什么比宝宝的笑更可爱？”

吴非被明玉拦住不让送。看着明玉离去，她在心里想，其实，在明玉心里，这大哥、二哥差不多是一丘之貉吧？若不是为了宝宝，她今天会最后叮嘱这么一句吗？最先，她可是一副肃静回避的架势呢。也不知过去发生了什么，让他们兄妹如此生分。但这个念头在吴非脑袋里稍微转了转，便被买房子的事情替代。究竟明玉与明成他们商谈的时候，说了些什么呢？明玉为什么说明成造孽？她低头想着，缓缓走回电梯。

进门，明哲起身迎出来，吴非笑道：“我们宝宝可爱，谁见了都喜欢。明玉要给宝宝钱，我拒绝了，要她以后有空多来看看宝宝。她临走跟我说了一件事。”

“什么事？你们姑嫂倒是非常投机。”

“托宝宝的福呗。”吴非习惯性地往屋子里面看了看，确定宝宝睡得好好的，她才放心，“明玉跟我说，你父母的房子变小是明成作孽。上回你爸不能去美国，他们不是聚一起讨论过一次吗？那次讨论，据说很有结论。明玉让我们彻底向你爸和你弟弟追问。”

“明玉为什么说这些？她以前怎么不说？”明哲听了吴非的话，低头嘀咕，觉得明玉这时候说这些有点儿莫名其妙。

吴非真想伸手敲明哲的榆木脑袋：“明玉跟你们是一家人吗？你们什么时候认过她？她什么时候认过你们？我嫁到你们苏家那么多年，别说没见过明玉真人，连照片都没见过，今天见面明玉都取笑说要查看身份证了，这算是一家人吗？她肯跟我说，那是看宝宝面上，她舍不得宝宝吃苦。至于明成作孽，你不是说上回你爸跟你说，你爸妈大房换小房是给明成买婚房什么的，平时家中的钱都被明成刮光了吗？这还不够作孽？明成他们现在又过得不差，你爸现在小房换大房，按道理，钱哪儿去哪儿来，不该明成出该谁出？今天明玉不提，我还差点儿都忘了。不行，这买房子的钱我们要斟酌着出，保姆的钱我们但出无妨。”

明哲嘴里“啧”的一声，道：“非非，你怎么一说起买房子就这么抗拒？已经答应你改买两室一厅，你现在又干脆不肯出钱。不管明成怎么作孽，但现在爸不能总这么寄居在明成家吧？我这个当儿子的出点儿力是应该的，尽快让爸搬出来独立住。”

吴非尽量冷静道：“并不是我们不肯负责你爸就没地方住，而是我们只要变通一下，公平合理地负担起我们需要负担的一部分。我今日已经上网查询，你们家老房子变卖，换得的钱正好可以付二手房的头款，未来的月供由明成负责，这是他该负责的，摊到每个月上，以他的收入水平，他负担得起。保姆费还是由我们出，作为儿子，这是应该替你父亲负担的，谁让你不能在你父亲身边尽孝呢。我重申一遍，我只支持担负我们应该担负的那部分。”

明哲叹道：“非非，你能不能理解我一下。我妈若是寿终正寝倒也罢了，她那么骤然去世，在我都还没好好报答她之前去世，你说我的心有多难受。我现在没别的，我只想保存我妈的遗物，只想尽力让我爸过得好一点儿，就算是我的一点点补偿吧。虽然这点儿补偿对我妈来说已经没有意义了，但让我尽尽心好吗？我早早出国留学，是明成在妈面前承欢，他给爸妈带来的欢乐没法折算成钱。我可以用钱补偿，我已经算占了便宜。”

面对明哲的字字泣血，吴非须得好长时间才领会过来，这算什么话？他家有难，难道他就可以因此沉湎，大家都依着他任他随心所欲为所欲为？她已经依过了，一而在，在而三，她不能再依，再依就没完没了了。吴非怒极反笑，款款而言：“好，你这话倒是提醒了我。我也是大学毕业就出国，至今没有在父母面前尽孝不说，自己生孩子还要我娘飞过去伺候，累白她一半头发。我现在得趁他们还在世，抓紧时间补偿。我要求不多，把我爸妈的两室一厅换成三室一厅，多一个房间给保姆住，换房子与保姆的钱，都由我们来，因为我是长女，理所应当。趁现在他们还健康就换了，不能像你一样到时追悔莫及。我没额外要求，也不会要求保留我爸妈原有住房，跟你一样，每月两千元美金还房贷，一千元人民币雇保姆，公平合理。至于你们家明成在你父母面前承欢是不是冲着他们的退休金去，并搞得你爸人心惶惶四处藏钱，我们暂不追究，如你所说，我们先尽了我们的本分。”

“非非，你能不能不要跟我拧着来？你父母的事情当然要紧，但我们分个先后好吗？两家一起买房，我们自己还要不要过日子？”

“你还知道我们需要过日子吗？轮到我家的事你就知道要过日子了？”吴非冷

笑，“我看都别过日子了，长痛不如短痛，两年里面解决两家。我们自己不过日子干脆死透了才彻底，否则不死不活吊着让谁反省？”

“非非，你讲点儿道理。”吴非最后的一句话惹得明哲跳脚，吴非这不是拿他妈去世才令他幡然省悟以前不够尽心来说话吗？“你别心存侥幸，我为你改一次决定，不会再改第二次。就这么决定，我爸的房子先供，完了换你爸妈的房子。”

吴非一听这话更是暴跳如雷：“我心存侥幸？为什么我家该排后面？天哪，苏明哲，我还挣钱自己养活自己呢，还没在你手底下讨生活呢，我需要你对我开恩？你真是自大得可以。苏大爷，不敢有劳你修改决定，你爱怎么着就怎么着吧。连明玉都看出我回去会有多艰苦，她一个陌生人都会体恤我、帮助我，就你死命把我往火坑里推。你这没心没肺的，难怪你家明玉会给逼出门，你根本就是不开窍的元凶之一。这日子没法过了，我成全你做孝子。”

吴非说完，便去收拾行李。什么鸟人，失业时要她照顾情绪，赚钱时要她看他脸色，难道她是老妈子？吴非越想越激愤，虽然在心里命令自己绝对不可示弱，但还是忍不住流下眼泪。想到自明哲他妈死后又逢明哲失业居家艰苦，好不容易以为拨开乌云见青天，没想到有人自以为是救世主，硬是要遮在她头顶压她一片阴影，难道这都是她一味忍让的错？吴非忍不住念念叨叨开骂。虽然她为人斯文，再骂也成不了泼妇，但看在同样是斯文人的明哲眼里，却是丑陋无比。

明哲硬是不明白，吴非挺好一个人，怎么也跟别的弄堂女人一样，碰到金钱问题就原形毕露了呢？看她又是哭又是骂，眼泪鼻涕，要多丑陋就多丑陋，明哲都想不到吴非会变成这样，难怪她一直不讲理。他不再应声，闪身走进里面的卧室，眼不见为净。

吴非虽然气得骂骂咧咧，但心中还是指望明哲过来好言宽慰，低声道歉，但等了半天，等她收拾出自己的行李，却不见明哲有任何动静。她悄悄看过去，却见明哲双手抱在胸前，看着窗外不知干什么。吴非彻底失望，这日子真是没法过了。眼前这头拉不回头的牛，真的是不撞南墙不回头，只有他妈的死才能警醒他一点点。这种人，除非她三从四德，否则跟着他过，没一天出头日子。

吴非收拾出一大背包行李，轻手轻脚进去抱出宝宝，打开门就走，上海是她老家，她还能没地方去？明哲听见关门声才回头，却见床上没了宝宝，这才有点儿担心。但走了几步便停止，又回到窗前。吴非还能去哪里？肯定是回娘家。明哲以前听见类似夫妻吵架妻子逃回娘家，逼丈夫上门负荆请罪受岳父岳母上下数落的新闻他就觉得闹心，一家人相处，做女人的哪可如此嚣张，简直是踩着丈夫过日子了。原本一直以为吴非不会，没想到她不是不会，而是在美国没有条件，现在来上海有条件了，她照样一哭二闹三上吊。明哲决定不屈从，凡事不能给开了先例。

只有宝宝感觉到睡得好好的，怎么落入谁的怀抱了？睁开一只眼睛一扫，见是妈妈的怀抱，哦，安全，那就继续睡。但眼睛感觉一会儿暗一会儿亮，她揉揉眼皮，偏了下头还是睡。这都什么时候啊，这是半夜啊，懂不懂？平常在家时候的半夜。

吴非站到太阳底下发了半天怔，这天杀的死牛居然真的没追出来，她心里只觉得寒。她走到大门口叫了辆出租车，司机问她去哪里，她才将父母家地址滚到嘴边，便一口咽了回去。干什么这么委屈，她为什么要唯唯诺诺跟在苏明哲身后一言不发，什么都让他自作主张？结婚三年，她在这个家占了一半财产，她有权处理自己的财物，她说不给就是不给。她不要再被动地缩在明哲身后规劝，她要自己出手从根基上掐断苏家人揩她小家油的妄想。

她跟出租车司机说，去长途汽车站。

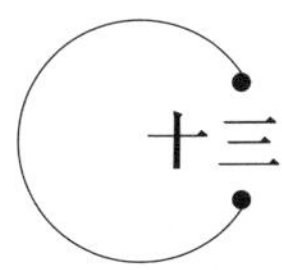

十三

看似假寐，实则翻江倒海

明玉从明哲的公寓出来后，看时间还早，便打车到汽车站，准备回家一趟，与柳青面谈。她看见吴非进来，抱着孩子，拽着一只硕大的包，披头散发，眼皮红肿，情状狼狈。明玉不知道她走后明哲家发生了什么，难道是她偶尔的心软多嘴坏了明哲与吴非的感情？她没走上去招呼，离开车还有一会儿，这时候如果明哲赶到带母女俩走，她正好避免出现让他们尴尬。

但是，明哲并没有来。明玉不由在心中一笑，看来还是被今天的一桌菜收买了，以为大哥这个人会关心人了。他本来就是个抱住书本苦读，两耳不闻窗外事，在学校争名次争竞赛，从不关心别人怎么活的主儿。吴非刚刚还说明哲有了宝宝后改变不少，看来本质不会变。无论吴非是因为吵架出来，还是独自去夫家一巡，她这么艰难地带着一个孩子，明哲说什么都应该现身一下。她走上前去，走到等候检票的吴非身边，平静温和地道："你好，大嫂，我帮你拎包，我们同路。"

吴非抬眼看看明玉，勉强笑了笑，说声"谢谢"就没话了。上车的时候，即使一人一座，也有人非要抢前一步。明玉经常出门，对此司空见惯，伸手撑住车门，挡住后来人，让吴非母女先上。上去后她自动与人好言好语换了位置，坐到吴非身边。宝宝被嘈杂的人声烦得睡不着，可又非常想睡，一张脸急得通红，两只小手拼命揉眼睛，小嘴唧唧哼哼，眼看着山雨欲来，哭声响起。吴非不住与宝宝轻轻说话安抚，等明玉坐下，她才又说了声“谢谢”。

明玉笑笑，没有问什么，只轻轻说了声：“车程三个小时，睡会儿吧。”

吴非再次说了“谢谢”，她无话可说，幸好明玉不多话，否则她不知道怎么回答。车子往外开去，上了高架，车厢安静下来，宝宝又开始睡觉。上了高速，更是只有车子发动机的声音。吴非困得直想睡，但又怕手中的宝宝摔了。一会儿睁开眼睛一会儿闭上眼睛，非常辛苦。忽然感到头顶有什么响动，抬头看到是明玉在调整出风口。吴非才想到，她是气疯了、累疯了，才没顾到风口对着宝宝，只记得给宝宝盖上一条小毛毯便了事。她感激地看着明玉坐下，没想到帮忙的反而是这个据说冷心冷面的素昧平生的小姑。

吴非考虑再三，还是放下面子，对明玉道：“明玉，对不起，我得与你说苏家的事。明哲钻了牛角尖，非要付房子的费用，而且不肯卖掉原来的一室一厅。这笔费用不小，严重影响到我与宝宝两年内的生活。我没办法，只有自己出面找明成。我想明成既然好意思要你大哥出钱，我就没必要给他面子。明玉，请你指点我怎么做。”

明玉没想到吴非会直接问她，不给她一点儿要滑头的余地。她想了想，道：“你找朱丽吧。苏家人都不可理喻。”

“可是如果明成不听朱丽的，两兄弟绕过各自老婆买了房怎么办？”吴非紧盯着明玉问。

明玉心说，那就离婚啦，这种男人还有什么可依恋的。但是这种话她不方便说出来，谁知道大嫂是什么心思。她想了好一会儿，才道：“看你本事了。你让我爸交出历年账本。他连买醋买酱油都有记账。”

吴非想到，让公公交出账本，他们能听她的吗？她就这么抱着宝宝上门闹去，没有明哲在，他们认她吗？说不定宝宝一哭，她先乱了阵脚。她呆在那里，一时说不出话来。

明玉见吴非不吭声了，大致知道她在想什么。心说可怜呢，一个人抱着孩子去人生地不熟的地方，而且还是去论理。她拿出手机，交给吴非，道：“跟大哥打个电话吧。”

吴非看看手机，摇摇头，只说了声“谢谢”。

明玉道：“免得他找上你家，惹你爸爸妈妈白担心。”

吴非听了一愣，不由支起身子，想了会儿，才道：“他才不会去。”

明玉想了想，自作主张拨通明哲的电话。吴非看见屏幕上的数字，但是没说话。电话接通，明玉很直接地告诉明哲：“大嫂在去苏家的高速大巴上。”

明哲闻言吃惊：“她去找谁？你拉得住她吗？你叫她回来。”

明玉闻言不由“咦”了一声，这下她不急了，干脆靠着椅背好整以暇地道：“大嫂就坐在我身边，宝宝在睡觉。电话是我自作主张打给你的。她要去苏家就去呗，我拉她干吗？”

明哲急躁起来，跳起身，欲言又止，好久才下定决心，道：“她肯定是去找明成的，她不想我给爸买房。”

明玉故作惊讶：“呀，你们讨论爸的事，为什么又撇开我？啊，对了，这是苏家人的事，我从来不是苏家人。”旁边吴非听了只觉得出气，明哲正千方百计拉拢这个妹妹，偏偏他又棋差一招，被明玉钻了空子。

明哲被明玉挤对急了，忙道：“你想歪了，我是不想请你出这笔钱，怕你误会让你参加就是要你掏钱。买房的款项我会解决。”

明玉明知故问，又看似非常诚恳：“为什么不要我掏钱？”吴非这时候已经知道明哲不是他妹的对手了，心里虽然有看戏的幸灾乐祸，但有点儿隐隐替明哲担心了。她知道明哲是个经不起激将的人。

明哲道：“你从上大学就没用家里的钱，现在给家里买房不应该要你出钱，这不合理。”

“哦，我读大学后，家里的钱都堆在明成头上，他买房子用的是爸妈的积蓄，装修房子用的是爸妈大房换小房的差价，那这回小房换回大房，按理明成应该吐出他以前用的钱了吧？而且他后来还陆陆续续用了爸妈好几万呢。”

明哲只能无奈地道：“明成拿不出那么多，只有我先垫着。否则爸在他那儿不知道住到什么时候，不能让爸受罪。我们做孩子的总得体谅一下大人。这是你大嫂跟你说的吧？你别管那么多。”

明玉缓缓地但挺严肃地用她平时对手下说公事的权威口吻道：“大哥，我奉劝你别管得太宽，明成只要约束奢侈花销，多的是给爸买房子的钱，用不着你操心。有句话叫鼓励后进。你这么做是纵容明成懒惰，纵容他不负责任。而你最好管管自己的后院是不是失火。我们公司给予出差员工的补贴向来优厚，为什么？因为出差人员的花销比较大，另一方面，我们还得安抚出差人员的家属。家是两个人一起支撑的，少一个人，另一个会非常吃苦。如果不安抚了，久而久之，或者员工后院失火，或者没人肯出差。如果是你们男人，留在家里倒也罢了；女人，而且还是带着孩子的女人，你还是多拿出点儿同情心吧，就像额外给出差补贴一样。一个女人在家，不方便的地方，只有处处用钱。你有那同情心去同情一个活蹦乱跳男人的胆小如鼠，体谅他不敢独自住死过人的房子，你能不能拿出一点儿同情心同情你家太太一个人夜夜在空阔的房子里过夜？以前妈在的时候，都是爸在烧菜，他有生活能力，你不要鼓励他当傻瓜。大哥你别插嘴，听我说完。我这不是危言耸听，你现在为爸做的事是亡羊补牢，但你又同时在亲手扒开你自家的羊圈。你别等哪一天又回美国亡羊补牢，那就非常被动、非常伤感情了。除非你另有打算。人贵有自知之明，苏家目前个个儿都是有经济实力的成年人，用不着你来逞强，也用不着你牺牲自我甚至牺牲妻女来做道德标杆，你自己斟酌吧，我言止于此。”

说完，也不等明哲开腔，她就结束通话。她的手机频率宝贵，正等着传递烽火，哪能总被苏家的鸡毛蒜皮占领。而且，说实话她也已经烦了应付大哥总是想拉她认祖归宗的举措，她没想把神主牌放进苏家祠堂，苏家老小也殊不可爱，她又何必要为了几分血缘非要婆婆妈妈地将自己与苏家人绑在一起？对父亲，她还有法律上、道义上的责任，至于兄弟，合则聚，不合则散，今天也干脆把话说明，希望明哲真能有自知之明。

吴非在一边仔细听着，心说这哪是小妹跟大哥说话，这简直是一个旁观的长者来苏家主持公道，而且那话说得非常不客气，吴非都怀疑明哲在电话那端会不会被气炸了肺，为什么她就不能镇定地说出如此尖锐又看似非常大度的话？但是，明哲能听吗？这人的死脑子能因为明玉的几句话而回心转意吗？可能性似乎很小，吴非并不抱希望，但隐约又有点儿希望。虽然明玉并没有回头看她，她还是对着明玉道：“明玉，谢谢你帮忙，但看来不会很有用。”

“不用谢我，都是女人。会不会有用再说，话得说在前头。”这时明玉的手机响，她一看是柳青的，才刚接通，只听那头柳青气急败坏地道：“苏明玉，闯祸了，老蒙高血压送急诊了。”

"什么？"明玉顿时气血冲顶，好一阵晕眩。本想为老蒙守住江山，没想到反而将他送进医院，而且，高血压发作，后果可想而知。

柳青听明玉好一阵不语，只得道："我现在就过去医院，你如果走得开就回来，走不开就算了，我随时会给你消息。"

"我在回家的高速车上，再一个半小时多点儿就到，你随时联络我。"明玉忽然想到，难怪她中饭后就一心想回家一趟，心里似乎总是吊着一件事情，就是因为预感到蒙总会出事？她经常出差，从来没有哪一次会这么想回家，难道是冥冥中有了感应？因为蒙总是她心目中最重要的人？

有一种熟悉的恐惧感缓缓蔓延，侵占明玉的四肢百骸，她手中的手机突然掉落在地上。那种感觉，十年前也有过一次，那一次，她因为被偷梁换柱保送到不想去的大学而与母亲大吵一架之后，眼瞅着慢慢接近报到时间，可家中只喜气洋洋地为明哲准备出国的行李，对她，以及她的书费学费，却无人过问。那个七八月的夏天，家人包括父亲都送明哲去了上海，只有她看家，她感到很冷，周围都是漠不关心的人，她很孤独，没有一个可以说话的亲人。今天，她再次孤独，但今天的孽，是她自己一手造成。蒙总，这个带她踏入社会的人，被她的决策气病。

神思恍惚中，明玉感到有什么在反复碰她的手，缓缓掉头一看，见是不知什么时候醒来的宝宝睁着圆溜溜的大眼睛，费劲儿地拿着手机敲她的手，当然，宝宝的手下，垫着吴非的手。明玉张开略微颤抖的手指，接过宝宝手中的手机，费了好大劲儿，才道："谢谢你，宝宝。"

宝宝被她脸上的神情吓得缩进妈妈怀里，留出一只眼睛紧张地盯着姑姑。吴非温和地代宝宝回答："不谢，都是女人。"

听到刚才说的话被原封不动打包回来，换作平时，明玉早笑了，但是今天她笑不出来，不过，吴非的话，虽然没几个字，却给了她温暖。她不再说话，打开手机调出游戏下死劲儿地玩。有些游戏，比如俄罗斯方块，比如钻石游戏，非常简单，但需要集中精力用脑子最有机地指挥调配手指。晚上玩好之后，睡梦里都是翻飞的彩色方块。玩这种游戏，相当于用一种强力清洁剂彻底驱除脑子里原来的杂念，使原本乱麻似的脑袋因屏幕上跳跃的彩色方块而肃清。她从来无处诉苦、无处发泄，什么情绪都得自己解决。

明玉刚开始玩时，手指颤抖，无法准确按在适当的方向键上，不得不一次次地重来。重来等待的时候，她就将气出到手机制造商头上，谁设计的这么小的按键，连放一个小指头都困难。渐渐地，她开始玩出门道，重来周期越来越长，手指很快便能指挥自如。

等又一次铃声响起时，她长吸一口气，看到来电显示是明哲，便直接将手机交给吴非，但被吴非推了回来。明玉只能自己接起电话，此时她的脑子虽然还没恢复到平日里的清晰，却已经比柳青打来电话时要强。那边明哲焦急地道："明玉，你转告吴非，我立刻过来。让她在宾馆开个房间等我。"背景是人声鼎沸。

"知道了。"明玉说完就挂了电话。但她没就此事多想，也没多余脑力考虑明哲家的事，扭头便转告给吴非，"大哥说他立刻跟过来，让你开个宾馆房间等他。"

吴非点点头，心说明哲为什么不让明成来车站接她？为什么不让她到明成家里等？想到这些，她不由冷笑。料想她的猜测不会有错，明哲未必能接受明玉的痛批，因为明玉是他的妹妹，明玉开腔之前，在他心中的分量已经弱化几分。这些话如果是他妈来说，效果大不一样。再看明玉，虽然已经不再如刚才那样激动，但依然面如死灰，嘴唇没有血色。其实刚才明玉的激动也没太表现出来，若非手机掉地，正盯着将醒未醒的宝宝的吴非还不会察觉。而现在，明玉则闭目而坐，坐得笔挺，只有眼珠在眼皮底下一轮一轮，以及持着手机的手轻一下重一下地拍打腿面。

吴非不知道明玉刚才接到的那个电话说了什么事情，肯定是大事，非常大的事。换作是她，在面无人色的同时，可能早抓住身边的明玉，不要脸地迫使她听自己的心慌意乱。就好像刚才，她抓住明玉问询该如何解决明哲的购房难题。她想到自己当年远涉重洋，孤身赴美求学，事事需要自己亲力亲为，作为一个举目无亲的异乡人，她经常打落牙齿往肚子里吞，也曾非常冷静果断，万事不求人。是这几年的安逸生活和相对封闭的医院技术工作环境，让她丧失斗志，安于两耳不闻窗外事的小日子，将重活儿、苦活儿交给明哲承担。而明哲原本承担得挺好，事事处理得有条有理。现在才知道，生活中的鸡毛蒜皮经不起重压，重压之下，一切都会脱离轨道。丈夫，也不过是个普通人，重压之下，弱点无情展现。还谈什么依靠？看来万事还是靠自己。

这边吴非一边对付跳动不休的宝宝一边反思，旁边明玉看似假寐实则心中翻江倒海。

明玉没有料到，千虑一失，竟然坏在老蒙的高血压上。她不得不反思，多年以来跟随老蒙南征北战，经历多少大仗硬仗，为什么老蒙别的时候都没问题，单单在她和柳青与蒙总决策对峙时高血压发作了呢？他是因为伤心于两个亲如子女的得力手下与他搞对立，还是另有其他原因？明玉细心地从蒙总那晚找她谈话，了解她是否会去鑫金以及柳青是否会跟女老板走开始回忆，对于蒙总的一言一行细细回味，找出其中的蛛丝马迹。但是，直到回想到蒙总让她到北京培训的那夜谈话，都没发现有什么可疑之处。其实都不用回忆，这些场景早被她咀嚼至烂。

她非常清晰地记得一句话，她认为这句话是蒙总所有话中的精髓，也是这句话促使她鼓励柳青一起造反。那天晚上蒙总斩钉截铁地说："苏明玉你听着，只要你与江北两个不动，公司出不了大事……任何有关我将对你们两个不利的传言，你们都不能信，即使我有行动对你们不利，那也是做给人看，你们暂且忍耐。你答应我。"明玉到北京后有时间反复思考，她将这句话理解成为，她与柳青必须忍辱负重，想尽一切办法抓住市场，不让市场流入鑫金之流的手中。稳定的市场才方便老蒙清理公司内部。因为这么想，所以她感觉她在监理制度问题上的一再退让势必影响公司的市场覆盖，她只有与柳青率一众销售人员走出困境，才能维持公司在国内市场的做大局面。她以为蒙总会理解，但没想到蒙总走向的是另一个极端，她期待的是蒙总的强烈对抗，可他居然倒下了。

明玉不得不深呼吸几次才能恢复平静，继续思考。前面的事情做了就做了，好汉敢作敢当，不必纠缠。她想得再多，也不如医生在蒙总床前稍微思量。她眼下必须考虑的是，蒙总倒下后，公司将由谁主导，将走向何方，而她能在其中做些什么。

柳青终于打来电话："现场播报，公司高层该来的都来了，蒙家母老虎也来了，很活跃。不该来也来了的有鑫金一个副总，还有几个业内人士。我准备挨母老虎骂，你一到就给我电话，不必非来医院挨骂不可。"

"这顿骂不可以不挨。你先挨着，受不了就走，我很快就来接上。"

蒙家母老虎是蒙总太太，原先与蒙总同一个公司，一个搞销售，一个做财务。蒙总反出旧公司时候，太太不得不跟出来，暂时掌管新公司财务。但是蒙总不喜欢新成立的公司也如旧公司一样，里面充满内戚外戚，羽翼才丰时，就把太太的大权削了。蒙太太不是个逆来顺受的人，当时在公司发动群众斗蒙总，虽然落败，但还是落下个母老虎的美名。可从此与蒙总的婚姻名存实亡，城东城西两地分居，唯一的维系是两人的儿子。按说，今天蒙太太过来看生病中的蒙总，这是道义使然，但在现场活跃，这不是个好现象。

而在那么短时间内为什么会出现鎏金副总和其他业内人士？他们为什么竟然比柳青更早到？怪不得柳青提出来，确实怪异。那么，这种怪异现象说明什么问题？

高速大巴向前飞奔，载着两个满怀心事的女人和一个无知嬉笑的孩子，奔向终点。

在看到公里牌指示离城还有二十公里的时候，明玉才暂时收回心事，看向身边的吴非。吴非正与宝宝絮絮而语，满脸慈爱，微有雀斑的脸上似乎不再带有上车时的愤懑。明玉看了会儿，才对吴非道："大嫂下车后去哪里？我先送你过去。"

吴非几乎是没有考虑，便道："这儿有什么安静一些、人员不会太杂的宾馆？三星就好，我带宝宝过去住几天。你只要告诉我地址，你忙，就别管我了。"她显然是早有考虑。

明玉听到"住几天"这三个字，大致领悟到什么，便道："宾馆不方便，尤其是对宝宝而言。你住我那儿吧。我没有贵重物品，所有抽屉你都可以拉，除了内衣，其他的你随便用。很近的地方有大型超市，吃饭不成问题。最近几天我估计很忙，没空回家，不会打扰到你们，但也无法照顾你们。如果愿意，我等下顺路带你过去。"

吴非稍微考虑一下，便答应了。毕竟，住宾馆是笔不小的费用，而对宝宝来说，喝奶吃饭太不方便。主要是，她相信明玉。她很真诚地接受了明玉的好意："谢谢你，明玉，我很需要你提供的帮助。但我想静一静，好好考虑一些事情的因果。请你别透露我住在你家。"

明玉心说果然猜得不错，吴非生气了。她没多话，只是就事论事地道："这几天我公司里会天翻地覆，我没空管你们的事。这是我的名片，有需要给我打电话，我会让秘书联系你。家里的电话你随便用，但请别接来电。"

"谢谢。"明玉越是说得清清楚楚，没有一点儿含糊，看似不是非常热情，吴非越是放心，也很是感谢。把话说得清楚，框定她什么可以做，什么不可以做，大家后面也不会生出不必要的麻烦。吴非抱起宝宝，心说还是让宝宝来表示吧，她也有自知之明，知道明玉肯帮忙，一大半是为了她怀里的宝宝。她叫宝宝亲亲姑姑，宝宝偏偏这会儿逆反心理重，不肯答应。明玉也没勉强，只是取出手机给宝宝拍了张照。未来几天必定是烽火硝烟，希望宝宝的笑颜可以成为她坚强乐观的动力。

明玉果然没有废话，带吴非到家后，留出备用钥匙，放下一沓钱就走，来去如风。放钱的原因是考虑到吴非带着美金来，人民币未必够，抱着小孩子出去兑换不方便。大门关上后，吴非感觉这个房子异常安静，安静得如她在美国的家，晚上睡觉时不闻一丝声音。整个空间只有宝宝好奇地跑来跑去，小鞋子敲地上“嚓嚓”的声音。

吴非是学工的，四处打量，看出原来这所房子装修时特别注意了隔音，窗户是真空玻璃外加普通玻璃。墙壁、屋顶、地面全部用原木封闭，估计原木下面还有隔音层。这还是吴非回国后遇到的最安静的房子，比宾馆都安静。吴非心想，当明玉一个人在这屋子的时候，这里清寂得像广寒宫。

明玉则根本没有时间考虑吴非的事，明哲再来电话追问，她就一个“下车后各自走开了”打发，才不管明哲怎么着急。她打车直奔医院。

奇怪的是，似乎所有人都站在走廊上，包括蒙家母老虎，远远就听见喧嚣呼喝。明玉走近的时候，众人眼光“唰”一下都看向她，但她一眼从人群中找到柳青。柳青一脸冷笑，一如他平时出了名的冷面小生形象。

柳青看见明玉，便立刻走过来迎住，大声向明玉说明当前的情况，而同时母老虎的喝骂声也伴随而至。明玉不理杂音，专心听柳青的话。蒙总多年高血压，早与这里的心血管专家兼院长成为好友。院长一声令下，蒙总病房闲人不得入内，所以谁都不能进去，只能听听医生护士进出时略微讲解一下治疗进程。

听完柳青说话，明玉只淡淡看了蒙太太一眼，都知道蒙总早就另有美人在怀，不知道这个蒙太太还在这儿起个啥劲儿，给谁看。明玉轻轻对柳青道：“那么说，在这儿待着没什么意思了？”

“对，你已经露过面，挨过骂，我也已经告诉他们你是千里迢迢赶过来的，已经尽足本分。走吧，待这儿没多大意思，待着也是吵架，我们得找地方商量一下。”柳青说完，便大声吆喝出几个名字，让他们跟他一起走。同时又让他江北公司的办公室主任留守，随时通报医院情况。还没等明玉反应过来，他便已经扯起明玉离开。他们身后跟来几名大员，有集团公司财务总监老毛，有集团进出口分公司总经理，集团公司下属二、三分厂厂长等，但没有一个集团公司副总裁。明玉了解柳青的意图，这几个人都是平级，如果出现一个副总裁的话，副总裁势必想要坐大，大家无法平等协商。明玉将手臂从柳青手中扯出，但拍拍柳青的后背，直呼“好样的”。

下一刻，大家汇聚离医院最近的进出口公司会议室，闭门探讨未来走向。

明哲风尘仆仆、饥肠辘辘地赶到明成家的时候，是老父苏大强给开的门。明哲见此心中一沉，明白吴非肯定没来明成家。但他不便将焦虑流露在脸上，接了父亲递给他的毛巾进客卫洗脸。忽然感觉手上老爸的毛巾湿答答滑溜溜的，令人不得不想到肮脏小儿仁中之上一伸一缩的鼻涕。他掂着毛巾犹豫了一下，从洗衣机旁找来肥皂清洗。打好肥皂，第一遍竟然搓不出泡沫，只得冲洗一次再打一次肥皂放着。顺便又找来疑似脚布的一块毛巾，一起洗了。心说明成还请了钟点工呢，怎么连老爸的毛巾都不管管。

苏大强非要跟着一起挤在狭小的洗手间里，看见明哲给他洗毛巾，他又是诚惶诚恐，又是高兴，这么多年来，只有这个大儿子对他还比较关心。他搓着手在一边看着，喉头里发出类似“嘿嘿”的声音，像是羞涩孩子的笑。

明哲明显闻到老爸身上发出的浓重体味，又想明成夫妻也不容易，每天在那么小的空间里享受老爸的体味。忍耐能天长地久吗？不可能。所以还是必须尽快解决老爸的房子问题，让老爸搬出去住。吴非那里……还有明玉，她们哪里了解他的苦衷啊。而且，明玉的话说得那么难听。

明哲压抑住自己的愤怒，回头对他爸道：“爸，有没有吃的？我一路过来没有吃饭。”

“有，有，我给你煮泡面吃。”苏大强说着便转身出去。

明哲忙追问一句：“爸，你晚饭吃的是什么？中午呢？”

“早上是朱丽上班前做的三明治，中午明成没回来，我就吃泡面。你喜欢吃什么口味的？”单独与大儿子在一起的时候，苏大强的话就多了起来。因为他感受得到大儿子对他的好，他可以畅所欲言。

明哲听了难受，早上面包，中午泡面，晚上估计也是泡面，换作是他，早就倒了胃口，但老爸在过的就是这种生活。这种生活，让明哲想到了寄人篱下，想到了仰人鼻息。他将毛巾、脚布洗了，才给自己洗了把脸出来，见桌上已经有一碗热腾腾的面条，面条上卧着一只鸡蛋。

明哲坐下，也招呼老爸坐下：“爸，你自己能做菜，为什么不买点儿菜来自己做？自己做出来的饭菜比起快餐，吃得又卫生又舒服。而且总吃泡面，里面什么防腐剂之类的东西对身体很有影响。”

苏大强嗫嚅道：“泡面挺好吃，而且很方便。”

明哲感觉老爸的话不尽不实，便循循善诱：“泡面偶尔吃一次两次还行，但多吃不好。要不，等下我们去超市买些菜。”

苏大强一听，连忙伸出手，但手到明哲手臂旁边的时候忙止住，“嘿嘿”讪笑着收回手，道：“别去买菜啦，买了我也不做。”

明哲明显地看出老爸表情中似有隐衷，不由问：“爸，为什么？你好像在害怕什么？有谁不让你烧菜是吗？”

苏大强不想说，借口想走，但是找的借口也蹩脚，被明哲否决，无奈之下，他只能道：“明哲，你不知道，你妈以前说过，朱丽人虽然好，但人家是独养女，从小娇生惯养，我们得帮明成一起顺着她，否则她哪天不高兴，明成会没了老婆。我在这里住着已经很麻烦他们，朱丽那么爱干净的人，我烧菜她肯定难受，她平时总是皱着鼻子找哪儿臭哪儿香的，我不敢惹他们俩。”

明哲不知道朱丽是不是会嫌老爸做菜弄臭了她的厨房，但看来老爸还真是在为此问题忧心，原来是妈一早拘住了爸的手脚。他想了会儿，道：“爸，我现在现金还不够你买房的首付，明成的现金肯定也不够，所以你暂时还不能住新房。我在想，你为什么不住回自己的房子里去？我们先请个不过夜的保姆白天跟你做伴，你在自己家里爱怎么样就怎么样，多好。”

“不，我不回去，我害怕。”苏大强断然拒绝，口径如一。

明哲心中叹息，心说明玉你倒是来看看，父亲拒绝得这么彻底，怎么好意思将他往老家里强拉？他只能耐着性子道："爸，这世上哪来的鬼？即使有，那也是你几十年的老伴儿，你怕她干什么？或者我陪你过去住一晚试试。"

苏大强气道："不，我不回去，你还不如送我去敬老院。"

明哲非常不解，看着父亲道："爸，你怕什么不好，怎么会怕妈的鬼？我还希望妈晚上过来看看我，跟我说她未了的心事。你究竟怕什么？"

苏大强沉默，一张脸也沉了下来，没了平时纯真的笑容。明哲看了只有劝慰道："爸，别难过。既然你不爱回去，那我们以后都不回去，房子就放那儿。爸，我吃完了。"

苏大强拿了明哲的碗就要去洗，就跟他以前在家时一样，家务活儿都是他按部就班地做，虽然做得并不够好。但碗被明哲抢了过去，明哲洗完碗，擦干放好，又洗了煎过荷包蛋的不锈钢锅，非常细心体贴。苏大强在一边看着，神情复杂。一会儿明哲走出厨房，两人一起过去客厅坐下。明哲已经是第三次来明成家，知道哪里有茶杯哪里倒水，便动手给爸倒了一杯。

"爸，我会尽量努力快点儿给你买房子。这儿是明成家，我不方便经常过来看你。等你住进新家里，我在国内的时候会经常回家看你。"

苏大强有点儿不敢置信，但脸上满是欣喜："真的吗？你那么有时间？"

明哲心酸得不敢看父亲满脸的欣喜和发亮的眸子，心说他以前一直只顾到母亲，都没看到母亲身后的父亲。可怜的爸，小小的探望，都能让他如此高兴，他真的要求不多，很容易满足。"你放心，我会常过来。"他犹豫了一下，决定撒一个小小的谎，"你看今天不就过来了吗？过来很方便的，高速大巴很快。"

"是啊，是啊。"苏大强非常感慨，不知不觉就挪到了明哲身边，拉住明哲的手，他是看不出明哲浑身的不自在的，"明哲，这一家，只有你真的对我好，只有你认真为我考虑。明成只要我吃饱睡好不生病，他才不会跟我好好说话商量，他只有看见朱丽时才眉开眼笑的。朱丽对我比明成对我还好，但我知道她看不起我，而且我也不敢招惹朱丽。还是你们一家最好，吴非也懂事，我最想跟你们住。"

说到吴非，明哲就心里一阵抽动，但此刻又怎么告诉给爸听？他只能若无其事地道："爸，那你还不独自住？你等着，我再拿几个月工资后尽快给你买房子。"

"只要你常回来看我，我就可以独自住，我也不怕保姆会欺负我了。我不放心明成，我只放心你。你来了才会管事。”苏大强从来说话没这么痛快过，在明哲充满亲情的鼓励下，他终于发掘出自己心中在想什么，想要什么，也终于敢如实说出来。他激动地一下一下拍着明哲的手臂，一点儿没留意到明哲的那条胳膊已经布满鸡皮疙瘩。

“行，那就这么定吧。我设法存钱快点儿买。”

苏大强超水平发挥：“明哲，干吗不把老屋卖了呢？有卖老屋的钱垫着，你很快就可以买新屋。”

明哲没想到爸也会提出卖老屋，好像苏家里面只有他一个人坚持留下老屋了。“爸，如果可以，还是留着老屋吧。有时间回去看看，里面都是妈的影子。睹物思人，算是我们这些没能给妈送终的孩子的一点儿心愿吧。你平时也可以常回去看看。”

“我不去。”苏大强拒绝得非常干脆。脸上也是没一点儿商量余地的样子，隐隐含着压抑的愤怒。

明哲大惑不解，犹豫了一下，还是问：“为什么？”

苏大强低头避开明哲的视线，嗫嚅半天才似是而非说了句：“明成肯定也同意卖掉老房子。明哲，求你卖了吧。”

明哲看着父亲，不明白父亲为什么不肯回老房子，除了害怕鬼魂，似乎还有其他不可知的因素。看着父亲涨红的脸，他也想到吴非涨红的脸，也不知吴非现在在哪里。不知道他答应他们的要求卖了老房子的话，她会不会自动现身？看来大家都对老房子没有留恋，只有他一个人有该死的恋根情结，那就……只有少数服从多数了。他微微叹了口气，道：“好吧，那就卖了老房子，赶紧筹钱把新房子买下来。爸，这话你应该早跟我们说，我刚回来的时候你要是说了，恐怕现在已经看了好几处房子了。”

苏大强忧心忡忡地道：“明成在的时候我不敢说。一说到卖房子，他最积极。卖老房子的钱经过他的手，还能有剩的吗？他们两个用钱太厉害，这几天每天都愁钱呢。房子交给你我放心，交给明成我不放心。”

明哲想到以前明成从家里拿的钱，不得不说父亲的顾虑有一定道理，但是明成住在本地，卖老房子，还真不能不让他经手。不过得有约束。他想了想，道：

“爸，钥匙和房产证复印件交给明成去操作，房产证你拿着。人家看好房子要付钱的时候，你要在场，随时跟我通电话，我会管着明成，你放心。新房子我最近上网在找，也已经叫明成去现场看，我们加油一把，你很快就能搬进去住。”

苏大强想到心中一直在担忧的一件事，又拉住明哲道：“明玉有次跟我说，房子有一半是你们妈的遗产，那一半得四个人平分。我如果把老房子卖了，她会不会来要钱？明成会不会也问我要钱？”

明哲没想到明玉在背后这么威胁老父，害得老父提心吊胆，她这算什么意思？她够有钱，难道还觊觎父亲的这一点儿小钱？或者只是想为自己讨回公道，出一口气，偏来争个遗产，恶心一下大家？他冷冷地对爸道：“明玉那儿我会解决。明成那儿他不提起你也别提了。”

苏大强连连答应。明哲就给明玉打电话。但那时明玉正与大家就公司未来如何掌控讨论得唇焦舌燥，今天是周六，银行没开，周一开始，估计真枪实弹纷纷现身，他们必须在周一银行开门之前取得掌控权。之前，他们必须在今晚商量出一个妥善对策，必须一步不能差地将公司实权掌握在手中，逼迫其他可能派系接受他们的领导。所以，当明玉看到手机显示是明哲的电话，毫不犹豫就摁掉不接。他还能有什么事？事分轻重缓急，她不想在这时候分心，帮吴非撒谎敷衍明哲。

明哲以为明玉错误操作，便按了重拨，没想到又被挂掉。明哲心中终于明白，这个妹妹，其实并不想回这个家，与他们苏家另外几个人之间的关系，也未必那么容易弥补。那么，在买好新房子前，还是别跟她通气了，免得节外生枝。

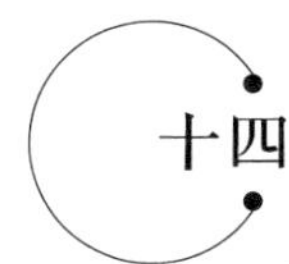

一抹玫瑰红

装饰前卫的酒吧里，明成和同事们吃完给周经理庆生的蛋糕，已经有人开始告辞离去。明成也想离开，家里还有大哥等着呢，都不知道大哥今天来干什么。但是周经理一直时不时与他说话，让他说不出再见。近十点的时候，他们这一桌终于只剩下他与周经理两个人。周经理酒有点儿喝多了，看着前面一个离开的人的背影，喃喃地道："小苏啊，还是你最有良心，陪着我过完生日。"说着伸手叫酒保过来，又给各自叫了威士忌加冰。

明成连忙道："周经理，我从毕业就在你手下做，你简直就跟我大姐一样。"

周经理取了一杯威士忌，一手豪爽地搭在明成肩上，斜睨着他笑道："那你今天就陪我喝个高兴。你敢走，我周一不放过你。"

明成对周经理的"威胁"司空见惯，笑嘻嘻地道："我把这杯喝了。周经理，很对不起，我大哥刚刚给我打电话，他下午从上海赶来，有事找我商量。"

"扫兴。"周经理将杯中的威士忌一仰而尽，看着明成道，"那你也喝了快走。"

明成看看杯中酒，心说这么快喝下去，开车都成问题。他只得笑道："周经理，没你这么赶人的。我们慢慢喝，再说会儿话。咦，这爵士乐不错，Joe Sample的*Black and white*。周经理好眼力，选中这家酒吧。"

周经理斜睨着明成道："小苏，你这人吃喝玩乐样样精通，一沾就会，唯独做业务总是凭点儿小聪明混日子算数。你如果拿出你专心于吃喝玩乐的劲头做业务，我看你不会比任何人差。”

明成不以为忤，笑道：“做人一世，难道苦到玩不动了才享受吗？那时候花不香月不圆，什么都没意思了。像周经理这样多好，过生日还率领弟兄们出来玩，别的女人几个做得到？”

周经理哈哈笑道：“你这张甜嘴，可惜也没用到生意上。”说着又叫了杯威士忌，“我问你，你这么胡吃海喝，还拿得出二十六万投资款吗？是不是打算卖车卖血了？”

明成尴尬地笑道：“我正在筹集，别急，还有一周。”

周经理又伸手拍拍明成的肩，笑道：“这年头，除非重病，否则哪里借得出钱来？不行就跟我说，拿出全部我没那实力，拿出二十万还是行的。对你，利息优惠，一分利。利息加还款，以后从你工资奖金里直接扣除，怎么样？”

这几天明成正为借钱的事急得冒烟，周围的人果然如周经理所言，一说到借钱，个个儿都拿他当骗子看，亲戚也不例外。有人甚至说，明成你急着用钱，我这儿有五百，你先用着不用还，拿他当白相人看了，他从小到大何尝受过这等待遇。听得周经理说肯借钱，利息又不是很过分，明成大喜，简直是恨不得拥抱周经理。周经理瞥他一眼，笑道：“干什么，高兴得跟个大马猴似的，你回家好好考虑怎么写借条，回头我们一手交钱一手交借条。呀，这支舞曲不错，小苏你最会跳华尔兹，我们来跳一曲，跳完你送我回家，你也早点儿回家。”

明成高兴，带着周经理跳得非常愉快。等明成回到自己家里，朱丽早已回家，客厅里两个人齐刷刷看着他进门脱皮鞋、穿拖鞋。苏大强已经睡觉。

明成开口就道歉，明哲与朱丽都没说什么，应酬是常有的事，尤其朱丽知道明成这个人最讨厌应酬，他拖到这么晚才回来，必定是有离不开的事。所以不等明成说完，朱丽便打断道：“别解释了。先帮大哥找大嫂。大哥说大嫂今天跟明玉一起从上海乘高速大巴过来，下车后与明玉分开了，但又没来这里。我们刚才拿着电话号码本往各大宾馆打电话找了，都没这么一个人住宿。你想想，大嫂还会在哪里？”

明成看着大哥很是尴尬的脸，心说原来大哥家也会吵架啊，不知道他们吵架的内容是什么，明成比较好奇。但他当然不敢在此时问大哥什么。他站在原地微微仰头想了会儿，问道："有没有再打电话问一下明玉？"

还是朱丽代明哲回答："大哥打电话过去，明玉不接。我的手机号码她不认识，她接了说不知道大嫂在哪儿，又让我们别再烦她，她很忙。听她的声音，真是很声嘶力竭的样子。"

明成冲朱丽很自信地道："可我还是认为明玉知情，我们再打电话，看看哪个宾馆用明玉的名字登记。明玉这人，最大的爱好是给我们寻事。你们没忘记吧，妈的葬礼上她都要跟我们玩一招。大嫂一个人，人生地不熟，还抱着一个孩子，能活络到哪儿去？肯定是要明玉帮的忙。我们用明玉的名字搜寻。"

换作半天以前，明哲还会阻止明成这么说。但刚刚听父亲说明玉跟他提过分母亲遗产的事，明哲心中对明玉的温暖印象也渐渐变味儿，对明成的话信了三分。再加上时间已是半夜，吴非母女却是一点儿消息都没有，他非常担心。话说回来，如果有点儿消息，他也不会拉下面子请朱丽帮忙找人。因为心急，他又多信了三分。他还没说话，朱丽已经插嘴道："明玉真想寻事，她怎么会用她的名字在宾馆登记？她到她们集团签约的宾馆打声招呼就可以拿钥匙。"

明哲急道："总不能一家一家宾馆上门去问有没有一个抱小孩的女子住明玉他们集团的房间吧？明玉家在哪里，我上她家去找她。"

"不知道，她从来没告诉过我们，爸妈也不知道。"明成说出来才觉得味道不对，忙拉上爸妈一起陪绑。

"咳，我上次来，明玉也找不到你们家。"明哲真是无力，这个家是怎么了？他已经很努力了，可是为什么越来越乱？现在战火都烧到他的小家，他真是后院失火了。

明成家里三个人如热锅上的蚂蚁，吴非安安静静地待在明玉的房间里睡觉。

明玉家离超市很近，生活非常方便。但是明玉家里却没一点儿烟火气，冰箱开着，但里面只有速冻点心、奶粉和水。她带着宝宝一起去超市买了一些必需品回来，煮了粥与宝宝一起用晚餐，吃得很满足，因为明玉这儿的厨房设备并不差。宝宝玩一会儿后就睡觉了，吴非睡不着，躺在床上看着天花板发呆。这个安静的房间里，只有宝宝细细的呼吸和她自己的呼吸声，静得让人想起那个他。

吴非几次三番想起床给明哲打个电话，让他放心，她们母女没事。但是起身坐了会儿又躺下。这种人，为了他老子不顾她们母女死活，他能担心到哪儿去？她现在给他打电话，弄不好他心中还在嘲笑，看，终究是走不远。即使是为了争口气，她也不要给明哲打电话。说不打，就不打。明哲为了苏家的事让她操了多少心，今天她要把这些操心捏把捏把还给他，让他知道知道，她不是没有血性。

集团进出口公司的会议室中等大小，坐六个人绰绰有余。大家都没规规矩矩地坐着，半天会开下来，个个儿走样儿，有的趴在桌上说话，有的坐在旁边大沙发上，有的坐累了还搁起了腿。无一例外的，每个人手中不时有一支烟夹着，大会议桌上，烟灰缸已满，茶杯暂时挪作烟灰缸用。桌上还有散乱的快餐盒，这几个人，没一个肯动手清理，也对此凌乱视而不见。

一层浓浓的烟雾笼罩着会议桌，会议室里灯朦胧人朦胧。会议桌上还横着一条香烟，众人自己口袋里的烟早抽完，是进出口公司总经理从办公室又搬了一条弹药来，大家自己要了就拿。

到晚上十一点多时，终于将明天控权步骤完全定下，应该说，这个步骤，只是对柳青、明玉两人制定的销售系统造反步骤的完善补充。他们造反时本来就需要各方面配合，在座几位都是明里不说、暗中配合的诸侯大员，现在要做的，是把这几位从暗里拉到明面，由销售部门的造反变为占山为王，强攻高地，巩固工事。而这时，轮班在医院打探的部下传来消息，蒙总依然处于昏迷之中，前景不明。六个人知道，看来一场硬仗是免不了了。

但是，谁来主导呢？六人当中，总得有个主导的人。明天干事时，作为信息交换枢纽也好，作为临时非重大事情决策也好，都需要有个松散主导的人。这个主导的人，担子未必很重，但是责任却是超乎寻常——是明天起所有反对者瞄准的靶子，更是未来蒙总苏醒后可能清算的第一人。谁都知道，他们虽然本意是维护集团生产销售的安定局面，但是他们的作为也犯了一个掌权者最大的忌讳，主导者竟然可以拉起班子掌控公司，而且在掌控公司之后，还可以在脱离掌权者的意志情况下使公司运转无虞，这是一个掌权者最大的忌讳。未来，等蒙总从医院出来，他们将大印交还的时候，也会是主导者被蒙总忌惮上的时候，这个人，该收拾包袱灰溜溜走了。问题的关键是，谁都不知道能不能好好地离开。蒙总是个怎么样的人，大家都清楚得很。

在座六人虽然都是凭良心做事，准备在蒙总不在时把持住集团公司，使公司不致被强行权力移交。但是，他们又不得不顾忌自己的未来，考虑到几乎是必然会产生的后果。所以，由柳青誊写出来的会议纪要让众人过目之后，谁都不敢第一个在上面签字。因为柳青的纪要最后署名一栏上，分别写着召集人（签名）、成员（签名）。第一个签名的人把名字往召集人后面签，有点儿没胆，往成员后面签，又觉得有点儿对不起同在一个会议室的、同一战壕里的战友，像是把别人往前线推，很不道义。所以，大家几乎是不约而同地继续烧着香烟谈明天的具体安排。

其实，财务总监老毛是最合适的人选，蒙总不在的时候，公司可动用钱的章都在他手里。而且他年资最老，平日里已经隐隐高出在座其他五人半级。但是明玉考虑到老毛肯定有很多顾虑，他上有老，下有小，正是家中顶梁柱和主要经济来源，同时，作为一个财务人员，如果他的个人历史上有与总裁反目而被逐这段经历，在他人眼里，将意味着或许是此人指甲太长，贪欲太重，或者是操守不佳，背叛米饭班主，他以后将永无进入核心圈子而被别的老板重用的可能，因财务经理实在是一个企业中太重要的位置。老毛不得不为下辈子考虑。

其实明玉倒是不反对由她来当主导者，她本来就已经准备好培训回来被老蒙发落，她的心理准备时间已经很长，差不多已经到死猪不怕开水烫的境界。在座的其他五人，除了柳青，平时也不是至交，纯粹是为大家都尊敬的蒙总而走到一起，所以，虽然今天抱团，但有些话、有些事还是得三思而行。比如，这一室人里面，最年长的近五十岁，第二小的柳青也有三十多，唯独她还不到三十，如果她大义凛然要求主导，大家会不会反而产生被小鬼当家一把的不良感觉？她就想，等等吧，看大家都没主导想法的时候，她再提出。

吞云吐雾间，会议室的仿古座钟终于敲出漫长的十二点。明玉看大家都有意避开眼光不看桌面那份纪要的样子，悄悄深呼吸一下，起身将纪要拿到手上，一只手从包里掏出一支笔。柳青在旁边一看，便大致猜到明玉的意图，他本来就坐得离明玉近，见此便一把拍下明玉的手，阻止了明玉签字，但说的却是混不相干的话。

“你这人真是天字第一号吝啬鬼，没见过你这种身份的人还用会计记账的中性笔签字，放下，等我掏笔给你。”

明玉看向柳青，见柳青也是目光灼灼地看着她，两眼都是征询。明玉心中非常安慰，心说朋友就是朋友，这个时候，他们在座六个会为蒙总不计后果跳出来维持局面，柳青也会为她做出可能得罪在座其他四人的事情。即使为了柳青，为了这个前不久在蒙总心目中经历地位动摇才刚恢复安稳的朋友柳青，她也得担下主导人的虚名。

柳青掏笔很慢，眼睛却一直在与明玉交流。终于，他在眼看着明玉微笑的脸支撑太久，差点儿快要僵硬的时候，将他的宝贝签字笔慢吞吞地掏了出来。

明玉接了笔，微微一笑，便要签字。老毛忽然开腔："江南，你签哪里？"

明玉索性摊开了说："我准备签到'召集人'三个字的后面。我与你们不同，我没有牵挂，是个光棍儿。光棍儿有个很不好的衍生意思是天不怕地不怕的无赖，我正好如此。你们不用顾虑我。"

一边说，一边不由分说签上她的大名。这个大名，常在百万千万的合同上出现，但从未如今天这般签得那么沉重。或许，是柳青这支看似昂贵的笔太重。

在大家面面相觑之际，明玉勉强微笑道："不早了，各位老大也签了吧，我们这时候回家还有六个小时可以睡，明天天亮起各自守住岗位。呵呵，我这个小头目做得有点儿像模像样吧？"说着，拿起纪要先交给老毛，看着他们一个个签下来。然后，大家像要去前线的壮士似的，一一大力握手告别，香烟的雾气竟也有了硝烟的味道。

明玉今天暂时没车，柳青当仁不让地送她。柳青有点儿没好声气，但总算还是给明玉打开车门。等他上车时，硬邦邦地问了一句："去哪里？"

"当然是去江南公司。我得现在就看住大门。柳青，你别为我担忧，你以为你们没当召集人的，老蒙就会放过你们吗？肯定是我给一刀轧了，你们永不叙用。弄不好我另换门庭东山再起，日子不会比你们过得差。"

柳青从鼻子深处哼出一声："你想得太简单了。老蒙厉害就厉害在别人永远别想先他一步想到他的心思。你永远不会想到他会怎么对付你这个召集人。这个位置应该，而且只有老毛去坐，老蒙再狠，也不敢把财务总监太怎么样。大家只要再等等，他很快就会表态。要你出头干什么？"

明玉觉得柳青说的也有道理，她也考虑到过。但让老毛勉为其难坐那个位置，而后事事谨小慎微，还不如由她做了，既然干了，就大刀阔斧。“蒙总前一阵跟我说过一句话，是在获知孙副总有可能对他不利的时候说的，他说，无论出什么事，我们江南、江北公司一定要替他守住，无论受多大委屈都要守住。我就记住他这句话了。”

“这话你早跟我说过，如果不是老蒙这句话，我前面也不会那么卖力。但我越想越不对，老蒙会不会在玩我们？我前天已经想好，不管老蒙生气不生气，反正我凭良心做事，我已经做好走的准备，跟你一样。但是，走也得好好走啊，你看你接了这临时的担子，你还能好好走吗？”柳青说到激动的时候，两只手都脱离方向盘了，“即使最后我们的所作所为都符合老蒙这只老狐狸很有可能的暗中设计，但你这个召集人他会放过吗？这就跟古代不能有两个皇帝一样，一个公司不可能有两个主。你左右都没好日子过了，以后也别想在这行混了。”

明玉苦笑一声：“柳青，打住，打住，我知道有多危险，你就别再恫吓我了。只是拜托你一件事，我只了解销售和稍微了解生产，不像你有生产车间的经验，遇到进料与生产的问题，你就自觉替我解决了吧。”

“不用你说。”柳青哼哼唧唧地，忽然冒出一句，“看来，这次风波过后，你得改行了。”

明玉点头：“在北京的时候我已经想好了。我本来想的是，我离开集团，以后也不会做本行的销售跟老蒙、跟你竞争，现在看来更不会了。”

“愚忠。”柳青虽然这么近乎骂人地嘀咕，但心中还是感慨，这世道，这种人难得了，“是不是准备洗尽铅华，做那家汤汤水水店的老板娘？”

明玉不得不再笑：“这回事情过去，我干脆出国重演一遍大学生活。”

柳青想了想道：“这样也好，你出国的话，老蒙想怎么样你也不可能了。你以后回来可得学会用香水。到了，我送你上去。”

柳青丢下车，送明玉上楼。他自己也没回家，直接赶去江北公司。

前一天明哲没有找到吴非，辗转反侧睡不着。心里又气又担心，心说吴非也真是够狠的，竟然一声不响玩失踪。但她能走到哪儿去，回美国的机票还在他这儿呢，吴非哪来的钱另买机票。但明哲虽然明知吴非肯定会在后面哪一天现身，但他心里还是担心。在美国的生活相对单纯，朋友也不是经常来往，家人又远在天边，平时都是他们一家三口拱在一起。虽然日日见面，犹如左手对右手般熟悉，以前也不会觉得有什么大不了，今天睡下来，静下来，想到吴非或许真的生气到可能破釜沉舟不再回来，他心里开始发慌，一种漫无边际的空虚充溢他的心头。

明哲心想，没想到爸这么想卖掉旧房子，究竟是什么原因？为什么爸总是吞吞吐吐欲言又止？爸今天的话算是很多了，但今天他都不说，不知道什么时候还能问出来。明哲总是觉得蹊跷。不过这样也好，今天与爸说清楚了，老房子卖掉当头款，他未来还贷的压力可以小很多。吴非那边……这下她总该满意了吧？可惜都不知道吴非在哪里，否则立刻就去告诉她。他又不是没顾念着她们母女，唉，如果他本事够大，工资赚得够多，家里两头都能照顾得好，也不会发生这么多不愉快了。

明哲又辗转一阵，才迷迷糊糊睡去。睡得朦朦胧胧中，忽听旁边床父亲起身。他不由微微睁开眼，却见已经有光亮从窗帘缝隙透入。原来是早晨了。他觉得倦，又闭上眼睛。感觉父亲轻轻扭开门，又轻轻掩上门，一声不出地出去了。

明哲也跟着起床，走到外面客厅，一室阳光，原来天早亮堂了。看爸从洗手间笑嘻嘻出来，头发湿湿的，根根如刺猬。但明哲料想爸肯定不是洗澡，而是洗脸的时候顺便抹了一把头皮。明哲自己也洗漱了，见明成夫妇还没起床，便与爸一起出去散步觅食。走出二十分钟左右的路，有个超市，两人解决了吃饭问题，明哲顺便给父亲买些毛巾什么的东西。

朱丽照平时周末的时钟醒来，才一稍微清醒，便想到大事不好，客房的单人床上还有明成的大哥在呢，他们两个当主人的不好意思这么晚起。她忙推明成醒来，明成哼哼了半天就是不肯睁眼，被朱丽推得狠了，他干脆转身给她一个宽厚的背。

朱丽披头散发愣了会儿，又坚持不懈压到明成肩上，对着他耳朵说话：“你大哥在，是你大哥，不是我大哥。快起来伺候他吃饭去。”

明成也不屈不挠：“爸会给大哥准备吃的。再睡会儿，好不容易周末。”明成就是不肯起来。

朱丽推了半天，明成就是不起来。朱丽不得不动用两根手指，挑开明成的领子，找到不容易被外人看见的一块皮，狠狠地一拧。明成痛得“嗷”地一叫，可说不起来就是不起来，索性摊开身子趴在床上，一副赖皮样儿。换作以前，家中没外人时，朱丽也乐得好玩，肯定就出手与明成呵痒胖揍地玩上了，但今天不行，今天门外估计还有俩嗷嗷待哺的苏家亲戚。而且她在里面再折腾下去，折腾出太大动静，外面听着也不好。她只得起身踢了明成一脚，自己处理苏家父子的早餐。

朱丽在镜子前狠狠地刷牙，心中生气，怎么明成这么没有责任感。算算时间，他已经睡足八个小时，为了外面难得一来的大哥，少赖一会儿又有何妨，而且，他大哥还在担忧他大嫂一夜未归吧，明成没法帮他大哥找到人，总应该陪他大哥舒心一些。但看明成，一点儿表示都没有，这家伙，除了玩，什么时候能积极一回？以前怎么都没觉得明成这么惫懒呢？怎么现在看着这一坨肥肉越来越闹心了呢？

朱丽出来，换衣服的时候顺便将两人昨天换下的衣服抓来，准备放外面柳条洗衣篮里面去。但刚走了两步，忽然觉得哪儿不对劲儿，疑惑地往衣服上一瞧，终于落实心中的不对劲儿的原因何在。明成的短袖衬衣领子上有一抹玫瑰红。这种颜色，绝无可能来自办公用品印泥，只有一种来源：口红。原来明成昨晚回来这么晚，是与别的女人纠缠去了。本来朱丽起床后就一肚子的不快，这下，心头的星星之火被领角的一抹红艳腾地点燃，顷刻蔓延至眼角。

她几乎想都没想，就将衬衫揉成一团，没头没脑地向熟睡的明成扔去："苏明成，你昨晚干什么去了？说，干什么去了？"

明成脑袋骤然遭袭，虽然不痛，可心中觉得莫名其妙，支起头终于睁开眼睛，看着柳眉倒竖的朱丽，好一阵才没好气地回答："昨天不是跟你说了吗？周经理生日，大伙儿一起吃饭。领导马屁总要拍的。你今天早上怎么吃了枪药似的。"明成忽然想到隔墙有耳，忙起身指指房门，又做了个小声的手势。

朱丽没打算忍声吞气，也忍不下来，外面听见了又怎样？他大哥昨晚也跑了老婆呢。她指着衬衫道："吃饭吃到人家嘴上去了？饭后去干了什么？你真不要脸，你找小姐了吗？"

"你别瞎说，我们部门的头还是女人呢。我们饭后在酒吧，今晚我带你去视察，行了吧？我不过是睡个懒觉，值得如此栽赃吗？"明成没好奇，嘀咕着又想缩回去睡觉。

朱丽一把扯住明成的领口，不让他滑下去，勒得明成受不住呛了几声，明成终于动怒："朱丽，你干什么？怎么跟泼妇似的？"

朱丽扯来衬衣，在明成眼前乱晃，咬牙切齿地道："看，看这是什么？也不把证据扫光了回家，你太明目张胆了你！"

明成见朱丽气急败坏又说得似是有眉有眼的样子，不可置信地拿起自己的衬衣，心中着实觉得委屈，他昨晚上什么都没干，朱丽干什么风声鹤唳的，但等明成一看见领子上的红艳，心中也疑惑了："这怎么来的？"

"别装傻，你还问我呢。"朱丽论口才不是明玉的对手，但遇见明成则技高一筹。

明成两眼盯着领子上的口红印子，心里越想越不明白，哪儿来的？他想了半天才疑惑地道："难道是周经理的？周经理昨晚用这种口红吗？我都没留意。"

"切，找理由也别找上人家四十岁的女人，你还不如说你们办公室哪个男同事眼下有女装癖更可信。苏明成，你昨晚到底做了什么？你大哥还在家等着你，你就抱着别的女人高兴？你这人怎么这么下流！"

明成在朱丽完全失常的高音轰炸下，终于挪开床头，跳下去打开门一看，见没人，又赤脚跑出去看了客房，也没人。不知道父亲与大哥是早就出去了还是为避免尴尬刚刚才悄悄走开的，他方才放心，又跑回来，对朱丽指天发誓："真是周经理的，我昨天邀她跳过一支舞。华尔兹。"

"苏明成你舞技出众，带人跳舞怎么可能将唇膏跳到你领子上？你贴上去还是你们周经理贴上你？太恶心了，原来你们办公室流行打情骂俏，男同事出卖色相取悦女上司。"

明成听了怒道："朱丽你胡说什么啊，昨天周经理生日，大家为她庆祝，请她跳个舞算是什么色诱？"

"跳舞怎么会有口红印你衬衫上？"

"周经理喝多了。"

"那你就趁她喝醉捡便宜？"

"没有，你怎么把我想成这样，我是你丈夫，不是花花公子。而且周经理是我们领导。昨晚周经理答应借我二十万，我感谢她……"

"所以就以身相许？苏明成你真干得出来。以前厚着脸皮借你妈的钱，置你妹妹死活于不顾，现在你妈没了，你跟周经理有奶便是娘了？还跟人靠得这么近，你这么勾引老女人，你还有没有骨气了你？你知道你在做小白脸白相人吗？你不投资不行吗？”朱丽扯来衬衫扔在地上，狠狠乱踩。想到明成昨晚不知怎么与周经理搂抱着跳舞，不知小心款款用了什么手段等着周经理情深意浓时候答应借二十万给他，多无耻的交易啊，他居然还一脸无辜的样子，对了，他以前拿了他父母那么多钱也是那么无辜的样子，从来不觉得有什么错，他本来就是这样的人啊。

朱丽气得乱抖，更是下死命乱踏地上的衬衣。明成被朱丽骂得找不到北，再看到自己的衣服被朱丽乱踩，他气得一把就拉出来，带得朱丽差点儿摔跤。明成不去扶稳了她，兀自气愤地道：“朱丽，你不要血口喷人，我是这种人吗？我什么时候勾引周经理了？跟妈借钱的事我跟你解释了，我无心犯错。你今天怎么回事，一大早给人脸色，更年期提前了吗？”一边说，一边就找剪刀，剪开一道口子，就“嘶啦”一声把衬衣一分为二，“高兴了吧，称你心了吧。”

朱丽气得发抖，这无赖他还有理，他从来不知道自己有错，从来睁着所谓天真的大眼睛做着无耻的事，事后一句“我不知道”就推掉责任。口红都染到衬衫领子了，他还敢说什么事都没有，弄不好捉奸在床，他还会说一句他喝醉了什么都不知道，反正他是天真宝宝，他做什么都不会自己承担责任。朱丽咬牙切齿，想继续开骂，但气得骂不出来，转身拎起包便冲出门去。

明成忙丢了破衬衫追上去，抱住在大门边开门的朱丽，但被朱丽扭头狠狠在他手臂上咬了一口，一松手，朱丽跑了。明成火也真上来了，脖子一扭，说什么也不肯再追上去，冲着朱丽背影一脚将门踢上。气得在门外已经下了两个台阶的朱丽差点儿吐血。朱丽强忍了半天的眼泪终于关不住了，大哭着凭感觉往楼下跑。在楼梯口正好遇到明哲与苏大强一起回来，她也不管了，自顾自跑开。

明哲不知道发生了什么，在后面叫了几声，见朱丽不回头，而父亲却在身边哀叹“完了，完了，终于惹火她了”。明哲来不及细想，将东西往父亲手里一塞，追了出去。可正好有辆出租车空车开出来，朱丽跳上去就走了，明哲只有无奈地在后面喘气。

回来看到父亲还等在楼梯口，明哲忽然明白父亲刚才说的话是什么意思了。母亲一直在用钱用力维护着明成的婚姻，不知道这回吵架，结果会如何？想到自己家里也是一团糟糕，吴非依然下落不明，他忍不住叹息，重重地叹息。明哲不由自主地猜测，这两夫妻吵架会不会与父亲住在他们家而他又频繁上门麻烦他们有关？都说两代人住在一起不好，现在看来，还真会出问题。

而吴非却睡了个安稳觉，还是被宝宝弄醒的。宝宝起来见妈妈还睡着，就不由分说爬过来拿小手揉妈妈的脸，揉得妈妈睁开眼睛，她就笑嘻嘻钻进妈妈怀里闹腾。可能是还不适应时差，宝宝起得很早，吴非也没了睡意，两人高高兴兴地放了一浴缸水洗澡。

早饭后有人敲门，吴非还担心是明玉终于不忍心大哥受罪，将她在这儿的消息捅给了她大哥。但没想到是明玉叫秘书送来早点——一盒花色精致的西点。吴非这时候气有点儿过去，心想一夜没音信，给明哲的教训足够深刻了，总这么避着不是办法，但让她自己回到家里去也不是办法。他们两个中间有个宝宝，两个人还能说分开就分开吗？显然不行，她还得回去解决矛盾。这个时候，吴非倒是有点儿希望明玉不要跟她讲义气，还是悄悄把消息传给她大哥吧。但是，这话她怎么说得出口？而且，看样子明玉很忙，否则，以明玉的礼数和对宝宝的喜欢，应该会亲自送点心上门。吴非心说，她都不好意思打电话去麻烦明玉。

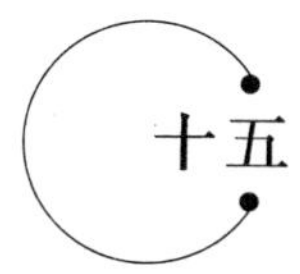

十五

委曲求全

周日上班人少，明玉干脆将电话传真电脑都搬到大办公室，现场办公。上班十分钟后，她便亲自主持全体江南公司员工的班前会，严肃指出目前公司面临的问题，然后条理分明地指出大家该做的、可以做的是哪一二三四点，不可以做的是哪一二三四点，哪个区域是雷区，触之即意味辞职等。并让在场员工给在家员工传达早会精神，传达一个记录一个，上报人事登记在册。如有谁不愿接受，请便，当场可以走，可以请长假十五天，但回来后，会不会还有位置保留给他，不能保证。而谁都不许手持订单妄图要挟于她，公司可以承担一定的损失，绝不会在原则问题上后退一步。

明玉开会的时候，包括柳青在内的其他五人也正在开会，内容根据岗位不同，大同小异。料想不出半个小时，集团公司高层将纷纷与闻。有人不敢当面反抗，并不意味着不敢通风报信，给自己两边都留一条后路。

然后，六人严阵以待，在身边电脑登录邮箱，随时通报各自消息。分厂两位与财务总监显然赶不上形势，打字由秘书代替。很快，电脑上面滚动出现各方情况，比如，某某某打听究竟谁主事，某某某问参与的究竟是几个人，某某某要求可否参与，有什么条件，等等。而从老毛那儿传来的讯息最火爆，几大副总纷纷致电要求他中止行动，一切听稍后的总公司高层会议决策指挥。蒙太太更是携儿子出面，已经上车开赴总公司，准备亲自找老毛会谈。

但是老毛这个滑头，居然在一系列的火爆实况之后，给了一条他的回应。对于那么多高层的威胁利诱，他抛出的是同一句话：公司进钱的口子只有三个，江南江北和进出口，三家公司从今天起停止与集团公司结算，所以他这个财务总监目前是个空衔，还想请各位副总开高层会议的时候商讨如何解决未来一周还贷的款子、材料采购的款子、办公费用开支、备品备件的报销。老毛一脚把皮球踢了回去。六人之中，虽然明玉是名义上的召集人，其实老毛才是真正的运转枢纽。

周日，银行没有开门，没有钱进钱出，一切看似安然无事，而大多数人还正处于被震荡后的昏迷期，上班时间又不便讨论，一切留待晚上下班，邀几位好友好好参详，看风向究竟吹向哪一边，他们也准备投靠哪一边，又不是阶级对立民族矛盾，大家似乎没必要紧紧抱住某一人的大腿作义勇状。

有人把六个人的“事迹”报告出去，自然也有人把别人的事迹报告给六人。大家在MSN上面大致推断出，目前除了他们六个为一派之外，还有两派。一派稍微薄弱，是蒙太太、蒙公子与一位行政副总、一位分厂长；另一派则人才济济，孙副总是显而易见的头目，下面的人手遍布各大分公司，江南江北公司竟然也有人与会。大家的话题只有一个：据医生交代，更根据大家从医院各种渠道打听来的消息，甚至根据送入急诊室的各色药品器械分析，蒙总中风严重，生命垂危，能不能抢救过来是个问题，抢救过来还是不是正常人也是个问题。所以，摆在众人面前的迫切问题是，集团不可一日无主，后蒙总时代权力该如何分配，最重要的是，股份将如何分配。

蒙太太与蒙公子提出，他们是蒙总遗产的合法继承人。但是孙副总却搬出给蒙总养了一儿一女的二奶，说那两个孩子也有合法继承权。于是两帮人在总部大会议室闹得不可开交。MSN在线的六人一致拒绝与会，都说他们几个是执行者，而不是决策者，他们的任务是稳定公司，等大家决策完毕才能安稳地将公司完璧归赵。但六人自己也不能确定，如果蒙总真有生命问题，他们该支持谁？另外，那些吵架的人会不会又搬出给蒙总养了儿女的三奶四奶来分散股份，导致公司大小股东林立，各方未来决策全凭各自如春秋战国时代一般合纵连横？六人决定晚上继续碰头开会商讨。在这种前途不明的情况下，人都有自觉与志同道合者抱团的倾向。

其实他们恨不得即时讨论，无奈老毛说什么都不会打字，而有些事，秘书在场他们不便说得太多。人间即无间，谁知道秘书会不会传出去。但大家都感慨，蒙总还在抢救呢，总部那帮人就跟秃鹫一样在一边虎视眈眈了。对于蒙太太与蒙二奶的列席，大家更是大摇其头，有贼心包养二奶三奶的估计心中在引以为戒了。

这一天，精神紧张，但相对无事。晚上讨论，大家都是江湖老手，几乎没几分钟就获得一致，如果蒙总可以抢救过来，他们的做法对蒙总有利无害，可以还给他一个完整的产销体系。而如果蒙总最后出事，集团陷于六国纷争，他们只有抱团，紧紧抱团，一致拿下公司产销体系的大半江山，各派系才不得不对他们另眼相看，许诺他们各种要求以拉拢他们巩固某派地位。前者为义气，后者为私利，于公于私，看来他们都是应该组成联合阵线，无可非议。

所以半个小时的讨论结束，大家都安心回去睡觉将养身体，准备应付第二天因银行开门、公司资金流动之后将会出现的权力之争。

明玉虽然不想回家，因为家里有大嫂，她回去总得敷衍，总不好钻进书房关上门自己苦思冥想。但是又不能不回，大热天的，不能不换衣服，办公室的备用衣服昨天已被用完。

但才刚走进家门，看见明亮的灯光，听见宝宝清脆的说话，柳青的电话就追到了。她不得不冲走过来跟她招呼的吴非打手势，一边问柳青：“什么事？先说好，叫我出去没门儿。”

柳青笑道：“谁要你出来，只怕你不得不出来。怎么汤汤水水饭店老板换了？我在食荤者吃饭，本来想借你的光蹭一道私房菜的，结果出来的老板换了人，说原来的石老板把店子转让掉了。怎么样？出不出来看看？”

“不出去，家里有人。店里的风格变化了吗？”

“我又不知道，我才是第二次来吃饭。算了，好好休息吧，我吃完也回去睡觉，都好几天没好好睡了。”

明玉心中挺失落的，怎么石天冬不声不响就把饭店转让了呢？也不说知会她一声。但又一想，她是他的谁？人家转让饭店干什么要通知她？这些想法都在明玉放下电话的一哂之间完成，下一刻，她大步跨入客厅，面对吴非母女。心说家中还是没人比较好，她累得跟已经放完了气的充气塑料玩具一样，恨不得“咿呀”一声摊平在地板上就此睡过去。但宝宝蹒跚蹦跳的身影却早惹得她蹲下身去，一点儿不怕费劲儿地跟着宝宝一起挪动。

吴非过来问了句：“才下班？我看你满脸写着‘累’字。”

明玉掩住嘴，笑道：“对不起，自己都觉得口气臭，不敢抱宝宝了。”

吴非看着明玉明显的黑眼圈，道：“真辛苦，不过有成就感吧。”

明玉微笑道：“养宝宝也很辛苦，但很少有人看到你的辛苦。对了，大哥中午又给我电话，问我你在哪里。我还是说不知，他就说他回上海去等你，要不然明天不上班会被炒鱿鱼。还跟我说，今早明成与朱丽吵架，朱丽跑回娘家了，可能两代同堂不是件愉快的事，导致大家脾气都很大。所以买房子的事还是得尽快进行。但他们已经敲定卖掉爸妈老房子当头款给爸买两室一厅，可以预想，未来每月还贷压力不会太大。”

吴非心想，早这么做就没那么多事了，明哲这个人非要拨一拨动一动，这人固执得要命。她叹了口气，自嘲地道：“斗争成功，那我明天可以回去了。”

明玉笑了笑，道：“那也得让惹事出来的大哥来请。”说着站起来，蹲得久了，人又疲累，不觉眼前一黑，晃了一下才站稳。

吴非忙道：“我周四得飞美国了，等不到他来接我。我还是灰溜溜自己回去吧。”

明玉听了又笑，拿起电话打给明哲。吴非在旁边看着，心说这一家怎么女儿比儿子灵活那么多，明玉多会做人，由明玉出面打通明哲电话，再让明哲在电话里要求跟她说话，她这下回去就不会太灰溜溜。

明玉接通明哲的电话，用若无其事的声音道：“大哥，大嫂在我这儿。我把你中午跟我说的话与她说了。”

“她怎么说？你请她回家，你做做她思想工作吧。我已经回上海，没法过去。”明哲这时候只恨身无彩凤双飞翼。这一天他已经焦头烂额。早上朱丽出走之后，明成脾气很大，看到父亲一直挂着讨好的笑追随大哥，明成越发不顺眼，才知道自己已经忍了父亲三个月。而后在与一家二手房中介公司联系之后，明哲与明成坐下来讨论卖一室一厅，买两室一厅的措施。可是苏大强惦记着明玉的话，在拿出房产证给明成去办的这件事上多次反复，对明成表现出极大的不信任，明成终于火大。早上朱丽不相信他，现在连父亲都怀疑他，不知道没说话的大哥是怎么想。明成忍不住，拍着沙发责问父亲，父亲却缩回了头，但还是拒不交出房产证。明哲在旁边怎么做工作都没用，三个人不欢而散。可是父亲又不肯争口气住回自己老家，愣是胆小地躲进客房不敢出来。明哲最后因为时间关系不得不回上海，可心中七上八下，一点儿不放心。又加上吴非离家的事，没想到母亲去世后苏家会乱成这样，明哲回答明玉电话的时候，差点儿有气无力地叹息。

明玉听得出大哥的无精打采，心里挺为吴非不平的，大哥怎么没多少急迫的意思？但这是人家的家务事，吴非既然已经准备回家，她也别横加插手指责大哥什么。她淡淡地道："你自己跟大嫂说吧。"便把话筒交给吴非。

明哲一听见吴非很不情愿的一声"唉"，就急着道："非非，你没事吧？宝宝没事吧？你们这两天怎么过的？"

吴非听着明哲的焦急和关心，只会叹息一声："我们都好，你别的都别说了，我们明天早上回上海。"

"明玉把买房子的最后决定告诉你了没有？"

吴非斩钉截铁地道："明哲你必须清楚一点，所有需要我们小家出资的事情，即使只是你们苏家的事，你都没权力在没有与我商量的情况下做出最后决定。请你明确婚姻中双方的平等地位。"

明哲抱住火热滚烫的脑袋，叹息道："非非，我不是回家改进了吗？别那么严肃，回来我们再好好商量。"

吴非也叹道："每次我都得折腾出多大声响你才会有点儿自觉，意识到我们母女也要活命？折腾一次次升级，吵架，出走，然后呢？明哲你不要总逼我。你口口声声说好商量，可是你听进去我的话没有？你能好好商量吗？我已经厌烦一次次在家中为自己争一些蝇头小利，厌烦拿哭哭啼啼换取丈夫的怜悯，厌烦我在家中的权利总被另一方漠视。明哲，明天我会回上海，然后顺利回去美国，不会给你添一丁点儿麻烦，但是请你斟酌我们的关系。"

"非非，没那么严重，我不是那样的人。我们结婚又不是一天两天，我什么时候不尊重你了？只是……我今天也想到了，妈去世后，我有点儿想做好做完美，有点儿模糊了自己的角色。其实，我们都是凡人呐。我总心想你是我最亲的人，你应该陪着我吃苦，我想错了。谁也不应该为别人吃苦。你回来吧，回来了我们再讨论。”

吴非却敏感地从明哲的道歉中听到他极其低落的情绪，并估计这种情绪并不是来自她的出走。终究是多年夫妻，吴非不能不关心：“怎么了，你回家碰到什么不顺心的事了？”

明哲听到吴非的关心，心中好受了些，总算有个可以说话的人。“我们不是说好卖掉老屋，换大房子吗？结果讨论到细节的时候，爸说什么都不放心明成，不肯拿出房产证和土地证给明成。即使是去银行保险箱拿文件来复印，爸都不要明成参与。明成火大了，就与爸吵起来，爸又不肯回去老屋住，又吵不回去，脸涨得通红躲回客房。朱丽又跑了，我很担心，他们两个回头怎么相处。”

吴非听完，心中很明确地跑出一个想法：得赶快把公公搬出来住。但是，这不正是明哲的想法吗？可见明哲也是真有难处。她也忍不住叹道：“可明成是真的不能让人放心。但凡他平时做事妥当，你爸怎么可能只信你不信他？你跟你爸说，让他理直气壮地住在明成家，这房子还有他出的一部分钱呢。”

“住下不难，即使明成的房子爸分文未出，明成也未必敢赶爸走。但是，这么寄人篱下不是长久之计。我其实也不放心明成，但我又不便麻烦明玉，我暂时想不出该怎么处理这件事。非非，如果有可能，你明天帮我去一趟中介，问一下有没有办法将房子最快卖掉，即使损失一点儿钱也认了。”

吴非看了眼正与明玉玩耍的宝宝，心说抱着宝宝做事，任务很是艰巨。但是这事情早解决早好，而且她在场插手解决，事情不会节外生枝。看来她又得出山打拼。“行，你打电话给你爸，说授权我代办，明天上午九点我去找他，尽量还是避开明成，免得彼此难堪。然后你把我们前几天找出来的房产中介资料以及看中的几套二手房资料发到我信箱，我明天可以按图索骥。这几天网上查看下来，大致价格我心中有数，你别太担心。”

“你准备买房子的事也一起解决了？时间不够啊。”明哲惊讶，但心中非常感动。吴非虽然与他生气，但需要做的事情却一点儿不回避。

吴非叹息道：“你爸不相信由明成卖房子，你以为他能相信明成买房子吗？我这儿能办多少办多少，不行我酌情交给明玉或者明成。先做起来再说，边做边想。”

明哲由衷地道："非非，谢谢你。你抱着宝宝奔波，会很辛苦。"

吴非不客气地道："你知道就好，以后别对我们娘儿俩苛刻。"

明哲在电话那端尴尬不已，明玉听了却笑出声来。吴非放下电话对明玉尴尬地笑道："你别高兴，也别想脱身，我还得问你哪几个房子比较合适。我用你的电脑行吗？"

明玉拿下巴指指书房："那里面，你自己去用。我明天派车给你，我这几天非常忙，不能帮你。对不起。"大哥二哥做这件事，她觉得是理所当然，但是由吴非来做，虽然知道她代表的是大哥，明玉只得为自己不能帮忙而道歉。

吴非先叮嘱宝宝："宝宝，不许总揪姑姑的头发，跟姑姑好好玩。"然后才对明玉道："谢谢，车子对我来说非常重要。还有，我们稍微减些价卖掉老屋，稍微加点儿钱买大屋，你同不同意？"

明玉道："不是我出资，我没发言权。而且……我不想参与太多，请原谅。"

吴非耸耸肩，道："那好，我只想这件事早结束早好，在合理范围内宁可多花一点儿钱。对了，你家只有一张大床，我们晚上怎么安排？"

"我睡书房地板，你别担心我，总不能让宝宝睡地上吧。"

"宝宝巴不得躺地上呢。那这两天就辛苦你，我不跟你客气了。我可能还得住两天。明成家里出事情，我不敢再去麻烦他。"因为明玉都与她直说，吴非也有话直说，没有虚情假意。

明玉一笑，没再多说，她在心中替吴非不值，好好一个女子，大哥就这么道一声歉，她就肯自觉吃苦，豁出性命替父亲和明成这两个不争气的人忙碌，这个傻女人，可见她是真爱大哥。明玉对吴非起了敬意，但对大哥明哲就更加不以为然了。

吴非看电脑的时候，宝宝抛下明玉追去书房，她觉得妈妈忽略她的时间太久了，这很不应该。而且这个姑姑并不好玩，只知道冲她做鬼脸、冲她笑，但没一点儿好玩的主意。明玉只能自己玩，坐在地上也懒得起来了，拿起笔记本电脑先上网查邮件。人家都说她记性一流，殊不知她是将别人回家与父母团聚或者与朋友玩乐的时间都用在工作上，对待工作就像学校时候对待功课，先预习后复习，所以那些数据她想不记住都难。

但今天被柳青的话影响，她查完邮件，便拐去本地美食网站，果然不出所料，论坛上有一条食荤者发的帖子，帖子题目是《兄弟去香港了》。明玉心想，去香港就去香港，闹什么闹。可最终还是忍不住诱惑将帖子打开来看。这才知道，原来石天冬获得了一个去香港某知名酒店烘焙房打工的机会，想到可以实地偷师学艺，学他向往已久的美食之都的中西式点心烘焙，他情绪激昂，立马儿就把食荤者汤煲店转手，轻装上路了。明玉看着不由莞尔，这个痴人，对吃的爱好还真是孜孜不倦。忽然想起前不久从北京到上海的列车上收到的短信，短信写着“我去香港了，回来再联络”，她当时看是陌生号码，并没留意，一把删了。现在才想起，其实石天冬有通知她，只是她不熟悉石天冬的手机号，耽误回信，不知道人家心里怎么想，会不会失望。明玉发了会儿呆，感觉自己有点儿想入非非，便收起心神专心办公。

但做了会儿事，她鬼差神使地又回去美食论坛，结束潜水生涯，浮出水面注册了一个名字“瘦高个儿”，在石天冬的帖子后面跟了一个。写得很简单，跟暗号似的，“我从北京培训逃回来，发现店主易人，很遗憾无处觅食了。”发了帖子，心说不知道石天冬到香港后会不会上网，上网看了这帖子会不会知道是她发的，不管了，先发了再说。但回头再看一遍自己写的，感觉有点儿鬼鬼祟祟，心里很想将这帖子删掉了事，可犹豫了一下，心中生出好汉做事好汉当的凌云勇气，让那帖子保留着。

吴非在书房忙碌完，又带宝宝睡了觉，一顿忙碌下来，一个小时过去了。走出卧室关上门，见明玉依然靠着沙发坐在地上，专心致志翘着嘴巴做她的工作。吴非看了会儿，走过去轻轻打断：“我能与你谈一谈吗？”

明玉抬起头，微笑着看向吴非：“谈买房子的事？”

“是，你看看这几间房子。”吴非将打印出来的文件交给明玉，明玉看了下，看来他们的意图很明显，两室一厅或者两厅，七八十平方米左右。她看了一下道：“地段都在老屋附近，不过我对这行不熟悉，我刚才想了一下，据说最近房地产市场太火爆，二手房销售很多歪门邪道。你一个外地人急吼吼购房，很容易被人利用。我建议你先卖掉老屋，钱放到我爸账户，新屋看看也好，但别急于下手。不过这会让你很没成就感。”

吴非一笑：“我采纳你的建议，我也知道国内中介的诚信很有问题。但我是真想把房子问题解决了，免得节外生枝，生出很多是非，影响那么多人生活。你知道，我们在国外生活相对单纯，很容易相信人，我们本来想请明成出面办这事也是基于这点考虑。现在看来行不通，我们得另想办法，可这事没法拖。你能不能提供举手之劳的帮助？”

明玉有点儿哭笑不得地看着吴非，发现这个大嫂可真是直爽，比大哥爽快多了，想要什么就直接要求，没一点儿婉转。可明玉偏又能接受吴非的意思，因为吴非并没用亲情责任什么的来打动她、感化她，要她作为苏家一分子解决问题。大嫂只是告诉她，这问题不解决，拖着是大家的麻烦。这话非常实在。可问题是明玉现在没法抽出时间帮这个忙。所以她也很实在地告诉吴非：“大嫂，我明白你想让我接手，但是我最近绝对没有时间，我的脑袋，最近不可能给工作外的事情腾出空间。你如果想让我做买房子这件事，你得等好一阵。你如果真要在这几天速战速决，我给你一个要好律师的电话，他会对你负责，起码保证不会骗你。”

吴非想了会儿，道：“我先按照后者做起来。如果没做成，只有交给你了，等一阵就等一阵吧，你爸在明成家未必就活不下去。”

明玉听了又想笑，这个大嫂真是太可爱了。她肯定在大哥面前说得更直，愚孝的大哥就受不了了。“反正如你说的先做起来，边做边看吧，总比讨论来讨论去的好。这个问题就这么解决。”

吴非听明玉最后那句话差点儿就有“散会”的意思，忙又道：“再谈谈你大哥的事。”

明玉看住吴非一笑，笑得吴非忍不住脸红，将脸撇了开去。吴非知道明玉在笑她前一刻还离家出走，后一刻又替丈夫说话了。吴非也觉得自己不争气，但事到临头她还是帮明哲说了。但在明玉明察秋毫的微笑下，她竟然开不了口。明玉淡淡地道：“隔阂已经存在那么多年，我现在对我爸尚且亲不起来，何况是大哥？所以，请大哥也别勉强了，强扭的瓜不甜。”

吴非听着觉得有理，不再勉强。“只是挺可惜的，我喜欢你这个人。”吴非直言，她觉得在明玉面前还是少耍花枪的好。

“我？”明玉脱口而出，简直有点儿不相信自己的耳朵，不能相信吴非嘴里的“你”说的是她苏明玉。但她看见吴非又不好意思地飞红了脸，忙道，“谢谢，我也很喜欢你和宝宝，可惜你得回去美国，否则可以常来常往。明成家的朱丽也是个不错的人，虽然娇气，有时小资得做作，但本性大方讲理。”

“那是因为你大方。”吴非微笑道，“还不睡吗？你看上去很累。”

明玉扶着沙发站起来，不出所料，又是一阵晕眩，看来这几天得好好补充营养，居然贫血了。但她装作若无其事一般，自己的事情，自己知道，自己解决，自己忘却，与人无涉。

朱丽冲出家门后，不敢回去父母家，因为如果父母知道明成敢与他们女儿作对，他们会与明成斗争一辈子。朱丽并无让父母与明成对立的打算，只有选择不回父母家，她也没兴趣逛街，最后还是去办公室加班，反正她总有加不完的班，做不完的工作。

事务所不止朱丽一个人加班，但也没多少人，正好，朱丽也怕别人过来寒暄，看见她红肿的眼皮。她坐在自己拿玻璃隔出来的小办公室里，打开电脑调出文件。很快，满心的怨念都被数字取代，她一门心思沉浸在工作里。

大老板下午有意无意过来公司取文件，看到加班的人，毫不意外，但还是留意了一下是谁。当他看到玻璃屋里的小领导朱丽的时候，心中不由得伸缩了一下手指，这女孩最近工作非常勤奋，加班次数超过想象。其实坐在办公室里的也有比朱丽加班更勤快的，但因为朱丽是美女，大美女，见到的人虽然未必个个儿打她主意，但看着赏心悦目，不免一眼不够多看几眼，看了印象比别人深刻肯定是有，美女在工作中多少占有一点儿优势。朱丽不知道自己歪打正着入了大老板的法眼。所谓失之东隅，收之桑榆。

下班时已经是华灯齐放，朱丽饥肠辘辘，却没有胃口，约了老同学在附近的星巴克喝咖啡。老同学家正遭遇七年之痒，整天想找人探讨男女关系的真谛，与恰逢或者偶遇家庭矛盾的朱丽一拍即合。朱丽找人时也是有所选择的，她是亦舒的信徒，认为找朋友诉苦不得超过十分钟，超过的话，自己成怨妇，别人有怨念。所以她找到老同学，两个有怨念的人在一起，不叫诉苦，叫探讨人生。

两个女人撒了一个多小时的气，女友先打车走了。朱丽在商店里一直逛到打烊才被人流卷裹着离开。她随波逐流地往路边走，被人抢先了好几辆出租车后，才终于抢到一辆。等前面的出租车司机问她去哪里的时候，她自然而然地吐出那个最不想回的家的地址。话音一落，她垂下了头，脱口而出是不是意味着潜意识里她想回家？可是回去不得让某人得意死？

因为明成忍无可忍冲父亲发火，被大哥塞进书房闭门思过。但明成怎么也无法认为这是他的过错，他这是怎么了？妈去世后怎么流年不利了？大家原本都说他热情开朗，笑口常开，怎么现在个个儿对他充满不信任，他说什么都是错？不，他不承认错误。他确实没与周经理暧昧，他凭什么要向朱丽认错？父亲公然对他表示不信任，那是对他人格的最大侮辱，枉他在母亲去世后一直挤出业余时间，甚至牺牲生意时间来伺候他，父亲这么没良心，他能不发怒？泥人也有土性子，他不忍了。

朱丽看不起他，他现在做什么都是错。父亲不信任他，说到底也是看不起他。两人看不起他，究其根源，还不是因为钱？朱丽嫌他现在赚得比她少，父亲嫌他没钱给他换大房。原来他辛辛苦苦花时间伺候他们都不算数，他们都看不到他对他们的好，他们衡量他的唯一标准竟然是且只是钱。这个社会真现实啊，什么夫妻，什么父子，都是狗屁，唯有钱才决定一切。

但，也有例外，那是他永远失去的母爱。明成不顾大哥还在，自己夺门而出，到街口买了一束白色康乃馨，开车去母亲那里。那里的树还低矮，太阳没遮没挡，明成戴着墨镜在母亲坟前坐了半天，发呆了半天。他在母亲遗像前发誓，走着瞧，等他哪天赚钱了，看大伙儿怎么巴结回来。

明成回来的时候晒得跟下滚水的虾似的，一脸油光一脸红。开门，见父亲的脸在客房门口一闪而没，他恨不得再次呛声。但又一想，母亲以前曾经与他说过，与父亲这种人争论，胜之不武，最佳办法是视而不见。于是明成便看也不看客房的门一眼，大步走进自己的书房，打开电脑玩游戏。今天他有意选择最血腥的，他脑子计算快捷，三下两下便掌握规律，持一杆枪如入无人之境，耳边都是耳机传来的震撼声音，地动山摇。

明成将心中的愤怒转化为手下鼠标射出的子弹，虽然他还不至于将对手幻化成朱丽或者父亲，但是当他将子弹射向对手的时候，他只觉得阵阵痛快，阵阵解脱。他玩得天昏地暗，日月无光。当最后血流成河，尸横遍野，他一个人傲立天地之间，前不见古人，后不见来者，天地悠悠，唯有硝烟滚滚，他才扔下鼠标，“哇呜”一声伸了个满足的懒腰。出气了。

他走出书房，烤了两块面包吃下，看时间已是半夜。回去卧室睡觉，却见朱丽已经朝里背着他侧身而睡，不知道睡着没有。薄软的被子勾勒出朱丽柔美的线条，在昏暗的脚灯下透出强烈的诱惑。明成站在床边咽了下口水，很争气地告诉自己，必须克制，绝不可投降。

但是揭开被子才钻进去，扑面便是一阵甜美的幽香。明成毫不犹豫就违背了刚刚的誓言，他不得不委曲求全。

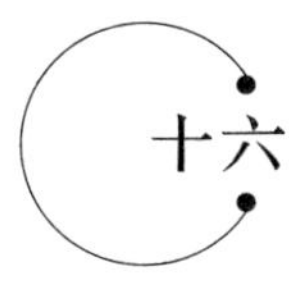

十六 尸骨未寒，后院起火

虽然公司对进出口几个业务部人员上班迟到早退的规定并不严格，但周经理还是按时到班，甚至有点儿早到，一个人安安静静在办公室里做了会儿事，主要是把周末两天在家处理的邮件传真等归类保存。

忽然，她听到门被有礼貌地敲响，她说了声“请进”，才看向门口。却见明成“啪”地一靠脚跟，在她门口潇洒地行了个美军军礼，然后才顽皮地笑着进来。周经理也开心地笑。这个苏明成，当初刚招来的时候，他明亮的眼睛和阳光般的笑容，让公司上下体会了一把什么叫玉树临风，周经理当机立断抢了他，这种人即使用不上，看着也舒服。

最先还觉得这个苏明成很好用，聪明灵活，一点就通，最美的是他态度好，待人大方，出去跑腿人见人爱，即使外商看着他也喜欢，很快业绩便升为新人中的第一。但是他恋爱了，恋爱后，他的心思全花在吃喝玩乐上，他的打扮是公司年轻人的风向标，但是他的业绩则是变为稳中略有升。这让周经理很失望。但她还是喜欢这个大男孩，这么十来年工作下来，他还是那么阳光，眼睛还是那么明亮。美中不足的是，他开始略微发胖。

但周经理还是喜欢看见明成，明成能让她笑。她看着明成走进来，微笑道：“周六谢谢你送我回家。”

明成也是竭力微笑，虽然他早上想与朱丽亲热一下的时候被朱丽拒绝，心中并不愉快。“送美丽女士回家是我们男人的荣幸。何况还是周经理的生日。”

周经理笑道：“少给我灌迷汤。说吧，这么早找我有什么事？对了，这两单我暂时忙不过来，你给我去做一下。”一边说，一边将传真递给明成，当然不会是最肥的生意。

明成接了，看了一下，道：“我等下就打电话问问最近有没有这种产品。周经理……”明成笑得腼腆起来，也将周经理的心笑得软软的，周经理心说，这大男孩，真拿他没办法。明成迟疑了好久，才将手中的一张纸递给周经理，“周经理，借条的格式，你看这样行不行？”

周经理愣了一下，接过借条一看，奇道：“二十三万？我什么时候说要借钱给你？”

明成更加吃惊，满怀希望而来，而且还是背着朱丽又与朱丽唱着反调而来，没想到周经理却把那晚在酒吧主动提出的借钱话语给否认了。他勉强微笑道：“周经理，前天在酒吧，你狠狠教育了我，让我好好加油工作，我答应的态度很好，你很高兴，就很爽快地提出借我二十几万块钱投资这单生产线。周经理，我真感激你，这下我不用把车卖了，没有车子，跑工厂验货还真是不方便。”

周经理还是疑惑地看看借条，客气而疏远地笑道：“小苏，你确定你没搞错？二十三万，再稍微加一点儿就成全部由我出资了。这又不是单位搞福利，这是大家集资做投资，资金为本。你若是已经筹了十六万，要我拿个零头帮忙倒也罢了，你让我借你这么多，还不如将你的股份转让给我，省得你背一屁股债。”

周经理的话打破了明成好不容易才捡回来的对美丽人性的憧憬，明成非常失望，尴尬地将借条从周经理的办公桌上收回，又勉强笑了笑，道：“周六肯定是我喝醉了。周经理，对不起，平白打扰了你。”

周经理看着明成失望的笑容，虽然有些心疼有些怜惜，但明成又不是她的儿子，她哪会那么大方拿出钱来。而且，明成拿不出钱，不正好退出投资让给她吗？她求之不得呢。所以她不会心软。

明成拎着借条垂头丧气地回到自己的座位，沮丧地将纸条大力团成一团，又不解气，展开来撕得粉身碎骨才罢休。周日的时候打算得多么美好，以为这是他可以扬眉吐气获得朱丽和父亲尊重的机会，没想到，也不知周经理周六晚上是不是真喝醉了，事后记不起说过的话，还是她记得当时的话，但周日想起来又赖账了。总而言之，周经理不借了。钱是周经理的，周经理不借，他难道还能去抢？

多好的赚钱机会啊，难道他就这么拱手放弃？明成觉得，即使他不赚钱，这个机会也不能给人。他可以把所有红利都让给借钱给他的人，他不要钱，他只要别人记得他的大方，行吗？这么一想，明成先想到父亲的老屋。不是说要把老屋卖了吗？拿来的钱给他投资，他把分红全部给父亲，还不把父亲乐死，这么大的便宜，父亲哪儿去占？

想到做到，明成往家里打电话，但没想到居然没人接。奇怪了，这要紧时候，爸会去哪儿？没想到近十点的时候，大嫂打来电话："明成你好，我是吴非。我今天陪着爸卖掉老屋。有这么个情况，我知会你一下。如果我们想立刻就卖掉老屋拿到钱以快点儿买到新房，中介提议将房子卖给中介，但价格会比原来设定的价格低一点儿，他们中介也要赚钱。我们目前谈下来的价格是二十九万五，你看行不行？如果行，我再知会一下明玉之后就签字了。如果不行，你过来谈行吗？"

明成一听差点儿笑出声来，才愁钱呢，钱就进门了，还比原来设想的数目多。"同意，同意，这个价钱差不多了。今天就能完成吗？"

吴非不知道明成为什么这么高兴，但还是耐心道："你们如果都同意，我们签字后就可以拿到现金。明成你要不要问一下朱丽？"

明成忙笑道："大嫂办事，朱丽还有什么不放心的？大嫂，你就签字吧，我都不知道你在帮我爸奔波房子的事情，你们在哪里，我等下过去接你们一起吃午饭吧。"

吴非忙道："不用不用，宝宝不习惯在饭店吃。中午我会把爸先送回你家。"吴非不准备透露她住在明玉那儿，免得给明玉招来旁人入室。明玉既然说对家人亲不起来，她还是别太自作主张。

明成也无所谓，只要爸回家就行。他顿时像是吃了兴奋剂，一下来了精神，干活儿劲头十足。仿佛那笔卖老屋的钱已经进入了他的口袋。

中午，他硬是回家了。下车时，看到明玉的白色奥迪过来，里面下来他父亲。明成吃惊，却见大嫂探出头来与他招呼，他才明白原来大嫂问明玉借了车子，面子够大。当年妈去上海办签证，他想问明玉换奥迪两天，免得妈坐着他的切诺基路上颠簸，明玉都不肯答应。不知道大嫂或者是大哥用了什么手段。他看着车子掉头离开后，便跟着开心欢喜的父亲上楼。

苏大强是真的欢喜，终于卖掉他不喜欢的老屋了，他可以不回去老屋了。但他看到眉开眼笑的明成，不由警觉地将手放在身上的存折处，好像明成看上一眼，他存折上的钱就会跑掉一点儿似的。这是他的血汗钱，说什么都不能给明成。

明成直到进了家门，关上了门，才对父亲道："爸，钱打进账户了吗？"

苏大强心惊肉跳地撒谎："都是你大嫂在办理，我不管。以后房子也由他们买。"但说谎的时候心虚，不敢看向明成。

明成以为父亲是经他昨天吵闹后看见他害怕，也不以为意，但心说钱在大嫂手里就比较麻烦了，他得说服大哥才行。他立刻就撇下满脸通红的父亲，直接给大哥打电话："大哥，老屋卖了？"

"是啊，老屋卖了，吴非说中介给一天时间，让把东西搬出来。我正好要找你，你和爸一起去，看还有什么以后能用上的，就搬出来吧。你看看你家车库能不能暂时放一下？爸妈的东西不会多，最主要的还是找出妈以前的照片、奖状、笔记什么的，我想保存。"

"行，虽然我家车库不大，是自行车库，但老屋没几件值钱东西，够放。还有呢？"

明哲见明成这么热情，不是昨天的愤怒样子，总算放心，心说总算还是爸的儿子，虽然嘴上牢骚，有事时还是派得上用场。他笑道："没别的了，这两天吴非专门帮爸看房子，你就帮爸搬家吧。辛苦你，可惜我真没时间过去。吴非看房子时有什么疑问，还得继续打扰你。"

"自家人客气什么。"明成看着父亲又钻进了客房，随便他了，"大哥，有件事我要与你商量，是关于我们公司投资的事。"他把投资的来龙去脉说了一下，不过他有意识地把部门私人集资，说成了公司出面优惠员工集资，以使大哥更加放心，"大哥，你知道我没钱，但这个机会难得。我自己不要赚钱，一分钱不要，把机会让给爸。爸反正还是住我家，我们暂时不买房了，将这笔钱投资，立刻可以产出不少红利。你放心，对方的产品由我们出口，我们可以控制投资。"

明哲听了明成的话，不知怎么有点儿腻味，但又说不出腻味在哪里，按说明成出让大好赚钱机会也是他的好意。但想到明成已经多次伸手拿家里的钱，拿了又不还，他不知不觉就把明成这次说的投资的事与明成伸手拿家里钱的事联系在一起，感觉明成急吼吼地给这笔钱找到的用途非常不可信。再说昨天已经见识了明成如何粗暴对待父亲，明哲认为父亲必须尽快搬出去住，早一刻是一刻，什么红利之类，还是放弃吧。

明成见大哥好久沉吟，忙又添上一把柴："大哥，有我监管着，但我一点儿不会沾手爸的红利，我一分不拿。我只是觉得放弃这个机会非常非常可惜。这是非常好的投资机会。"

明哲心中只认定应尽早给爸买房子，但温言道："你把爸请来听电话，我问一下他的意见。"

明成道："好，我去请。但大哥，爸不懂什么投资红利，你得解释给他听，否则他还以为钱给干什么去了呢。"说完才过去客房请父亲。

明哲对父亲道："爸，刚才明成说……"

苏大强立刻道："我全听见啦。我不投资，我要买房子。"此话说出，苏大强觉得说不出的痛快。投资会来钱他不是不知道，但是，他不相信明成，只要是明成拿出来的方案，他一概不信。如今看着明成失望的神色，他觉得异常解气，也一下找到了他做人的位置，忍不住将胸口挺了起来。他又坚决地补充一句："我退休金够用，我只要买房子。明哲你替我管住钱。"

说完，等得到明哲的肯定答复后，他就把电话放在桌上，他还不敢直接交给明成。

明成只能拿起电话再讲，再做大哥的思想工作，可大哥说什么都不松口，他只有作罢。明成也想让大哥投资，但明哲说他的钱专款专用，就是给爸买房子用，明成只能再次作罢。

明成中饭都没吃就回去公司，当然就忘记了搬家的事。他在办公室里苦思冥想，哪儿可以找钱。他觉得自己没面子得很，连区区二十六万都拿不出来，借钱也才借到三万元，一个零头都不到。办公室里大家饭后也在讨论筹集钱的问题，明成没法插嘴，心里憋闷得慌。

在大家讨论得热火朝天，憧憬着分红的美好未来的时候，明成忽然想到早上周经理的一句话，说他如果筹集了十六万的话，她借出十万还可行。明成想，死马当作活马医，假设周经理肯借出十万，他还得自筹十三万。即使周经理最后又赖账，他大不了把十万的股份转让给周经理，那她还有什么话说？她肯定高兴都来不及。而明成是万万不肯把所有股份都转让给周经理的，他得想办法，能自筹多少就多少。

他想了好一会儿，终于一咬牙，决定把车卖了。让朱丽看看，他也不是单纯只知道享受的，他也会赚钱，他不享受了，他现在一门心思赚钱了，如何？

他很快联系上一起玩车的车行工作的朋友，请他帮忙尽快卖车。他相信，凭他车上发烧级的音响与车外拉风的装饰，一定可以卖得好价。如此，他就有钱了。如果再不够，朱丽周末那阵子会发笔奖金，他先取了再说。

周一，整个集团公司黑云压城。即使消息最不灵通的员工，周一上班时也已经知道公司与往日有了什么不同。瞬间，有关蒙总得病的原因被衍生出若干变种，最先被认为的蒙总是被江南江北造反气死的说法未被普遍接受，反而大家从高层会议的出席人物推断，蒙总肯定是被家中一帮莺莺燕燕给闹疯了。大家在嘴里都说一句清官难断家务事，但心里大多有点儿不怀好意，谁叫他一个人占了那么多美丽的社会资源。

人常说尸骨未寒，后院起火。而集团眼下的状况是，蒙总还在急救室，生死未卜，各路人马已经纷纷上阵亮相。或许有人在周日时还在很有道德地以为，蒙总的生命掌握在医生手里，什么后事处理之类的问题应该从长计议。但是，等他们眼看着从周日至周一，集团公司会议室彻夜不灭的灯火，以及川流不息的人员进出，他们坐不住了。大家都是明白人，都知道蒙总这块肉有多肥，都知道什么叫先下手为强，都知道等木已成舟若想再通过现有法律手段夺得自己的一份有多难。于是，又出现据说怀有蒙总子嗣的美丽N奶，N奶身后总有一个集团内部的支持者。蒙家的七大姑八大姨们也纷纷上阵，扶老携幼出现在集团公司会议室。一时，集团公司热闹如集贸市场。

反而是各大分公司相对安静，大家最多在茶水间悄悄交换一下看法，但都不敢多打岔，因为分公司的头儿们都板着脸坐镇在各大办公室，没人敢在这兵荒马乱时节惹是生非。

明玉一上班就跟大家讲明事实，免得众人因谣言而情绪失控。她给大家吃的定心丸是，大家把事情做好，别管总公司出什么事情。分公司的财务她会控制进出，不会少大家的工资奖金。但如果有谁想趁兵荒马乱时浑水摸鱼甚至趁火打劫——杀无赦！以前，明玉安排工作大多只安排到中层，而今，她事无巨细，一一过问。

不出明玉所料的是，老倪等一帮老兄弟请假观望，或者是暗中协助在集团公司打斗的某总，总之他们没在公司出现。但是明玉自己带出来的一帮人无一动摇，都按部就班做着自己的工作。大家还对明玉的回归欣喜不已，这让明玉分外感动。她本来还在想，事成后，无论是什么结果，她都只有一条路可走，那就是离开公司。但是，今天面对这么好的部下，她开始有所动摇。除非，江南公司往后全权交给柳青，否则她甩手一走，怎么对得起无条件信任她的部下？

上午，大嫂吴非用明玉交给司机的一个手机打电话来，告知卖掉老屋的事，明玉毫不犹豫地答应了，非常感谢大嫂着手办这件实事，并主动提出老屋里面的东西如果不多的话，可以征用她的车库。明玉的车库是给汽车配的，够大。但吴非说先看看明成有没有地方。吴非总觉得为这个苏家不应太动用明玉的资源，那不是明玉的责任，也感觉明玉是看在她的面子上慷慨大方。吴非不想背上这个人情债。

下午，老毛那里终于江湖告急。高层们与蒙总亲人们讨论的最终结果竟然是，先委托资深审计师事务所查清蒙总的资产底细，然后再考虑如何切割分飨。老毛说，这真是笑话了，公司的资产情况，怎么能让那么多人知道？而且还是经过审计没有隐瞒的资料。那与脱光了裸奔有何区别？所以老毛干脆做得更彻底，向围攻他的人们提出，要查，就查个透彻，把分公司的账目也一起查了。查账，先从分公司开始，农村包围城市。他在MSN上向其余五人解释，他这么做，是为拖时间。各个分公司虽然只是集团公司的分支，但因为实力雄厚，资产复杂，审计起来一点儿不比寻常社会上的普通公司简单。等一个个的分公司审计完，估计蒙总那儿应该可以拿出结果。但他还是希望大家继续想想主意，有什么办法，设置什么障碍，可以让审计永远不要开始。但是他一个人无力反抗了，此时他如果敢提一声反对，七大姑八大姨们的口水都会把他淹死。

大家都说老毛做得对，如果非查账不可，只有先从分公司开始查起，才能保证集团公司的财务机密暂时不致泄露。而大家又都一致认为，查分厂的后果比较能够接受，销售公司得放在最后，那些增值税发票所反映出来的客户资料如此机密，岂是由非蒙总所控制的审计师事务所可以经手的？

但是，经过大家轮番抵抗无效，下午四点半时，集团公司传真电话电邮一起发，命令所有分公司老大回总公司开会，集中讨论审议协调布局集团内部资产审计的具体安排。这回集团公司的上层彻底抛弃一切官僚作风，行动雷厉风行，居然这么快就已经联系好了参与审计的事务所，今天的会议，事务所也将派主要人员参加。

老毛在下线之前，发出最后一声哀号："弟弟妹妹们，千万帮我顶住，拖一天是一天，拖半天也是大功一件啊。"

饶是集团公司地处远郊的海边，饶是大家出了郊区后把车开到最低限速，但即使骑车也有到的时候，这种办法非常消极。虽然大家都知道靠这么拖时间不是办法，消耗敌人也消耗自己。但是除此之外，大家真想不出还有什么其他办法来。

明玉也把车开得很慢，即使已经到了集团公司大门，她还是将车速开得如参加什么环城花车巡演那么慢。才进大门，车子便被两辆本田雅阁超了。

前面一辆黑色本田雅阁里面的事务所大老板对坐在副驾位置的朱丽道："你不要慌，再大的公司，财务制度也不会变化到哪里去。你的发言只要提出我们的审计步骤，需要他们配合的部分，这是今天协调会议的关键。"

"是，我会做好。"朱丽相当明白，这是大老板给她的机会。这次审计因为规模比较大，事务所几乎是倾巢而出，预计将按照客户的要求，由两辆车上的七名审计师各自担纲一个分支，分头审计，而大老板亲自负责总抓。今天一大早大老板便指派朱丽立刻与另外一个资深审计师一起拿出审计步骤安排报告，经他过目修改后，满意地安排朱丽担纲一个分支，又让她协调三个分支的审计进程，并将今天步骤报告的宣读也交给朱丽，很明显这是大老板的重视。

但是朱丽虽然表面上强自镇静，心里却一点儿不敢放松，这家企业，如此有名的一家企业，原本审计工作从来不会交给本市的事务所，即使他们的事务所几乎已经是本省最强。她很清楚，大老板很想借此机会，打入这家公司，争取长久合作。所以，此次审计事关重大，而今天的会议将是他们最重要的开场戏。朱丽感到肩上的担子非常之重，压得她差一点儿喘不过气来。下车时，她忍不住背着别人好好地深呼吸了三下，才整理了一下衣服、文件，挂上甜美而职业的微笑，跟上大老板他们一行。

所以，朱丽没看见跟在他们身后停车的明玉。而明玉却看到了朱丽，看到朱丽的明玉在车里呆了一下，难道集团上层请的事务所是朱丽那一家？那倒是巧了。明玉脸上的微笑渐渐浮现，她已经听到警报解除的声音了。

会议在中型会议室举行。集团的中型会议室，差不多是分公司的大食堂大小。一圈大环桌，一个白发苍苍的老太坐在面对大门的主席位上，那个位置平常只有蒙总坐，蒙总不在时没人敢坐，当然，今天蒙总的老娘坐这个位置可谓当仁不让。蒙老娘左首坐着蒙家母老虎蒙太太，右首坐着蒙大公子。再往下才是集团高层们，二奶等已经不在场，但可以料想，她们在这个屋里有代言人。那些蒙家血系亲属则散坐在角角落落，他们还没有坐在会议桌边的资格。

明玉走进门，一室几乎已经坐得满满当当，嘤嘤嗡嗡声音不绝。她看到老毛与柳青中间有个位置，便走过去当仁不让地坐了。这个位置，差不多是他们六人集团的中心位置。会议桌上人员的位置分布，包含极深极复杂的背景含意。大家稍微一议论，就看出谁跟谁是一伙儿，谁家势力最大。看来看去，似乎孙副总已经与蒙太太结成联盟，而蒙老太太则是被儿媳与孙子挟持。

明玉玩味地看着坐在对面的朱丽，悄悄对老毛胸有成竹地耳语："晚上请我吃饭。"

"为什么？"

"我帮你拖到明天。"

老毛这个小气鬼竟然满口答应："行，湖滨烤肉，阳台雅座。"说完便拿出手机让秘书订位。

柳青在一片嘈杂中当然没听见两人的耳语，他在打量会场半天后，对明玉道："事务所那个穿藏青套装的女孩长得非常不错，看上去举止优雅，品位不俗。"

明玉又看一眼朱丽，对柳青道："那是我二嫂。"

柳青在喉咙里咕噜了一声，促狭地笑道："我要争取你二嫂审计我的江北公司。"

明玉不由得翻了一下眼睛，道："柳青你拿这种笑话挤对我是没用的，我跟二哥没感情，不会为他们操心。"

柳青笑了一笑："真没劲，连这么好的苦中作乐的机会都不给我。不过你的话里是承认你二哥不如我的。"

明玉微笑地看着柳青道："你居然拿自己跟他比，没的掉了自己的身价。"

柳青摇头不信。这时在上座的孙副总打开麦克风大声要求在场人员安静，并让门口做记录的秘书关门。很快，场上便安静下来，形成关门打狗的架势。柳青还是忍不住偷眼看一下朱丽，看到这个美人终于从资料堆里抬起头来，两只眼睛亮晶晶的都是微笑。柳青只觉得心都化了。同样是职业女性，为什么旁边的也算有点儿姿色的苏明玉就没她二嫂看着可爱呢？

孙副总非常威严地环视一圈，非常满意自己一句话清场的效果，干咳一声，道："今天，请大家来，审议通过一下集团公司资产审计的办法。在董事长暂时缺席的情况下，经集团董事会开会研究做出初步决定，先由正诚会计师事务所派七组人员，齐头并进，分别审计三家分厂、两家销售公司、一家进出口公司和一家研发中心。然后，将审计结果汇总，最后审计集团公司的资产。长话短说，先请会计师事务所介绍一下审计步骤。"

朱丽在悄悄环视会场的瞬间，看到斜对面的明玉。她这才一惊，哎呀，差点儿忘了明玉也在这个公司，没想到，明玉已经做到可以来这儿开圆桌会议的高层。她不由又偷偷看了眼大模大样地靠着椅背坐在会议桌边的明玉，看到她嘴角似乎噙着一丝冷笑。类似的表情，她曾经在婆婆葬礼后的停车场上，明玉揶揄她和明成的时候看到过，也曾经在明哲失业，大家回老屋讨论公公赡养问题，明玉抛出账本的时候看到过。朱丽不由心寒得头皮发麻，不知道明玉今天想做什么，希望不是冲着她来。但现场不容朱丽多想。

事务所大老板热情洋溢但简练清楚的开场白很快结束，朱丽将麦克风移过来，微笑道："大家好，我叫朱丽，来宣读一下……"

柳青听了闭目咂味，咦，美人叫朱丽，这个名字似乎应该用英语读更漂亮。但没等柳青沉醉，便听音响从四面八方传来一声断喝："慢着！"他一睁眼，发觉声源来自身边的苏明玉。柳青还是第一次感觉到明玉的声音居然如此粗糙刺耳。但这粗糙的女中音还是不顾他的感受，不顾对面朱丽的大眼睛里闪现小羊羔般的惊慌，沉稳严肃地道："我申请，请正诚事务所的朱丽女士回避。朱丽是我嫡亲二哥的太太，也就是我的二嫂。基于我与朱丽女士的亲属关系，为维护审计过程的公平、公正和客观，避免审计人员将可能有的主观因素带入审计，我不徇私，自我检举，要求朱丽女士退出审计，回避。同时要求结束此次会议，请正诚事务所重新安排审计师名单，并审慎把关审计师的选择，在递交程序说明之前，先给出一份合格的审计师资格说明。”

一语既出，如同在全场扔下重磅炸弹，在场人员什么表情都有。但即使是最想立刻审计、立刻知道蒙总有多少资产的人都无法反驳明玉，虽然知道她的目的是阻止审计。因为她都大义灭亲了。众人几乎是不约而同地将眼光转向事务所的团队，将满腹不满转向那个满脸通红、眼泪盈盈欲滴的女孩。本来大家已经为争权夺利闹得火气暴躁，尤其是蒙总的那些亲戚，他们并无职业涵养，当下已经有人呼喝出来。

而朱丽则早在明玉说出第一个“回避”的时候，已经全身“轰”的一下，陷入混沌，后面的话充耳不闻。她心中有无数个小声音在责问：你为什么会忘记回避？你难道忘了明玉是这家集团的高层？你知道你耽误大老板进军这家公司的宏图大业了吗？你还想继续留在事务所吗？

朱丽不敢看向大老板，却勇敢地忍着眼泪站起来，深深鞠躬，忍了又忍，才憋出三个字：“对不起。”把手中材料交给大老板，她含泪退场。

柳青不忍心看着朱丽如此退场，但又明白这是明玉唯一能使出的拖延时间的手段。可心中还是隐隐在为朱丽鸣不平，这苏明玉真是太狠了，拿自家人开刀都没一点儿犹豫。看着朱丽退出会议室大门，他才对明玉轻道：“你这一手太狠，你不怕害了你二嫂？”

“两害相权择其轻。而且这是她自作自受。”明玉淡淡地道。

柳青叹了口气：“我明白你必须这么做，而且不能在会前提醒。但是你这样做也是在损害你自己与家人的关系。”

“总算你没有见色忘友。不过柳青你不明白，我与家人的关系已经损无可损了，朱丽忘记需要回避，又何尝不是说明她心中有我这个熟人但没我这个亲戚，因为她对我没有亲情概念呢？所以你不用替我担心，你如果担心朱丽，等下你自己出面在他们老板面前说话挽救她。”

“唔？”

明玉斜睨了柳青一眼，一声讥笑。柳青也跟着讪笑，心中笑自己怎么如此愚钝，办法不是明摆着吗？所以被明玉取笑了，活该，果然是色迷心窍。却看老毛，整个人严肃得跟不动明王似的，又冷静得跟千载玄冰似的，一双眼睛透过眼镜，冷冷地看向对面的正诚事务所全体。柳青立刻明白了，这家伙肯定还有话说，他怎能放弃如此大好时机。虽然柳青不知道老毛会说什么，但他心中更加替朱丽悲哀。如果老毛再捅上一刀的话，即使对方老板明知朱丽是替罪羊，也注定将迁怒于朱丽。

对方大老板一直在喃喃说“对不起，对不起”，但是没人理他，大家继续鼓噪。直到孙副总又一次大声发话，大家才又安静下来。于是正诚大老板再次道歉：“对不起……”

可是，他才说出这三个字，老毛已经冷冷地道：“事务所方面不必道歉了，我来谈几点我的看法。一、作为一家应该严谨细致的会计师事务所，在审计人员安排上出现如此大的漏洞，说明什么？不言而喻。我作为一个多年从事财务工作的人，拒绝由这样一家管理不严密的事务所来审计我们的账务，我有理由现在开始就对贵事务所的审计结果表示怀疑；二、鉴于本公司人员众多，机构庞杂，在本市范围内寻找的审计事务所非常难以避免与本公司员工存在瓜葛，所以我建议，我们走出本市，寻找可以合作的事务所；三、审计工作是一件细致缜密的工作，审计工作开始之前，我要求事务所必须做好完整细致的准备工作，不可再如今日一般仓促上马。这三点不具备，我不会交出账本。我的所作所为，必须对得起一个财务人员应该具备的操守，这是为蒙总负责，也是为大家负责。我的话就这些，散会吧。”

说完，老毛不管在场所有人，收拾桌上纸笔，先行离开。明玉、柳青等也跟着离开，会场上众人一时惊诧莫名。孙副总回过神来，对着话筒大喝一声：“站住，还没散会。”

老毛回头，凛然大声道：“你们想争权夺利，尽管争，别硬扯上蒙老太太，老人家已经累得头都抬不起来了，万一有个好歹，你们当心蒙总醒来找你们算账。我们几个——我们还得替蒙总看住公司。没人看住公司，公司倒了你们还争什么争？对不起，我们没时间、没精力奉陪。”

这话，让在场的一些人动容，但没能让所有人动容，有人争红了眼，什么良心道义都已经打包封冻起来，暂时不予使用。但当时，即有几位高层跟了出来，其中，有一分厂厂长与研发中心主任。事实上，老毛隐约成为这几个人的实际核心，虽然担着虚名的还是明玉。

柳青见老毛将他准备向正诚事务所老板说的话从另一侧面说了出来，正诚老板应该明白，他们失利，与他们的小过小错无关，而是审计这件事，本身遭到大家的一致抵制，找错只是借口，关键是其中大有背景原因。

原本六人小组却因此成了八人。得知财务总监答应请明玉吃烤肉，大家都起哄，老毛不得不忍痛割肉，请那么多人一起去吃几乎得几百元一份、旨在吃环境的烤肉。

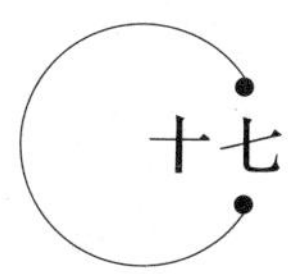

十七

罪魁祸首

被审计对象相继离席，整个会场气氛陷入尴尬，所有人指责的目光都向正诚事务所全体人员集中，更有人向联系事务所的孙副总发难，责问他何以如此草草把关。孙总又气又急，都没与其他大佬通气，悍然起身宣布会议结束，甩袖离席。走到正诚大老板身边时，他愤然怒问："怎么搞的！"

正诚老板也是一脸晦气，心说原来是你们内部都还没搞定，害他们事务所被人当了出气筒。见孙副总指责，他也没好气，但又不便对客户拉下脸，回了一句："我究竟该听哪一方的？"

孙副总不答，速速离去。正诚老板也带人非常无趣地离开，大家心里都觉得，这整个儿是个闹剧。

朱丽出了会议室就哭了，本想承担起责任，到外面打车先回家，避开大老板的气头，明天再到事务所递交辞呈，由大老板发落。但快步走出大门看去，外面车来车往，就是没有城市常见的出租车。这个地方太偏僻，有无证经营的黑车，但没证照齐全的出租车。

朱丽没胆坐黑车，直接打电话给明成："明成，你快来接我，我在明玉他们集团公司的总部。"

"朱丽，你在哭？怎么回事？"明成非常警觉地问，"是不是明玉欺负你？"

朱丽怨气冲天："你来接我，多问什么！"

明成非常为难，但不得不告诉朱丽："朱丽，车子被朋友拿去了，有买家要看车子，试驾一下。要不你等着，我打车过去接你。"

买家？朱丽一听，连询问的力气都没了，呆了一下，便关掉手机，切断电源。什么人，要紧时候指望不上，还得替他操心。卖车这么要紧的事，明成怎么都没事先来电话商量一下？但朱丽根本没法集中精力为明成卖车不与她商量而生气，她心里充满恐惧，非常担心里面的会议。她很希望她果断迅速的退场能挽回事务所的信誉，让事务所不致失去这单大宗审计。她希望会议慢慢开，大家有充足的时间讨论，有讨论就说明大家都有诚意，只要有诚意便一切好说，只要能把审计拿下来，大老板就不会太生气。否则，她怎么可能受得了大老板的雷霆震怒？朱丽只望能躲过今晚。

但是事务所两辆车子，只有一辆有司机，就是大老板的那辆。朱丽在外面彷徨，就是不敢上那辆黑色本田雅阁。

朱丽心中临时抱佛脚，可还没念上几声阿弥陀佛，便见一帮人从集团大楼里面出来。来人中包括明玉，他们交头接耳，不知说些什么。朱丽连忙退入车子，她不想被明玉看见，更不想看见明玉，这人太狠了，她怀疑明玉进入会场的时候就已经盯上她，所以嘴角挂着很是狰狞的笑。大家起码是熟人，不能会前提醒她吗？为什么非要拿她开刀？是借机报复吗？那可真是找到好机会了，起码，明玉今天打中的正是她朱丽的七寸。

朱丽坐在车里，双眼喷火地怒视明玉在她附近取车，看着明玉一脸轻松地与旁人闲谈后钻进车门，脸上没有一丝害人之后的沉重或者负疚。据说有种职业刽子手杀人不眨眼，杀了人后依然能用握刀子的手抓馒头吃，那种人是绝对的铁石心肠。

但朱丽的愤怒没持续几秒钟便被身边司机的自言自语打断："出来的这几个人都像是有地位的，个个都有不错的车子，是不是会议结束了？这么快？我得先打开空调。"

言者无心，听者有意，朱丽顿时只觉天旋地转，呼吸停顿，心中最担心的事看来已不可避免地发生了。明玉他们这帮人出来，会议还能开得下去吗？这时她真想冲出车子，拉下脸皮求明玉带她回城，以免碰到丢掉大宗业务后凶神恶煞般的大老板。但是，她挪不开脚，她绝望地发觉，她的腿不听脑袋指挥。

而大老板，终于无可避免地出现了，老远就看见他甩着手，大步流星，身姿如被斗牛士挑逗得怒不可遏的公牛。司机一看不对，早跳下车拉开车门迎候，而朱丽连下车的力气都没有，她吓软了。

大老板坐进车里的时候，看到的是两只眼泪汪汪犹如小鹿斑比的眼睛恐惧地看着他，一双指甲修饰整齐的精致小手紧紧捂住嘴唇，不让啜泣声逸出嘴唇。大老板本来想骂，见此只觉胜之不武，当下眼睛一闭，嘴里闷声闷气吐出两个字：“回家。”

一路鸦雀无声，直到大老板一声不吭在家门口下车，大家才不约而同松了口气。后面小魏安慰朱丽：“小朱，你今天被人做了借口。其实我们失去机会，主要原因并不在你，原因是对方集团公司内斗，有一帮人抵制审计，有一帮人急需审计，审计起因上不得台面，他们集团老板还躺在医院里，众人已经闹着分家清查资产。双方角力结果是抵制的人势力占据上风，导致我们白去一趟。后来老板大概已经意识到幸亏没蹚那摊子浑水，否则，万一对方老板被救治过来，我们以后将非常难以收场。你别害怕，老板不是轻易降罪的人。”

朱丽心中非常感激，刚才老板在场，她一直不敢稍动，甚至连哭都不敢出声，此刻被小魏一劝，她的眼泪再次夺眶而出，哽咽着道：“谢谢……你，小魏，但愿……如此。我们真的丢了……这审计了吗？”

“是啊，丢是肯定丢了，但我怀疑别家如果知道内情后也不敢接手这只烫手的山芋。”小魏做人相当厚道。

朱丽当然知道小魏是在宽慰她，但她心里真的好受了许多，“可是，小魏，如果不是因为我，他们集团反对方也未必抓得到把柄。总之是我搞砸了今天的会议。”

小魏左思右想，斟酌后道：“你这错误，确实犯得很不高明。不过也不能怪你，今天的任务接得急，又千头万绪，你能把报告准时拿出来已经很不错了，当时你脑子跟打仗似的，还怎么可能想到其他。”

朱丽认真回想了一下，又认真地摇头：“不是因为这个。”但是具体是什么原因，她就不便明说了。虽然现在已经知道明玉吵架事出有因，她甚至能体谅明玉从小的苦处，但那么多年下来，朱丽心中已经形成条件反射，看见明玉便全身紧张全神贯注准备应战，不再考虑其他。她当时心中的紧张，完全不是来自巨大工作压力造成的混乱，而是对过往交战经历的条件反射。这种反射，让她心中全然忘记明玉是该回避的亲属。朱丽苦笑，但这事能说出来吗？说给谁听，谁都会说她自己疏忽大意，授人以柄。

此时朱丽虽然心烦意乱，但还是不会忘记一件事，这车子是大老板的御用座驾，这司机是大老板的御用司乘，所以她是断断不敢让司机送她到小区后还送她到家门口。远远看见小区大门时，她已经对着司机千恩万谢，在小区门口"强烈要求"跳下车后，又站在路边目送归鸿，看着红艳艳的车尾灯转弯消失她才转身进入小区。但进入小区后她不必再挂着面具，一个人低头缓缓而行，彷徨着明天要不要递上辞呈。小魏的话虽然有理，但她能听不出其中安慰的成分吗？谁知道大老板心中是怎么想的？今晚老板什么都没说，让她躲过一劫。但是，明天呢？明天，大老板究竟是沉默一晚上之后爆发，还是放她一条生路？朱丽想得唉声叹气，了无生趣。做一份牛工，挣几块钱工资，不得不忍声吞气。可她又怎敢不要这份牛工呢？没有这份牛工挣来的工资撑着，做人更加了无生趣。

但现在就有生趣了吗？朱丽长长叹了口气，不提防，一头撞进一人的怀里。这个怀抱很熟悉，但朱丽现在厌烦它，毫不犹豫就大力推开这个怀抱。

明成被朱丽挂断电话后，就一直心怀鬼胎，明白是自己擅自卖车的事惹恼朱丽了。这事儿他本来准备先斩后奏，卖了车再告诉朱丽，因为朱丽反对他投资什么生产线。他站在客厅里焦急地徘徊再三，决定主动出击，到楼下等朱丽回来，花足工夫讨朱丽欢心。

被朱丽推开，是情理之中的事，明成赔足不是，弯着腰放低身段陪朱丽走，一边小心看朱丽的脸色，一边轻声问："怎么了？跟我说说，说出来就好过一点儿。"

朱丽看着明成的姿势却觉得无比碍眼，心说子承父业，那么高大的儿子一学谨小慎微，怎么活脱脱就是苏大强第二呢？连声音都那么像，说话声里都是讨好的气声，低头哈腰只差一点儿就像个穿香云纱的汉奸。朱丽只是不理明成，包也攥得紧紧的不交给明成，自己闷声不响地上楼，进门。

明成在后面忐忑不安地跟着，偏偏进门关门时他的手机响了。他一接电话，原来是朋友告诉他，买家喜欢这辆车，要了，定金当下可以支付，明天交款办手续，但是价格当然不可能太好，都已经用了三年的车，难道还能照新车卖？车上的装饰也不能算钱，这跟卖二手房一样，报纸上登的都是送普通装修、送豪华装修云云。明成不依，那些音响、那些车灯，都是他特别订购的日本原装货，怎么可以不算钱？再说朱丽一看就是反对卖车，他的心有点儿动摇，所以咬紧牙关就是不肯送装饰，非要折价，而且要价不低。大不了不卖了，起码也可讨得朱丽欢心。但是明成扪心自问，还是想卖的，只是没那么迫切了。

朱丽一听明成与人热火朝天地讨价还价，气得差点儿七窍流血，若不是她要面子，一早扑过去抢了电话。她不愿做泼妇，她有底线，所以只有死要面子活受罪，躲进主卫洗漱卸妆，用一扇门隔绝外面烦人的噪声。

明成没想到，他这儿吊着卖了，那边买家反而退让了。两下里扯皮再三，装饰终于折了一定的价钱，整辆车卖出去，十四万三，比原来设想的还高了一点儿。再加上已经借到手的一些，已经超出周经理给的十六万底限。明成立刻答应，放下电话时得意地心想：不就是十几万元钱吗？一天搞定。

但明成终究是有点儿心虚，因为这些事都是瞒着朱丽干的。现在正好朱丽在卫生间里，他就隔着门汇报，免得看朱丽愤怒的脸色："朱丽，车子卖掉了，价钱不错。十四万三，二手车卖到这价钱已经是看朋友面子了。"

这时候朱丽在里面反而反常地冷静下来，她用化妆棉轻轻地为眼睛卸妆，一边含糊不清地道："你外面等着，我很快出来跟你说话。"

这一说，明成反而感到摸不着头脑，朱丽明明是哭肿了脸回家的，怎么现在这么冷静？除了嗓音有点儿哭过后的沙哑。明成感觉到有点儿不妙，忙动手给朱丽做了杯香浓美味的Twinings伯爵奶茶，等着朱丽，当然，他自己也有一杯，容器当然是他们的WEDGWOOD茶具。

朱丽出来，坐到明成对面，看了一眼茶几上的奶茶，没有碰，她是有意不去碰，免得让明成找到话题。然后，朱丽冷静地盯着明成，以她一贯的轻柔声音淡淡地道："车子是我们家的固定资产，我有一半的所有权，你不可以不经过我同意而单独处置它。我想问清楚，你卖车的钱，是准备还你历年累计欠你父母的钱，还是做你上回说的投资？"

明成不习惯与朱丽这么面对面谈判似的说话，朱丽说话的时候，他想着山不就我我就山，便自己转移阵地坐到朱丽身边，与朱丽挤坐到一张沙发上："这笔钱我准备投资，回头拿来的红利，那就专款专用，全部拿来还给爸，你看怎么样？你们公司出什么事了？怎么会去明玉公司？你该不会是受明玉的气了吧？"

朱丽微咳一声，道："别打岔，我们一件事一件事地解决。你非要投你的资，你说你有你的理由。我呢，又坚决反对，我也有我的正当理由。我们没有折中的可能，我也不可能与你吵架非要扭转你的发财观念，该说的我以前都已经说过。只好你投你的资，我持我的保守态度。所以，卖车的钱，你拿一半去投资，我不过问，红利你准备怎么用，我也不过问。另一半的钱我拿着，这是婚姻中属于我的财产，我不同意投资，至于我准备怎么用这一半的钱，你也别过问。以后变卖家里任何一件价值超过两千块的固定资产的时候，都适用此办法。怎么样？同意的话，我起草一份协议，明天拿去公证。"

明成本以为朱丽会冲他撒娇哭闹，那么他就据理力争，软硬兼施说服朱丽，没想到朱丽却来了个切分处理的主意，合情合理地给他属于自己的一块自由天地，他反而一时难以适应，喃喃地道："朱丽，你别走极端，你这不是跟分家一样了吗？"

朱丽避开明成的手臂，又转移到明成最先坐的地方，坐下才道："否则你说我们该怎么办？吵架或者谁退让？你肯吗？我不肯退让。这笔钱我也不会要，我就把钱直接交给你大嫂，她不是正替你爸买房吗？算是我退还以前从你爸妈那儿侵占的钱，我向来不喜欢欠人债务。你的部分你自己想办法退还。"

明成忙道："其实我们的目的还不是一样的吗？我是用发展的理念挣钱还钱，你是用现有的钱还钱。我给你算算这笔账，我们就算三年之后，用我的投资办法最后所得余额是多少，而你的办法是没有任何产出了。我去拿张纸，我演示给你看我最保守的投资回报。"

朱丽一听，厌恶地别开脸，叹了口气，心说怎么说到吃喝玩乐之外的话题时，两人总是话不投机？看到明成真的起身去拿纸笔，她在他身后淡淡地道："投资是硬道理，谁都知道。但上策是你从银行挖钱出来投资。再不行自己拿自有资金投资。拿着父母的血汗钱投资算什么好汉？你爸如果家财万贯倒也罢了，儿子蹭几万块钱不是什么罪过，问题是你爸现在没地方住。你算投资账的时候，有没有算算自己的良心安不安？算了，我不跟你辩论，各行各道，我拿七万一千五，你明天打到我工资卡里。”

明成拿纸出来，闻言急了：“朱丽，今天你情绪不好，我们不讨论了，明天再说。什么良心之类的话，你别说那么重，我不是没良心的人。不说了，说了会吵架。”

朱丽一把抢了明成手中的纸，坐到地上，一言不发地起草关于卖车款的使用协议。对于这种协议的草签，她驾轻就熟，但是今天不知怎么，她的手有点儿颤抖，不知是因为被要求回避所存的余悸还在，还是气愤于明成拎不清。她写了几个字，都不是她平常纤美清丽的笔迹，只得将纸团了，来到书房打开电脑。

明成见朱丽好像坚决要与他划清界限的样子，心中烦躁，站在客厅里低头考虑了会儿，心想本来还把朱丽这周领的奖金也考虑在内的，现在看来这笔钱也拿不到了。朱丽真不支持他吗？她怎么总听不进去他的解释？她……不信任他了？以前没有啊，这种现象从什么时候开始的？从朱丽查看父母的账本得知他借用了妈很多钱时开始的吧？朱丽怎么能因为他一个无心之失否认他呢？现在她话里话外总是提到这件事，不知道她到底要他怎么办。他想了会儿，跟进书房里，看清楚朱丽在电脑上打的文件之后，非常心痛地问：“朱丽，你考虑清楚没有，你写这份协议，究竟是出于理智考虑，还是因为受今天工作不顺的影响？你工作中的问题跟我说说，起码说出来解气。”

“解气？我纯粹是自己撞上枪口，替人受过。我找你，找你妈，还是找你爸讨还公道？”朱丽心说明玉虽然狠，但人家就算是报复，她能怎样？她能找谁算账去？明成连拿着父母的钱都不肯还呢，还指望他承担父母亏待明玉的责任？

“果然是明玉，她把你怎么样了？我找她说。”明成掏出手机，那架势就如拔出一把刀枪。

“你找她做什么？向她为过去道歉？”朱丽一脸反感地看向明成，她都已经说是替人受过了，这个做哥哥的怎么都没一点儿反省的样子。是不是明成心中以为明玉与家里闹得不可开交只是因为他们母亲偏心的结果，与他无关？朱丽心中忽然彻底明白自己为什么想到要取一半的车款尽快还给公公，她想尽快摆脱这份负疚，以免以后看见明玉时先理亏三分。明成既然不愿意，她也无法劝说明成答应，她只有先撇清自己。她一向信奉靠自己的双手吃饭享受，她不愿再与说不通道理的明成同背让她汗颜的包袱。

明成被朱丽问得语塞，拿着手机迟疑地问：“你们究竟是怎么回事？”

“事情经过你都还没弄清楚，为什么就认为是明玉把我怎么样了呢？告诉你，我们都是活该。但我活该，是最后一次，没有以后了。明天你把一半的钱交给我，一分都不能少。”

明成略一思索，便大致明白，指着电脑问：“你与我这么生分地写这个与明玉今天对你说了什么话有关？她整天苦大仇深，你就都揽到自己身上？你详细告诉我，我不容你吃亏。”

朱丽忍不住翻了个白眼儿：“明成，你的肩膀可不可以担一点儿责任？你把事情做好，还用得着怨别人呀？怎么没纸了？”

“别总是自责。我们已经做得够好了，爸没住在大哥家、明玉家，而是住在我们家。纸呢？哎呀，对了，让爸用光了吧。那就别打印了，这份协议太伤人。好不好？别打印了。”

“是什么原因住在我们家？”朱丽抬眼看看明成一脸恳求的笑，看得心烦，她真希望明成能拿出玩时的劲头来，呼啸一声说去哪儿就去哪儿，胸有成竹。她不喜欢有正经事时还不肯承担的明成。不知道他以前那些主意都是谁帮他一起出的，是他妈吗？朱丽叹一口气，从自己大包里拿出折叠过的两张空白A4纸，坚决塞进打印机里。她今天既然下定决心，就绝不会改变。

明成无奈地看着朱丽将写好的协议打印出来，他很不愿意签字，但朱丽确实有理由获得其中的一半车款，而且如朱丽所说，他们谁也说服不了谁，他好像只有签字一途。但明成签下字后，心里很不痛快，感觉这就跟与朱丽分家了似的，朱丽可真做得出来。放下笔，他便转身走了，一声不吭躺到床上生闷气。他心里很难过，他那么爱的妈妈已经走了，现在他那么爱的朱丽总是找他的不是，甚至不信任他，朱丽是不是在厌恶他？他什么都没变，朱丽怎么一下看他不顺眼了？昨天朱丽揪住周经理落在他衣服上的口红大做文章，今天又说他不肯担责任，天哪，他都不知道自己错在哪里，为什么朱丽看什么都是他错？

明成不得不考虑到，有可能他什么都没错，但因为朱丽厌烦了他，所以处处找他的茬儿。那么美丽的朱丽，会不会眼下有了个强有力的追求者，所以她现在对比着看他就不顺眼了？不排除这种可能。所以朱丽才会跟他分得这么清楚了吧，以前，还是朱丽提议的，两人拿来的工资都放在一个抽屉里，谁要了谁拿，不分彼此。但是在外面吃饭一定得是他付款，朱丽说这样她会觉得矜贵。那么多年下来，好几十万的钱两人都没分过彼此，现在，才一辆车子的钱，她都要平分，朱丽心中一定是有了其他的想法。

明成瞪着眼看着天花板，心潮翻滚。难过之外，他也非常生气，他大好一个人才，对朱丽如此千依百顺，她竟然还对他有二心。这绝不是他做得不好的问题。山外有山，人外有人，总不能别人体操好，他苏明成也得学着做体操王子；别人歌唱得好，他苏明成就得向帕瓦罗蒂看齐。他又不是超人。他什么都没变，除了妈已去世，但那不是主要的。朱丽左看他不顺眼，右看他不顺眼，起因只能是朱丽的心有变。

明成心灰意冷地躺在床上，心想，随便了，他已经尽力了，朱丽爱怎么看他就怎么看吧。朱丽看好他的时候，他做什么都是对；朱丽不看好他的时候，他做什么都是错。他只有做好自己，别再吃力不讨好。

朱丽看着明成走出去，也是心灰意冷。这个高高大大的男人，怎么就没长大呢？一把话说清楚，他就不干了，连她究竟在外面受了什么委屈都不问就走。她与明成的关系，似乎可以共富贵，却不能共患难。即使共患难，朱丽也看不得明成处理问题的方式——搁置还父母的借款却硬要投什么资，陪周经理跳舞换得周经理借钱，说是为她出气摩拳擦掌想找明玉，这哪一件是成熟的人做得出来的事？朱丽唉声叹气地想，她还哪敢辞职啊，辞职了靠明成吃饭吗？他担得起？

朱丽更愿相信自己的一双手。

明玉与同事一起吃烤肉，众人都无兴趣吃喝，一直握着酒杯讨论应该何去何从。谁都不知道路究竟会通向何方，大概只有阎罗王才能知道蒙总究竟会死会活。众人心里都想到很多，但嘴里只能片言只语，说声尽本分安良心，须对得起蒙总多年的栽培。

大家醉翁之意不在酒，吃得没滋没味的，没一个小时便散伙，各自驾车离开。

明玉才开出一段路，便接到柳青的电话："苏明玉，说个地方，我们见面聊聊，我心里有很多想法。"

"大嫂在家等着我，我得尽快回家，你什么事电话里说也行。"

柳青奇道："你什么时候开始身边咕噜咕噜乱冒亲戚？咦，难道你现在开始吃香了？我跟你说实话，今天会议结果可想而知，也可以推断大家围着又吵成一团，没人会丢下发财的机会到医院探望老蒙。我想过去看看老蒙，人少，有空子可钻。你给我打掩护。"

明玉一听立马儿道："行，医院会合。你不早说。"

"我饭桌说了，一帮人还不都跟着去？停车场就拉上你也不好，别让人以为我们两个还在搞小团体外的小团体。等下碰到男医生就由你出面灌迷汤，遇到女医生和护士，我来。但愿都是女性，我不放心你的魅力。你随身带着香水没有？先喷一点儿吊吊魅力。"

"你奶奶的。"明玉破口而骂，虽然心中不得不承认，面对女性时，柳青的魅力永远是无远弗届。连她都开始求菩萨保佑，今晚医院值班的都是女性。

柳青听到终于把明玉激怒，在电话那头哈哈大笑。明玉知道柳青此时心中有说不出的得意，他常这样，以挑逗明玉生气为攻坚目标，大多数时候不成功，但偶尔在明玉不提防时总有得手的机会。

柳青先到的医院，看到明玉车来，他笑嘻嘻地指挥倒车，动作潇洒漂亮，无可挑剔。但等到明玉下车，柳青却道："你稍后一分钟再到，我先上去侦察一番。"

明玉一笑退后，没女伴的男性对女孩们而言更有吸引力。明玉看着柳青先上去，但还是忍不住出言提醒："大兄弟，头发乱了。"

柳青扭手扭脚摆个POSE："大妹子，这叫个性，切。"说完干脆又一抓头发，大步流星进去了。

明玉在后面嘻嘻哈哈的，这几天的紧张担忧一笑无踪，这个活宝。她微笑着也准备跟上，不想手机响起，显示号码是她家里电话，大嫂打来的。她忙接起，道："大嫂，我今天会晚点儿回去。"

吴非道："刚才宝宝睡了，我给明成打电话，跟他商量明天把你们父母家清空的事。明成好大脾气，说大家既不相信他又要他办事，但他还是问了该把家具放哪里。我把你的车库位置告诉他了，他明天会安排。”

明玉心说明成肯定因为朱丽的事在家暴跳如雷了，但是奇怪，不信任从何而来？她当众让朱丽回避，坏其好事，与信不信任明成没什么必然联系。但她也不欲将此事告诉吴非，两人还没熟悉到那种程度，她只是笑道：“大嫂听了当耳边风，别管他，只要他明天指挥搬家公司搬家就行。今天一天跑下来你也累了，早点儿休息，别等我。我可能会很晚回去。”

吴非想了想，道：“好，那我就不等你了。其实这不是主要的，主要的是我今天下午看了几家二手房，终于明白买二手房是个长期工程，不可能两三天之内完成。所以我想半途而废回上海了。很对不起，我做事雷声大雨点小，有始无终。”

明玉笑道：“大嫂说什么话，你大热天抱着宝宝为苏家的事奔波，我们感谢都来不及。明天你什么时候走？我让司机直接送你回上海，你一个人上车下车太不方便。搬家的事你别操心了，车库钥匙我会留在保安室。”

吴非犹豫了下，道：“谢谢你，明玉，你总是那么帮我。不过我准备明天下午回去，我有点儿不放心明成，得看着他搬好房子再走。明哲跟我说，中午时明成想打你们父亲卖房款的主意，说是他们公司集资投资一个工厂，被明哲与你们父亲拒绝了，他心里可能有抵触情绪。”

明玉闻言大惊，差点儿合不拢嘴，原来明成的怨气来源不止一处啊。“他脸皮够厚啊。大嫂，他不是你的责任，你把他的联络电话留给中介，他不搬好房子是他的事，与你无关。”

吴非无奈地微笑道：“这不是工作，可以推卸责任，明成不搬好，有些有纪念意义的东西被中介扔了，你大哥会发疯。明天我还是盯着的好。晚点儿回上海也好，你别叫司机送了，我自己回去，让明哲下班去车站接我。”

明玉这才想到，父母家还有值得留作纪念的东西，她对那一室一厅，一点儿留恋之心都没有。她有点儿不好意思地笑道：“大嫂你自己决定，不过车子尽管用，不用客气。”

说话间，明玉已经上了蒙总病房所在的楼层，所幸，这个时候整幢大楼还没关门谢客。看到柳青正在走廊与一个护士聊得热络，大放其电，明玉就没有走过去打扰，等柳青套取情报后过来汇报。

明成下床接了吴非的电话后回来，看到卧室门紧闭，他用大力、用巧劲儿都打不开，花言巧语也骗不开，里面好不容易才传出朱丽的声音，让他去客房与他父亲做伴。明成越想越生气，拍着门大声问里面的朱丽：“你闹够没有？我问你究竟在明玉那里受了什么气？有话直说，别总是借题发挥。”朱丽在里面回一句：“你们兄妹两个没一个会想到别人。”然后朱丽就打开电视不说话了，透过卧室门传到明成耳朵里的都是广告的大呼小叫。

明成气极，对着门板抡胳膊抬腿挥舞一通，不肯再卑颜屈膝要求进门，转身就去了客房。但才打开门，伴随着老爸恐慌眼神的是室内闷久了后说不出的一股臭味。明成抽动了一下鼻子，便厌恶地关门离开。里面的人、里面的味道，他都忍受不了。他回到客厅坐在沙发上发呆，想来想去，把最后的矛头对准朱丽抛出门来的那句话，什么叫你们兄妹两个没一个会想到别人？他还不够事事以朱丽为重？他对朱丽够好。当然，朱丽常撒娇说他这儿不够那儿不够。以前他这儿不够那儿不够时朱丽都没像今天这样发飙，她今天回来时眼睛已经哭成桃子状了，说明她在明玉那儿受了很大的气。原来他今天又是被迫签字又是被拒门外，吃了那么多苦头，明玉才是罪魁祸首，朱丽不气他气谁？当然嫁祸给他这个当哥哥的。

明成心中积郁的火气终于找到根源，急忙找到明玉的手机号码，速战速决。

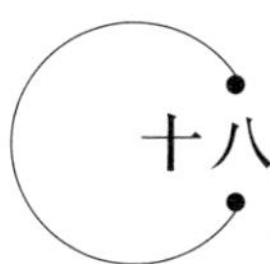

空城计

明玉在走廊上等了会儿，终于见柳青放电结束，放一个护士脱离他的魔爪，她才走过去。手机响时，见是明成家号码，她便掐了。明成找她还能有什么事，吵架呗，她现在没空奉陪。但是她又没法关机，不得不掐了明成接二连三打来的电话。这下，明成胸口集聚的火焰越烧越旺，又无处发泄，一口真气把他的脸涨得通红发烧，一路烧上脑袋。他干脆不断狠狠按着重拨，仿佛如此便可激怒明玉。

柳青看看明玉那部叫唤不停的手机，道："谁那么无聊？你屏蔽下那个号码。"

明玉摇摇头，道："不会，你会吗？"

柳青也是摇头，想说话，但看着明玉不断摁断电话，心烦，夺过明玉手机大声道："什么鬼？出来单挑。约个地方。"明玉不管，背着手悠闲地旁观，不知道明成或是朱丽会说什么。心说如果是朱丽，柳青这个花花公子不知道将如何应付。

明成听见是男人的声音，大惊，看看手机上面的号码，没错。"叫苏明玉有种听我电话，告诉她躲得过一时躲不过一世。"

柳青听了好笑，误以为明玉撞上什么不屈不挠追求的男人了，此人勇气可嘉，居然敢如此勇敢地追求这个蛮婆。他笑着道："苏明玉不想理你，你死心吧。你有种告诉我你在哪里，我上门单挑。"

明玉在一边哭笑不得，道："别搞错，这是我二嫂的老公。"

柳青须得反应一下才想到明玉"二嫂的老公"是明玉的二哥，心说她怎么说话这么拗口，但一想又笑，明玉在取笑他对她家那个美丽二嫂有贼心呢。那边明成已经叫道："你叫苏明玉听电话，有种做出对不起朱丽的事，别没种面对我。"

柳青笑道："谁对不起你家朱丽了？你家朱丽到我们公司搞审计，眼见小姑苏明玉在场不知道回避，苏明玉不得不公事公办自己提出，有什么不对？哪里对不起朱丽？难道要苏明玉没原则地任由亲戚审计亲戚这种舞弊事情发生？你回头教训教训朱丽，别以为自己是美女就可以为所欲为，苏明玉总不至于因为朱丽来审计就辞职吧？极搞脑子，还是第一次看到有人贼喊捉贼。"

明成不信，如果只是这么简单的事，朱丽何至于哭成这样，又何至于如此折腾他？他大声道："让苏明玉听电话，让她自己说。她亏心才不敢跟我说。"

柳青把电话交给明玉，笑道："你二哥纠缠不清，说你亏心不敢面对，你自己跟他说吧。"

明玉接过电话，冷冷地道："我确实当众让朱丽在她老板面前失分，如何？"说完便又挂了电话。她才懒得与明成说明，她只与平等的人说明，明成不配。明玉干脆将手机调成振动，免得柳青听见铃声分心。

明成如愿得到他想得到的答案，如愿放弃继续打电话骚扰明玉，但立刻跳起来，果然是她。明成知道朱丽最看重她那份工作，常以自己的工作与收入自豪，也非常专心于工作，为此放弃了很多娱乐时间加班加点。明玉选择在朱丽老板面前发落朱丽，朱丽还能不气死？怪不得了，寻常小事朱丽怎么可能哭得那么厉害？如果不是明玉陷害朱丽，朱丽能对他发怒？甚至逼他签下协议割出一半车价？都是明玉害得他差点儿凑齐的钱飞了，投资啊投资，明玉怎么总是他的克星呢？原来如此，原来如此。明成在客厅里气得团团转，原本对朱丽的一腔怨愤悉数转移到明玉身上，而对明玉的新仇旧恨一齐涌上心头。而后又想到自从大哥周末过来一趟后，对他的信任度就大大降低，原来一直说让他卖房买房的，现在一点儿不让他插手，这是不是与大嫂住在明玉家里有关？明玉背后撺掇了大哥什么话？明成毫不怀疑，只要是从明玉嘴里吐出来的话，对他苏明成一定是绝对不利的。明成坐在沙发上气得噎气，这什么人啊，整个肥皂剧里面的奸角。

柳青看着明玉道："何必呢，跟这种人生气。"

明玉勉强笑道："我只是喜欢看到他生气。你跟护士套了那么久近乎，怎么说？"

柳青一把扯过明玉到僻静处，悄悄道："正是我要跟你商量的。护士的眼睛目光闪烁，显然是不舍得跟我这个大帅哥撒谎但又不得不撒谎的内疚样儿。但是套不出什么话，还是老话，老蒙昏迷不醒，正在抢救中。苏明玉，你说抢救能有那么多天吗？护士有可能撒谎的话，真相是什么？"

明玉转了几下眼睛，伸出两根手指："撒谎？真相？老蒙活蹦乱跳，或者已死？两种都有可能，尤其是后者，肯定有漏出些许风声，否则你说集团公司那帮人能一点儿顾忌没有抢得那么狠？他们就不想想万一老蒙抢救过来，他们肯定会死路一条？后者的可能性还真不小。"

"但是为什么要掩盖真相？谁在掩盖老蒙已死的真相？谁能因老蒙将死未死得到好处？而且，老蒙真是被我们造反气死的吗？"柳青爆出一连串疑问，问到最后一个问题时，他与明玉两人同时脸色煞白。

"这事一定要搞清楚。"两人几乎异口同声。明玉又紧接着飞快说了一句："如果老蒙真的因为我们而气死……"

"别胡说，老蒙对我们两个知根知底，他即使气死也只会被他那些情妇气死。可是，我们接下来该怎么做？老蒙的房间门口有护士专门把守，闯不进去。"但柳青否认的同时，眼里也流露出很深的忧虑。毕竟蒙总待他们两个一直不薄，而他们的担心又是如此真实。"硬闯？这门看上去很厚实。"

明玉看看雕花实木急救室门，再看看既不单薄却也并不太厚实，平时需要西装衬垫的柳青的肩膀，忽然想到不知道那副肩膀在的话，派不派得上用场？那副肩膀，当然既不属于虚拟的兰博，也不属于已经做了州长的施瓦辛格，那副肩膀的主人现在香港。但明玉很快便将杂念扔到脑后，很认真但控制不住脸颊抽动地道："硬闯不行，但我们一定要弄清楚事实，否则回去也睡不着。如果被我知道老蒙敢偷偷活着一点儿事没有，我骂死他，骂死他。"

柳青愣愣地回一句："一点儿不幽默。"

"对不起，我没天赋。"明玉很抱歉地回答柳青，"柳青，我总觉得蹊跷。老蒙这样的人，躺下急救后，居然连一次家属参加的专家会诊都没有，什么会诊之类的都是医院说了算，医生有那么大胆独断？所以老蒙急救的可能看来最小。其中肯定有人在暗中操控，我们都当了那人布局里面的龙套。如果老蒙死了，操控的人看来内功深厚，我们几个人的对抗策略可能得有所调整；如果老蒙没事，暗手只能是老蒙。但老蒙断无装死的必要，难道是孙副总在做手脚？”

柳青没立即答话，拧着下巴拿眼睛东南西北地看，看了半天才道：“不浪费这个脑力了，钻进去看一下什么都明白了，我们还是先小人后君子。你在这里等着，我去勘察地形。接到我电话，你别接，立刻上去与看门的两个护士纠缠，闹得声响越大越好。给我打掩护。”

柳青说完便要行动，明玉却听出不对，伸手一把抓住柳青的衬衣，硬生生将他的衣服从裤腰里拽了出来，明玉忙放手，焦急地道：“这儿是十楼，你准备从外面爬进去是不是？你不要命了？”

柳青伸出一根手指在唇间做了个噤声的动作，等一个护士从身边经过了，他才轻道：“老蒙要是敢活着，我揍死他。没见过这么调戏人的。你在楼梯间等我电话，别乱晃被人赶出去。”说完毫不犹豫就钻进一架电梯。

等待的时间，明玉急得如热锅上的蚂蚁团团转，不知道柳青准备怎么做，虽然知道柳青这人其实是最细心的，从来不打没准备的仗，但是现在他崇敬的老蒙生死未卜，他还能如此镇静吗？明玉从楼梯那儿看下去，看到柳青大步跑出门，看到他到处张望，消失一会儿后又开车冲出去，很快回来，拎着一个大包回了大楼。不知道大包里面装着什么。看不到柳青时，明玉的一颗心跳得跟擂鼓似的，四肢微微发抖。此刻她只能相信柳青，相信柳青已经有所准备，会安然无恙地归来。而她必须坚守岗位，做好掩护工作，她别无选择。

正当要紧的时候，掌中手机开始振动，明玉全身一震，柳青开始行动了？拿起来一看却又是明成。明玉气不打一处来，差点儿扔掉手机，接通就大声道：“苏明成，你这孬种，除了打家里人主意你还会什么？你他妈少得寸进尺。滚！”

明成本想与明玉吵个明白，但没想到接通手机便被劈头盖脸一顿骂，骂的正是他最心虚最竭力否认的一点，明成爆发了。家中狭小的环境再容纳不下他的愤怒，他一跃而起，摔门而出。朱丽听见开门关门声，悄悄探脑袋出来看，见客厅空无一人，便冷笑一声，心说原来不仅女人会离家出走，男人也会。苏明成真是能干。她冷笑连连地出来熄灭所有灯火，关门睡觉。

明玉在楼梯间里如上足发条一般安静不下来，她即使不走，两手两脚也会自己抖动，她只有下意识地走动。透过窗户玻璃看得到外面漆黑的天，恍惚间明玉好像看到一条腿从夜空中垂下来乱晃，但转眼之间又消失。她知道这是幻觉。她真担心柳青，不知道他观察地形后会用什么办法。无论他用什么办法，这是十楼——摔下去可以导致骨骼全部碎裂的十楼。而柳青不过是个没经过训练的奸商，他的所作所为全凭勇气。

手机被明玉捧在手心，她一点儿不敢使劲儿，怕捏住了手机的振动，接不到柳青的来电。她很想打个电话给柳青，咱不干了，安全第一，另外设法破门而入，虽然知道几乎无门可入。但明玉不敢，她怕柳青正做着危险动作的时候，手机一响会提前要了柳青的命。她只有在原地团团转，无计可施。

终于，手机振动了，而且这次显示的终于是柳青的手机号码。

不知怎的，明玉立刻镇定下来，神色如常地去急救室门口找两名护士纠缠。唯有一张脸还是煞白。她在门口做出一切她想得出的泼妇举动，拍桌子敲凳子竭力制造声响，非要强行冲进去。其中一个护士急了，立刻打电话报告下面的保安，让保安过来抓人。明玉一边念叨她千万别在柳青事毕前被保安扔出去，一边继续制造声响，闹得护士站的护士也纷纷围了过来，七嘴八舌与明玉争论，明玉彻底被人鄙视了。但明玉舌灿莲花，舌战众护士而不落下风。直到保安终于赶到，一人一边架住了明玉。但柳青还没动静，明玉无奈，不得不使出泼妇的终极招数，挣扎着不让保安拖走，蹬脚叫骂什么丑态都不顾了，可两个保安的脚被她蹬了好几下却始终不放开她，明玉的动手能力显然不如动嘴能力，眼看就要被保安拖进敞开等待的电梯里。

忽然，围观的护士群里爆发出连声尖叫，保安脚下一个停顿，明玉这才站稳了看去，却见柳青顶着一头乱发出现在护士中间。明玉激动不已，声嘶力竭地尖叫一声："柳青！"柳青这才看到明玉，看到她狼狈地被保安架着，忙分开众人跑过来，怒吼着"放开她，放开她"，上前将明玉抢过来，两人情不自禁紧紧抱在一起。都感到对方的身体在紧张地颤抖，也感觉到对方于自己是如此可贵。

"没事吧？""没事。"两人又是同时问，同时答。知道对方无事，柳青立刻对保安轻道："我要找你们负责人，找个安静房间谈话。快，否则我立刻报警。"

保安不知所措，他们只接到通知，说如果有人想闯这间急救室，他们必须第一时间赶到，第一时间处理。但是对于从房间里面闯出来的人该如何处理，他们没有接到相应通知，而且对方还凶神恶煞地提到了报警，不知道他在房间里看到了什么，难道是医院做了什么违法违规的事？

保安正犹豫着，一个中年女医生急急从楼梯上来，跌跌撞撞冲到明玉他们身边，一手一个拉住明玉和柳青，想说话，但上气不接下气说不出来。柳青看看四周越来越多的围观人群，一把将保安、女医生、明玉一起推进电梯，等电梯门关上，柳青才道："这儿不是说话的地方，我们找个安静的房间。"

电梯被掌管电梯的阿姨开到底楼，那个女医生才有中气说得出话来："去四楼。保安辛苦，你们先下去。"

几分钟后，他们三人坐在一个小小的会议室里。相对沉默一会儿后，柳青对着明玉道："我从十一楼阳台爬下来，我怕死，所以去最近的一分厂借了条高空作业专用安全带，多费了一些时间。病床上只有一个假人，是医院的石膏人吧，老蒙不在。"

明玉都不知道问哪点好，不知道柳青怎么使用的安全带，怎么从阳台爬到阳台，好歹柳青下来了，安全落地。但明玉明显看到柳青放在腿上的手一直不自然地打拍子，就跟她自己的手一样，止不住地颤抖，只有借打拍子混淆别人视线。她担心柳青的性命，柳青何尝不担心自己的性命？柳青安全回来了，可她紧张的肌肉一时松弛不下来，只会颤抖，柳青也一样。蒙总活不见人死不见尸，更让人心慌。她与柳青都是见过大场面的人，可此时都已失色。她忍不住伸手握住柳青的手，不知是给柳青打气，还是给自己打气。她也感觉到柳青紧紧回握着她的手，生死关口走一圈回来的两个人，自觉感情不同以往。

但必须把眼前的事情搞清楚。"蒙总在哪里？他活着还是去世了？"

女医生犹豫一下，镇定地道："因为本院医疗条件不够，蒙总今早已经被送往上海。"

"既然人已去上海，为什么这里医生护士依然随时进出，布置得像模像样唱空城计？又为什么在病床上放假人？"柳青非常激动，说话声音尖锐迅速，握住明玉的那只手时时用力舞动。

明玉相对冷静，她按下柳青的手臂，对女医生道："我们是蒙总公司的主要负责人，两人都是蒙总一手带出，对他有相当深厚的感情，这是我的名片。你可以打电话告诉你们主事的领导，我们唯一的要求，蒙总这个人，我们活要见人，死要见尸。给你们十分钟讨论。如果回答不让我们满意，诸如想以人被转移到上海医院来搪塞我们，我们十分钟后报警。蒙总是有一定社会影响力的人，他拥有的财产也相当可观，我们有理由怀疑其中有鬼，有理由要求警方介入。请你们三思。”

女医生考虑了会儿，脸上有些许惊慌，寻常良民，谁都不愿没事看到大盖帽。“我不便做决定，出去打个请示电话。”

明玉与柳青目送女医生出去，等门关上，柳青才激动地道：“公司里面，除了老蒙，谁有这么大手笔指挥得动医院？我现在彻底怀疑老蒙没死，只有他在搞鬼，他不知在后面怎么暗笑。”

“他为什么先发昏一样地引入监理机制搞乱销售公司，然后又异想天开地装死搞乱整个集团公司？难道是想看看谁对他忠心，谁对他不忠心？他发昏了吗？人性禁得起测试？我现在也怀疑他没死，但怀疑他是真的发昏了。”

“如果老蒙没死，你说他装死还有什么原因？闹剧！而我们作为被他再三考验的人，虽然目前而言问心无愧，但你自问是什么感受？心里有没有觉得腻味？我实说，如果蒙总真是在考验我，除非他脑袋真有问题，老年痴呆或者成了老顽童，我无话可说，否则，我感到侮辱。我刚才在放着假人的病床边忽然想到，我们在为此挣扎，甚至良心挣扎的时候，老蒙在一边偷窥着，享受着上帝般的主导者的愉悦。所以我很气愤，我的好心被人取笑了。但愿老蒙能给我合适的理由。否则，没有江北了。”没有旁人，柳青终于可以大拍桌子。他桌子拍得越来越响，说话声音却越来越沮丧。

这话也是明玉想到的，但她不忍心说出来，只有长叹。想到柳青摸黑从十一楼爬下十楼，身边是呼啸的晚风，稍一踏错，医院就得多一个急救无效的鬼魂。老蒙可想到过他们的担忧？

柳青却又说：“即使我再愤怒，可还是希望老蒙活着。他能活着捉弄我们，总比死了强。但如果老蒙敢活着，却给不出正当理由，我以后永不见老蒙。”

明玉沉默了好一会儿，才道：“柳青，我与你同进退。”两人心中其实都已经确定老蒙没事了。

柳青勉强笑一笑："有你这句话就够了，够兄弟。你对老蒙的感情比我深多了，你还是别说走就走。你与老蒙，比有血缘的还亲。其实老蒙对你也很不错，他事先找借口调你去北京，逼你远离是非圈，谁让你非要回来蹚这摊子浑水呢？我不该拉你回来。"

明玉再次叹息，很多事情，她不是不知道，而是刻意不去想，比如柳青才说的，老蒙确实把她调虎离山了，但老蒙难道会想不到，她听说有大事能不回来主持大局？她是必然会蹚入浑水的。但她不深想了，对于有些人，她在意的人，她选择睁一只眼闭一只眼。

这时，明玉放在桌上的手机"嗤嗤"地跳动，两人都是一惊，柳青一看显示，道："外地的。"明玉才接了起来，没想到，电话那端传来的是一个熟悉的、如常的、内劲充足的声音："小苏，你和柳青在医院闹？"

明玉一下愣住了，两只眼睛死命看着柳青，看得柳青心里发毛，"蒙总？看来你一点儿事都没有？"柳青在一边心想，果然蒙总对明玉更放心，所以先给明玉打电话。

"没有，我在外面进行一项收购，不能让别人知道我是幕后，再有三天就完成了。你们两个辛苦，回头继续保密，当什么都没看见。"

"这么说老毛也知情？"

"对，只有他了。不过我以为你应该也会想到，我以前对你多有提示。放心，我什么事都没有。"

"你自己跟柳青解释吧。刚刚柳青冒着生命危险从十一楼爬到十楼，黑夜，什么保护措施都来不及做，也没法做。最初我们以为有人蓄意隐瞒什么，妄图来谋求什么。我把手机给柳青。"

柳青从明玉的话语里听出大概，再说他刚才把想说的都与明玉说了，反而没那么激动，接了电话，轻描淡写地道："蒙总，别信江南，我有做保护。但你欠我一条长裤、一件T恤，这些都被刮破了。苏明玉与保安打架也损毁了衣服，也欠着。你没事就好，省得我和江南内疚。"说完不等蒙总回答，便把手机抛给明玉，自己起身走了出去。知道蒙总没事，他不想与蒙总对话了，没意思得很。他是个骄傲的人，不喜欢被人愚弄。

明玉重新接听电话的时候，是蒙总在里面惊讶的声音："柳青你这孩子，柳青……"

"柳青出去了，蒙总。你没事就好，我们可以放心回家睡大觉去了。我们会照旧好好管着公司，不会让它运转不下去。"

蒙总听着两个人没有一丝火气的轻描淡写，反而急了。他太了解这两个人。"你们两个听着，等我回来跟你们好好谈。答应我，你们是我的孩子，你们如果……我明天就飞过来先跟你们见个面。"

"蒙总，不用，你过虑了。跟你约三天。期待你凯旋。"说完，明玉也挂了手机，切断电源。她有种筋疲力尽的感觉，整个人身上的力气仿佛在刚才与保安的对峙中用尽了，已经没力气戴着面具与蒙总对话，再说下去，她会发作。

走出去看见走廊上的柳青，也是耷拉着脸，一脸疲倦。两人缓缓从楼梯走下去，走得摇摇晃晃。走到外面停车场，柳青双手在身上东翻西翻，明玉看见就把自己的烟递过去，两人都不急着上车，坐在车头像有瘾的大烟鬼似的"嗞嗞"猛吸。

柳青先吸完，依然耷拉着头，看着脚尖道："说说，老蒙跟你说什么了。"

明玉吐出最后一口烟："老蒙说，他在进行一项收购计划，再有三天可以完事，让我们继续保密。如果我们有怨气的话，他明天就飞过来先与我们私下会面解释。他称呼你'柳青这孩子'，他说我们就像他的孩子。"

柳青从鼻子里哼出一声："他七八十岁的老娘现在还不知道在不在集团公司大楼挨着，孩子？无毒不丈夫啊，这点我很不如老蒙。回去吧，当今天什么都没发生。"

"你先回，我没力气了，现在刹车都踩不下。这几天……这几天人给透支了。忽然回头，才知道原来什么都是游戏，整个人没劲儿，没劲透了。"

"那我陪着你坐会儿。唉，你那个开饭店的朋友去哪儿了？"柳青说话的时候又伸手要烟。

"去香港学烘焙了。大概想学西点吧。柳青，你看他好不好？"

柳青回想了下，道："没啥印象。看样子是个爽快人。怎么样了？要不要我帮你侦察侦察？"

明玉"嘿"了一声，道："早呢，还在试探阶段。你呢？你的女老板还在继续吗？”

“吹了，被老蒙逼的，我们也处腻了。都是玩得起的人，分手很爽快。”

“你也老大不小了，看看老蒙。我才知道他生了那么多儿女出来。”

柳青耸肩一笑：“不急，等我找到口味一致的人再说。我希望那个人首先是个女人，然后她必须美丽，必须聪明，必须单纯，必须有点儿世故……好像很矛盾。所以我总是找不到那个人。”

明玉忍啊忍啊，还是忍不住道：“说得很像朱丽，我二嫂。”

“结了婚的人我只远观。不过你那二哥不怎么的。哪天他们离婚了你通知我一声。”

明玉“哈”了一声，不知道说什么好。两个人说说话，心情终于平复下来，各自开车回家。

这一路，明玉也不知怎么开下来的。幸好夜深人静，路上车辆稀少。否则，明玉怀疑不是她追别人的尾，就是别人追她的尾。终于开到自家车库门前，她整个人就像完成一件大任务后感到虚脱，坐在位置上看着车库门发愣。她想，还是把车停在车库门口吧，反正挡的也是自己的门，没人投诉。她想开门出来时，手机又振动，拿出来看，是柳青。明玉大致清楚柳青打这个电话来要说什么，所以接通就道：“柳青，我到家了，你呢？”

“在一个T形路口左转的时候差点儿拦腰撞上一辆卡车，我自己眼睁睁看着撞过去，可是刹车就是踩不住。还好卡车司机反应快，冲上绿化带避开。我被卡车司机臭骂一顿，给了他一条香烟他才没报警。你没事就好。”

柳青说得懒洋洋的，明玉却听得惊心动魄，身上的疲软全忘记了，好半天才爆出一句：“我揍死老蒙！”

柳青听了宽心地笑：“反正我仁至义尽，站好最后一班岗，以后再也不会太相信老板，我们还是太年轻。老蒙失去我，绝对是他的损失。我等下喝点儿酒才能睡觉，你也不妨喝点儿，否则会睡不着。”

明玉想了下，道：“我家中似乎没有存粮。你好好休息，既然老蒙没事，三天期限也闹不到多乱，我们明天不用天亮就去公司守着。我累了，我也需要歇息。”

说完电话，明玉满腹心事地打开车门出来，没想到柳青从十一楼爬下来的时候没出事，事后却差点儿出了车祸，他今晚还怎么睡得着，喝酒不如直接吃安眠药有效。但喝酒，起码能让人放松吧。而且，柳青会独自喝酒吗？这一点，明玉可不会担心他。

才关上车门，忽然听到身后有脚步声响。明玉警觉地抱紧拎包，才一转身，便觉劲风袭面，她下意识地一低头，来人一掌扫在她太阳穴上。她本来就累得双腿无力支撑身体，顺着大力被扫出好几步，后脑勺狠狠撞在车库门上，撞出轰然巨响。但她无力站住，眼睁睁看着背光继续前行的明成双拳交握，而她只能软软地顺着车库门滑到地上，带出一串“哐啷”声。明成找她报复来了，她现在什么都没有，连随身带着的力气都没有，她甚至无力逃跑，只有消极挨打。但是，明玉不会闭目等待，她冷冷看着明成，眼中满是蔑视。

明成携满腔怒火而来，邀天之幸，他今天才知道明玉的车库，虽然依然不知道她家朝着哪个方向。但他相信明玉一定会开车回来，车库是必经之地，所以他等。等待的时候，他将过往种种过节一一回想，想到明玉的伶牙俐齿，想到她的种种挑衅，明成心中的怒火发酵再发酵。原先还想着与明玉大吵一架，但真正见了明玉出来，他什么都不想了，上去就是一巴掌。只觉得一掌打出，浑身无限痛快，出尽心中被妈阻止着压抑了近十年的怨气。

他想施展身手继续大战，却没想到明玉完全不是对手，无耻地赖在地上不起来，只有两只可恶的眼睛依然喷着毒蛇般的幽冷火焰。他一时有点儿没处下手的感觉，用力踢了明玉一脚，吼叫道：“起来，有种站起来。你今天讨饶了？我给你一个教训，嘴皮子厚道一点儿，别以为人人都可以被你欺负。我问你，你对朱丽怎么了？你跟大嫂说我什么坏话了？我要你道歉，向朱丽道歉，向我道歉。”

明玉冷冷地道：“我看不起你。”

明成越发狂怒，但对着已经躺在地上的对手，他不太下得了手，只好又照明玉踢了几脚。“你嫉妒我，你这条毒蛇，妈不喜欢你，你就把毒气全发泄到我和朱丽头上，你以为我不知道？不是妈一直拦着我，你能猖狂到今天？妈对你多好，含辛茹苦养大你，你就这么报答她？你除了害人你还会干什么？你这条毒蛇，你去向朱丽道歉。”

“猪。”明玉不屑向明成辩解，奇怪这个人是怎么滋润地活到那么大，还活得那么顺畅的。但她凝聚起力气也无法起身，只有委屈地继续坐在地上，可她已经没兴趣看明成表演，冷冷扭开了脸。她只恨自己是女人，即使挣扎起来，也不是明成这孬种的对手。再强的女人，面对不讲理男人的时候，依然逃不脱小女人的命运。她心里说不出是悲哀还是对自己失望。而对明成，她都没力气理他。

明成只有再给明玉一脚。这一脚是踩下去的。但快接近明玉小肚子的时候，明成忽然停顿，暴怒中的他还是知道这么踩下去会出人命的，犹豫了一下，改踩为踢，力气也小了许多。但是，一脚，还是一脚，而且还是男人的脚。看着癞皮狗一样躺在地上的明玉，明成心中很有长啸的感觉，这个张狂的女人，终于也有无力招架的一天。他觉得解气，他想好好看清楚这个女人脸上的表情，他蹲下身，一把揪过明玉的头发，但看了半天，昏暗的路灯下，只看到明玉脸上的冷笑与无视。

明成只觉得脑袋又开始嗡嗡地涨了起来，他不知道明玉在想什么，腾出空着的左手又是一个耳光。这个耳光，明玉避无可避，结结实实地挨下。明玉继续冷笑，面对着明成冷笑，虽然头晕晕地想发昏。明成看得出明玉承受不住，不由也跟着冷笑，盯着明玉冷笑。终于他想到一件事，冷笑道："把车库钥匙给我，我明天还要把你那么讨厌的爸妈的家具搬过来，这是你自己答应的，你这毒蛇。你是爸妈生出来的，你再讨厌他们也改不了你身上流的血，你有义务孝敬爸。所以你只有把钥匙拿出来，你今天再恨我都得把钥匙拿出来。"

明玉气得眼冒金星，可除了一张嘴，她现在什么都没有。而明成看着明玉终于冒火的眼睛，得意地大声笑了，非常非常畅快，这么多年来，他还是第一次在明玉面前占了上风。至于钥匙，他倒不是最在乎，他只知道，自己今天憋了一肚子的气终于有了宣泄的地方。他忍不住又给了明玉一个耳光，才将明玉扔回地上。又从明玉包里掏出一串钥匙，凑着车库门找到合适的钥匙，才大笑着说声"恶心死你"，施施然离开。

看着明成离开，走远，明玉眼睛里的泪水才缓缓滑落。她什么都没做，只呆呆靠着被明成略微打开的车库门坐在地上，没力气起来，也暂时不想起来。撞了车库门的后脑勺有点儿痛，挨了耳光的脸是热辣辣的痛，被明成踢了的腰背隐隐地沉。她真恨，为什么要生在苏家，为什么要生为女人，为什么她摆脱不了苏家。这时她非常理解哪吒，她也恨不得割肉剔骨把这身血肉还给父母，从此与苏家一刀两断。

但是，这不是神话，这是生活。

过了好久，才有两个保安搭伴巡视过来，看见躺在地上的明玉，大吃一惊，两束雪亮的手电光一起射向明玉。明玉只得有气无力道：“我贫血，你们扶我一把，送我回家。”

保安见没大事，放心，一个人干脆背上明玉，送她回家。明玉不由自主，自己又动不了，进门少不得闹出不小动静，吴非被惊醒，出来看，见此大惊。打发走保安，吴非揉揉惺忪的睡眼过来仔细看，但明玉早将脸侧了过去，埋首躺在沙发上：“大嫂，别担心，可能是贫血。你方便的话，给我倒杯糖水。”

吴非忙进去厨房泡糖水，心说怪不得明玉厨房里别的没有，红糖倒有好几瓶，看来她是常喝的。不由心疼，一个女孩子，事业做得那么好，哪是容易的。那是拿性命换来的。她泡好红糖水，走到客厅，从明玉微颤的肩膀看得出她在啜泣。她拍拍明玉的肩膀，轻道：“我扶你起来喝，水温刚好。”

明玉不知道自己被明成扇了的脸是什么样子，不愿意别人看到自己的狼狈，只得轻声道：“大嫂睡去吧，你明天还得辛苦。”

吴非隐隐感觉有些异常，她看到明玉背后白衬衫上印的分明是几个脚印。脚印宽大，应该是男人的脚印。吴非火起，将茶杯往茶几上一放，道：“明玉，我带你去医院。别拒绝我，我看到你背后的脚印了。都是女人，没什么不好意思的。”

明玉无语了，没想到背后给印上了脚印。她内心挣扎良久，才道：“大嫂，你扶我起来，我先喝了红糖水，不行再去医院。苏明成算是手下留情，没太下重手。”

“苏明成？”吴非惊叫，“他是男人，他要不要脸？”吴非激动地扶起明玉，将杯子交给明玉，又吃惊地看到明玉的一侧脸通红，估计是被明成打了耳光。但她不问了，明玉说出被打已经勉为其难，何况是说出细节。她愣了好一会儿，看着明玉将糖水喝完，才道：“我找明成说话。”

“大嫂不用，我不会让苏明成白打的。”明玉闭上眼睛，很希望吴非这就去睡觉，不要理她。她已经不愿就此事多说。

但吴非不肯，看着苍白的明玉，她心疼。她不知道这兄妹两个之间发生了什么，未来又将发生什么。她只知道，男人凭体力打女人就是下流。她去厨房取了一包速冻小馒头，拿毛巾包了，权作冰包给明玉冷敷。又不理明玉的阻止，拿起电话接通明成家。明玉只能在旁边看着，无语。她心中本来已经有计划，但现在看来得被大嫂打草惊蛇了。既然如此，她只有改变方案，另作打算。

接电话的是朱丽，明成已经在书房满意地睡着了，而朱丽主卧床头有座机。听见朱丽那端略带沙哑的声音，吴非气极，他们还有脸睡觉！她沉着脸道："朱丽，我是吴非。对，大嫂。叫苏明成听电话。"

朱丽虽然睡得迷糊，但听大嫂连名带姓称呼明成，感觉有事，忙道："你等一下，我叫他。"

吴非忽然不想跟明成这样的下流人说话，她本来就因为明成拿了公婆那么多钱的事看不起明成，此刻当然更加鄙夷，忙道："朱丽，你传达也行。我要问苏明成，他一个大男人，为什么有脸出手打女人？而且拳打脚踢一起上？"

"他出门打人了？"朱丽惊得叫出声来，"他打谁了？对方要不要紧？我立刻过来处理。大嫂……你在哪里？"

吴非见朱丽看似浑不知情，心说总算还有一个清楚的。"苏明成打的是明玉，明玉现在站都站不稳。苏明成还是不是人？他怎么下得了如此重手？一家人即使有矛盾，好好说清楚不行？他竟然打人，还往死里打，你说他是人吗？"

朱丽的脑袋"轰"的一下炸了，立刻明白明成这是为什么了。本来还以为明成可能是生气跑出去喝醉了在外面发酒疯，没想到打的是明玉，那就只能用"蓄意"两个字来形容了。朱丽只觉得整个人连生气的力气都没了，这个苏明成，果真不是人。

明玉躺在沙发上见大嫂全说了出来，无奈地叹息了一声。她真不愿自己的糗事被人知道，当时若有力气，她早钻进车库随便打发一晚算了，她一点儿都不想被别人知道。自己挣扎着坚强地活了那么多年，她不愿向别人示弱，尤其是向并不友好的家里人，她在外面遇到什么事都是打落牙齿往肚里吞，自己消化算数。但现在看来是掩盖不了了，既然掩盖不了，那就彻底解决。

她自己找出手机，发觉红糖水下去，力气果真恢复了一点儿。她找到律师朋友的电话，不客气地打电话叫醒他。"刘律师，帮忙，非常严重，我挨人打了。是我二哥，突袭，我没有任何招架。证人有小区两位保安，是两位保安把我背回家的。对，非常严重。我二哥的姓名和地址你记一下，你帮我设法今晚就把他送进去，能让他在里面关多久就多久，不惜财力。他如果被拘留，你告诉我关在哪里。”刘律师在电话里面了解、嘱咐几句，便出门找朋友开始行动。

明玉与明成之间的矛盾也可被称作家庭内部矛盾，一般人不会报案，报案了没什么大事警察也会调解，毕竟和为贵。但有熟悉程序又熟悉人的刘律师在，矛盾便可以上升到法律高度。

吴非一时没心思听朱丽在电话里说什么，一脸惊诧地看着阴着一张脸讲电话的明玉，不知道说什么才好。好不容易等明玉挂线，她才听见朱丽在那端大叫“大嫂”，她不知道该不该与朱丽说，想了半天，才道：“朱丽，你让苏明成做好准备吧。”

朱丽大惊：“大嫂，怎么了？”

“大家都好自为之吧。对不起，再见。”吴非挂了电话，一时茫然。这个家，一个比一个狠。明成如果有了案底，以后出国就麻烦了，对于一个做进出口的人来说，等于断了一条财路。但是，明玉报案也没错，明成确实得受点儿教训，那是他活该，哪有做哥哥的如此下死劲儿打妹妹的，打得人都站不起来。

但吴非却见明玉又翻出一个电话来，冷静得不像是处理自己的事情，对电话那端的人说：“蒙总，我是小苏。刚刚从医院回来的时候，我被人在自家车库门前打了，后来是小区保安巡逻找到我，把我背回家。”

蒙总警觉地问：“谁？是不是吵遗产的人打你？你去医院了没有？快去医院。”

“不是总办吵遗产那帮人，但也有关。我这就去验伤，但蒙总你帮我立刻与有关人员打个招呼，尽量帮我。”

“没问题，我会安排，你要验成什么都行。公司的事你这几天别管了，好好养伤。三天后等我回来，我帮你处理这件事。我给你联系刘律师？”

“我已经联系了，其他的我自己会处理。明天开始我住院。江南公司暂时交给江北。谢谢蒙总。”

明玉既然联系了刘律师，知道迟早会被蒙总知道。而她本来今天对蒙总非常失望，已经萌生与柳青共进退的念头。可今晚去验伤又不得不需要蒙总出面跟方方面面打招呼，刘律师显然还不够。为了对付明成，她不得不动用蒙总了，她只有选择其一，她得对蒙总妥协。她知道，蒙总巴不得她来麻烦，她这一麻烦，让蒙总送个人情给她，蒙总心头可以放下一个包袱，不用再担心她生自己的气。

也好，最近睡得少吃得少，时时头晕，也该住院修理了。

吴非听着明玉的电话，明显感到，明玉想在验伤上面做手脚。但她又没法确定，不便指明，更无立场劝明玉手下留情，只能站在一边，想了好久，才道："明玉，我陪你去医院。"

明玉抬头看着吴非，轻道："大嫂帮个忙，我不想太狼狈地被人抬去医院，救护车很快就来。你别跟去，你这儿还有宝宝呢，不方便。落实好病房后，我会让秘书去医院照顾。"

吴非看看紧闭的卧室门，迟疑了一下，道："你需要有人陪着，你今天行动不便，需要有个女人照顾你。"

明玉闭上眼睛，没答应吴非。她能不知道吴非想什么吗？吴非又不是笨人，能不从她电话里听出什么来？她当然不会让吴非跟去，否则她还怎么要明成好看。过了会儿，她又拿起电话，虚拨了个号，像煞有介事地吩咐虚无的对方到某某医院门口等，然后看着吴非，道："大嫂明天走的时候把钥匙交给司机，他会交给我。"

吴非拿来化妆棉，轻轻给明玉擦拭脸庞上的泥灰，又给她梳了头发，整理出几件替换衣服。差不多的时候，蒙总代叫的救护车就到了。吴非无奈地看着明玉被抬出去，明玉既然已经有人伺候，她就不便再跟着去了，而且她确实无法扔下宝宝，也不便抱着宝宝跟去医院，那只有更烦人。她心中非常矛盾地想，明成应该受教训，而且是重重受教训，但不知道明玉会如何制造大教训套在明成头上，这是个大麻烦。她想打电话与明哲说说，但又想到明哲工作辛苦，如果知道这事，晚上肯定没法安睡，她想，还是明天再说。

她也睡不着，一个人在客厅坐了很久。

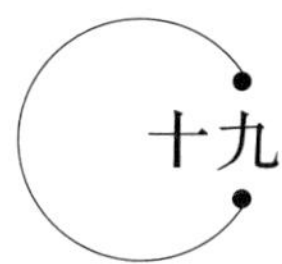

月亮的背面

朱丽放下电话没多久，都还不知道该怎么好自为之，家门已经被警察敲响。等明成瞪着眼睛很不以为然地被三个警察用手铐铐了带走，朱丽和被吵醒出来看的苏大强还如在梦里。

苏大强呆了半天，才回过神来，心说这是怎么了，他们一家做了那么多年良民，怎么今天明成被警察拿铐子给铐走了呢？“朱丽，明成……这是犯什么错了？”

朱丽还处于目瞪口呆中，盯着敞开的大门发愣，没听见苏大强的话。苏大强慌得不知道怎么办才好，犹豫好久，才用手推推朱丽的手，等朱丽全身一震回过神来，他才又问一句。朱丽喃喃道：“明成打了明玉。”

苏大强自言自语：“他们从小打到大的。今天怎么出动警察了呢？”

从小打到大？朱丽怎么都没想到。看公公说起这件事来轻描淡写的样子，难道他们做父母的对此从来都熟视无睹，又或者，他们对孩子也是该出手时就出手？难道一直以为的苏家母慈子孝，只是有意无意的假象？朱丽感觉苏家就像一棵毛笋，婆婆去世后，笋壳被一只看不见的手一层一层地剥开。

但朱丽此时来不及追究这些了，天这么晚，她没法找父母出主意，也不便打扰朋友找律师，身边的公公只会添乱，没法出主意，她想到吴非刚才的那个电话，看来吴非早就知道。这个时候，能找的只有吴非了吧？大嫂现在肯定还没睡，即使睡下，家中出这么大事，她能安睡？或者，通过大嫂做中间人，求求明玉？

电话打过去，果然是大嫂接的。朱丽急急道："大嫂，大嫂，明成刚刚被警察带走了。"

"这么快？"吴非愣住，她只见到明玉简单地打了两个电话，还以为现在是晚上，事情又不是突发事件，公安局大约会拖到明天才处理，没想到，这才不到半小时，好像明玉才被救护人员抬走，那边明成却已经被抓了。吴非一时说不出其他，只能惊讶地从喉咙深处滚出"嗳，嗳"的声响。

朱丽闻言，也不知道大嫂那边究竟是什么场景，只得继续硬着头皮道："大嫂，你们住哪里？我立刻赶过去，公公现在也醒着，他也担心。我们一起求求明玉，总归是一家人。"

吴非心想，换作是她吴非挨揍，她会原谅明成吗？起码今天不会，明天也不会，后天再说了，估计也不会，一辈子都不会原谅揍她的人。刚刚她看到明玉被打得需要保安背上来，她都气愤得恨不得自己找上门去揍明成，何况是明玉本人。她自己都知道，这时候不通知明哲，她本意是有点儿存心让明玉在今晚不受阻挠地做一些事的意思。这时候朱丽他们来能做什么？而她又能帮什么？她打心底里不愿帮明成。所以她直说："明玉已经被救护车拉走，你们来了也没用，见不到她。我建议你们此时也别去医院找明玉，天很晚了，别再折腾明玉了。"

"被救护车拉走？伤得那么厉害？"朱丽再次惊呼，"大嫂，请你告诉我明玉在哪家医院，我今晚不去，明天去行吗？事情因我而起，我向明玉赔礼道歉。"

事情因朱丽而起？吴非不由厌恶地想到了枕边风这个词。原来都不是好货。吴非冷了心，敷衍道："我也不知道是哪家医院，明玉自己打电话叫的，我抱着宝宝不方便，没法跟去。朱丽啊，你今晚好好休息，明天脑袋清醒了后再想办法解决。我也得休息了，明天等明玉电话，而且，还得帮公公搬家。晚安。"

"晚……安。"朱丽是个七窍玲珑的人，即使心急火燎的时候，也听得出大嫂字里行间不肯帮忙的意思，她很失落。眼下除了公公，还真没有可以说话的人了，还真只有睡觉了。现在即使吵醒朋友找到律师，只怕也只有明天才可以办事。明天……唉。

朱丽忽然想到，明天她能请假吗？即使如同事所安慰的那样，事务所失去这笔审计不纯粹是因为她的失误，而是另有其他原因，但是，她毕竟是导火索，是被人揪住的那条小辫子，大老板岂会轻易原谅她？她明天上班除非夹着尾巴做人，让大老板找不出因由咔嚓了她，她怎么还能在这当口请假？明天即将面对的处境，明玉是推手，虽然在明成面前她一味埋怨明成当年对妹妹刻薄才导致她今天受牵连，但朱丽心中却一直对明玉咬牙切齿。但是，现在还让她如何咬牙切齿？她只有对明成咬牙切齿，可明成又可怜地被抓了。她连寄托怒气的口子都找不到。

朱丽心想，如果明天请事假，抛开面子告诉大老板，家中因为明成不忿妹妹搅局揍了妹妹，结果把自己送进班房，她连续几天必须为丈夫奔波，然后不被大老板原谅，同事又埋怨被她拖后进度，她家的“光荣”事迹被宣传得沸沸扬扬，她最后还得被大老板怒骂之下辞退。这几乎是必然结局，而且她将退得非常难堪，永远留下话柄。这是爱面子的朱丽最不愿面对的结果。既然最后还是会被迫离开事务所，不如自己引咎辞职了吧，宁愿承受一些补偿方面的经济损失，起码，走得有担当，也算是稍微挽回一点儿声誉，而且还不用让明成的事情在圈里传开。看来她只有明天一上班就递上辞职信一途了。

朱丽对她每天面对的枯燥数字和繁重的工作量也厌烦透顶，但真考虑到了辞职，考虑得放弃那么多年培养起来的根基，考虑放弃薪资待遇在同行中属于翘楚的事务所，她才百转千回地留恋起来。真的要辞职吗？

但是不辞职，明成那边怎么办？谁去帮他奔波？这明成怎么一点儿不长脑子啊，竟然打一个比他弱的人，如大嫂所说，这还是人吗？打的还是他妹妹。而且，明成这笨脑瓜就不会想想，他妹妹那么厉害的人，能让他白打了？真是白痴加白痴，没救了的白痴。可是朱丽恨归恨，明成毕竟是被警察抓了去，总得想办法把他救出来。问题是，她连明成被抓到哪里都不知道，当时她都蒙了，她记得警察来时说了他们是哪儿哪儿的，但她那时吓呆了，根本是听而不闻。她该怎么办才好？她现在连一个商量的人都没有。

看看身边的公公，朱丽心中暗叹，死马当活马医了，问问他。“爸，刚刚警察进来的时候说他们是哪里的没有？”

“说了，我被吵醒的时候刚好听到。”苏大强一字不差说出。

朱丽倒是傻了，但随即反应过来，苏家三个兄妹，个个儿脑筋一流，岂是婆婆一个人的功劳，自然，公公的脑筋也不会差。她忙找纸笔记录下来，免得遗忘。

朱丽忙碌的时候，苏大强跟了进来，小心翼翼地问："明成会坐牢吗？"

"不知道。"朱丽回答完了，心想，公公怎么没问明玉住院了如何如何？她怀疑公公可能还不知道，忙又补充一句，"明玉被明成打得住院了，明天得赶紧过去看望一下。"

苏大强"噢"了一声，轻声轻气地道："明天看见明成跟他说一声，惹谁不好，他怎么敢去惹明玉。他妈以前都拦着他不让他去惹明玉呢。唉……"苏大强有一句话没说出来，他心里总觉得，明玉跟她妈是一个模子里刻出来的，他看见长大后的明玉一直害怕。叹完气，苏大强便回客房去了。他也知道，他在场也没用，派不上用场。

但苏大强走到门口的时候又站住了，回身很客气地问朱丽："那……明天搬房子的事怎么办？"

朱丽摇摇头，没好气地回答："大嫂说她会做。"苏大强听了讨好地笑一笑，又转身走了。

朱丽怔怔地看着公公走出去，为他说的这两句话和淡漠地转身离去，心中有明显的厌恶。儿子被抓了，女儿进医院了，他竟然没事人一样去睡觉，他关心的竟然是房子没人搬。真让人寒心。

朱丽一个人从客厅到书房、从书房到客厅地漫无目的地徘徊，却什么办法都想不出来。把大嫂在电话中所说的话想了又想后，发觉只有听大嫂的，还是先睡觉，养精蓄锐，明天才有力气做事。她回去床上躺下，才碰到床，立刻想到，明天的辞职信还没写。只得又起身，回去书房打开电脑。打字的时候，才发觉两只手簌簌发抖，总按不准键盘。她的辞职是心照不宣的一件事，辞职信只是个幌子，所以不必太修饰。朱丽很快打好辞职信，又躺回床上，面对一室黑暗，辗转反侧。

最先，想到明成不知道在做什么，手铐被打开没有，审问的时候有没有吃苦。慢慢地，一丝淡淡的怨气渐渐升上心头。明成，明成，这就是没了母亲指点后真正的明成吗？笋壳剥光后露出来的笋肉才是真实的明成吗？

朱丽也奇怪，按说她是个很会流泪的人，为什么今天遇到这么可怕的警察上门的事件都没流泪？最先，或许是因为紧张，脑子混作一团，现在呢？她现在为什么只有冷静，只有叹息，却没有眼泪呢？

朱丽总觉得，今晚的事，好像是有一只万灵之手帮她揭开眼前粉红瑰丽的美好面纱的一角，让她似有非有地看到一些可能是真实的什么。那面纱下的一角，敦促她以后想问题的时候可能得转一个弯，多考虑一个层面，想想月亮的背面。

明哲接到吴非电话的时候，只会一连串的“什么什么什么”，其余什么都说不出来了。还是吴非说完后问了一句：“大哥同志，你是不是准备请假过来一趟？”

明哲足足愣了好一会儿，才答非所问：“明玉那儿有消息了没有？究竟要不要紧？明成呢？明成有消息吗？”

“我等下去医院看望明玉。她昨晚到医院后给我来了个电话，告诉我病房，说正在治疗，等法医过来验伤。我正煨着粥，等收拾完宝宝就送到医院去。明成那儿，等下问问朱丽。明哲，你还是别来了。你们苏家兵荒马乱，你可得保住刚拿到的工作。这儿有我。而且，你来有什么用呢？说实话，依我看，整件事处理得重处理得轻，全在明玉一念之间。你以为明玉肯听你的吗？”

明哲沉默了好久，想到上周六明玉在电话里跟他说的那一通话。明玉说，大家都是成年人了，不用他这个做大哥的多管闲事。他今天如果插手，明玉能听他的？可是他真没脸说出，即使面对的是吴非，只得又答非所问地回一句：“他们两个以前常打架。”

“噢？妹妹怎么打得过哥哥？”吴非下意识地又偏向了明玉，把自己代入到打架的一方。心说她以前小时候与弟弟扭打都没必胜的把握呢，男孩子终究力气大一些，何况明玉还是妹妹。

“打起来，明玉肯定不是对手，我看见也会拉开。但明成吃的暗亏也不少，明成脑袋一根筋，明玉比较狡猾，弄到最后大家互有输赢。爸不管事，只有妈出来把明玉一顿骂。后来明玉上初中出去住宿了，大家不见面就不大打得起来。当时家里很小，爸这人拨一拨动一动，妈又为了点儿补贴经常上夜班，睡不好，脾气大，家里常是鸡飞狗跳的。嗨，我怎么这个时候说起旧事来了。非非，明玉是个倔性子，我来……”

“肯定不管用。”吴非就直接帮明哲说了。

明哲干咳一声，尴尬地道：“你比我细心，明玉看来又挺买你的账，你帮我多照顾照顾明玉，她一个人待医院里受罪，只有家里人会多想到她一点儿。明成那儿……我问问朱丽。等下你到医院后，想办法让我跟明玉说几句话吧。还有搬家的事。叫一家搬家公司，你千万别自己动手，把差不多能搬的都先搬走，剩下的放着以后让爸自己慢慢整理，我抽空也会过去整理。非非，你辛苦了，你忙来忙去都是忙我家的事。”

吴非虽然“哼”了一声，但听着还是挺受用的，主要这个大哥同志终于没提出请假过来主持大局，她放心了。“明哲，我看明玉有点儿想在验伤方面做手脚的意思，而且看来她有这本事做出点儿什么。她昨晚去医院的时候不想让我参与，估计昨晚已经做好手脚了。她昨晚……人不能动，但脑袋异常清醒。”

经吴非一次出走，而后又善加料理苏家买房卖房的大事，明哲对吴非的感觉，已不再是以前的出门一只老虎后面跟着大小两只猫的主导感。而吴非也不再如以前那样懒得管事，把大事都扔给明哲。两人彼此开始下意识地调整相处的方式。明哲虽然心中觉得别扭，但嘴上还是问了出来：“非非，你觉得我妈在的话，她会如何处理今天的事？”

“明玉已非当年吴下阿蒙，你妈在也没用。不得不说，明玉、明成今天冲突到这一步，你妈负有不可推卸的责任。但你妈会做人，以前，还有她八面玲珑地左提右挈，大家都相安无事。现在好像是一堆木头中的一根先倒，其他几根必须吱吱呀呀地经过一段时间调整，重新找到力量平衡点，才会归于太平。我昨晚在想，明成与明玉，这回算是矛盾爆发开来了吧，也好，总好过一直捂着，不知哪天才会爆发。”

明哲听了，无可奈何地承认：“确实如此，妈很强权，她对大家的生活影响非常大，她去世，即使在国外那么多年的我暂时都无法适应，何况明成。对于明成而言，妈的去世，恐怕是去掉他的主心骨了。非非，明玉那儿，还得你给她多一点儿关心，我这边好好考虑一下，该怎么与明玉说话。无论如何，明成该吃点儿苦头，但也不能被治得太过头。我还是希望苏家以后能完成新的和谐，而不是分崩离析。让我好好想想。明玉现在很难说话。”

吴非也明白，家中出这么大的事，明哲这个做哥哥的肯定得有所表示，但这个表示真难做，明玉不会听他的，明成料想也不会听他的，她都不知道明哲可以说什么来感化弟弟妹妹。吴非让宝宝跟爸爸说话，宝宝拿着无绳电话，三下两下便让明哲体会到电话被挂的滋味。等吴非从厨房出来，宝宝已经拿着电话到处扔了。吴非忙捡起来，再给明哲打，却一直忙音。吴非只得喂宝宝吃粥。喂宝宝吃粥，向来是个斗智斗勇的过程，是个艰难曲折前途不明的历程。

过一会儿，电话又响。看清楚是明哲的电话号码，吴非才接起。“刚才有人打你电话？”

明哲却是出人意料地重重叹息了一声，好一会儿才道：“爸打给我的。他很担心，明成不知道会坐几天牢。明成坐牢时间长了，朱丽会不会赶他出门。他要我快点儿给他买好房子让他搬离。”

吴非听了，非常能理解丈夫的叹息，只能劝慰：“老年人越活越回去的很多，别见怪啦。”

明哲继续叹息：“我让爸跟你去搬家，他硬是不肯去。我奇怪了，以前妈去世不久，他不还主动要求明玉拉他回家一趟？而且我当时失业他没法去美国，据说讨论赡养问题是在老屋。奇怪在我面前他怎么一再拒绝回家？非非，家中应该没什么值钱的东西，那些我认为珍贵的，未必能入别人的法眼，你不用太紧张，别太累着。东西搬好后就堆着，我以后回去收拾。”

吴非心说，这老头儿，应该不能用越活越回去解释了。“我看看吧。即使我想累，恐怕抱着宝宝也没法施展身手。好在明玉给了我一辆车、一名司机，我可以请司机帮忙，以后人情就让明玉去还了。你别挂心，不过我今天看来是不能回上海了，总不能抛下明玉。”

虽然吴非大方，但明哲放下电话后却怎么都无法释怀。父亲这是怎么回事？明玉被明成打伤住院，明成陷于牢狱处境不明，父亲却都不关心，一句都没提到担心他们或去看看他们，他只想到他自己的处境。以前总以为父亲懦弱，被母亲欺压得只剩一片影子，现在看来，父亲还很自私。与这样一个自私懦弱的人生活了一辈子，母亲不容易。

可明哲知道这些都是题外话，当务之急还是要解决明玉与明成的矛盾，不能让明玉被仇恨激得痛施杀手，导致明成无出头之日。但是，明哲真的想不出该如何劝说明玉。想想那次母亲刚去世他回来奔丧，虽然明玉一直客客气气，可还是说得他无力招架。上周六又在电话里为吴非指责他，也说得他没有招架之力。不管明玉有理没理，可她说的时候似乎总占着理，当时当地，总能让他这个当大哥的无言以对。何况，这回明玉挨了打，她愤怒得有理。换明成挨打试试？他会不竭尽全力打回去？明哲不知道该怎么劝说受伤的、盛怒的明玉手下留情。而且，关键是，明玉认可他这个劝说者的身份吗？在明玉心目中，他这个大哥身份，好像是名存实亡吧？她能听他的吗？

明哲为此抓破头皮。他决定晚上下班无论如何都要赶过去一趟，起码看望一下明玉。与其做一桌好菜让明玉感受什么家的气氛，不如以后潜移默化地多关心、多照顾她。明成自作自受，就去吃几天苦头吧。只怕明玉会不要他照顾。感谢吴非，幸好有吴非，吴非调剂了他们与明玉的关系。

吴非这边喂好了宝宝，看时间也才八点多点儿。其间电话响起一次，吴非见是明成家的号码，没接。她既无法帮朱丽，又厌恶公公，只有不接电话。而想到本应是明成担当的搬家事宜，要她这个在公交车上都可以被让座的抱小孩的妇女担当，她气愤之外更有惶恐。

但当她下楼看见来接她的司机的时候，一颗心终于放了下来。不怕不怕，这儿不是有个可以靠得住的本地人吗？明玉派给她的人，怎么都不敢对她作假胡来。她先去医院将一甜一咸两种粥放下，明玉还在睡觉，她没去打扰。下来的时候司机问起苏总究竟是怎么回事，吴非不便把实情说出，只说了明玉昨晚在小区遭袭击，司机立刻展开了想象。做司机的大多话多，一整天闷在小小的空间里，你不让他说话，他怎么受得了？司机想当然地分析，苏总遭袭肯定与集团公司目前的财产争夺有关。

等吴非在司机的帮助下找到合适的搬家公司，她在楼上指挥，司机在楼下监视的时候，司机无聊地连线公司同事，将事情转告了出去。很快，大家群策群力，联系到昨天审计工作安排会议上苏总带头拍案抵制审计的事件，怀疑苏总所为肯定是触犯了某些人不可告人的黑暗用心，于是导致了被报复的后果。这个推测结果合情合理，获得大家一致认可。不出一个小时，消息已经传遍整个集团。集团参与争夺财产者人人自辩，最佳方式当然是前去医院探望病人，洗清自己。

于是，明玉人未睡醒，门外已经堆满花篮和红包。

朱丽几乎是一夜似睡非睡，醒来时听见公公在客厅讲电话，虽然说得很轻，但清晨安静，她还是能听得清楚。她听了会儿，听出公公是在跟明成的大哥说话。全部听下来，朱丽心中气极。老头絮絮叨叨这么多话说下来，竟然没关心一下昨晚出事儿女的现状，更没请求大儿子出面从中调停，只是念叨着自己该怎么办。朱丽简直有立刻冲出去，大喊一声“滚”的冲动。

朱丽需得克制再克制，才能在起床时不铁青着一张脸。她那么多年工作下来，起码知道一点，有一种人是断断碰不得的，那就是公认的弱者。这个公公无论多自私、肮脏、恶心，但他的行动、举止、长相、年龄无不表明他是个弱者，就连笑容都是讨好的笑，这样的人，你敢拿他怎么办？你瞪他一眼，你便是恃强凌弱，有理都说不清了。遇见这种人，远远避开才是正道。

朱丽为避免克制不住骂人，只得从主卫洗漱整装完毕，直接拎包奔出门去。

但走出家门，却又恍惚了。这就去辞职吗？一份牛工，非到今天这等地步，才能觉察它的可贵。真的要辞吗？真的要放弃吗？朱丽站在门口好久，直到对面一家门后似乎有了叮叮当当的动静，她才醒悟过来，赶紧起步离开。

她先找了一个当律师的高中同学介入，告诉同学明成被抓至何处，然后早早到达公司，趁大家都未上班，先一头钻进自己的办公室。昨天哭得那么厉害，一夜过来眼皮红肿不堪入目。走都要走了，何必还给人留下笑柄？

朱丽有点儿丢三落四，又有点儿依依不舍地收拾出准备移交的东西，一一登记在一张纸上。等到办公室终于坐满同事，大老板身影显现，朱丽便拿着辞职报告敲门而入。

大老板看到桌上的辞职信，误会了，以为朱丽小姑娘受不得压力，撂担子发小姐脾气了，心说又不是什么大事，他昨天连一句话都没说，人家倒是比他脾气还大。大老板一张脸顿时露出不耐烦来。美女又怎么样，难道还要他大老板伺候着小性子？“什么意思？”大老板的语气里没一点儿客气。

朱丽被吓得心中一阵狂跳，忙道：“我昨天犯常识性错误，给事务所造成了巨大损失，我承担责任。”

“实话？我要你说实话。”大老板冷冷看着朱丽。

朱丽咬紧嘴唇，好不容易才凑足真气又说一句：“我很内疚。虽然我很重视这份工作，也需要这份工作，可我得承担责任。”

大老板看着朱丽。作为一个正常男人，他还是比较容易被一个楚楚动人的美丽女孩悲伤的表情打动。他经过仔细判断，觉得朱丽讲的应该是实情，便也不再计较，拿起辞职信，撕成两半，扔进垃圾桶。“扣你一个月工资奖金，让你长点儿记性，以后少犯这种常识性错误。这种事，可一不可再，否则损害的是你以后在业内的声誉。”

虽然被大笔扣去一个月收入，可朱丽还是被大老板真心实意的话感动了，她忍了一晚上的眼泪终于又开闸放水。大老板见此，不得不转开脸去，以后招员工绝不能招美女，太难伺候了，动不动就哭得梨花带雨，偏偏他又是个七情六欲一点儿不差的正常男人。可让他现在就从垃圾桶里捞出被撕的辞职信镶拼起来发挥效用，他又有点儿舍不得。考出几个证的人才难得啊，那是事务所的无形资产。

朱丽本来就不舍得辞职，既然辞职信被大老板拒绝，又被结结实实扣了一个月收入，她觉得自己受的惩罚已够，可以安心留下了，多好。可是，她还得为明成的事情奔波，虽然她知道这个时候再提出事假很有点儿不该，可她还能怎么办？只有如实招了。“我还得请假几天。昨晚我先生为了我的错误，脑袋发热冲出去打了他妹妹。昨晚就被他妹妹报案抓了，性质有点儿严重。我不得不请假，非常对不起，我一再影响事务所的工作。”

大老板瞠目结舌，这才明白朱丽辞呈背后的意思。但拒绝辞职信的大方话已经说出口，后悔已经来不及。昨晚会议上，朱丽家那个身居高位、心狠手辣的小姑岂是那么容易打发的？朱丽家有得麻烦可收拾了。他干脆将好人做到底，大方给朱丽一个月事假，免得她隔三岔五请事假影响事务所的工作士气。

朱丽千恩万谢地出来，没想到大老板是个面恶心善的好人。回到办公室，将工作简单做了移交，立刻飞一般去找律师同学。

此时律师同学已经从外面回来，看见双目红肿、容色憔悴的朱丽，心中有点儿不忍说出实情。但关上门，他还是实事求是。大家都是专业人士，应该知道程序。

“苏明成被审了一晚，今早确认正式拘留。昨晚对方的验伤报告也已经出来，轻伤，具体伤情不知。对你很不利的是，对方请的刘律师是个在本市公检法呼风唤雨的高人，这么短的时间内，公安局已经做出全套材料，提请检察院批准逮捕。朱丽，实话说，我对你这个案子毫无把握。只能帮你在程序上略加指点，少走弯路。你唯一的出路，是恳求对方手下留情。”

朱丽听了，只会喃喃地一直说“怎么办呢，怎么办呢”。去求明玉吗？可都还不知道她住哪个医院呢。吴非也找不到，让她到哪儿去找？朱丽发了半天呆，终于想到一件事，“昨晚明成被带走的时候，只穿着睡衣。我能不能拿衣服过去，顺便看看他在里面好不好？起码我得给他打气，让他有点儿盼头啊”。

同学坦率地道：“不瞒你说，我已经去看了。你先生被送进去的是区局，也不知道是有意还是无意，要是市局还稍微好一点儿。我本来想委托熟人帮忙照应一下苏明成，但没办法，对方太强，没人愿意帮我。你得做好思想准备，里面关的什么恶人都有，苏明成会吃足苦头。”

朱丽一向顺风顺水，几乎没有接触过月亮的背面，闻言心存侥幸。“里面总有管的人吧，被欺负狠了叫一声不就行了？”

同学笑道：“哪有那么简单，首先，欺负你的时候能让你叫出来吗？其次，里面关的这帮人个个儿都是等着审判的，心头狂躁不安总得找个人发泄，十来平方米的房子住着八九个人，本就憋闷得没处发泄，来了新人，大家还不合着伙儿给下马威？哎呀，对不起，我不该乱说。朱丽，暂时你送不进去衣物。”

朱丽早趴在桌上哭开了，不知道明成在里面要受多大的罪呢。想到昨晚公公苏大强说明成惹谁不好偏惹明玉，朱丽这下可知道厉害了，不知道明成在里面有没有觉悟过来？如果被逮捕，关上一年两年，明成这个从来没吃过苦头的少爷兵还不脱了人样儿？虽说这是明成自找的，谁让他打自己妹妹去，只是……她能看着明成如此吃苦吗？

朱丽从同学那儿哭着出来，也不顾旁人笑话她哭哭啼啼了，翻出明哲的电话号码就打过去。

“大哥，你得帮帮明成，只有你能帮他了。明成给关在区看守所了。而且明玉的律师很厉害，我的律师同学想托人照顾明成都不行，明成在里面得吃尽苦头了。他若是反抗，不知道会不会被人往死里打。大哥，你快过来帮帮明成吧。”朱丽泣不成声，但终于坚持着将情况的严重程度告诉明哲。他们两兄弟要好，明哲总不会不顾弟弟，她只有求大哥了。

明哲回答一句："我上班没法离开。等下班立刻会过去，我得看看明玉。"

朱丽这时候再伤心焦虑，还是一点儿没有听错，她听得出大哥对明成行为的反感，所以只说了来看明玉。但是，他来了总会帮明成吧，那就来了再说。"大哥，明玉住在哪个医院？我去看看她行吗？起码让我去道歉，我再看看有什么可以帮明玉做的。"

明哲听了吴非的陈述，也以为明成是受朱丽挑动去找明玉算账的，所以对朱丽很是反感。再说，朱丽相对明成来说，关系终归远了一点儿，明哲几乎是下意识地认定朱丽在昨晚事件中的作用，为自己弟弟开脱，罪过自然是降到弟媳妇朱丽头上。但他还是淡淡地告诉了朱丽地址，便说了声忙，就将电话挂了。

朱丽无话可说，谁叫明成没脑袋咎由自取呢？哪有将自己妹妹打成这样的。男人的拳头啊，朱丽都不知道偌大拳脚落到自己身上，自己会是什么感受。平日里朱丽看到别人家丈夫打女人都会在心里头骂一声，可明成——她的丈夫，真的打了，明玉还被打得动弹不得，大嫂就是证明，大嫂昨晚就气急败坏打电话过来骂。这个明成！朱丽非常生气地在心中骂，但又非常无奈地想，总不能真让明成陷在看守所吃苦头吧。

等朱丽赶到医院的时候，只看见一走廊的花，守在门口的秘书告诉她，苏总正在睡觉。朱丽等了好久没见开门，落寞地转身离开，她的心中只有一个方向，那就是父母家。她该把最近发生的事都与父母说说，听听他们的意见。最主要的是，她需要找地方哭，需要哭的时候有人感应，有人安慰。

明玉其实一晚都没合眼。她无法闭上眼睛，只要闭上眼睛，眼前便仿佛出现她挨打的一幕。她的灵魂仿佛飘荡在空中，清清楚楚地看着自己被明成抓住头发，被迫扬起脸来，迎接明成刻薄的耳光。那种深刻的羞耻燃烧着她的心，原来，走出家门坚强了十年的她，不过是只一捅即破的纸老虎。此时她已经没了悲哀，没了感慨，只有深刻的羞耻。她自以为百炼成钢，其实还什么都不是。她的心中，碎了一角曾经坚定的所谓信念，那一角的碎裂，椎心地痛。

逼人的生活，让明玉从来没有机会做她幻想中抱着洋娃娃甜笑的乖宝宝，她早在出道没多久时就知道看守所里面有什么，她有些来自五湖四海的客户酒酣耳热时，最喜欢将此当作吹牛的资本。她明白地知道，明成只要进去半天，她便可以将自己在明成手底下所受的屈辱讨还，而那半天，将成为明成一生铭心刻骨的痛苦回忆，就像她永远不会忘记，最后一个耳光后，那满天飞舞的小小金星。

可是，她并不觉得愉快，报仇真能雪恨吗？不能。从常规意义而言，她确实报仇了。但是，她的恨、她的耻辱，已经形成一块叫作记忆的芯片，牢牢插在她的脑子里。她怀疑，她今生都不会忘记被抓起头发那一刻心中的恨。

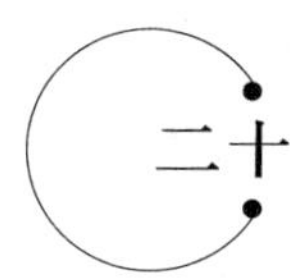

柔情攻势

明玉的眼睛一直看着天色渐渐发白，光亮充塞在房间的每一个角落。但明玉的心，还游荡在昨晚昏暗的路灯下，看着那无耻的一幕一次次地重演。

门外的走廊开始喧嚣起来，门时不时被打开，有护士、秘书探头进来看望。随后，明玉听到大嫂来了。这也是个可怜的女人，她以为自己是在用柔软包容的心帮助弱者苏大强。其实，父亲何尝是个弱者？他有一颗天下最坚强的心，他可以冷眼看着一个抱着小孩的女子艰难地在大热天为他奔波，他都不想想，抱着孩子吃足苦头的吴非即将与大哥两地分居很长时间，他这么差使着疲惫的儿媳，足够破坏大哥大嫂的婚姻。这个世界，人们只看到表面，所以，纵容了所谓弱者却四肢齐全发达的无赖。

比如明成，大哥大嫂若是知道他如今在里面受的待遇，知道明成现在是如此软弱无助，大嫂还会送粥过来给她吗？而大哥，大约要奉劝她，家里人，打不断的血缘，饶过明成这回。所以，明玉不想见大嫂，免得费劲解释。可是，她需要解释吗？

然后，明玉听到很多人来，那些人明玉更不想见，她难道亮着被打肿的脸皮，无力地躺在床上，接受那些人八卦眼睛的扫描？谁知道他们转个身会怎么想，她不想成为不相干人茶余饭后的谈资。

再然后，朱丽来了。面对朱丽，明玉十分矛盾。昨天会议上，她欠朱丽一个人情，她拿朱丽当了靶子。但今天朱丽来，肯定是来哀求她，求她放过明成。这笔账，该怎么与朱丽算呢？明玉推断，以朱丽过去勇于承担明成滥用父母钱的做派，朱丽不是个会怂恿明成揍她的人，而且，从昨晚明成怒吼的话来看，明成还不是很清楚，她究竟把朱丽怎么了。朱丽应该是无辜的。但明玉见过的商界虚虚实实真真假假太多，看事情总不能太简单，她不能完全确定朱丽可以置身事外。否则，如何解释明成如此的愤怒？所以明玉也不想见朱丽，一切等调查清楚了再说。

终于，明玉等的人的声音出现了。柳青才在外面说出三个字，明玉已经在里面扬声呼出："柳青进来。"柳青立刻携大捧鲜花破门而入，将花扔在明玉床头。

"借花献佛。"见明玉的秘书拎着保温盒进来，柳青诧异地问，"还没吃饭？伤得怎么样？"

明玉一边挥手叫秘书出去，一边命令柳青："帮我将床摇高，我边吃边说。外面怎么传闻？"

柳青将明玉的床头摇高，一边急速道："我先问你的，到底伤得怎么样？"但柳青很快看到床头摇高，被子滑下后，明玉红肿的侧脸。柳青的眼光立刻冷了下来，伸出一只手，轻轻抬起明玉的脸。

明玉有点儿无所适从，尴尬地低咳一声道："柳青，注意你的大情圣身份，你这样对我，我会犯错的。"

"谁？抓到没有？还伤在哪儿？"柳青虽然把手收了回去，可两只眼睛关切地东瞄西瞄，似乎恨不得透过被子做X光。

明玉终于抵不住柳青的关注，只得将视线转向那束花，看着花才能自在地说话："我二嫂的丈夫。现在已经在看守所里。我伤得不严重，没有骨折，没有内出血，大概背部出现大块胎记状乌青。不过验伤报告写得挺严重。这个，你得守口如瓶，否则坏我和刘律师的布置。医院是老蒙电话里帮我安排的。"

"狗屎，天下还有这种男人。为昨天审计的事？别放过他，我替你安排。"

"我都请刘律师安排了，估计，他现在应该跟一些刑事犯关在一起。大家都怎么说这件事？我让刘律师帮我保密，否则传出去我被家里人打，我以后还怎么见人。传出去没有？唉，天下无不透风的墙。"

柳青摇头："不幸中的大幸，大家都以为你是因为昨天阻止审计，才被争财产的人暗下毒手。你现在被传得跟烈士似的，别担心。我最先听到消息时也以为是这么回事。”

“不是宽慰我？”

“没有，你自己想想这推断有没有理。不过你等等，我得吩咐刘律师帮你截断从公安局渠道流出去的消息。你先喝粥。”

柳青过去窗边打电话找刘律师，明玉不去管他。公司中与刘律师关系最密切的就是她和柳青，连老蒙与刘律师的关系都不如他们。柳青下手安排，她放心。明玉放心地喝粥。揭开保温盒，她意外发现，里面有两格。一格是红枣粥，一格是白粥，旁边放着肉松。大嫂大概是不知道她喜欢吃什么味道，所以一甜一咸一起拿来，真是个好人。红枣的香气，勾引得明玉食欲大振，再沮丧的心情也抵挡不住美味的诱惑。

柳青打完电话，看着明玉红肿着脸，把一口没滋没味的粥吃得跟燕翅鲍似的，心中恻然。换作是他受伤，此刻他床边能不里三层外三层？他还会稀罕一口粥？他看了会儿，才轻道：“苏明玉，我收留了你吧。起码我找的钟点工菜烧得不错，我也会做一手好牛排。”这家伙太可怜了。

这算什么话？求婚？明玉哭笑不得地从粥碗里面抬起眼，笑问：“昨晚跟谁喝酒？”

柳青不得不一笑道：“去，认真点儿，好好考虑一下。我们起码知根知底，能做兄弟就能做夫妻。我牺牲一下，以后我养你，我保护你。”说这话的时候，柳青早已经清楚，明玉将态度扔给他了。做兄弟的明玉不会管他跟谁喝酒，做夫妻的明玉知道他跟太多人喝过酒，能信任他？他只有自嘲了，后面的话说得极不认真。

明玉笑道：“柳青，你真是好人，我终于从拒绝中找回一点儿自信。原来白粥配肉松也很好吃。”

柳青不再说话，静静坐在一边看明玉喝粥。真佩服她，能一口咸的一口甜的轮流来，她可真容易养。柳青刚才还真有一丝冲动，想将兄弟关系改变算了。但理智下来，知道两人不能。明玉太强，他太风流，关系改变的结果肯定是连兄弟都做不成。明玉也知道这点。

等明玉吃完，他扔了一根烟过去，邪邪地笑。明玉只得又笑了，牵得挨打的一边脸丝丝地痛。这家伙，看见他就无法自怨自怜了。只是很可惜，得把他拱手让给别的女人。她需要的是完整的爱，柳青太出色，他即使能坚持，外界也不会放过他。她早在若干年前就想明白了，此人不能碰。但柳青刚才的话，还是带给她一阵温暖，心里欢快许多。她讪笑着拿起烟来闻闻，遗憾地搁在床头柜上，越是喜欢的东西，越不能放肆自己不管不顾地享用。“你去上班吧，江南公司你替我管着，总得有个人看着。别担心我这儿。”

柳青迟疑了会儿，坐在床边的人将起未起的，过会儿才道：“需要我解围的话，一个电话我就到。你们兄妹相残，你得准备好应答的词句。”

明玉点点头，躲得开一时，躲不开一世，总得面对吴非与朱丽。但她还是犹豫了一下问柳青：“你说，我要不要放过我二哥？他现在吃的苦头已经足够抵还他给我的了。”

柳青认真想了会儿，道：“我的观点是，这种人渣你怎么处置他都不为过。但你得考虑报复行为对你的反噬。比如总有一天你二哥的遭遇会传出去，这会不会影响你的社会声誉？会不会有种犬儒说你心狠手辣？很多人会同情受伤害比较多的人，你得搞好平衡，免得你这个受害者到时反而被指为施暴者，对你影响不好。”

明玉低眉考虑良久，才道：“我需要的就是你这种冷静旁观，其实又偏向于我的意见。我现在杀人的心都有，冷静不下来，但我会考虑你的意见。你走吧，我现在可以好好睡觉了。住院这几天就当是休养吧。”

柳青下意识地伸出手去，伸到一半，忽然感觉到不对，忙一笑收回，嬉笑着起身。明玉柔弱的时候可爱许多，他情不自禁想爱怜她，没法当她是兄弟。可他又清楚这是一头母老虎，惹不得。

正好医生开门进来，原来就是昨晚那个中年女医生。医生一看两个人，似笑非笑道：“这不是昨晚的雌雄大盗吗？”

柳青忙扯出一脸的笑，风度翩翩地道歉：“昨晚多有得罪，事非得已。医生，小苏的伤有没有问题？”

医生看看这两个人，奇怪他俩又像是一对又不像是一对，怪得很。“受的伤倒都是皮外伤，痛几天就过去了，只是整个化验下来，你这个人得好好整修了。颈椎有问题，血色素太低，还有轻微脂肪肝。这么瘦的人得脂肪肝，常喝酒吧？”

明玉承认。柳青在一边道："医生你把她返炉大修吧，这人工作起来是拼命三娘，整个人早过度磨损了。"

明玉只得轻呼："柳青柳青，干你的活儿去。"

柳青又拍了医生几句马屁，才笑嘻嘻地离开，走出门才拉下脸。医生与明玉轻声细语讨论了一番明玉的身体，过会儿也离开了。因为被柳青插科打诨一遭，明玉整个人放松了许多，终于可以闭上眼睛睡觉。但是，她又想到昨晚不该将所住医院告诉吴非，搞得现在病房门口人流不断。大嫂肯定还会来，朱丽也肯定还会来，她们肯定都会为明成求情。但是，她决定饶恕明成了？还没。所以她不能肿着一张脸面对大嫂二嫂，她得搬病房。

她通过秘书与那个女医生商量了一下，换了病房，换到楼下喧闹的妇产科。但是在远远近近初生婴儿的啼哭中，她反而睡着了。

本来，因为有搬家公司，搬家并不是一件太艰难的事。但是，吴非得抱着宝宝，一周岁半的宝宝体重不轻，又已经不肯总老实被抱着了，半天抱下来，累得慌。又因为事先没有准备，什么都得现场整理，吴非还惦记着明哲的感人要求，除了笨重的床架床垫之类的没搬去，其他的都捆好搬到明玉的车库，所以多费了不少时间。搬家工人因此嘀嘀咕咕，闲话不少。后来吴非灵机一动，主动提出床和煤气瓶灶具送给搬家工人，他们才笑逐颜开。

等明玉的司机帮吴非拉下车库门的时候，时间已经是下午一点了。这时候，宝宝也又累又饿又无聊，哭了几次，见哭闹无效，趴在吴非肩上睡着了。司机不肯领受吴非的请客，笑笑告辞。吴非带着宝宝喝点儿粥后，又赶去医院。

但是，原来的病房已经换人，花篮都堆放在护士站没被拿走。吴非抚着因为时差而昏昏沉沉的大脑，心说明玉会去哪儿呢？现状再明显不过，明玉显然是烦了别人的打扰，搬病房了。吴非问了问护士，果然没人说知道明玉搬到哪里。明玉是存心避着他们，否则应该会像昨晚一样，安排下来就给她一个电话。

吴非无计可施，只有回去。这么大一幢住院大楼，她怎么可能找得到明玉。回到明玉家里，又给明哲一个电话，让明哲不用来了，来了也见不到人，明玉是地头蛇，她想回避，他们怎么可能找得到她。明哲还是到长途车站接她们母女吧。

至于买二手房的事，吴非不想管了。以前她生宝宝的时候公婆两人借口公公不能坐飞机不肯飞美国照料，看来也不全是婆婆一个人的主意，看如今公公如此对待明玉、明成，他当年怎么可能管她一个外姓媳妇的死活？这种人，明哲摊上是明哲的麻烦，她可不想再热心管公公的闲事了，这么自私的人，即使明成家现在环境再恶劣，他也会找到生存之道。让他待在明成家吧。

吴非留下一张字条给明玉，打包回家。吴非心里隐隐觉得，这回跟着明哲回国安置是个错误，不来，起码眼不见为净。她现在已经对那老头子厌烦得连想都不愿想起他；对明哲，也失望多过希望。

自家父母面前不比别处，朱丽一回到家，中饭也顾不上吃，就趴在妈妈怀里一五一十把这几天的怨气全倒了出来。尤其是说到公公的时候，她不再挂着斯文大方的面具了，直说天下怎么有这种麻木不仁偏又看似小心翼翼的人，这种人跟鼻涕一样，看见都觉得恶心。朱家父母一致认定昨晚事情的根源在苏大强，女儿没法跟这么个恶心公公住一起，竭力要求帮女儿出力物色苏大强的房子。

“根源都是因为公公吗？”朱丽听着觉得不是很对，她总觉得，根源是明成的幼稚本性，“应该是明成。但明成现在在里面吃苦头，爸你不会没听说过这种苦头吧？我怎么都得出面去求他妹妹开恩啊，否则一年半载下来，明成还不成了变态？难道让他爸去说？他爸到时一准儿又坐一边做检讨似的不说话，旁人看了还以为我拿刀拿枪逼着他出门欺负他了呢。”

朱爸爸道：“我吃饭后去找找老朋友，看能不能帮上一点儿小忙。丽丽啊，你这几天心烦就住家里吧，别回去看你公公去。爸晚上……哎呀，要不饭后我还是去买点儿好菜，等下……丽丽，等下你拎爸做的饭菜去探望你小姑，算是给明成讨个人情。受伤的人吃什么好呢？我上网查查。”

朱丽一听有道理，她不知道明玉是不是吃软不吃硬，但这起码是一条路。不等她爸动作，她先一步跳到电脑边。电脑一直开着，爸妈平时炒股票，开市时看行情，落市时看股评，没一点儿闲。朱丽滑动鼠标，却见屏幕上渐渐亮出来的一个页面居然与股票无关，而是一张百度快照，上面内容有关肾脏囊肿。

朱丽愣了一下，立刻想到上周妈说起爸的单位组织退休人员体检，难道……

这一阵子自己小家的事层出不穷，她都忘了爸体检这茬儿事了。朱丽汗颜，忙问道："妈，爸体检怎么样？单子给我看看。这边肾脏囊肿是怎么回事？"

朱妈妈拿来体检单的时候，脸上还挂着不好意思，仿佛是做了坏事被女儿拆穿了似的。"看你每天忙，周末也加班，再说医生说没什么大事，我们想先自己从网上查查资料再说。又不是什么大事，怕你担心。"

朱丽接过体检单子，为妈妈的话发愣，眼泪又流了下来。擦擦眼泪看体检报告，见B超结果，爸有两厘米大小的肾脏囊肿，居然还有小小的胆结石。血脂血糖血压都接近临界值，有的还稍微偏高。别的都还有些了解，唯独肾脏囊肿以前没有听说。朱丽连忙上网查询。一遭看下来，知道爸的两厘米大小不算大事，这才稍微放心。放心之后才想到，爸妈瞒着她怕她担心，想自己找资料搞清楚，确保无虞了才告诉她，怕她担心难受。对比明成父亲，一样的年纪、一样的身体，儿子入狱、女儿住院，他却只关心自己会不会被逼到外面住，这两家父母真是两重天。明成的爸哪是爸说的因为住一起所以不舒服那么简单，根本就是他天性凉薄。有人能为别人着想，有人只想到自己，人跟人不能比。

朱丽又怔怔地抹泪，心中明白，爸刚才把矛盾根源推给与公公住在一起，那是在为了她的家庭团结和稀泥呢。爸妈什么都为她着想，连体检结果都要落实没事了才告诉她，而她呢？她太不关心爸妈了，真是羞愧。

朱丽饭后被妈按着睡了一觉。爸妈家永远有属于她的床位，虽然不大，但那上面永远有她随时可以躺下的干净床单被褥。在爸妈家睡的这个午觉，是朱丽最近一阵睡得最好的一觉，有爸妈在，她安心。起来已经是下午三点多，爸妈两个一起在厨房戴着老花镜拔鸽子毛，那鸽子是准备给明玉炖汤用的。两人不要朱丽帮忙，赶着朱丽先去医院看明玉，晚饭他们等会儿会送去。有了对比，朱丽才明白爸妈对她是多么好，她也不推辞，默默地拥抱爸妈。她心中感想良多。

翻出包里的手机，却看到几个上海的未接电话，是明哲的。朱丽连忙满怀希望地打过去。

"朱丽，下午两点左右的时候吴非给我电话，说明玉已经搬了病房，她找不到明玉。我想你可能也会去医院找明玉，所以赶紧知会你一下。"

朱丽呆住，明玉搬病房，那不是闭了她的恳求之门？"大哥，大嫂呢？我去找大嫂。”

明哲犹豫了一下，道：“对不起，吴非已经上了回上海的长途车。”

朱丽看不到一丝希望：“大哥，你呢？明成还关在里面，他受到非人的折磨。你能不能过来帮我想想办法？”

明哲觉得很难启齿，可也只有说出实话：“对不起，朱丽，我来了也找不到明玉，帮不上忙，我离家太久。本来我是准备今晚连夜回来劝说明玉的，现在看来不可行。而且，我新上班，不便白天请假出来回家一趟。”

闻言，朱丽闷了一天的火气一下上来了，怎么都是理由？“那你们准备把你们爸、你们兄弟都扔给我一个人处理？这是你们兄妹内斗！内斗！现在要我一个外姓人来处理？”

“朱丽，你冷静冷静。我会继续联络明玉，有消息立刻给你电话。”

朱爸爸也赶来，轻轻叮嘱朱丽不要激动。朱丽愤怒地结束电话，与爸妈控诉苏家人的无赖，她激动得满脸通红。朱妈妈看看已经收拾好的鸽子，叹了声气，道：“换了我也会换病房避开你。既然存心将明成送进去坐牢，她怎么肯与你见面？老头子，你还是去找找关系吧。”

朱丽这时发了狠，她被明哲气坏了。苏家兄妹的内部矛盾，现在倒好，他躲在上海不管，把老爹扔给她一个人管，怎么他卖房子的时候那么积极？她咬牙道：“爸，你别去，我去医院找明玉。一个医院就算是有一千个病房，我找它一晚上，还能找不到人？如果找不到，就让明成在里面住着。苏家人自己不管，要我怎么管？”

朱爸朱妈可没那么激动，毕竟女婿与女儿不同。朱妈妈拦住抓起包欲出门的女儿，朱爸爸老成地道：“丽丽，你别激动。明成的大哥说得也有道理，他来了还真是没用。你好好冷静冷静。你这样子，就算你找到你小姑，你也只会火上浇油。爸爸找找公检法的老朋友，不行的话，该请客的请客，该花钱的花钱，不要在家吵闹，先乱了阵脚。”

父母的话，朱丽听得进去，她只得止步，趴在妈妈肩上“妈，妈”小猫似的漫无目的地叫。但看着爸爸赔笑与旧识打电话，她心中替爸难过，若不是为了她，爸爸何必拉下老面皮恳求别人？又被人拒绝？她想了会儿，抬起头，强自镇定地道：

“爸，你继续联络，我还是去医院找找。明玉应该没有转院，我只要排除传染病房，其他每个病房花一分钟，应该很快就能找到。回头我给你消息。我走了，我不会激动，你们放心。”

朱爸朱妈闻言四目交流，朱妈妈很快看出老头子的意图，两人都不放心让激动的女儿独自去医院找明玉，这不是明摆着要起冲突吗？朱妈妈忙拉住女儿，急着道：“你等会儿，妈和你一起去，妈起码能帮你看病房里是男是女，可以帮你先筛选一遍。”一边说，一边急急地换下家常衣服，换上凉鞋。

朱爸爸也在一旁帮腔，鼓励老伴儿跟着朱丽去。虽然知道朱丽已经长大，而且事业上已经独当一面，可是在父母眼里，她还是个没长大的孩子，尤其是她现在如此激动，两人不敢放朱丽一个人去医院找。而且，医院病人很杂，他们也不舍得娇滴滴的女儿在里面多待。朱丽被爸妈劝诱无奈，只好“带”上妈妈，出门就告诉妈妈明玉的大致长相特征。

朱妈妈答应着，却反客为主，牵着女儿奔向水果超市。朱丽这才恍悟，对啊，怎么好意思空着双手去探望明玉，幸好妈妈考虑周到。她忙抢着付钱。

明玉一觉好睡，醒来，隔着床帷听见隔壁床婴儿哭闹和新升级的大人们乱作一团的忙碌。明玉听了会儿，虽然很想看看新生儿闹起来是什么样子，但终究没伸手拉开床帷，她不知道自己的脸还肿着没有，她不想被旁人看到她肿胀的脸，够丢脸。但一觉睡得舒服，心情也稍微好了起来。

秘书被明玉叫进来，见明玉有了精神，便毫不客气地拿来笔记本电脑请她处理工作。明玉一看，就忍不住给柳青电话：“柳青，你不能给我三天休息时间？你爱怎么处理就怎么处理吧，三天出不了大事。”

柳青笑着指控：“你的休息，是建立在对我血淋淋的压榨上。”

明玉只得也笑：“行行行，你能帮我多少就做多少。我给你解决几条审批，其他你看着办。”

“什么叫‘我给你解决’？本来就是你的事。你慢慢来，我今天也没劲儿得很，整个人紧张后虚脱了。你知道我今天做了什么？”

“我怎么感到背后凉飕飕的。”明玉料想柳青不会无的放矢。

“我们心有灵犀。”柳青得意地笑，但笑得懒洋洋的，明玉仿佛可以看到他扯歪了领带，解开衬衫的两粒扣子，“我在比较你我的销售战略有什么相同，有什么不同。以往老蒙常骂我东一榔头西一棒槌，说你的布局才是密不透风。但我今天看着，感觉你其实比我激进，有些地方，榔头敲得比我更乱。”

明玉不以为然：“销售如果没有激进，等于胸无大志没有进攻。但如果太过激进，就是没脑子了。我的榔头从来都是最好的试探，不会敲错。你再看清楚了。”

“行，我再看看。苏明玉，我在你电脑上翻到一张全国地图，如果不是这张贴满彩旗的地图，我还不会研究你的布局策略呢。这种地图……你为什么不早告诉我？”

明玉一惊，这几乎是她的私密、公司的机密，她经常会在决策时把地图调出来，一个人关在办公室里想上一天两天。怎么被柳青找到的？她犹豫了一下，问：“柳青，你现在是不是在我办公室里？”

柳青笑道：“此时不翻，更待何时？我早上本来想先帮你处理一些事再去江北公司，结果一进来就没出去过。谁让你把秘书招到医院里去，害我得自己找资料？幸好我知道你那些东西都在哪里。我想到一件事。你说老蒙口口声声说去收购一个企业，会是哪家？”

明玉笑笑道：“我昨晚当场就想到了，应该是武汉。老蒙的心头痛是鎏金集团，拿下武汉的公司作为生产基地，可以对鎏金实施夹击。所以他必须暗中行事，不能让鎏金察觉。因鎏金在我们集团有不少眼线。如果真不出我所料，老蒙这着棋非常高明。老蒙高就高在，他不与鎏金正面交战，损耗自身内力，而是多点开花将鎏金围起来闷死，自己却依然在合围的过程中成长壮大，通过武汉的长江水运和铁路枢纽辐射中南西南和西部。你看是哪里？”

柳青哑然好一阵，才道：“我本来想的是郑州。我们集团公司在江南，如果到郑州设点，可以惠及北方市场与中西部地区。我没考虑到夹击鎏金的事。苏明玉，我严重警告你，你的预测别告诉老蒙，老蒙会因此警惕你。”

明玉愣了一下，心说依照惯例，她连柳青都不会告诉，但今天何以如此嘴快，对着柳青和盘托出？她沉默了会儿，才将话题似是而非地转了开去：“柳青，看我靠洗手间门的那个书柜，底下不是玻璃门的里面，有套《毛泽东选集》，你先拿第一本看看。看了之后，你肯定会有心得。这是以前我在学校图书馆打工时，一位老教授推荐我看的。大学看的时候还懵懂，工作了再看才看出味道来。总体布局的思想，很多来自《毛泽东选集》。但你最好结合近代史来看。”

柳青听着眼睛乱晃，他还以为他孜孜不倦地看历史已经是很难得，没想到还有人更走偏门。他打开明玉指给他看的那个柜子，除《毛泽东选集》外，又看到《邓小平选集》、尼克松的《领袖们》、基辛格的一套系列等。他依言抽出一本《毛泽东选集》，稍微一翻，看到里面偶尔有蓝笔画线或几字短评，显然明玉仔细看过。他暗自嘀咕了一句，但明玉没听清楚，问柳青：“你说什么？”柳青回过神来，道：“饭后我过去看你，要不要带一本给你？”

“不用。”明玉毫不犹豫地拒绝。不是某个特定年代了，公开场合看《毛泽东选集》，她可不想被人看作标新立异，“不过我想请问你件事情，你早上说的反噬，究竟会表现在哪几点？”

柳青犹豫了很久，才道：“你的手法有点儿赶尽杀绝，太过霸道。或者，这与你还年轻有关，我以前也是，有些事做得太不厚道，现在回想起来，有些不安。对，就是心里有种不安的感觉，不大敢回想。对于你来说，你那个二哥不是你的对手，来自他的反噬，你可以对付，可以忽略。但是来自舆论的反噬与来自你自己未来内心的反噬，你会躲不过。我们学不来老蒙的冷血，所以，做事时还是留点儿余地的好，为别人，更为自己。”

明玉听着好一阵无语。舆论会反噬吗？明玉不觉得会。即使大明星的八卦新闻，这年头热闹半个月也就湮灭了，她与明成的过节，一个月后，除了当事人，还有谁有兴趣提起？即使提起，也掀不起大风大浪，不值得在意。而内心的反噬，明玉并不觉得自己做得有错，既然没错，未来何来良心的反噬？她这次行为，至多是合理反击，为什么柳青将之定义为激进？早上柳青的话说出来后，她睡前想了会儿，总觉得柳青说的这些不是很严重，所有的，她都可以大力压制，所以想追问一下他没说出来的话是什么。现在柳青说出来了，她更觉得自己做得没错，她不会后悔。但她不知不觉被柳青言语中的认真态度打动，柳青说这些话是认真严肃的，纯粹是掏心掏肺为她考虑，甚至有些是他的经验之谈。她不忍拂逆柳青的好意，仅仅为了柳青对她的认真，她也愿意后退一步。“那么，柳青，你帮我联系刘律师。你觉得如何处置比较好，你替我做决定，不用跟我说。”

柳青从明玉的话语中听出，她其实并不愿意放过她二哥。柳青心想，换作是他挨揍了，而且还是被揍得躺进医院里，他的脑子转得了弯吗？起码三天之内没法转弯，三天里面脑子里刀光剑影恨不得斩了揍他的人。都是有头有脸年轻气盛的人，他理解明玉的屈辱感。他现在能清醒地看到未来的反噬，因为挨揍的不是他。他心中明白，明玉只是因为信任他，才把处理她二哥的事全权交给他，可她又是深深地心不甘情不愿，所以干脆不问结果。柳青没有推辞，他自问旁观者清，他又是最了解明玉的人，他可以帮明玉做决定，也应该在此时尽朋友道义，阻止明玉走向极端。虽然这个责任挺重，也可能吃力不讨好，但柳青愿意替明玉承担。他微笑道：“我立刻找刘律师密谈。或许晚饭会因此宴请几个相关人士，如果喝酒了，我就不过去看你了，你自己保重。”

“奶奶的，别太亏待我。”明玉放下电话时无限郁闷。虽然继续埋首电脑，处理她的工作，但总是忍不住地想，究竟柳青会怎样处理明成。她几次三番想拿起手机问个清楚，或者提出她的底线，但最终都没付诸实施。既然托付给柳青，她就放手吧，何况柳青的圆滑她一向清楚。

但是，柳青很认真地对待她的事情。想到这个，让人忍不住地微笑。

已是傍晚，虽然夏天的傍晚天还很亮，但床帷里面已经光线不足。明玉此时已经吊了足足的营养针，看自己精神还行，上厕所似乎除了背部牵着痛，其他的还能自理，便强迫已经守了她一夜一天的秘书回家。秘书细心，看着明玉吃完晚饭才走。明玉心中感慨，什么亲兄弟，还不如外人。

朱丽母女各提一袋水果进入住院大楼，先排除容易传染的科室楼层，再排除明玉原先住过的十楼，然后母女俩一层一层地找上来，其间看多白眼儿，也被保安怀疑。但是保安见两人貌似良民，也未予追究。朱妈妈筛查，见是男的，长发女的，先出局，有短发年轻女子，才告诉朱丽重点细看。朱妈妈说反正她年纪大老脸皮，遇到挡着床帷的病房，由她先进门看看，免得年轻女儿看见不该看的尴尬。一个楼层几十个病房看完，就辗转从楼梯上去上一个楼层。

想到苏家上至苏大强，下至苏明哲的冷漠，想到明成的无知无畏无耻，想到明玉的狠辣，对比着自家父母的无微不至，朱丽虽然焦急着明成的事情，对苏家的恶感却从心底深处滋生。她一向挂着明媚微笑的脸再也强笑不起来。

几个楼层下来，母女俩都累了。但是两人都不敢歇息。因为天色已近傍晚，如果天暗下来，都知道病人睡得早，两人总不可能强行闯进病房拧亮病房的灯检查，她们必须赶在天黑之前爬到最上层。二十多个楼层啊。

一会儿，餐车简易饭菜飘香整个楼道，引得朱家母女累上加饿。母女两个出现在明玉床前的时候，气喘吁吁，目光呆滞，浑然是焦头烂额的最好写照。但等看到趴在床上露出一边青肿颜面的闭目养神的明玉，母女两个面面相觑，换作她们被打成这个样子，她们能放过明成？两人都觉得即便是找到了明玉，可是，求情成功的可能性极小。

明玉并没睡着，坐着腰酸背疼，只好躺下闭目想事儿。现在最想一支烟在手，吞云吐雾。她感觉到床头有人，以为又是隔壁床的亲朋好友进来串门，不想搭理。可等了好一会儿，那种床边有人的感觉依然存在。卧榻之侧，岂容他人矗立，明玉不得不睁眼准备发话。但睁眼，面前的却是愁容满面的朱丽和一个面容相似的年长女人。

明玉不知道这两人是怎么找上来的，很是惊讶了一下，但还是支撑着想坐起来。朱妈妈见了立刻上前搀扶，不想却碰到明玉被明成踢伤的背，痛得明玉轻呼出声。朱丽看着手足无措，想到帮着摇高床背，可是又担心明玉没法靠着，这才明白明玉趴着睡觉的原因，原来是怕压到背部。

在朱妈妈“明成这小子，明成这小子”的念叨声中，明玉慢慢坐正了，才不温不火地道：“朱丽妈妈吗？请坐。对不起我没法起床招呼您。你们怎么找到我这儿的？”

朱丽端来凳子给妈妈坐，自己坐在床尾。虽然知道找明玉求情自己比较被动，朱妈妈还是仗着长辈身份开口为自己添分：“你家大哥下午打电话来说你大嫂找不到你先回上海了。我们丽丽急啊，说无论如何都要找你道歉。我们想一个医院就这么几个病房，从下到上全部找下来也没多长时间，没想到你住在二十七楼。好了，总算找到了。你一个人……吃了没有？”

明玉更加吃惊，原来两人是以愚公移山、铁棒磨成针的精神将她揪出来的。看看朱丽失色的花容，再看看两鬓略现霜花的朱妈妈，让她怎么还能硬着心肠拒绝？

尤其是面对年迈的朱妈妈。她沉默良久，才道："我已经吃了，你们一路找上来都还没吃吧？喏，我这儿一大堆零食，你们请别客气。"她反转着手想去打开床头柜，但是很不灵便，朱妈妈坐得近，忙按住她，自己动手。朱妈妈也确实饿惨了，没有客气。

与其等着朱丽又是道歉又是求情不尴不尬地硬着头皮说出来，明玉想着还是自己先说算了。她眼下对朱丽印象尚可，再说昨天当众伤害了朱丽，她有愧于朱丽，这是她搬病房不想面对朱丽的原因。因为朱丽没错，如果面对朱丽为明成的道歉，明玉知道自己没法理直气壮。但现在既然被朱丽母女用笨办法找出来，她就只能面对了。"谢谢伯母、二嫂，谢谢你们对我的关心。都是自己人，我直说吧。对于苏明成，考虑到我目前的情绪，我已经放手让我的好兄弟帮我处理。我相信，他处理会比我理智。我唯一可以为我的兄弟打保票的是，他比我温和。"

朱妈妈正找着能填饱肚子的食品，闻言抬头看看朱丽，不清楚明玉说的话代表的是好是坏。何谓温和？但还是硬着头皮道："是啊，都是一家人，有什么不可以说的？明玉啊，明成这孩子本质不坏，人也开朗热情，但可能因为生活一帆风顺，少了点儿历练，多了点儿意气用事，甚至……"她看了女儿一眼，可还是说了出来，"幼稚。"

明玉微笑着看着朱妈妈，不接话，心里想的是，明成不是幼稚，而是不讲理。同样的，朱丽也顺风顺水，朱丽也不成熟，但是朱丽讲理。但她不想说出来，说这些就跟她趁机诉苦似的，何必？她又不想做祥林嫂。她只是微笑着拿眼神鼓励朱妈妈说下去，总得让人说吧。

见此，朱妈妈不得不硬着头皮继续说："明成做事太没脑子了，一个牛高马大的大男人，有脸打女人，还是自己的同胞妹妹，我想都想不到。所幸你是个讲理的，明玉啊，你应该了解看守所，我代丽丽向你讨个人情，给明成一条活路吧。像明成这么思想不成熟的人，到那里面待长了，再出来，他的思想会变不正常的。都说治病救人，我们是一家人，我们都希望明成变好向上是不是？我跟你做个保证，明成出来，我和丽丽爸会好好教训他，不能再让他幼稚下去。多大的人了，又不是小孩子，做事怎么可以那么没有头脑。"

朱妈妈的本意是骂自己女婿，让明玉消气，但听者有心，朱丽听了妈妈的话，心里不由得哀叹，原来妈妈一早就知道明成的幼稚，也预见到明成从看守所出来会受到何种打击。只因为她也一样幼稚，所以以前一点儿看不到明成的幼稚。可怜妈妈一把年纪还得为他们两个幼稚的人觍着老脸来向明玉求情，她真对不住妈妈，还有家中正找着人的爸爸。想到这个，朱丽眼圈又红了。她忙走出去给爸爸打电话，让爸爸别找人了，她们已经找到明玉。

听到朱妈妈如此直言，明玉也无法回避，更不能再用眼神敷衍，只得道："苏明成三十出头的人，还让伯母为他操心，这是他自己的悲哀。"

朱妈妈听明玉连名带姓地称呼自家哥哥，知道事情没完，忙道："那臭小子的事儿别提了，活该他吃点儿苦头。你的伤怎么样？晚上有没有人陪？要不我留下来陪床，起码跟你说说话也好。这臭小子，怎么下得了手。"

明玉见朱妈妈大打柔情攻势，但两人素不相识，哪来的柔情，大约目的是为获得比柳青的温和更明确更温和的答复。但是她不肯退步，即便是柳青的温和处理方式她都还持保留意见呢。她只是微笑着编了个谎言："我秘书一会儿就来，不敢劳烦伯母。我头晕，不能想事儿，包括法律上面的事，也都交给律师和我兄弟处理。"

朱妈妈只能不再提起，人家都直说了头晕。"那就好，有人陪着就好。我们来得匆忙，也不知道你喜欢吃什么，拎来一些水果。你看看喜欢哪种，我给你洗了。唉，明成这臭小子。"

明玉依然不动声色地看着返回来的朱丽，才对朱妈妈道："伯母别费心，我刚刷了牙，还是不吃了，免得等下起床不便。您别客气，快吃点儿东西，都不好意思让您跑整栋大楼来找我。我就怕亲戚朋友麻烦，早知你们一层一层找来，就不搬病房了。朱丽，昨天会议上的冲突很对不起你，今天算是扯平了吧，你别为我躺在病床上内疚。昨天的事我解释一下，我们集团——"

朱丽忙打断："我已经知道了，同事已经告诉我了。我们算是各为其主，但明成打你还是不该，他……"朱丽想了想没把昨晚与明成吵架的事和最近几天的事说出来，与这小姑有天长日久积累起来的隔阂，"这事儿没法扯平，他欠你，我没管好他，我也欠你。但是，明玉，你也知道坐牢很毁人的，你能不能网开一面？"

明玉倒是喜欢朱丽直说，比她妈妈大打柔情攻势能让人接受。但她不想松口，即使她欠着朱丽也不松口，如朱丽所言，这事儿没法扯平，她心里没法将这两件事扯平，她心中大大有气。对朱丽的愧疚与对明成的处置，一码是一码，她已经阻止了朱妈妈的求情，当然也要噎住朱丽的求情。“苏明成很有福气，能遇上这么好的你们。只可惜他不争气，害你们为他奔波操心，很不应该。还害得大嫂今天一个人抱着孩子为我爸搬家，辛苦不足为道，非常影响大哥大嫂即将长期两地分居时的感情。至于对朱丽与我的伤害，那就更不必说。这个人，不说也罢，我无法理解他的思维方式，更无法理解他出手的理由，所以我也不准备用他的幼稚暴力思维整治他。举个例子，就像大哥的女儿最喜欢扭我耳朵，我当然不会扭宝宝耳朵一样。大家肯定也是这么认为，因为都知道苏明成没长大，所以让他承担责任的想法不会出现在大家的考虑中，连我都在这么想，何况比我高一辈的伯母？都不用朱丽说，网开一面，能不开吗？怎么能与没成熟的人计较？伯母真好，待苏明成像待自己儿子一样，伯父肯定也是，希望你们的操心和这件事能让苏明成成长起来。至于对苏明成的处理，我也等着处理结果。”

朱丽听了，低下头去，明玉这么客客气气地说话，简直比破口大骂还厉害，都不知把明成贬损到什么地步了。但是，她能反对吗？早在若干天前她已经在骂明成幼稚了，而且明成是真的幼稚。只是，明玉这么转弯抹角地说损话出来，让她非常难堪。她如今还要求着明玉，怎么都不能出言反抗了，何况，她从来就不是明玉的对手。她只能唯唯诺诺不再求情，否则谁知道明玉会说出什么更难听、更尖锐的。他们兄妹本来就针尖对麦芒，惹火了明玉，谁知道她会不会扔出重话？换她挨打的话，她也不会原谅打人的人。挨打，是件多么耻辱的事，反而身体上的伤痛还在其次了。可是那个闯祸坯该怎么办啊？

朱妈妈在一边听了，心说，这哪是妹妹说哥哥啊，这简直是奶奶数落孙子。明成这么被人看不起，朱妈妈很替女儿难受。自己花朵一样的女儿，却要为女婿受委屈，臭小子真是把牢底坐穿都没人可怜他。

但最后朱妈妈还是坐在明玉身边有一搭没一搭地聊天，算是拉拢感情。朱丽脸皮嫩，虽然心急如焚，也又提起几句，但都被明玉一点儿不客气地用软刀子挡住，她一点儿使不上力。明玉一样心烦，她最希望自己红肿的脸少被人见到，可现下还得支棱着被打肿的脸面对尴尬的人，一向好强的她心中只有念着天灵灵地灵灵，老天菩萨快显灵，让朱家母女快走。可最后老天菩萨没显灵，明玉只好推说头晕想睡觉，朱家母女才不得不提心吊胆地离开。

朱家母女不知道明玉托付的人是不是真的温和，而找到明玉后的朱妈妈更关心一个切身问题，那就是明成连妹妹都打，会不会打老婆，朱丽忙给予否认。两人商量着，无论如何明天还得来，再好好求求明玉，总不能不管明成。

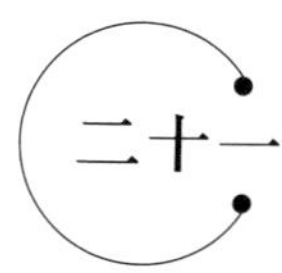

春风得意马蹄疾

送走朱家母女，明玉冷着脸坐床上想了很久。刚才如果只有朱丽一个人来，她不会那么客气，肯定一是一、二是二，我欠你，我补偿，苏明成的事提都别提。但是面对两鬓染霜的前辈朱妈妈，她没法太尖锐，只有拿话侧面顶回去，再说明成又不是朱妈妈的儿子，人家没有责任，怎么好拉下脸。可也真难为了那母女，这么多病房，她们硬是一间一间找，把她揪出来。怎么人家朱丽就那么好命呢？在家有父母疼爱，出嫁有婆婆宠溺，怎么就她苏明玉爹不亲娘不爱，整个像石头缝里蹦出来的呢？

看那架势，明天一早，朱丽母女还会来。她得先给柳青打一个电话，了解柳青究竟怎么处理这件事。她不想再掩耳盗铃。是好是坏，她还是自己心中有数的好。

柳青很久才接起了电话，电话那边声音嘈杂。明玉与柳青没什么可客套的，单刀直入地问：“柳青，我二嫂的丈夫怎么处理？”

“等一下。”柳青估计是离座出来，过一会儿才道，“我建议你别问了，问了睡不着。”

“我已经做了一天的心理建设，说吧，即使你说是今天放出来我也不会吐血。”明玉坚持。

柳青笑道：“别以为你不露出大尾巴我就认不出你是条狼，你真的肯放过你二嫂的老公？这话怎么这么拗口。我跟刘律师商量了一下，关他三天非常合理，不过免了他遭罪。你看呢？”

明玉听了真是异常不甘，三天？而且还只是吃了睡、睡了吃的三天？就这么放过明成？她被这么胖揍一顿只值三天？“不行。”

柳青嬉笑道：“早知道你会否认，那你说要怎么处置？”

明玉被问得眉目皱成一团，眼前走马灯似的飞过那些亲戚的脸，但最后定格的还是柳青电话那头可能很关心的脸。她郁闷地回答：“四天，妈的。不许讨价还价。”

柳青听了大笑，可怜的明玉，如此的心不甘情不愿，可最后还是只咬牙切齿加了一天，此人专善委屈自己。“行，四天就四天。你现在在干什么？”

“准备睡觉。但医院睡得不踏实，虽然被套浆洗得挺干净，可想到里面的被芯不知道沾染过什么历史污点，浑身难受，做梦都在把被子往下拉，免得碰到鼻子嘴巴。你继续玩，我休息了。”

明玉并没有告诉柳青她准备出院的打算，免得柳青赶来劝阻，刘律师也跟来。她现在红肿着脸可是谁都不想见，肿着这半边脸，谁见了她都是露出一脸怜惜，她讨厌被人怜惜。她会示弱，她也会流泪，但以前她都是掌握住了场合，她的示弱，她的流泪都是有的放矢，为的是以退为进。现在她是真的弱，真弱的时候，她不肯示众了。

明玉按铃请护士进来结账，大笔一挥，将账记到老蒙名下。明玉签字的气派一点儿不亚于老蒙，签完的时候还在心里不服气地一声“哼”。看老蒙敢拒绝为她埋单不。

她并没有伤筋动骨，无非是皮肉之痛。昨天劳累带来的无力在今天的几针点滴后大致消退，但被护士扶着起身下床时，眼前还是冒出细细金星。想不到身体竟虚弱如纸糊的灯笼，一顿风雨便失了颜色。

可明玉还是硬撑着收拾起了床头人家送来的食品和吴非替她收拾的衣服。别的可以扔，吃的，她一向珍惜，因为勤工俭学养活自己的经历，她心中一直感觉食物来之不易。她艰难地轻移莲步，缓缓走向电梯，最后一个进入电梯，又被人捎带着挤出电梯，来到宽大的住院部门厅。昨晚，她是被抬着进来的，只看清楚了满天筒灯。昨晚更早一些的时候，她是与柳青急匆匆而来，没留意地形。这会儿才有闲心站在大厅左看右看，却不能上看下看，否则头晕。但一看之下，却看到问询台那边有一个人，背影高大结实，类似食荤者。

明玉暗嘲自己眼花，这个花不是老花眼的花，而是花心的花。她下意识地摸摸一侧依然微肿的脸，估计这一顿揍并没将她的脸皮揍厚成城墙拐角，她还是不去证实了，缓缓向门口挪去。她想回公司奖励给她的海边别墅，偷得浮生两日闲，在老蒙回家前，晒晒太阳，听听海浪。料想，老蒙回来后，必定是一场血洗，她将又无宁日。

但明玉挪到门口，准备下台阶的时候，身后传来急促的脚步声。她心中“嘿”了一声，心说难道还真是石天冬？那么，既来之则安之，她干脆停步回望，拿未被打肿的脸对着冲过来的人微笑。她是苏明玉，大风大浪过来的苏明玉。只要下了病床，她的周身瞬间铠甲武装，自然百毒不侵。

果然是食荤者石天冬。只见他一脸油光，身上背一只硕大的双肩包，包里显然比较空，仿佛是刚从远处赶来。明玉心想，难道是从香港来？凑巧还是特意？她当然只能当他是凑巧，虽然她看到大步赶来的石天冬脸上明显的欣喜。

待得石天冬走近，明玉才水波不兴地问一句：“你来探访病人？真巧。”

石天冬刚刚在问询台咨询，但人家不告诉他苏明玉的病房在哪里，他失望转身的时候，看到门口蹒跚出去的一个瘦高个儿。这个背影何其熟悉，他一眼认出，她就是他买了商务舱赶来探望的那个人。他不会认错，他唯一担心的只是幻觉作祟。当他看到心中描画了千百遍的人蓦然回首，不，是缓缓地脚步一顿，迟钝地带着身子一起微侧，一双疲累的眼睛看向他的时候，他心中狂喜，但又是心疼。寻常人回眸只要脖子一转便可，对伤病缠身的人而言，那种动作却意味着失去平衡。随即，他看到了微肿的那一侧脸。一丝怒火迅速从胸口沿主神经飞向大脑，“轰”一声炸裂。他反而忘了说话。

明玉看到她受伤后接触到的最痛惜的一双眼睛。虽然这双眼睛直愣愣地注视着她最不愿被人看到的伤肿，但明玉并没有回避，面对着这样的目光，她心里没有尴尬、没有懊恼，却有隐隐的委屈。好久，才无力地耷拉下眉毛眼角，勉强微笑：“没事，没有伤筋动骨，都是皮外伤。”明玉觉得，她脸上的护甲在石天冬的注视下崩裂了。

“你连走路都不稳，为什么一个人出来？有什么事我可以代劳。我先送你回病房。”石天冬的眼睛终于移开那一侧的红肿，看向明玉的眼睛。

明玉微咳一声，淡淡笑道：“我出院回家去。我虽然看似腿脚不便，不过已经没有大碍，医生同意我出院。”

“我送你回家。”

“你……不会影响你探望亲朋好友吧？”明玉当然不便问出你是不是专程过来看我。

“我来看你。走吧。”石天冬说得很磊落，没有花言巧语。但迈步的时候犹豫了一下，问道，“你走路那么不方便，要不要我背你？不用在意，我背得动。”

明玉看看石天冬结实高大的身材，不由得笑了，一天来难得的好心情——之前是与柳青说话的时候。心说这不是你背得动背不动的问题，而是男女授受不亲的问题。“我自己走，在病床上躺了一天，关节都酸，还是出来活动活动。你不是说去香港了吗？我看你在网上这么说。”说着，明玉便回头往外走。

石天冬仔细看着明玉走路，见她下台阶的时候腰部僵硬，看似不稳，摇摇晃晃如风吹即倒，便毫不犹豫一把抱起明玉：“我刚乘夜班飞机回来，幸好能遇到你。你今天一天都没开机。你网上叫瘦高个儿？”

明玉大窘，双手撑开石天冬：“放我下来，别……多不好。”

可石天冬没放：“别不好意思，你现在是病人，作为朋友我不忍心看你东倒西歪一个人走。你怎么一个人出院？你不知道多危险？让人撞一下怎么办？幸好我来得及时，我还担心出关时浪费太多时间，你已经睡觉休息了。伤哪儿了？”

此时明玉心中已经万分确定石天冬是专程为她回来，虽然石天冬并没有大吹法螺地表功。她无奈地让石天冬抱着，心中念叨这段路快快到头：“背部也有伤，不过幸好没有骨折。谢谢你特意过来看我。我想去海边的别墅疗养两天，你介不介意这会儿送我过去？”

“好。”石天冬小心地不敢将手碰上明玉的背。

“那就先回我市区的房子，我车子还抛在外面。昨晚，我回家很晚，下车的时候……被人突袭了。”石天冬抱得很规矩，大约是他力气大，没太造成两人太亲密的接触，让明玉安心不少，可两条手臂还是不知道往哪儿放。安心下来，就好像是自然而然地脱口而出，像是跟极熟悉的人说起极普通的事一般。却因为石天冬的大手一紧，才想到她会不会太唐突。

“我在网上看到了，抓到没？可惜关不了几天。”这几天本地网站本来轰轰烈烈地传播着蒙总的豪门恩怨，大家热热闹闹地细数蒙总这个名人的二奶有多少、儿女有几个。石天冬因为关心明玉，所以时刻追踪这些八卦，没想到今早出现一条爆炸性新闻，说有年轻女性高层因为抵制分家而被打。石天冬关心则乱，一下就联想到会不会是明玉。照着明玉给他的名片上的办公室电话打回来一问，果然是。他想都没想便请假买了机票回来。当时也没想回来能不能见到明玉，就那么回来了。直到在住院部问询台受阻，才想到有些人不是他寻常想见就见的。他觉得很幸运，非常幸运，居然会碰到明玉一个人悄悄出院，被他捡了漏网之鱼。

明玉微微皱了下眉头，道：“抓到了，本来想做点儿手脚关他一阵，但早上我被朋友软化了。估计明天还会有人来软化我，所以我不想再住下去。我刚决定，关他四天，而且……而且……不说了，极其窝囊。”

“如果是怕他们来烦才出院，你尽管回去住着，我替你把门。不能伤没好透就出院。凭什么要放过那人？”

明玉有苦难言，怎么跟石天冬说，打她的是她嫡亲二哥？好在石天冬走得快，很快就到停车场了，停车场有出租车，石天冬放下明玉，扶着她屈身钻进去，明玉不免扯痛背部，一张脸龇牙咧嘴。石天冬看着心疼。上了车，石天冬坐在明玉旁边道：“你背部靠着椅背痛吗？要不趴我肩上？”说着便微微侧身，将肩背朝向明玉。明玉本想不靠椅背坐，可出租车开得横冲直撞，还没转出医院大门，她已一次次无力地被抛向椅背，无奈，只好倚上石天冬的肩膀。靠近了，闻到石天冬身上一股甜甜的奶香，异常怪异，却奇异地安抚了明玉。而石天冬又是欢喜又是担忧，欢喜是因为喜欢的人终于靠近他，而担忧的是，明玉的背部真是受伤很重。他不敢动一下，怕无力的明玉从他肩上滑落，又得挨痛。他尴尬地找话说：“不如你明天就放他出来，我代你揍他一顿。”前面的司机听了一笑，大约想起年轻时为女朋友拔出拳头打情敌的光荣壮举。

明玉听了也不由得好笑，她虽然年轻，可心态早不年轻，石天冬的话让她感到他像个大孩子。但是石天冬凭什么身份帮她打架？她只笑道：“再说。”

石天冬"哦"了一声，便噤声。心想明玉可能是顾虑到了身边的司机，不便多说。她这种人做人肯定谨慎。

明玉看着石天冬很快服从，心中"咚"的一下，不禁想到以前家中母亲吩咐什么，父亲都是"哦"一声顺从，与眼前石天冬的做法一丝不差。她很不愿意看到石天冬顺从她，就像当年父亲顺从母亲，那是畸形，那不正常。她心中不由得种下一个疙瘩。

一时，车内陷入沉寂，只有汽车底盘的发动机声回响。

坐了会儿，从车窗吹入的夜风吹得明玉遍体生寒，她轻轻吩咐："把窗户升上吧，有点儿冷。"

石天冬心中挺奇怪的，他不觉得冷，反而还想叫司机开空调呢。但既然明玉这么说，他就照做，估计她身体比较弱。他看着有气无力坐着的明玉，忍不住道："回医院去吧，我看你还没恢复。"

摇头需要力气，说话也需要力气，但说话所费的力气似乎少一点儿，所以明玉选择说话："不回。"

"医院肯定没家里舒服，人多，烦，又有股臭味，但你需要治疗。你看上去弱不禁风。"

"不回。"明玉回答得有点儿任性。今天她已经在医院受够了，出来才感觉到，医院里的她全不是平常的她，医院里的她多愁善感，没了平日里的坚强执着杀伐果敢。今天凌晨验伤上药之后，只留下秘书陪她。秘书虽然殷勤，但劳累了半夜，沾到枕头便睡了，留她对着雪洞似的病房发呆。明玉知道她只要哼哼秘书便会起床小心伺候，但她没出声。她只是秘书的职责，而非秘书的担心，而且她还是上司，她得保持尊严。那个时候她最需要有人听她的哼哼唧唧，陪着她同仇敌忾不管三七二十一地骂人，需要有人陪她无聊说话分散她的痛觉，但没有，她只有一个人对着陌生的冰冷的环境发呆，任一颗心被深刻的耻辱吞噬，她甚至都不愿流泪。今晚回家肯定也是独眠，但起码安静，睡不着的时候她可以看电视看书上网，而不是让脑海中的一幕一次次重演。医院里，她不是她。

如果她住在医院，明天太阳升起时，被动将会重演，人们可以直进直出她的领地，她没法拒绝别人的所谓善意探望。而且其实她并不喜欢柳青的镇定理智，虽然她相信柳青肯定是为她好，但她更需要看到柳青的失态，就像刚才石天冬的发怒，所以她明天也不想与柳青讨论关于苏明成的处理意见。她都虚弱成这样了，她不想随时套上假面，她只想任性。在医院里，她觉得无力。这些，石天冬可会知道？当然，她也不会对他说起。

石天冬自然不会了解明玉的真实感受，他只听到明玉的任性。他只能笑笑，心里盘算着等下怎么从明玉嘴里问出打她的人的有关情况，什么东西！男人的拳头是拿来打女人的吗？

出租车很快到了明玉住的小区。明玉被石天冬小心地扶下出租车，站到地上，一眼看到眼前熟悉的景象，一时无法动弹。眼下星月当空，路灯昏黄，车还是那车，车库还是那车库，时间还是夜深人静，此情此景，与昨天挨打的时候何其相似。相似到她恍惚能听见身后又传来令人毛骨悚然的脚步声，相似到恍惚又有一阵掌风凌厉刮过，就像凌晨一次次出现在她记忆中的场景，那是她耻辱的开场。她的脑袋开始热辣辣地疼，疼得天旋地转，可睁眼闭眼都避不开眼前这一幕熟悉的场景——她最后被扯着头发扇耳光的场景。

石天冬只觉手上的明玉越来越重，忙一把抱紧，急道："我送你去医院，你别硬撑，你应该就医。"他看到明玉额头渗出细细的冷汗，不再犹豫，抱起明玉走向她的车子。

"快带我离开这里，去别墅。我不要去医院，否则我翻脸。"明玉急切地只想逃离这个地方，她现在是那么虚弱，她无法停留在这个令她受到极端耻辱的地方被迫回忆，她必须逃离。

石天冬犹豫了一下，却明明白白看到明玉闭着眼睛，满脸是张皇和害怕，而不是像在医院门口时她虽然满眼疲累，可眼神镇定自若。这还是他第一次看到明玉慌乱失态，他都没时间细想，将明玉抱起，长腿一迈，便向另一边的车门走去。

明玉的车子石天冬不熟悉，再说右手又揽着一个随时会倒下的人，他用左手费了好大劲儿才将车门打开，却觉得明玉虚软得都站不住，他担心地问："可以吗？我们去医院吧，听话。"

挨打一整天了，终于有个温暖强壮的怀抱让她栖身，不，应该说从小到大，今天才有温暖的怀抱。明玉只记得很小时生病发烧，到妈妈的医院打针。很多小孩子都是被他们妈妈抱着，她也想骄傲地靠进穿着白大褂的妈妈怀里，可是被妈妈推开，妈妈从来不曾抱过她，爸就更别说。她昨晚挨打至此，都没想谁会来安慰她一下，抱抱她疼爱她，她脑子里一丝这样的念头都没有，反正从小到大生病受伤哪次都是自己挺过来的，可没想到最虚弱的时候，身体和心里都最虚弱的时候，一个怀抱包容了她。她不再害怕，不再耻辱，只觉得满心的委屈。

石天冬见明玉好久不回答，担心地退开她一些，看她是不是昏迷，却看到明玉满脸的泪水。他举起拿钥匙的左手想帮忙擦拭眼泪，又想到这样不干净，一时手足无措："你……你哪儿疼？求你，我们去医院。"

明玉听得出石天冬浓浓的关怀，即使这只是并不熟悉的人的关怀，她也甘之如饴。她不再顾忌什么，她贪恋这个怀抱，将脸埋进石天冬的胸怀，放肆地流泪。石天冬体会到明玉的心情，抱着她让她哭个痛快。谁又是铁打的呢？明玉也不知道有什么可哭的，昨晚她都没这么哭，可现在她止不住地流泪。她流泪流得痛快，直到无泪可流了，才被石天冬扶上车，可她还是坚持要去别墅。石天冬见她哭后反而精神好了点儿，只得随她。

这车子已是他第二次开，稍微熟悉了一点。明玉先告诉石天冬一个大方向，便开始闭目养神。车子的小小空间里是石天冬这个学西式糕点的人身上散发的甜甜奶香，明玉这时只觉闻着舒坦。

石天冬专心致志地找到出小区的路，又拐上主干道，才准备与明玉说话。不想，身边人却已睡着，眼角还是湿漉漉的。石天冬忍不住停到路边偷看了一会儿，有滋有味地一个人窃笑，感觉与明玉的距离前所未有地近。他喉咙痒痒的，很想唱歌，大声吼上几句，但忽然想到，明玉会不会是昏迷？就伸手去触摸明玉放在膝盖上的手，还好，是温暖的。又凑近鼻子细听，呼吸均匀，稍微比他慢了一点儿。石天冬这才放心。

但石天冬有点儿不舍得将脸移开，心慌意乱地想跟着明玉呼吸的节奏慢慢呼吸，可是没一会儿胸口就闷闷地憋不住了，忙转开脸对着车窗大口呼吸，这才缓过气来。虽然石天冬知道明玉身体还虚弱的时候他不应该那么高兴，可他憋不住地想笑，想开心，只是不敢笑出声来惊醒明玉，只好张大嘴巴对着空气做大笑状，像个默片里的疯子。

如果现在石天冬手中捏的是缰绳，胯下骑的是高头大马，那他现在不折不扣的是春风得意马蹄疾。

石天冬心里哼着小调，满面春风地将车开往众诚集团所在地。到了之后，都不用叫醒明玉，自己下来问一下集团公司门口的保安，保安一看是苏总的车子，立马儿出来把集团公司海边宿舍区的位置详细告知，顺便看清楚石天冬的脸。

石天冬循着位置找去，虽然是黑天黑地，但并不难找，很快就看到一处集镇边缘宁静村落靠小山的方位，黯淡的月色下，山脚是四层楼高的几幢居民楼，山上是珠串般分布的十几幢别墅。石天冬看着感慨，明玉的别墅大概就在其中了，人与人之间的区别，就在山上山下、别墅公寓。他这才叫醒明玉。

明玉只睁开一只眼睛看看周围，有气无力说了句“最北最下面最小的那幢”，又闭上眼睛。人是真累了，小睡一会儿还不能恢复体力。

车子一直可以开到门口，石天冬下来，想转过去给明玉开车门，却见明玉已经一腿跨出来，手撑在车门上自己艰难地起身，满脸都是痛苦。石天冬看了，心说，这人是真要强。忙上去扶着她。

别墅冰箱关着，什么吃的都没有，房间倒是干净。明玉进门坐到餐桌前，见石天冬已经走去开放式厨房烧水。她有点儿迟钝地看了会儿，思想斗争着，是要求石天冬开车回家呢，还是要他留在别墅守她一晚？她私下里希望石天冬留下，她极其希望有个人陪着她。她这会儿怕孤独，真怕，天黑了，她怕又像昨晚一样人虽然累得要死，可是脑袋却清醒得要死，一遍遍回放被抓起头发扇耳光的那一幕，她需要石天冬陪着。但是，这话怎么跟一个有企图的男子说起？明玉犯难。

石天冬在厨房叮叮当当一阵操作后，拿着一只盘子、好几只大大小小的杯子出来，他把盘子放到明玉面前，得意地笑道：“试试我做的西点，有点儿样子了吧？你慢慢吃，我把开水处理一下。”说着，拿起杯子，这杯倒到那杯，尽快把水弄凉。

明玉微笑，起身去洗了手，抓起一块起司蛋糕品尝。但一口下去，奇道：“很香，但是奇怪，汤里面加点儿苦味清口，西点也有这种习惯吗？口感也不错。”

石天冬愣了一下，随即明白，顾不得倒水，忙道：“你嘴巴苦，不是点心苦。吃点儿东西早点儿睡，明天会好一点儿。我想想你还可以吃点儿什么，明天给你煮粥？”

明玉笑道：“不要吃粥，我需要营养，做个食荤者。”这一说，两人几乎算是认定，石天冬在别墅过夜了。但明玉别扭了一下，道：“这里出去不方便，我把车钥匙给你，对了，你什么时候回香港？请假方便吗？”

石天冬把一杯稍微冷下来的水交给明玉，一边开始处理自己的一杯，一边道：“你放心，我去香港不是做民工，请个假没问题，我请了三天。我不放心你，你脸色精神都很差，我还是建议你去医院。如果不去医院，等下你上去休息后，我到你车上去睡，有什么事，你叫我一声就行，这儿安静，听得见。”说着尝试了一下开水的热度，有点儿烦躁地道：“怎么还不冷？”

明玉被石天冬的话感动，她虽然别扭，却也不是扭捏的人，当下道：“车上怎么睡？只是你好不容易回来一趟，耽误你回家探望父母。晚上请委屈一下，在楼下客房休息。明天早餐还指望你呢。非常非常感谢你，我今天很需要你的帮助。”石天冬事事都抢着帮她做好，终于令她感到自己今天是个老弱病残，是个无用的人。她今天本来就是硬撑着一口真气，秘书、柳青都还要她动脑筋工作，谁都没留意到她的虚弱，只有石天冬当她是个没用的人，明玉即使有用也懒得用了，没用的感觉很不错。

“谢什么！我高兴。我父母家……以后我会跟你说，我不用回去。”他有点儿眉开眼笑的，眼底都是高兴，又试试水温，“终于可以喝了。”说着，捧着一升大杯子咕噜咕噜全喝了下去，喝完满足地拍了拍胸口。明玉看着觉得好玩，这人够爽朗，应该不是她爸那样的类型。却见石天冬又不厌其烦地倒水，明玉不由冲口而出：“还没喝够？”

“哪够？”石天冬咧嘴一笑，露出两颗虎牙，也不敢看向明玉，专心致志倒他的水。

明玉也笑，觉得露出虎牙的石天冬很可爱。她看了会儿，又去吃蛋糕。并不是因为蛋糕好吃，她嘴苦，吃什么都没味道，但是她需要补充营养，眼前却只有蛋糕可以吃——食品袋里的点心她更看不上眼。到底还是比以前娇贵了，刚上大学时，只有学校免费供应的、涮锅水似的菜汤就白饭，还吃了上顿愁下顿。

石天冬偷偷看看哭肿眼皮的明玉，见她心情好像不错的样子，不知道她是不是掩饰，按说，她现在心情应该不会好。但她似乎很要强，大概不想太流露感情。他毕竟还是个陌生人。这一分神，开水就给倒出外面，烫着了手。好在他久混厨房，并不在意。明玉见他脸上除了惊讶，并不痛苦，便没过分关心："这儿都留给你收拾，不好意思，我今天就厚着脸皮支使你了。我还是累，上去休息去，你如果看电视，遥控器在电视下面的抽屉里。"

石天冬跳起身，道："我背你上去。"他这人好像精力过剩，脚底下装着弹簧。说是背，可下手是抱，与出院时一样的抱。可到明玉卧室，两人都知道不方便，石天冬只好放下明玉，替她关上门，但还是不放心地等到里面明玉说睡下了，他才下楼。

于是，一向爽快开朗的石天冬，在楼下一个人磨磨叽叽地将直通到底的肠子扭成婉约的九曲十八弯。

朱丽回家一趟拿衣服，看到苏大强，很不想说话，她现在讨厌这个人，但还是忍着厌恶向公公说了他的老屋已经搬空，明成被关在牢里。苏大强怕明成被关久了他没地方住，问了一下明成将被关几天，朱丽让他去问明玉。苏大强当然不敢，只有忐忑地看着儿媳收拾了衣服回娘家。苏大强心想，儿子不出来，儿媳一直住娘家倒也好。

朱丽的爸妈本来都是九点睡觉的，因为女儿一直对着电视机魂不守舍，他们都不睡了，小心伺候着，看女儿脸色逗女儿说话。朱丽最先习以为常地倚着妈妈絮絮叨叨，漫无边际地说话，后来忽然想到，刚刚明玉大肆讽刺明成这么大一个人还要岳父母为他操心，她当时还心里发誓不再让父母操心来着，没想到一不小心，又给扯上父母了。她忙看了一下手表，"驱逐"爸妈进去睡觉。

但朱爸朱妈怎么舍得放下心神不宁的女儿自己睡觉去，朱妈妈立刻找出一条理由："你别担心我们，天热，早上运动稍微动动就是一身汗，不锻炼啦，我们也要暑假。所以晚上可以晚睡一会儿，看看电视，早上也晚起。"

朱丽推着妈妈起身："妈，你睡去啦，我也睡了，昨晚都没睡着。"

"没关系，你难得回家，我陪着你也喜欢。"朱妈妈硬是不肯睡，知道即使躺下也睡不着，挂心女儿。

朱爸爸却道："丽丽，你包里手机响了一声，好像是短信。"

朱丽只怔怔地道："明成这时候能出来给我发短信才怪了呢。"

朱爸爸早将朱丽的包交到朱丽手里，朱丽只得打开包翻出手机，翻到最新短信，忍不住惊叫一声，一字一字读给爸妈听："苏明成关四天，没人再欺负他。我已经出院。苏明玉留。"

朱丽读完，朱家一片寂静，好一阵子，朱妈妈才起身，拍拍裤腿，自言自语道："这下好了，该睡觉去了。"

朱丽看着她爸爸道："爸，没事了？明成在里面不会被人欺负了？"

朱爸爸"唉"的一声叹："照你那个小姑的身份，不像是为这种事撒谎的人。既然明成在里面不会受欺负，那就让他在里面看着别人被欺负好好反省反省。兄妹小时候打架还好说，这么大的人了，打架像什么话？"

朱妈妈本来是往卫生间走，走到一半想起来，回头道："丽丽，明成连妹妹都打，他到底有没有动过你一个手指头？这事儿你一定得说实话，妈妈很不放心。有的话你别瞒着妈，妈找他算账去。"

朱丽忙摇头："没有，不是已经说过一次了吗？他在我面前没凶过，以前他妈管得紧，我们吵架他妈都是骂他。我给明玉去个电话谢谢她。"但是朱丽拨过去，那边却已经关机了。明玉是临睡前良心发现给朱丽发的短信。

朱妈妈还是不放心，转头问老伴儿："你说，明成现在没他妈管着，既然会打妹妹，哪天会不会打我们丽丽？"

朱爸爸摇头，觉得这事儿难说得很。像他就是个从来不打女人的人，想不出自己提得动煤气瓶的手打到娇滴滴的女人身上女人怎么受得了。他深思熟虑地对朱妈妈道："从这个短信看，明成的妹妹不像个不讲道理的，她做事挺能替人考虑。如果她真不讲道理，现在也不用特意来通知我们，她生我们的气，完全可以让我们明天大热天地白跑一趟医院。人家在气头上都可以不对明成下毒手，我看这次打架，明成肯定得负绝对责任。明成这性子……这以后……"老两口面面相觑。

"明玉关机，她不想听我的道谢。她心里肯定觉得挺窝囊的，这么轻易就饶恕了明成。"朱丽关了手机向爸妈汇报。因为明玉放过明成，朱丽心中对明玉根深蒂固的反感稍有减少，自然而然地站在明玉的角度考虑了一下明玉的感受，觉得明玉做出放过明成的决定有点儿不容易，尤其是在她看过明玉被打得红肿的脸和难以碰触的背之后。“不过她出院，她真的出院了吗？她是不想我们再找上去吧。”

朱妈妈嘀咕道：“若明成打的是你，我是绝对不会放过他的。丽丽，以后如果明成有发狂的苗头，你拔腿就跑，别跟他起冲突。”

朱爸爸皱眉道：“都已经煲了鸽子汤，明天我们还是去医院看看，万一还在呢？我们得谢谢她。丽丽，你这个做二嫂的也得慰问慰问人家，一家人。”

朱丽忙道：“我设个闹钟，明天早点儿起来去买些粥啊豆浆啊给明玉送去，希望她还没出院。爸妈，你们明天晚点儿起来，早餐我会做，我得去谢谢明玉。”

“晚点儿去菜市场就没棒骨了。唉，这个不懂事的臭小子，这么大了还闯祸。”

朱丽知道妈在怨明成，只是当着她的面不便大骂。她只有叹息，她更想骂明成，年纪都活到狗身上去了。

短信带来的兴奋过去后，朱丽躺在床上睡不着。身体很累，脑袋兴奋。一整天绿头苍蝇一样地撞下来，总算有了结果，但她为什么高兴不起来？她想到爸妈对明成这个人的疑问，想到下午找明玉的辛苦，想到明玉的脸、明玉的愤怒，想到明哲夫妇因此对她的冷漠，想到昨晚明成打人回来还可安然入睡的没心没肺，想到那个都还没去医院看过女儿的公公，还有早上大老板难看的脸色、同事们的交头接耳，她辗转不能入睡。她真是不明白，明成究竟是怎么想的，他怎么能如此坦然地做着一件又一件幼稚得无耻的事情，不知道他这回被放出来，还会不会申辩，说他不是有意，说所有的事错在别人。

朱丽心烦归心烦，斟酌再三还是给明玉发了一条短信道谢。明玉虽然现在关机，但她应该是个须臾离不开手机的人，只要她开机，就得让她看到道谢的短信。起码是一个心意。

事情既然算是相对完美地解决了，朱丽不再如先前般心浮气躁，但她躺在床上睡不着，思前想后，条理恢复清晰。她心中隐隐开始怀疑，以前总觉得明玉出口伤人，无事找碴儿，是个很不讲道理的刺儿头。婆婆也一直这么说明玉。她以前一直觉得，连婆婆这个做母亲的都这么评价，明玉这人是真的不可理喻了。但婆婆去世后发生那么多事，从公公那本事无巨细的记账本上披露的种种细节，从事情被揭露后明成的不思悔改，到昨晚索性对明玉大打出手。究竟事实真如她以前认为的，苏家的一切不安宁都是由明玉的蛮不讲理挑起，还是有可能是由明成的无知无耻挑起？从今天明玉的所作所为，爸爸推断明玉讲理，既然如此，难道以前一直是婆婆和明成颠倒黑白？朱丽心中很想否认，明成不是这样的人，婆婆更不是，却不得不勉为其难地承认，账本反映一切。她不能不想到，如果她上面有一个神志清楚、体格健全的哥哥无耻霸占家里所有的资源，逼得她连回家住的地方都没有，大学开始就得自己养活自己，她也会视这个哥哥为仇寇，而明成一个大活人难辞其咎。至于婆婆……

虽然今天明玉说欠她，此前她也这么认为，可如今这么前后一想，作为一个跟着明成一起剥夺明玉生存资源的人，她哪里还敢说明玉欠她？昨天被明玉当众呵斥的事，只能说是她种因得果，活该。

朱丽躺在床上越想越脸红，越想越内疚，也越来越恨闯祸连连死不认错的明成。

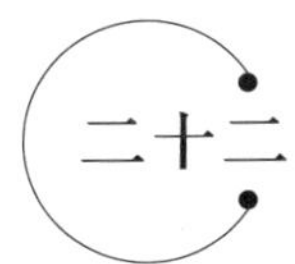

二十二

苏变变变变

明玉一觉睡得安稳，醒来，阳光已经透过窗帘，照得一室明亮。她竟然一觉睡到九点，真是前所未有的事。窗外是清脆的鸟叫，远方是懒洋洋的涛声，自然的声音非常静心。

因为睡得踏实吧，镜子里看来，她恢复得挺快。脸上开始有了血色，那青肿的半边脸看上去也红消肿退。恢复体力的明玉最先动起来的是脑子，躺在床上，她便将对明成的处理、对石天冬的应付，以及公司的大事小事一一考虑了个清透，这才“哎哟”一声起床。她的脑子活了，但她受伤的腰背还拖累着她，起床急了，拉得生疼。

她神清气爽却还是有点儿步履蹒跚地走到下面，早早闻到一室温暖的肉香，明玉分明听见自己的肚子“咕噜噜”表示赞同。见石天冬伸着长腿坐在北窗一角看报。风拍窗帘，白纱帘轻拂石天冬的脑袋。骤然看见石天冬，想到昨晚她埋首在石天冬怀里哭泣，明玉都有折返不敢见人的冲动，一时尴尬地站在原地。

别墅安静，石天冬想不听见动静都难。他没起身，打了个招呼：“你起了？先喝点儿水，我给你煮了粥。”

明玉觉得有点儿不习惯，那感觉就像是老虎的领地里忽然闯入了另一只老虎，令她的行动处处受制。昨晚倒是没有这种感觉。明玉心中暗笑，她这种心理叫作过河拆桥。“从来没这么晚起过，睡了有十个小时了吧。今天应该恢复味觉了。咦，你已经去过菜市场了？”

“是，下去问了一下，很近，东西也丰富，尤其是海鲜。”石天冬仔细看看明玉，“你恢复很快。没想到。”

“我爸名字叫大强，我就是小强吧——打不死的小强。”身体好了心情也好，明玉胡诌起来可是功夫一流，酒桌上练出来的，“我得给秘书打一个电话，再给手机充电。唔，都是我喜欢的小鱼小虾，可惜我不会做。”也不知石天冬是什么时候起身的，厨房里已经摆好收拾干净的荤素。

石天冬嘀咕：“你还真是小强，冰箱里竟然连水都没有。”

明玉一笑：“可是车后备厢里有酒。”

石天冬看着明玉只会笑，等她喝完了水，才一跃起身，又是装了弹簧似的跃，变戏法似的从厨房搬出葱香肉骨头粥一碗、牛奶一杯、大虾一盘、青菜一碟，又快速现煎一只鸡蛋，还有他自己做的点心。满满的一桌。

明玉自顾自将手机电池换好，打开看短信，朱丽的短信湮没在其他无数短信之中，明玉看了一遍，撇了下嘴，删了。石天冬坐在一边看着道：“从来没见你专心吃过饭。你吃饭最无事可做的时候我看你盯着汤煲店墙头的菜牌看。”

明玉将眼睛从手机上移开，冲石天冬一笑，又埋头继续吃饭看短信。很快便有电话打进来，是秘书来电，都不用她去电招呼。秘书没说几句，便被柳青接上。

“溜哪儿去啦？活过来了？早上想献殷勤都找不到人。我看到你二嫂也在医院找你。”

明玉看了石天冬一眼，微微偏转身道：“溜回别墅了，没事少找我，让我休养两天，两天后肯定没你我的好日子过。跟你商量一件事，把苏明成放出来吧，不过有条件，得当着我的面放出来，我有话要跟他说。”

柳青奇道：“你究竟神志清楚了没有？不放。你的主意二十四小时变三变，我以后叫你苏变变。”

“我早上起床的时候想了，让他有惊无险在里面待四天与待一天没什么不同，放他出来吧。我这回好人做到底，你以后叫我刘慧芳。你如果不肯帮忙，我只有自己与刘律师说。”明玉又瞥了一眼石天冬，没把她的打算说出口。

柳青毫不犹豫地道："有阴谋。"

明玉听了大笑，牵得腰背又疼："知道就好，放吧，我下午去欢迎他出狱。接下来跟你谈公事。"

石天冬看着明玉举重若轻地夹着电话飞快地谈着公事，见缝插针地往嘴里喂食，手势轻车熟路，显然是做惯做熟。大致恢复的明玉胃口极好，吃鸡蛋稀粥若风卷残云，牛奶、青菜转眼见底，只有大虾不方便剥，没动。石天冬给她数着，一只起司小球，再一只起司小球，又一只起司小球，看来她喜欢吃这个。

等明玉终于放下电话，石天冬笑道："原来你胃口这么大，看来平时都饿着没吃饱。我看你最喜欢起司小球。"

明玉看看桌面，笑着起身收拾碗筷，但被石天冬抢先一步。明玉回忆了一下，刚才光顾着说话了，都没品出西点是什么味道，这要是被石天冬知道了，他还不失望透顶？她只得选择不说。"你要不要回家一趟？"

石天冬摇头："又来了，不回。你要不要出去活动活动？我们去海边溜达一圈？"

"不去，海边的路并不好走。石天冬，我恢复了，建议你回去工作，我也会立即恢复工作。"

石天冬不去理她的建议："终于不叫我石老板了。你别管我，我再烧中午饭给你吃。照你这么能吃，恢复一定快。"他擦干碗碟，出来看着明玉道："你准备把袭击你的人放出来了？我陪你去欢迎他。"

明玉冷笑道："对不起我的人，我自己处理，我需要自己处理的感觉。谢谢你，石天冬，我处理不来再有请你的拳头友情赞助。要不要叫我秘书代你订好机票？我不能耽误你的工作。"

石天冬笑道："跟你说了我请了三天假，你怎么这么啰唆！告诉你，我跟他们是交流互学，我是有点儿脾气的人师傅，不是包身工。让我喂你三天，否则我不放心。"

明玉微笑着不知如何作答。昨晚睡下的时候，知道楼下睡着个时刻关心着她的石天冬，不觉大为安心；今早起来看见清清爽爽看报的石天冬，虽然有被侵犯领地的感觉，但依然觉得安心。她喜欢这个感觉，有人陪着，她却不用挂上面具应付，是种舒适怡然的感觉。但是，就这样吗？真的让他留下来喂三天？三天后，关系将如何变质，她考虑清楚了没有？

石天冬见明玉只是微笑却不语，不知道她考虑什么，他决定不去管她，自己先过去门口穿上鞋子，笑道："你门口的海景都被疯长的树枝给遮了，我替你修整一下，把枝枝丫丫去了。清早买菜回来的时候问下面保安借了砍刀，刚才怕吵醒你，没动手。"

"别管它，都是公司后勤在管。"但明玉还没说完，石天冬早一跃跳了出去，挥起砍刀修整树干上胡乱长出的枝条。挥刀的手臂肌肉虬结，壮实有力。明玉暗自啐了自己一口，看什么呢！可两眼依然笑眯眯地看。这个石天冬的用心在阅人多矣的明玉眼里，一目了然，如同透明。

她忽然想到明天就是吴非回美国的日子，忙打电话找上海一个朋友，让代买两件纯金挂件分别送给吴非和宝宝。吴非辛苦替苏家做事，她不能不知道好歹，否则会害了大哥的婚姻。但又不能做得太过，免得吴非为难。客户替明玉出主意，一件买珍珠坠子，一件买小孩子的长命锁。明玉连连叫好，心说，她怎么就想不到呢？可见她是个没情趣的人。

明玉只记得自己仿佛自有记忆起，就在忙忙碌碌无头苍蝇似的为生活奔波，大学同学学跳舞学跳操，都没她的份——她哪有时间？尤其是大一大二时，基础课重，她又要学习优良争取奖学金，又要打工维持生活，每天只有睡觉时是轻松的，高中的衣服一直穿到大三。大四才得宽裕，金钱宽裕、时间宽裕，因为她从打工实践中得到经验，体力劳动永远不如脑力劳动值钱。所以明玉很羡慕那些能吃能玩、热爱生活的人，尤其是柳青这样能玩出档次的人，她永远只能像个小土包似的站在远处艳羡，自嘲先天不足，扯上天也不能飞。

而石天冬显然是个没情趣的人，不是她的理想。她需要有人带她这个不会生活的小呆瓜感受五光十色的生活，而不仅仅是品味佳肴。

正想着，柳青电话进来，柳青在电话那头怪叫："苏明玉，你传绯闻了，听说你养伤谈情两不误。"

明玉嘿嘿地笑，懒得解释："刘律师怎么说？答应了吗？"

"先告诉我是谁。"

明玉皱皱眉头，看着外面的石天冬道："是那个饭店老板，他特地从香港过来看我。你们不要见着风就是雨。快说说刘律师的态度，你应该知道我现在没好心情，别寻我开心。"

"是他。"柳青立刻将这所谓绯闻抛到脑后，绯闻也得看对象，"好吧，暂时放过你。刘律师幸好没表现出不耐烦，这老奸巨猾的还说你心地好。等下我发地址给你，我这儿有客户离不开，我已经约了刘律师的助手，你随时联络他，他跟你一起去。"

明玉不假思索地道："我现在就去，你立刻通知刘律师助手到那边等我。"

放下电话，明玉立刻起身，拉痛了腰背也不顾，走到门外一声招呼："石天冬，我去看守所放人，你去不去？"

"最后两枝，等等我。"石天冬挥刀砍下最后两根树枝，大汗淋漓回屋，一会儿就见明玉衣装整齐地从楼上下来，他一看不对，立刻去洗手间冲了把脸，也正正经经换上还行的衣服。明玉已经等在门外。

石天冬出去，就听明玉对他道："树枝整理后视野好了许多。"

石天冬不理这茬儿："还真放那人出来？干吗要放？要不，放他出来也行，我拉他到没人的地方揍他一顿？"

明玉微扬下巴，却微笑道："我要亲手处理他。"

石天冬颇不信任地看看明玉的细胳膊，折中地道："要不我先修理了他，让他癞皮狗一样趴地上挨你修理？"

闻言，明玉不由想到前晚，她可不就跟癞皮狗似的被明成修理吗？她一时说不出话来，胸口腾腾火焰直蹿头顶，再也控制不住表情，黑着脸钻进车子。石天冬看着，丈二和尚摸不着头脑，心想，对方究竟是谁，什么来头，能让苏明玉这样的人既不肯多关他几天，又不肯打他，只能自己生闷气？

上了车，他还是忍不住道："我不放心你，我跟你后面做保镖吧？你怎么也不能轻易放过这种人。"

明玉不便跟石天冬解释她的打算，她本来不想说话，但看在石天冬帮忙的分儿上，回答："还记得我请你送外卖你遇到的年轻男子吗？是他。"她实在觉得被自家兄弟追着揍是件太耻辱的事，让她说的时候无法面对人。

“你兄弟？是不是你爸妈拦着你？咱悄悄偷袭，先斩后奏。交给我，你就当作不知道。”昨晚看到虚弱的明玉，石天冬很激动很愤怒，一晚上下来，看到明玉康复很快，他的激动已收敛许多，但他心中清楚，对方不管是明玉的谁，他都不会放过。保护明玉是他的本分，与对方公平合理打一顿是合情合理，这事不用与明玉再提。

石天冬没大惊小怪，让明玉安心，也觉得面子没受损伤，她忍不住伸手拍拍石天冬的肩膀：“痛快，这是我受伤后听到的最动听的安慰，所有人都正面侧面劝我放过苏明成，搞得好像我反而成了罪人一般。你的办法最直接，但我想手刃苏明成，让我自己来。”这话说出来，明玉心中真正觉得痛快，有些事情，在有些人面前，反而可以解决得更直接，黑白正负，一清二楚，不用像柳青似的考虑得复杂，什么反噬，苏明玉不信邪。

石天冬正绕着山道开车，没法看明玉，但异常怪异地耸耸被明玉拍过的肩，觉得那里好像给贴了封印。他下去，到保安室将砍刀还了，又与保安胡扯几句，彼此好像挺要好。明玉在一边看着觉得怪怪的，想到以前食荤者汤煲店的伙计们下班击掌道别，石天冬这人好像有他自己混世界的套路。石天冬忽然道：“难道等下我们还得送你那个混账哥哥回家？这太不公平了吧。”

“噢，对，我通知他太太。”正好柳青的短信到，她索性转发给朱丽，让她立刻与她父母一起过去等着放人。

石天冬不明白明玉做事何必如此周到，奇道：“你还真通知？为什么要叫上老弱妇孺过去？那样你多难下手。”

明玉微笑，犹豫了一下，道：“我不是个善类，我有我的方式。”

石天冬看着明玉笑道：“你不是善类，这还用说吗？我从来不相信身居高位的人会是只小白兔。我开个小饭店都要用些诡计呢。刚开始我还真被你吓得远远的，你一副打死不肯理我的高傲样子。”

明玉被石天冬说得有点儿不好意思，现在两人有点儿哥们儿的意思，人家这么帮她，她总得解释解释：“那时候你一身厨房里的油腻味，很难闻。”

石天冬目瞪口呆，打死他都想不到明玉不理他是因为油腻味道。但又一想她这人有洁癖，心说还真有这可能。他将信将疑地将车开了出去，可终于还是忍不住道：“你还没通知你父母。”

“他们不管事。”明玉轻描淡写地一句带过。这时电话进来，明玉看着是朱丽的电话，便接了起来：“朱丽，听说你今早去医院探望我，谢谢。”

朱丽急切地道：“明玉，谢谢你宽宏大量。明成真是今天放出来吗？我可以另找时间去你家探望你吗？我爸妈也想去感谢你。”

明玉的声音平稳冷静疏远：“朱丽，帮我跟你爸妈道谢，你们还是赶紧出门接苏明成吧。我很抱歉，昨天我还说不跟他这种人计较，结果气头上还是放不下，让你们平白担心。苏明成是个没长大的孩子，我妈突然去世对他相当于心理断奶，我不与他计较了。”石天冬在旁边听着这才知道怪不得他送粥去只见到苏爸爸一个人，原来苏妈妈去世了。但石天冬好奇，昨晚至今，苏明玉出了这么大的事，一直没见她爸爸露面。

朱丽还是一个劲儿地“谢谢谢谢”，放下电话与爸妈一起出门，一路告诉他们明玉说了什么。朱爸爸听了对朱妈妈道：“明成妹妹说得挺在理的。”

朱妈妈道：“你忘了他们是两兄妹？她怎么能对着我们生气？”

朱丽道：“他们那两兄妹，还不如陌生人来得客气。他们从来就对立，妈，你忘啦？”

朱妈妈反应灵敏：“既然明成妹妹看上去挺懂事，明成为什么要跟她那么对立，还要打她？我看是一只碗不响两只碗叮当。”

朱爸爸不以为然：“明成妹妹如果是个叮当的，昨天到今天也不会一再主动给明成降低处罚。这到底不是耍个嘴皮子的事，是需要一再改变主意劳烦人家帮忙的，她欠的人情可就大了，她又不会不知道。换我都未必有这么好的涵养。”

朱妈妈强词夺理：“关了明成两晚上，也该放人出来了。不过……不过……”朱妈妈终究没把肯定朱爸爸的话说出口，肯定一个，不等于是否认女婿了吗？女婿差劲那可是个大问题了。她板着脸道：“等明成出来我修理他。”

朱丽在一边听着，心头刚生出的喜悦慢慢降温，心底深处升起一个个细细的问号。明成真如明玉所说，是他妈猝死导致他心理断奶吗？否则，如何解释婆婆去世后，明成一再地不可理喻呢？

因为明成已经无恙，已经可以释放，朱丽提着的一颗心终于放下，她的心，又回到明成被抓之前，两个人吵闹争论的状态。明成，其实还真不是个讲道理的人。

但真到了明玉指定的地点，看到出租车怕晦气扔下他们，生意不做一溜烟儿跑了，朱丽的心又悠悠荡荡地回来，抛开一切杂念，开始焦急等待。明玉和石天冬走岔了路，绕大圈晚到。

明玉费劲地下车，留石天冬在车上，自己拿着车子里一直放着的照相机跟随刘律师的助手进去，只与朱丽他们一行三人稍稍点头致意。进去里面，她与刘律师的助手打了招呼，请他帮忙了解明成究竟吃了点儿什么苦头，又请助手帮忙拍照，这才静静坐在办公室里等待。原来，刘律师的助手以前就在这里工作，后来因工资低被女朋友嫌弃就辞职出来了，但回来照样转得开。

终于，一阵脚步声快速接近，明玉挺直肩背，看向门口，一会儿，穿着沾有可疑斑点、已经识别不清原本底色睡衣的明成出现在门口。才两夜，明成整个人似是脱了形，原本目光炯炯的眼睛现在白多黑少，走路更是歪歪斜斜，下盘虚软，一点儿不比昨晚明玉自个儿出院的时候强。明玉看着只觉得解气，一瞥之后便不再理他，起身与办事人员寒暄致谢，递烟聊天，将明成抛在一边如罚站一般尴尬。她无非是想拖一点儿时间，这段时间里，明成在她面前是个犯人，她需要给明成时间让他充分意识到这等身份差别。

烟过三巡，看到刘律师的助手出来，她才与众人告别，带着明成出门。明成这时候一点儿脾气都没有，乖乖在后面跟着。刘律师助手一点儿不含糊，上来笑嘻嘻塞给明玉一张纸条，明玉一看，摇摇头，举起来放到明成眼前，确保明成看见了，才嬉笑道："好样的，真好样的，学勾践学韩信学龙阳，学英雄得从微时，不，从穷途末路学起啊，卧薪尝胆算什么，哼哼。这张纸条我等下去妈坟前焚烧，让她老人家地下有知。"

明成的眼珠子缓缓转过来看看明玉，又缓缓转开去。这两天他受够了，只求早早逃离，其余都是旁枝末节，受明玉几句刻毒话算什么？出去才是大道理。

明玉又绕着明成转圈好好仔细看了一遭，这才放他出门。她先与朱丽一家打个招呼，客客气气说声先走，便上车走了。上车后一张一张地翻看照片，心情极其畅快。

她挨打时最大的痛苦是什么？是那种深深的耻辱。她要保留着这些证据，时刻提醒明成，让明成也痛感一辈子的耻辱。痛打明成算什么？痛打能出这么好的效果？料想明成这会儿的麻木过后，内心会充满深深的恐惧，他是个往后还要出头露面混世界的人，他一向都是喜欢出风头的人，他得担心她泄密。而她会时刻刺激他的担心。

她需要掌握主动权，只要她能，她绝不被动。

石天冬看着明玉笑逐颜开，大为不解："就这么完了？没我什么事？"

明玉仔细看着拍得最清晰的明成头像，笑眯眯地道："解决了，后遗症也不会有。好了，完结一件事，我们去哪儿吃饭？啊，对了，回去别墅。"说话的时候收拾相机，"啪"一声关上什物箱，拍拍手了结。

石天冬在红灯前看看明玉，奇道："这件事说大不大，说小不小，你难道不要庆祝一下？"

明玉轻描淡写地道："事情解决了还多想它干什么。苏明成只要一辈子记得教训，提心吊胆地好好做人，我可以乐观其成。总之看他表现了，我现在多想也没用。"至于高兴，当然高兴，但这种高兴来得太轻易，苏明成着实不是对手，所以虽然成功了，高兴却有限。有限的高兴能抵消她被抓着头发打的时候心中深刻的耻辱吗？不可能。这次的事，她与明成两败俱伤，谁都不是赢家，她最多只是后来居上而已。所以，有什么可太高兴的？

石天冬想了下道："如果他经受不住打击，一蹶不振了呢？"石天冬有点儿不了解明玉何以只高兴了一会儿，在他眼里，明玉无比神秘。他希望一点儿一点儿地渗透进明玉的生活。目前，他对她真是一无所知。

"苏明成是成年人，没人有义务对成年人负责。"明玉回答得硬邦邦的，为什么她需要为明成考虑，而明成不需要为她考虑？明成当初找对象时如果为她考虑一下，她何至于在家中无立足之地？"啊，有点儿饿了。"

"我早饿得前胸贴后背了，我记得这儿有KFC。"石天冬起得早吃得早，又砍树又上菜市场的，早就饥肠辘辘。

"有，广场那一头，可是那儿没停车场，我想想沿路还有没有。"又忍不住好奇，"你也吃这种垃圾食品？"

"方便啊。"石天冬找地方将车停了。他停车非常冲，一个急转弯，几乎可以听见轮胎"吱"一声尖叫，险险地擦着旁边的车子钻进停车位，惊得明玉在旁边为他捏一把汗。石天冬等车一停，说一句“我很快回来”。说完发足狂奔去广场那头，竟饿得一时半会儿都不肯忍耐。

明玉看着好笑，难怪这家伙做菜水平这么好，原来是个经不住饿的。才见石天冬在转弯处消失，很快就见他拎一只袋子飞奔回来，明玉忍不住看看时间，竟然不到两分钟，不知道是不是一百米冲刺的速度。等他“呼哧呼哧”赶到，收停车费的才过来，他“嘻嘻”一笑，迅速钻出停车位赖了一次停车费。明玉终于明白他狂奔为了什么，不由大笑，可见赖停车费的事他是常做。两人一人一条墨西哥鸡肉卷。

明成，在一番折腾后被领到一个房间，看到对他不屑一顾的明玉的时候，心中想起母亲一直以来对他的谆谆教诲。成年之后，母亲总提醒他，你惹谁不好偏要去惹你妹？你妹这种人你以后避开些，这是毒水母。明成不信邪。这回，在实打实的千锤百炼中，他信了。

他以为明玉是来羞辱他，将他打翻在地再踩上一脚，痛打落水狗。他虽然不言不语，但已经做好心理准备，将自己包裹在坚壳里，对外界不闻不问。

让明成没想到的是，明玉什么都没做，就将他放了。他一向知道明玉这个人性格强硬，以牙还牙，绝不吃亏，他原以为明玉会拉扯关系进来亲眼看着他受折腾，以报一箭之仇，没想到，他被轻易放了。他有点儿不敢相信，直到脚踏实地地站在阳光下，被初夏的太阳晃得眼前一片空白，感受到太阳光温暖的触摸，他才相信自己是真的出来了。

但是，阴暗了两天的眼睛非常不习惯刺目的阳光，明成在恍惚中看到明玉什么都没说就离他而去后又闭上眼睛，白花花的阳光晃得他脑袋一片空白，虽然似乎听到有个熟悉的声音在呼唤他，可他又是恐惧又是担忧，什么都拒绝接受，宁愿闭着眼睛傻站着等待不可知暴力的来临，他心中明白反抗只会给自己带来更深的黑暗。

朱家三口看到傻了似的全身污迹斑斑、酸臭不堪的明成，原本对明成的愤怒化为无奈的叹息。连出租车都拒载明成，朱家三口好不容易才强占一辆出租车把痴呆了似的明成送回家。朱爸爸硬着头皮把明成塞进客卫帮忙洗刷，好在被塞进幽暗客卫的明成终于适应了光线，神志恢复正常，可整个人还是木讷。朱丽毕竟与明成夫妻几年，见他这样，除了为他哭泣为他心疼，还怎么恨得起来。可朱爸朱妈看着只会讨好地笑，连儿子回来都不会上前关心一下，只知道机械地斟茶倒水的亲家苏大强愁眉不展，这样的女婿、这样的亲家，要娇滴滴的女儿怎么过活？可他们能怎么样？带女儿走吗？他们只能一件一件地帮女儿解决问题，先得把这样的亲家迁出女儿家。

明成饿极了，吃得风卷残云一般可怕。朱家三口看着他吃饭，想到他嘴巴不知道碰过什么，都不愿动明成碰过的菜。饭后，明成很听话地大头娃娃似的被朱丽推去睡了，也很快昏睡，朱丽却无力地看着父母，不知如何是好。

明玉别墅里的抽油烟机还是第一次抽到这么多的油烟，如果油烟机有知，稍微计算一下，恐怕今天抽出的油烟量比往常所有总和还多。石天冬手法精熟，几乎是四只灶眼一起开，再加上明玉帮厨水平还算将就，要她切葱她不会错切成大蒜，没多少时间，一桌饭菜齐备。

其间，吴非打来电话嘘寒问暖，仔仔细细问了明玉的身体状况，听说明玉已经出院，她很为明玉恢复得快感到高兴。明玉心中挺感激的，总算家中还有记得她的人，偏偏不是姓苏的。

石天冬做的菜有豆豉煲沙鳗、干煸跳鱼、黄鱼肉羹、蒜香排骨，还有个姜蒜炒蛏子和白灼对虾。明玉胃口很好，再加石天冬手艺确实不错，虽然此前已经一个墨西哥鸡肉卷下去，她一顿还是吃了很多菜，都没怎么吃饭。吃得实在撑不下时，才将碗一推说饱了。石天冬确认明玉真的是吃饱了，这才“嘿”的一声，放开肚皮，一盘一盘地打歼灭战。明玉坐在石天冬对面看得目瞪口呆，没想到还有胃口这么好的人，她平日里看到的那些腰围丰满的人都是酒量大胃口小，石天冬让她大开眼界。等石天冬打扫完战场，明玉终于忍不住笑出声来。石天冬笑说，他是秃鹫，他就趴在一边等着明玉吃完，他收拾残渣。

石天冬看到，明玉这回的笑和他赖停车费时的笑是难得的放开了的笑，他以前没有见过。明玉笑起来，眉眼弯弯的，很是可爱。

虽然吴非明天要走，虽然明哲看出吴非从他老家回来后心中有疙瘩，可明哲还是没办法请假陪母女俩，他新工作好不容易到手，刚上班几天的时候，怎么都得规规矩矩。

吴非在公寓里也没闲着，她把父母亲请来，认认明哲的住处。虽然她没明说，但她希望自己父母能时常关照关照独身在这里的明哲，同时，当然得看管住明哲。男人独居半年多能做出什么好事来？若不是父母也住在上海，她是怎么都不肯放明哲单飞的。所以她离开之前，得把最要紧的事情安排好。吴妈妈看着如上足发条似的不知疲倦的宝宝，很是担心女儿回去后一个人带着怎么对付。

一说起这个，正在气头上的吴非就把明哲这头牛倔着脾气非要给他爸买大房的斗争经过，以及苏家人没道理可讲的琐碎和她爸妈都说了，说了才觉清爽痛快，仿佛事情完全解决了一般。吴妈妈当仁不让地站在女儿一边，没道理可言。而吴爸爸则悟出一个问题，问吴非这样一来女儿家里经济紧张了，女儿一个人带着小孩子不是更吃苦了吗？吴妈妈更是说，如果不是因为苏家那些杂七杂八的事拖垮了女儿家的经济，她本来可以跟女儿过去帮忙。吴非郁闷地承认就是这么回事，她就是出于这个原因才做的不屈不挠的斗争。

事已至此，她与明哲彼此妥协出来的结果基本上应该不会朝着一个方向改变，也就是不可能由两室一厅改为一室一厅，但另一种改变则非常难说，她现在唯一担心的是明哲等她回去后见没人管着，老大意识又膨胀了，偷偷摸摸将两室一厅的决定变成三室一厅，经济负担全他们背着了。可是，这种事父母就监管不了了，连她都鞭长莫及。想到贪得无厌的公公，想到不负责任的明成，还有打肿脸充胖子的明哲，在宝宝睡下后，吴非就忍不住跟爸妈坐在客厅里唠叨苏家的不是，在自己父母面前，什么都不用掩饰。

正好怨气十足的时候，有人敲门送来明玉的礼物：一枚雅致大方的黑珍珠镶钻坠子和一个金灿灿的黄金长命锁。吴非看了心中很宽慰，总算苏家还是有人记得她的辛苦。只是这两件礼品由明玉送给她，她觉得当不起，因为明玉是苏家最可以置身事外的人。吴爸吴妈见了礼物都替女儿松口气，还好女儿遇到的不全是不讲理的。见父母夸明玉，吴非竟然觉得自己好有面子。

吴非非常感谢明玉，继早上的问候电话之后，又给一个电话，直言告诉明玉，这送来的岂止是礼物，这是给她最好的心理支持。

明哲回家时，吴非爸妈已经回去了。吴非因为把最近几天的怨气都倾倒给了爸妈，因为爸妈开导说明哲这人本质还是不错，唯有人太传统，不知道变通，而他弟弟、老爹又太麻烦，这人太传统是坏事也是好事，需要一分为二对待，毕竟传统的人顾家，再因为明玉那儿盛情难却的好礼，种种加起来，等明哲回来，吴非早已开开心心。明哲看了大感欣慰。

明哲带回明成被释放的消息，也告诉吴非，明玉不肯接受他的道谢。又看到明玉送来的礼物，他惭愧自己怎么就没想到在这个妹妹面前尽心，他与吴非商量怎么感谢明玉才好。

吴非想到明哲一个人住上海，她实在不放心放一个大男人单身在外半年多，她得给明哲找点儿事情做，她想到明哲是个认真的人，就给明哲出了个极耗时间的点子，要明哲整理他父母的旧家当，好好整理苏家的历史，找出他家如今乱成一团，由文斗上升到武斗的根源。明哲赞同，他准备将回忆整理后放上博客，他心中隐隐有好些疑团，比如父亲不愿回家那欲言又止的神情，比如明明讲理的明玉为什么与家里越行越远，比如明成为什么变得如此陌生，这些可能都得从家史中寻找答案。

这个周末，送走了吴非，他正好回去一趟，跟爸爸一起到明玉的车库整理出家中的所有文字图片记录，以供回忆。